问秦

第一卷

李勇剑 著

陕西师范大学出版总社

图书代号　WX21N1927

图书在版编目(CIP)数据

问秦. 第一卷 / 李勇剑著. —西安：陕西师范大学出版总社有限公司，2022.1（2022.4重印）

ISBN 978-7-5695-2519-9

Ⅰ.①问… Ⅱ.①李… Ⅲ.①长篇历史小说—中国—当代 Ⅳ.①I247.5

中国版本图书馆CIP数据核字（2021）第198572号

问　秦　第一卷
WEN　QIN　　DI YI JUAN

李勇剑　著

出 版 人	刘东风
出版统筹	郭永新
责任编辑	彭　燕
责任校对	王雅琨
封面设计	张潇伊
出版发行	陕西师范大学出版总社
	（西安市长安南路199号　邮编 710062）
网　　址	http://www.snupg.com
印　　刷	西安市建明工贸有限责任公司
开　　本	720mm×1020mm　1/16
印　　张	19.5
插　　页	1
字　　数	265千
版　　次	2022年1月第1版
印　　次	2022年4月第2次印刷
书　　号	ISBN 978-7-5695-2519-9
定　　价	59.00元

读者购书、书店添货或发现印装质量问题，请与本公司营销部联系、调换。
电话：（029）85307864　85303629　传真：（029）85303879

楔　子

　　元皇帝扫荡海内，一统寰宇，已有二十三年。二十三年间，天下靖定，四方来朝。五年前，元皇帝崩于甘泉宫，太子嬴贞继承大统，成为大秦二世皇帝。

　　栎阳城，秦帝国的国都。栎阳城并不像四海农夫传说的那般富丽堂皇，相反，还有些寒酸。城墙在秦帝国拥有的一众高城中甚至显得有些低矮，上面还布满了刀劈斧凿的痕迹。城里人都知道，那是北方匈奴人在七年前给因完成一统伟业而志得意满的秦帝国留下的最惨痛的教训。当时，元皇帝以田穰苴的名言"天下虽安，忘战必危"告诫群臣，还特意留下了城墙上的战斗痕迹，警醒后人。

　　栎阳宫坐落在栎阳城的正北，占地不大，房屋也大多未加雕饰，就像扫荡天下的秦国大军一般，还带着厚重的泥土气息。据传，六国被俘贵族被押解至栎阳城时，曾暗讽栎阳宫尚且不如自己仆役的住所。有秦臣闻言甚耻之，上书元皇帝，请重修栎阳宫室，以明天家威严，显皇帝之尊。元皇帝闻言却罕见地大笑道："秦宫室破败如此，尚能威加海内。尔身居堂皇之所，怎沦为阶下之囚？"自此，无人敢再议宫室之事。

　　尽管栎阳宫不像曾经的楚国渚宫一样堂皇华贵、雕龙画凤，但却有一种秦地特有的沉重、威严。栎阳地处中原之西，冬季可谓风虐雪暴。戍卫皇宫的军士都是万里挑一的壮武之士，也常被秦地的风雪吹得脸颊通红。风雪越来越大，刮在人脸上如同刀割一般。守夜的禁卫军双耳只能听到呼啸的风声，听不到细微的动静。透过厚重的铠甲，他们感受到了刺骨的寒意，不由得伸手紧了紧铁甲内衬着的棉衣，放松了警惕。

没人注意到，在他们身后，正有不少黑衣人靠近。风雪遮掩了这些黑衣人行动的声响，他们行动迅速，摸到军士们身后，从怀中掏出浸了醉龙涎的帛帕，轻轻地探出手，快速捂在这些军士脸上。醉龙涎是魏国的物事，只需吸入一点就会迅速让人不省人事。很快，皇帝寝宫附近的禁卫军都被这些黑衣人清理干净了。他们把晕倒的军士拖进房间，接着挺直腰杆，将宫殿围住，一言不发地等待着。

一刻钟之后，一队身着明晃晃银甲的士兵，护送一人进入宫门。那人身着一件白色大氅，刻意压低的帽檐让人看不真切他的脸。他右手轻轻摩挲腰间短剑，剑柄上的精美花纹早已因经年累月的使用被磨平了，剑鞘上布满了密密麻麻的痕迹，显然经历过大大小小无数场战斗。短剑剑格上的图案颇有特色，是一只硕大的鱼。这剑格在秦帝国无人不知，更曾令六国贵族见之色变。这把短剑属于元皇帝最为倚重的臂膀，秦帝国唯一有着见君不趋、称臣不名、剑履上殿特权的人——太尉蒙昭。

风雪渐小，蒙昭站在栎阳宫前，手抚佩剑，一言不发。宫殿内，侧屋的秉烛侍想出去方便，拉开一条门缝，却见到如此场景，不由惊慌失措，连滚带爬地奔到皇帝床前大声叫醒皇帝。

门外，蒙昭听见里面一阵慌乱之声，轻叹一口气，伸手推开了虚掩着的门。身后有军士想要随他进去，被他伸手阻止了。不多时，宫殿内传来喝骂之声，持续了大约一刻钟，最终在一声惨叫和一声痛哼后戛然而止。门外军士背对宫殿，听到那声痛哼，皆忍不住身子一颤。他们知道，秦帝国的天，就在这一声痛哼中变了。

第二天，厚重云层刚现出一丝黛色，百官便躬身碎步走进栎阳宫。看到太尉蒙昭站在象征着帝国最高权力的龙椅旁，他们之中的绝大部分人都没有意识到这有什么不妥。直到他们因为皇帝许久没有出现而开始窃窃私语时，蒙昭才坐上那龙椅，宣布皇帝驾崩，自己将择吉日登基称帝。

天下皆惊。

第 一 章

马车在泥泞的道路上颠簸着，飞溅起的泥花在马身上染出充满野性的别样花纹。少年跪坐在车内，身上裾袍虽然沾满灰尘泥水，却按秦礼整理得很整齐，没有一丝一毫的凌乱。少年身体紧绷，面色发白，紧咬着嘴唇，已经把嘴唇咬出了一个小口，血丝从中渗了出来，但他像完全感觉不到疼痛一般，只紧紧地盯着铐着双脚的玄色链条。他用力地攥着绑缚他双手与脖颈的枷锁，指节因为用力太久已经失去了血色，呈现出虚弱的白。

这是曾经的太尉、当今的皇帝蒙昭登基后的第三个月。因为元皇帝的信任及蒙昭征战六国时、经略北疆时立下的赫赫战功，他在帝国军队建立了无人能及的威望，有着强大的号召力，再加上众多门生故吏的支持，在还是太尉时，他就已经或直接或间接地掌握了帝国大半的军事力量。也正因此，尽管蒙昭发动了政变，帝国在强大的军事力量的镇压以及不少高层人物的支持下，依然基本按照原来的方式在运转，并未发生什么大的变化。

当然，军队之中也不乏对嬴家忠心耿耿的将士，但这些人都在第一时间被控制，接着就被"病死"或被迫告老还乡了，没能翻出什么浪花来。朝堂之上自然也有不少大臣或出于对嬴家的忠诚或出于对忠诚声名的"渴望"，上了一大摞乞骸骨表。他们之中的大部分人都还在壮年，但或许出于稳定的考虑，蒙昭甚至没有看完那一大摞乞骸骨表，就下诏统统准了。消息一出，最开心的还是那些曾经的六国贵族们。蒙昭此举会为帝国空出数量巨大的中下层职位，这是六国残余势力发展的最好时机——蒙昭为了稳定时局，安抚人心，将不得不借助六国贵族的力量，就像一个行将渴死的人看到面前的一杯酒，哪怕知道酒里有毒，却也不得不将其喝下。

但这不是少年此时关心的问题。马车突然停下。少年双手指尖微颤着，费力地挑起窗上帛帘，望向窗外那早已颓败不堪的房屋。他知道，自己的人生即将走到终点。

南岭神脉的最北端，有一座高耸入云的孤峰，名叫青阳山。这座山在南岭神脉中因不像其他山那样成片成片地相连，它孤立在群山围成的一片低地中央显得极为特殊。从远处看，那山倒像是一整块巨石，被巨人用粗劣手段制成了剑戈，突兀地矗立在空地上，指向苍茫的天空。山上多见嶙峋的岩石，少有土壤，不少松柏扎根在岩石的缝隙间，盘虬卧龙，长出苍劲的样子来。这座山不因风景秀丽而为人们称颂铭记，但对每一位嬴氏子弟而言，这座山早被提及不知多少遍了。山脚下，是一座早已无人居住的荒败村庄，嬴氏先祖非子就是在这个地方因养马有功而获周天子授爵，开启了嬴氏的数百年传奇。

可是这又有什么用呢？少年面无表情，心中却充斥着对自己以及家族命运的讥嘲，嬴氏十数代人苦心孤诣出了一个庞大帝国，但自己，皇帝的长子、帝国的太子嬴重，却要作为阶下囚，以一种没有尊严的方式赴死。蒙昭那个逆臣甚至特地选择了青阳山作为自己的魂归之地，对嬴氏而言，这充满了讽刺意味。嬴氏先祖若是在天有灵，说不定会气得再死一次。可恨！可恨！少年黯然无神的眼中燃起仇恨的火焰，自己曾经最亲近的蒙叔、蒙将军、蒙太尉！他可真会伪装！少年的双臂因双手突然用力握拳而青筋暴起：假如自己能早点看出他的狼子野心，上报父皇，早做准备，事情也许不会像现在这般。

可是早点看出又有什么用呢？少年突然感到一阵无力，双拳也不由得松开了。蒙昭所掌握的力量太强大了，放眼帝国，不，也许整个天下都没有能与他抗衡的人。

带队将军看起来全然没有他所带领的那些军士的冷厉之气，显得平淡无奇。他满脸的褶皱里堆着笑意，就像看见谷黍丰收而喜悦的村中老农。他踱到车旁，皱纹中的笑意仿佛要溢出来："殿下，请下车吧。"不知道是不是错觉，少年从他脸上因笑而愈发明显的褶皱中看出了几分复杂的意味。但少年终究只是木然地点了点头，一步一顿地走下车。车外，一队身着重甲的士兵已经整装列队，等待着少年的到来。天气算不上炎热，但这些士兵已经在太阳下站了好几个时辰，汗水从铠甲缝隙间渗出，让黝黑的铠甲在阳光的照耀下反射出晶莹的光。饶是如此，他们的动作和气势也没打半分折扣。

将军带着少年走上了村子最中央的一个土堆成的高台。少年当然知道这是嬴氏先祖祭天的祭坛。他扯出一丝笑意，嬴氏几百年的传奇从这里开始，也要在这里结束了，这恐怕就是蒙昭真正的用意——让他死在这里，还要昭告天下人，嬴氏复国最后的希望已破灭。

将军走到他近前，略弯下腰，语气带着点恭敬，却也充满了不容置疑的强硬："臣云，敬请殿下薨！"话毕，围着祭坛的士兵一振手中长戈，发出整齐划一的闷响，齐声喝道："请殿下薨！"又将手中长戈用力地在地上顿了两下。少年看着这些士兵，不由一阵失神：如此气势的兵家男儿，本该是嬴氏手中的大秦利剑，只可惜，只可惜……

将军看少年愣神，还以为他被军士气势所摄，扯着嘴角摇了摇头。他从腰间抽出一把长刀，冲少年努了努嘴道："殿下，莫要害怕，为了今日，臣特意磨刀数月，想必不会太痛。请快跪下吧，我好借殿下头颅领赏！"少年回过神来，看向将军和他手中的刀。奇怪的是，濒临死亡，他竟然没有一丝恐惧，反而露出了温和的笑容:"胡将军,你也为嬴氏效忠过数十年,可曾听说嬴氏几百年来有跪着赴死的子孙?区区头颅,将军想要,拿去便是,何苦折辱旧主以谄新主?"

将军愣了愣,大笑两声,将手中长刀拿到面前眯着眼端详了片刻,这才轻笑道:"殿下倒有几分嬴氏的骨气,也算没有折辱元皇帝陛下。既然殿下不愿跪,便请垂颈,好让臣送殿下一程!"

将军手中长刀举起,少年没有垂首待死,他把目光转向青阳山,午后刺眼的阳光让他不由得微眯起了双眼。透过光线,他凝视着那高耸入云的青阳山,心想这青阳山简直不像座山,倒像根柱子。他在心中悲叹:"父皇,儿臣不能手刃叛逆,无颜见您……"

刀风袭来,刀刃眼看就要落向少年脖颈,突然,祭坛旁破落的茅草房内飞来一块石子,重重打在将军的手上,长刀飞出,落在一旁。将军捂着红肿的右手,又惊又怒,大声喝道:"哪里来的逆臣贼子,竟敢袭击帝国军将!"一旁待命的士兵反应迅速,立刻默契地围向飞出碎石的那间草屋。不必将军指挥,他们便结成军阵,最前一排士兵举着半人高的大盾,盾后有一士兵持长枪伸出,随时准备突刺。手持弓箭者后退几步,向两侧散开,拈弓搭箭,只待一声令下便可发射。其余人则倒退着围向祭坛,防备隐于暗处的敌人。一名副官接替了将军,快步走到少年身边,伸手捉住绑缚少年的铁链,戒备地看着四周,又缓缓地将铁链在自己胳臂上挽了几圈。

将军甩了甩手,拾起落在一旁的长刀,面带怒气走向草屋:"贼子!出来受死!"那茅屋在飞出碎石之后,却再没了动静。半晌,才传出一声悠悠的叹息。那将军虽然表现出一副愤怒又急躁的样子,实际上却毫无气急败坏之意。他将手伸到身后,做了几个手势,副官立刻会意,唤来一名军士低语几句,军士便骑上马向北疾驰而去了。

将军又叫了几声,见屋内依旧无人答话,脸上的羞恼渐渐变成了冷峻和凌厉。他手伸到胸前，向前一推，将草屋团团围住的士兵便同时将手中兵器向地上一顿，发出了整齐的闷响，随后，他们举起兵器，缓缓地向茅屋推进。

茅屋内依旧没有一点动静，士兵继续缓缓前进，直到距离茅屋不足半步时才停下。将军嘴角泛起一抹冷笑，左手画掌向下一劈："投！"在盾后持枪的士兵在这个字出口的刹那便迅速地做出了反应，迅猛地将手中近一丈长的长枪向前投出，几十杆枪瞬间将茅屋插得支离破碎，本就荒废多年的茅屋脆弱的梁柱再无法支撑，轰然倒塌，扬起一大片灰尘。士兵们在废墟中翻找了一阵，但除了破碎的垃圾以外，一无所获。将军面沉似水，茅屋在第一时间便被团团围住，按理来说出手那人应该还在屋中。他转身向祭坛方向走去，准备继续行刑。既然那人是为了救少年而来，那么肯定不会坐视不管，这也是逼那人露面的最好方法。

然而走到一半，他却猛地举起了右手："射击！"余音还未消散在空中，四周的树林中便飞出了如蝗虫般密集的箭矢，一息之间，便将周边所有房屋射成了筛子，屋里的一些瓦罐也被射得粉碎，兵士们搜寻过后，依旧没有找到任何人的踪迹。将军搓了搓满是胡茬的下巴，面露沉思之色，随后快步回到祭坛之上，看着少年，面带怜悯："看来有人不想你死。"少年已经将望向青阳山的目光收了回来，刚才的变故让他心惊，但却没能改变他的绝望："有人希望我死，自然就有人希望我活。"将军点了点头，紧接着又笑着摇了摇头："可惜他们不知道，我是行刑人。"少年咧着嘴难看地笑了笑，他无话可说。他知道面前这将军的身份，也因此明白要救出自己是多么难的事。

将军姓胡名云，字逸夫，是最受蒙昭信赖和恩宠的部下。嬴重清楚胡云的发家史：在蒙昭还是一名二五百主时，胡云就是他的手下。蒙昭战功卓著，一路升迁，胡云也就跟着他一路提升。朝中不少人把胡云说成蒙昭"得道飞升"时带上天的鸡犬，胡云也表现出一副全无能力的样子，在蒙昭身边阿谀奉承。但只有少数人才知道，胡云是可以排在整个秦帝国前五的战术大师，蒙昭一生经历的大大小小几百场战役的战术决策都与胡云有着密不可分的关系，且他尤其擅长指挥小规模战斗。元皇帝崩后一年，蒙昭举荐胡云为卫尉，专责统辖卫士，警卫宫门之内。就是傻子也能想到，在三个月前的那场政变中，胡云起到了至关重要的作用。

少年了解胡云的能力，更了解胡云既为嬴氏叛将，自然比任何人都想自己死，因此他才会那么绝望。他甚至在心里默默祈祷那些想要救出他的人赶紧离去，因为这很显然是一个想把嬴家仅剩的支持者一网打尽的陷阱。

胡云见少年默不作声，摇了摇头，手中长刀再次高高举起。正欲落下，远处又有碎石飞来。这次胡云早已有了防备，手腕一抖，长刀便调转方向，劈开碎石，随即扭头向碎石飞来的方向看去，只见在不远处的路中央，不知何时出现了一位青衣老者。胡云冷笑一声，朝青衣老者的方向一努嘴，众兵士便快步上前将那老者团团围住了。而少年看到那位老者，心中却慌乱起来，对老者的身份有了猜测。

老者头上戴着青色的兜帽，低着头，谁也看不清他的脸。他虽然被兵士包围，却没有显出一丝慌乱，反而不慌不忙地从怀中掏出一杆长箫缓缓吹奏起来。箫声响起的刹那，少年浑身一颤，双目竟落下泪来。箫声缓慢且忧伤，像诉说着一个令人断肠的故事。周围全神戒备的兵士也受到了影响，不由得将手上长戈重新握了握。

胡云眉头一皱，脸上有了一丝凝重之色。秦军素以意志坚定著称于世，何曾有被一首曲子吹得心志动摇的时候？他大声喝道："来者何人？！"他声音中加了几分气力，顿时将那些沉浸在悲伤箫声中的兵士喝得猛然警醒。老者见胡云将那些兵士喝得一机灵，呵呵笑了两声，便把头上戴着的兜帽向后一抹，抬起头来。

胡云见到老者容貌，有些惊讶，却未显露出来，只是呵呵笑道："原来是秦老，难道秦老要违逆圣意，图谋救出太子殿下吗？"他刻意加重了"太子殿下"几个字的读音，充满了嘲讽意味，心中却丝毫不敢放松警惕。而胡云的副官在一旁，更是紧张得把缚着少年的铁链又在手上缠了一圈。作为蒙昭亲信，元皇帝在时，胡云曾与蒙昭一起出入宫廷，多次见过这位秦老。秦老在宫中虽然职位不高，却深得元皇帝和二世皇帝信任，曾被指名调去服侍太子起居。不过今日看来，这位平日里仿佛邻家老者般和蔼可亲的秦老并不像他以前表现出的那么简单，仅用小半段乐曲就能引得周围这些久经沙场的士兵紧张不已。这让胡云有些摸不透这位秦老的根底。

秦老倒没有理会胡云的质问，反而咧开嘴，露出了敦厚的笑容和一口歪歪扭扭的黄牙。他将长箫别在腰间，向少年的方向躬身一拜，用中原人听来略奇怪的口音说道："少主，老秦来接您啦！"听得秦老独特而熟悉的声音，少年再也按捺不住心中激动，猛然挣扎起来，把浑身的铁链拉扯得哗哗作响："秦老快走！这是陷阱，是陷阱啊！"

秦老听闻此话，一点也没露出意外之色，反而转向胡云道："胡将军，今天除了我，不会再有人来了。不如把藏在暗处的人叫出来？"胡云盯着秦老的脸看了好一会儿，却看不出什么异常，心中不免有些失望。他微笑着点点头："秦老乃是服侍三朝皇帝的敦厚长者，既然有请，云又怎敢不从？"他伸出右手做了几个手势，周边密林中便有不少隐藏着的兵士走了出来。秦老看着胡云大笑："胡大将军，老秦虽然没读过什么书，不识得几个字，却恰巧识得你刚才做的手势。胡大将军说一套做一套，实在不是君子所为啊！"

胡云面色一僵，笑容迅速消失。一旁正窃喜的副官，闻得此话，额头上也渗出了冷汗：这在宫里服侍皇家的老东西怎会认识大秦军中秘传的交流手语？胡云强迫自己镇定下来，笑道："没想到秦老所知如此广博，倒是云班门弄斧了。"说着又伸手做了几个手势，近处的密林中就又钻出不少人来。秦老没说话,只是脸上的笑意又多了几分。胡云心里一沉,脖子上青筋暴露,又将手伸到空中挥舞了几下,密林中、高树上乃至房屋的废墟之中,又钻出不少人来。

最后出现的那批人着装与前面的人有所不同,秦老双眼微眯,看着他们笑道:"蒙昭真是对胡大将军信任有加,连忠信卫也派来了。"胡云闻言,面色大变,副官更是差点抓不稳手中的铁链:蒙昭亲卫以忠信为号,平日里未曾显露于人前,且这是连军中乃至蒙昭很多下属都不知道的事,秦老怎么会如此清楚?胡云握紧手中长刀,强作镇定地喝道:"大胆!陛下圣名岂是你可直呼的!请殿下薨乃是大事,陛下谨慎,自有道理。"他深吸一口气,平复了心情,将长刀平举,指向秦老:"秦老难道当真要以一人之力对抗圣意?"

秦老没回答他,倒是笑着反问:"胡将军,你可知道刚刚屋内打碎的是何物?我刚才吹的又是什么曲?"胡云被他这样一问,心中一惊,额角便有冷汗渗出。没等他回答,秦老接着说道:"屋内瓦罐里,放的是醉仙引。刚才那首曲子,名唤《红尘曲》。"他笑眯眯地看向胡云:"胡大将军,老秦已经说到这一步了,精明如你,应该不需要我多说什么了吧?"

秦老每说一字,胡云面色便阴沉一分,到最后已是难看至极:"没想到'四客二宗'中行踪最为诡秘的南客,竟在宫廷中隐姓埋名这么多年。如此说来,怪我大意轻敌,竟让秦老得逞威风。"秦老见他如此反应,满意地捋了捋下巴上稀疏的花白胡须:"老秦所学不少,但最为得意的还要数蛊、毒之道。我以有心算无心,将军阴沟里翻船,倒也算不上委屈。"说完,他轻轻打了个响指:"还不倒?"几息后,场中包括胡云和少年在内的所有人应声而倒,不省人事。老者轻笑,信步走进横七竖八的人堆中,扶起少年,又从怀中掏出一个玉瓶,拔去塞子,在少年鼻前一晃,少年立即恢复了神志。

少年硬撑着发软的四肢站起,向秦老深深鞠了一躬,秦老见状,连忙伸手扶起少年。少年心中感慨良多，元皇帝还在世时，便安排秦老贴身服侍他，故而他与秦老名为主仆，实如祖孙，只是他未曾想到，平时待人和善，似乎永远也不会生气的秦老竟然还有着另外一个令人生畏的身份。搀起少年后，秦老走向胡云，从他怀中摸出钥匙，解开了少年手上、脚上的镣铐。

少年舒展手脚，感受着三个月来从未曾感受过的自由。此时，空地上躺着的近千兵士，只剩寥寥数人还能依靠多年征伐养成的强大意志力勉强保持清醒，胡云自是其中之一。少年见胡云勉力睁眼瞪着自己，不由轻笑一声，走到胡云近前，伸手抓起掉在一旁的长刀，狠狠向胡云的脖颈斩去。胡云虽无力躲闪，却也不闭眼待死，反而更用了几分气力睁大双眼，仿佛要记住少年是如何杀他的一般。只是这一刀并未斩在胡云的脖颈之上，寒光贴着他的颈部闪过，划出一道伤痕，带出几滴鲜血。少年俯身轻声道："胡云，你该死，但孤今日不杀你。终有一日，孤要在战场上击败你，孤要让你亲眼看看，蒙昭和你的背叛是何等的愚蠢，你们所谓的不败神话是何等可笑。"胡云无力说话，怒瞪着的双眼中除惊魂未定外还露出一丝讥讽，蒙昭和他的不败神话，是在一场接一场的生死搏杀中创造出来的，不是少年这样空口说出来的。他自信，蒙昭和他所率领的是这世界上最强大的军队。

少年看出了胡云眼中的讥讽，咧了咧嘴："你自然不相信孤，可当年不同样没人相信大秦能横扫六合？"话毕，少年也不在意胡云的反应，扭头跟着秦老快步离开了。

二人离开不久，远方便疾驰而来大队骑兵，正是先前胡云派出的兵士叫来的援兵。胡云的计划几乎万无一失，只是谁能想到，秦老竟然能在这么短时间内让近千名大秦精锐失去战斗力，甚至让精锐中的精锐、蒙昭的忠信卫也着了他的道。因而率领大队骑兵的将领见到众兵士横七竖八地躺了一地，大惊失色，连滚带爬地翻下马来，冲到胡云面前。

胡云此时虽然仍旧四肢发软，但已经可以勉强动作了，他眉头紧皱，声音沙哑地命令面前神色慌张的骑将："回栎阳。"骑将连忙将胡云搀上马背，向北方疾驰而去。

两个时辰后，胡云单膝跪在正看向窗外的蒙昭背后，讲述事情的经过。蒙昭登基后，并未事事严格遵循传统礼法，很多规矩还是军中的规矩，如将军见他不需全跪，行军礼便可。此时胡云尽管只是单膝跪地，但身形晃动，面色惨白。秦老用的醉仙引，毒性虽不算强，但处理起来却极为棘手，即便是宫内御医也颇费了一番工夫，胡云也因此气血大伤，不静养上十天半个月，只怕不能恢复如初。但身体受损并不是胡云面色如此阴沉的原因，他自责，怎么能够如此大意，竟然让必死的少年被救走了。

"好了。"蒙昭回过身，温和地说道。他虽然已经年过半百，却须发皆黑、身形壮硕，看起来不过而立之年。他看着胡云，又道："此事并非逸夫你一人之错，朕也未曾想到在宫内服侍多年的下人竟是南客。南客有心算计，你就算十二分小心也不够用。这大约也是他留下的后手之一。"

"可是罪将……"胡云声音沙哑。

"不必可是。"蒙昭打断了胡云的话，声音中带有一种令人不由服从的威严，"如何处置嬴氏子，我自有打算。至于你……"他顿了顿，"辽东那边的东胡部落，最近好像不太安生。"胡云明白蒙昭的意思：让他去帝国的东北戍边卫国。他悬着的那颗心终于稍稍放下，此举是对他的处罚，但又何尝不是对他的一种保护？出了这么大的错漏，就算蒙昭原谅他，那些盯着他位子的将领，还有除了嘴上功夫一无是处的文官也会不断上疏弹劾，毕竟在绝大部分人眼中，他只是个靠阿谀奉承上位的弄臣罢了。而辽东尽管是化外之地，气候严寒，对胡云这样早已习惯了风餐露宿的军人而言，与栎阳城内的宫室也并无大的差别。胡云没再说话，起身向蒙昭深鞠一躬便退出了宫殿。他跟随蒙昭二十多年，比任何人都了解蒙昭的性格，也和蒙昭形成了远超常人的默契，有些话不必多说。

没有理会退出去的胡云，蒙昭转身微眯着眼看向窗外，又伸手摘下一枚窗外树上新发的嫩芽，两指轻捻。嫩芽流出青翠的汁水，将他的指尖染成了淡绿色。微风从窗外吹进屋内，给并不大的屋内带来了几分寒意。蒙昭伸手轻掩窗户，坐回桌前沉思起来。

第 二 章

嬴重跟着秦老逃离青阳山，最初还能勉强跟上秦老的步伐，但狱中生活艰苦，他虽然还维持着外表上的体面，身体却已虚弱至极。烈日当空，他满头大汗，体力很快就难以为继了。秦老见他这样，一阵心疼，蹲下道："少主，老秦背您走吧，就像您小时候那样。"嬴重顿觉不好意思，自己小时候还能坦然伏在秦老背上，现在自己已经长大，再让秦老背着，成何体统。秦老见他犹豫，猜到他心中所想，出言宽慰道："少主不必在意，胡云在见势不妙时，已派人向附近军队求援，如不快走，他们包围上来，只怕想走也走不了。请少主先让老秦背一段，到安全的地方要紧。"听得这话，嬴重这才点点头，爬上秦老的背。

嬴重毕竟已是十几岁的少年，身高与秦老相近，被他背着在旷野中飞奔，双腿几乎要垂到地上，很不协调。嬴重却没心思去注意这些，他心中有千般疑惑，却不知如何开口询问，不觉憋红了脸。秦老似乎有所感应，笑着偏过头来，向嬴重讲述了一切。

"我本不姓秦。五十多年前，我还只是南方蛮族一个小部落的普通娃娃。我本来以为自己会像父辈一样，等长大了，在部落里娶个媳妇，生几个娃娃，最后老死在那里。可惜呀，可惜……附近的大部落袭击了我们的部落。"秦老轻松的语气陡然变得沉重，"我的阿爹阿姆、大兄阿姊，还有我喜欢的姑娘，全死了！一个没剩！"说到这儿，秦老沉默了半晌。嬴重伏在他背上，不知怎么安慰他，只能用双手抱紧他。

秦老感觉到嬴重双臂缩紧，笑了笑："少主不必为老秦心疼。已经五十多年过去了，老秦早看开了！他们来的时候正是晚上，我被阿姆扔到了拉粪的驴车里，他们带走了驴，却扔下了粪车，我才活了下来，也成了部落里唯一活下来的人。等他们走后，我从满是粪便的车里钻出来，部落里人的尸体却早都被火烧焦，分不清谁是谁了。我把尸体拖进部落中央用来祭祀的大坑里草草掩埋后便离开了，一心想着杀光那个大部落的人报仇。可我那时还只是个娃娃，一个人在丛林里甚至没法生存，谈何报仇呢？"他顿了一下，语气再次轻松起来，"我在丛林里挨了半年，吃过野果野菜，也吃过树皮树叶，有时候其他部落出去打猎了，我就悄悄到部落里偷兔子、鸡来烤着吃。少主，有机会老秦一定要请您尝尝那烤兔肉的滋味，油在肉上滋啦啦地响着，咬一口汁水四溅……想起来我都要流口水！"

他放缓脚步，腰腹发力，将嬴重向上托了托，又腾出一只手抹了抹脸："我就那样活了半年。一次，我去那个大部落里偷东西，看到他们又劫掠了一个部落，带着一车又一车的战利品回来，正在篝火旁欢饮舞蹈，庆祝胜利，我就想起了那天晚上。照这样下去，我什么时候能报仇啊？而且大部落有那些强壮的战士、锋利的武器、坚韧的兽皮，我什么也没有，拿什么报仇？从那时起我就决定离开那片丛林。我小时候曾听部落里老人说，丛林外有辽阔的一望无际的平原，有百万人之众的强大国家，有可以轻松刺穿坚韧的兽皮的武器……只有走出去，才有可能报仇！"

嬴重感觉秦老的脚步又放慢了一些。"可是一个娃娃想走出看不见边际的丛林，哪有那么轻松？我走了一个多月，总算走出了丛林。丛林是走出来了，我却又渴又饿，晕了过去。我醒来后，发现自己躺在一个营地里。"嬴重猜到他要说什么，接话道："我爷爷……元皇帝救了秦老，对吗？"秦老笑了："对喽！陛下救了我一命！我向陛下讲明了我的身世，陛下说能帮我报仇，代价是我为陛下卖命。我贱命一条，如果没有陛下相救，只怕已经成了野兽的食物，就算陛下不说帮我报仇，我也要报答陛下的救命之恩，何况陛下给我那么大的恩典！哪怕陛下叫我去死，我也会毫不犹豫地献出生命！我进入陛下的亲卫队，活了下来，后来才成了老秦。"嬴重刚想问什么，秦老却停下了脚步，将他放在地上："少主，咱们算是暂时安全了！"

嬴重这才从秦老的讲述中回过神来，打量周边的环境。他们正身处一片密林之中，太阳已然西斜，看样子再过半个时辰便要天黑。早春的密林中虽不似夏日那般蚊虫肆虐，却十分阴冷，这让虚弱的嬴重不由得连着打了几个喷嚏。秦老将嬴重放下后，三两下便爬上了一旁的一株大树，取下了一个包裹。包裹内是几件粗布衣衫以及秦老早已备好的验、传。秦帝国制度完备，百姓比邻而居，五户一伍，十户一什，平日里不得随意离乡，若要出外，除要有证明身份的验外，还要有里正、亭长所写的传以说明外出理由，若不如此，被发现了便要发为城旦舂，筑城服刑。

嬴重换上衣服，粗劣的布匹将他的皮肤磨得生疼，他不自然地扭扭脖子："秦老，如今我们往何处去？"单凭他们两人，定然无法逃过精锐兵士的围剿——两条腿如何跑得过战马车驾？看到他眉眼间无法掩饰的忧虑，秦老笑着整了整身上的裋袍，又走到嬴重身后为他编发髻："少主不必担忧，蒙昭必然想不到先帝对此早有准备，想不到少主会有验、传，也不会想到少主会反其道而行之，从他们眼皮子底下招摇而过。"说着，秦老从怀中掏出早已准备好的木棍将发髻固定在嬴重头顶左侧，又拿出工具为他简单地易了容，任谁也想不到面前这个粗布衣裳的瘦弱青年便是秦王太子。

嬴重有些不习惯地摸了摸秦老为他固定好的头发，心中已经平复不少，既然秦老早已计划完全，那便不必担心，却又听秦老说："少主在狱中受苦几月，今日又逃亡一路，难免饥饿疲惫，前方官道旁有间客舍，少主便先歇息一晚，明日再走。只是要委屈少主扮作老秦孙子，这样才不惹人怀疑。"嬴重嘴巴微张了张，最终却只说了句："我听秦老安排。"

二人走到道旁简陋的客舍门前，嬴重重重敲了几下门，半响才有舍人过来开门。舍人四十岁上下，鬓角已然发白。嬴重见舍人出来，上前一步道："老丈，天色将晚，我祖孙二人想在客舍住一晚。"

舍人面色冷漠，一边伸出手来，一边语气生硬地说："验、传！"嬴重谨记自己现在的身份，连忙挤出讨好的笑容，从怀中掏出木制的验、传，双手交给舍人。舍人眯着眼将那验、传翻来覆去地看了老半天，又上下打量了嬴重二人好久，这才将验、传递还给嬴重，引他们二人进了客舍之中。

正是初春时节，天气尚寒，客舍内还烧着地灶，有三人正围坐在地灶边闲聊，见二人进来，向旁边挪了挪，又接着说自己的话去了。秦老此时身上宗师气质全消，就如同寻常老人一般，颤巍巍地盘腿坐下，声音也变得十分沙哑："舍人，我祖孙二人赶了几日路，干粮吃完了，能否为我们做些汤饼，顺便备些干粮？"舍人依旧面色冷漠，点了点头，转身欲走，却又想起什么似的回头看向嬴重："客舍内不准私斗，违者重罪，你可知道？"

嬴重闻言一愣，连忙点头："知道知道，小子知道。"见他态度还算诚恳，舍人又用警告的目光看了他一眼，这才慢悠悠地走向后院。不多时，便端出两碗热腾腾的汤饼来。客舍地处偏僻，汤饼中自然也没什么好材料，只随意地放了些野菜和粗盐，只是嬴重腹中饥饿，也顾不上好吃不好吃，径直端起碗来，吹了两下便吸溜着吃完了一碗，又意犹未尽地咂摸咂摸嘴——这是他几个月来吃得最痛快的一顿饭了。秦老跟他不同，慢条斯理地端起碗来，缓缓吹开碗上热气，这才用木箸往嘴里扒汤饼。

嬴重刚放下碗箸，就听见一旁坐着的中年男子压低声音与另外几人说：

"我听闻，嬴氏太子今日行刑！"一边坐着的少年闻言摇头叹息："可惜，可……"后一个字还未出口，一旁看起来较少年稍年长的汉子就伸手重重打上了他的头："说什么呢，不要命了？"少年闻言，嘴一瘪，挪了挪屁股，便不再言语了。一旁那中年男子见了摇了摇头，转头盯着地灶内噼啪作响的树枝，也不再说话。

尽管几人已经有意压低声音，嬴重却也听得真切。听着这几人熟悉的秦地口音与话语中的惋惜之意，他心中不由有些感动，看来老秦人还没忘了嬴氏。

秦老刚刚放下碗，便有披挂整齐的骑士从外面推门而入，舍人连忙上前笑脸相迎。那骑士却没给舍人什么好脸色，拉着脸环视舍内一圈才开口："嬴氏子为逆臣劫走，尔可曾见过？"那舍人先是一愣，接着连忙说："不曾见过。今日有五人在舍内过夜，皆验过验、传了。"那骑士点点头，眯眼看了看一旁低下头默不作声的嬴重与秦老。感受到他的目光，嬴重装出了一副茫然的样子。骑士很快收回了目光，对舍人道："如有线索，即刻上报乡尉，尔当明白，知情而不报者，与犯人同罪！"舍人连忙点头说明白，骑士这才转身出了门，勒马往远处去了。

骑士离开良久，先前那三人面面相觑，好一会儿才窃窃私语起来："嬴氏太子被劫走了？""如此看来，先帝……""什么先帝！噤声！"

秦老与嬴重对视一眼，微微点头，看来他们暂时是安全了。敌人的搜索重点应当在野外，而不是客舍或城市这样有官方人员的地方。尽管放心了些，但那骑士离开之前颇含深意的打量却让嬴重有些疑惑，那骑士如果有怀疑，就应当直接上来询问，不可能凭舍人那句话就没了怀疑，可若他本就没有怀疑，又何必望自己一眼？嬴重带着疑惑望向秦老，却看见秦老笑着对他轻轻摇头，这才放下心来。

秦地自古便是中原人士印象里的荒苦之地。秦地西南紧挨着一条绵延数百里的山脉，连世代居住在秦地的老秦人也极少踏足。他们充满敬畏地称这条山脉为南岭神脉。没人会想到，在这片大山之中，会有一个破旧的草庐，更不会有人会想到，有人会来拜访匿身于此的隐士。

草庐之外是一方田地，被精心犁过的田垄分为两半，半边种花，半边种菜。可是当下，被照料得极好的花和菜全部被大雪覆盖。这样的大雪哪怕是在极北的草原上也属少见，这里的生物更无法适应，田里作物不是被积雪掩盖了身影就是显出萎靡的颜色，无精打采地垂下头去；原本在山中活跃的兽禽也多有冻死，只有少数幸存的缩在窝内，不敢出来。那位客人昨夜月至中天时敲开了庐门，进门时，有北风携雪呼啸而进，就像是他带来的这场大雪一般。

与山间种种凛冽不同，草庐内燃着炭火，火中木柴噼啪作响，屋里温暖如春，就连桌上的文竹也依旧青翠。只是那位客人的到来改变了这草庐内的气氛，室内的气温仿佛也下降了少许。草庐主人面带微笑，让人感觉如沐春风。他端坐于桌子内侧，身上衣服、头上布冠都用的是农家寻常可见的粗布，脚上草鞋已有破烂之处，露出他黝黑的肌肤。他端起陶壶，为客人面前的茶盏添茶。客人的穿着用料较主人好些，但也不过寻常而已。他双指轻敲桌面，面无表情地盯着主人，好像要从主人的表情中看出什么。

二人这样的状态已经保持了整整一夜，自客人进门开始，他们就没说过一句话。

主人又提起了陶壶，茶水已经泛白。主人轻笑着拿起插在一旁的前端微微发黄的木棍，认真地将陶壶中细碎的茶叶一片一片拨出来。他拨得十分认真，仿佛这才是最重要的事。客人端起面前颜色极淡却仍极苦的茶水，另一只手掩面，缓缓饮了一半，接着将茶杯按在桌上，右臂一横，身体缓缓前倾："与师兄一别，已有二十余载，却不知师兄竟在南岭中避世而居。如此僻远荒凉，实在不像师兄这等贵人所能居之所。"他毫不掩饰嘲讽之意，可主人好像未听见这句话似的，脸色未有一丝变化，只不慌不忙地摘下一旁悬挂着的布包,小心翼翼地捏出一撮不能再碎的茶叶,投入陶壶,又添了水,再将壶挂于火上,这才露出笑意,慢条斯理地回答:"此言差矣。曾学'子曰:君子居之,何陋之有'一句,师弟可是忘了?"

客人身子向后一靠,面带冷笑:"自是不敢忘,只是一别二十余载,如今却有新奇发现,师兄不知学问有何长进,脸皮倒是厚了不少。以往自谦为凡俗,如今也敢自命为君子了。"主人闻言,一阵大笑,抢在客人开口前道:"先生逝前,曾在病榻上问你我最后一题。这么多年过去,师弟可还记着?"

客人听他提及先生,种种回忆涌上心头,紧绷着的腰背便是一松,原本冷笑着的面容也整肃起来:"先生遗问,自是不敢忘怀。"主人伸手邀请道:"时隔二十余年,但请师弟试答。"客人垂头仔细理了理本就齐整的衣服,又把双手置于膝上,这才一字一顿道:"自是恶也。"

主人轻笑着摇了摇头:"这么多年过去,师弟依旧未变。"客人也笑道:"师兄未曾改弦,师弟又怎敢易辙?"二人笑了一阵,还是主人先轻叹道:"师弟出身贫寒,为学刻苦,这都很好。只是做学问时太过自我,反倒落了下乘……"

客人冷笑着端起面前半杯茶水,打断了他的话:"自然比不得师兄,师兄出身豪贵,才华横溢,常有灵光乍现,便是先生也赞叹不已。如此说来,倒也怪不得师兄不能理解师弟这等饥坐寒窗、迁思回虑才偶有所得之困顿庸人的苦楚了。"话毕,将杯中茶水一饮而尽。主人没说话,只是轻轻叹了口气。见主人不作声,客人将手中茶杯往桌子上重重一放:"师兄言说人性本善,依我看来,不过是天真烂漫之想。豪贵但有所欲,生民便要多出种种疾苦,师兄难道能充目不见、充耳不闻?"

主人双目微阖,又端起茶壶为客人添了一杯茶,轻声说道:"人无善心,何出善行?一孺子将入于井,路人见而不忍,疾走救之,岂出于恶?"客人没答话,饮尽杯中茶水,起身向门口走去,走到门前才回身说道:"师兄所言,如画饼充饥,岂可饱天下人乎?而今生民将鱼跃入井,师兄却结庐山中,真是好一副神仙做派！"主人伸手拿过客人的茶杯，伸手取下挂在一旁墙上的瓢，从一旁的木桶中舀出清水，又拿起搭在桶沿的抹布，擦拭起杯子来，口中却似随意地说道："师弟，学其上，仅得其中；学其中，斯为下矣；汝学其下，将何得乎？"

客人看到他擦拭茶杯，脸色已是一青，又听他嘲讽，面色更差，语气生冷道："师兄便在山间静心画饼，师弟先行一步！"话毕，摔门而去，房檐上积雪也被震落几许。

主人见他气愤离去，不由放声大笑，只是笑着笑着，眉间愁苦便渐渐浮现，再笑不出来。

窗外大雪依旧。

一夜安眠后，二人拿上舍人备好的干粮，付了钱，又在附近城里买了辆马车，赶了整整十天路。秦老习武多年，又曾是军伍之人，因而只是略有些疲惫，精神还不错，嬴重则显得有些狼狈。虽说王室尚俭，他算不上养尊处优，但也没有这种朝不保夕且风餐露宿的经历。车上颠簸，他休息不好，搞得疲惫无比，只能凭一股少年人的意气强撑。

马车停下，秦老掀开车帘道："少主，请下车吧！"嬴重强打精神，扶住门前把手缓步走下。马车停在一处营地之中，秦老引他进了最大那座营帐，帐里早有人等候多时了。

嬴重刚一进帐，双眼还未适应帐内的幽暗，便听得有人齐声呼道："罪臣恭迎太子殿下！"他这才看清帐内状况：数十人跪拜在两旁，中间留出一道，直通中心的大椅。他深吸一口气，步向那简陋的木质大椅，缓缓坐下："请众卿平身免礼，孤……唉，我这等刚刚逃出生天的阶下之囚，只怕已无甚资格称孤道寡。"他手指轻轻摩挲着潮湿的木椅，看着帐内众人，脸上不由得浮现出一丝苦笑。帐内人都是文臣模样，没有一名武将，想来也没有多少兵力可用。

众人听他话中颇有心灰意冷之意，不由心中暗叹。他们能理解太子逢此大变心中多有悲凉，但现在不是伤春悲秋的时候，若是太子殿下不能够以强力领导众人，只怕不用蒙昭出力，自己这些人很快就会离心离德，不攻而破。众人正沉默着，一个年轻文臣手持笏板走上前来。嬴重认得他，这人叫作澹台明，字子显，是治粟内史丞，在治粟内史府中颇有人望，甚至被看作下一任治粟内史的热门人选。他能来附，倒让嬴重有些意外。澹台明向嬴重深鞠一躬道："殿下如此妄自菲薄，似已无讨逆诛贼之志。既如此，不如自缚面贼，以求苟活！"众人听得此言，纷纷出言呵斥他不逊。嬴重倒是没作声，他双目紧盯着前方那个躬身的青年，良久，轻笑着闭目摇了摇头，重新睁开时，已有了不一样的神采："子显先生之言如当头棒喝，喝醒穷途之人，明孤之志！还请先生起身！"澹台明这才面露笑意，行礼后缓缓起身，退回原处。

嬴重细细审视着帐内众人，大部分他看着都面生，只对少数几人有些许印象。他略做思考，缓缓开口道："逆臣蒙昭，好乱乐祸，本无懿德，元皇帝怜其薄才而用之，然贼不思忠君报国，不改逆乱之性，乃至于罔顾天威，弑君窥位，至令天下颠覆，士民吁嗟。孤忝为元皇帝长孙，先帝长子，不能守祖宗基业，未诛逆贼于朝，心甚痛之。今欲诛逆贼蒙昭，诸公可愿助我？"众人听他言行有度，心中大定。在嬴重到来之前，他们担心有二：一是嬴重志大才疏，不堪辅佐；二是他遭此变故，心灰意冷，难成大事。几番商议之下，他们决定让辞官前地位最高的澹台明出言相激。现在看来，至少这位太子殿下并非不堪之才，这让众人对成事多了几分信心。众人念头飞转之际，纷纷躬身行礼："不才愿随殿下讨伐叛逆，诛杀不臣！"

嬴重点了点头，问道："孤受囚三月，又方至此地，对当今情势多有不知，哪位先生可为孤介绍一番？"澹台明又站了出来，微笑躬身道："殿下容禀，自三月前栎阳事变，朝中仍忠于先皇之士便暗中联系，以图大事。我等先行辞官，辅佐殿下。朝中仍有不少人心向殿下，乃为内线。至于军事，秦军受蒙逆控制颇深，仅能联系到公车司马令孙泽厚、刘子威二位将军投效殿下。只是蒙逆日前清算天家忠良，若是急匆匆来投，只怕有不测之事，因此二位将军一时不敢脱身，只怕还要一段时间才能到殿下帐前效力。"他转身向立在帐口的秦老一拱手，又道："我等出了栎阳城，才知道联络我等的秦老先生乃是元皇帝亲卫首领。元皇帝雄谋远略，为防不臣，特备八百兵马，授秦老掌管，且幸得栎阳义商周子明倾力资助银钱粮草，我等才得以在此地恭候殿下。"

嬴重点点头。澹台明所言情况，比他所想象的稍好一些。秦老所掌的八百隐军，应是元皇帝留下的后手，虽说人数并不多，但在战场上，如果运用得当，一股百炼精兵可是比万人还要有用。他沉思良久，又道："蒙昭势大，而孤兵少将寡，且无立锥之地，该当如何，诸位或可教孤？"又有一人走上前来拱手行礼道："臣何越，表字义超，忝为李相国门生。相国大人心向殿下，不肯事贼。只是那蒙贼行逆事后，需要相国大人在朝助其稳定人心，种种威逼之下，相国大人只能蛰伏朝中，遣臣服侍殿下左右。"尽管嬴重不了解相国在那件事中发挥了什么样的作用，也不清楚他是否真的对嬴氏忠心耿耿，但面对相国一系的示好举动，他还是微笑着点点头道："相国不愧为国之梁柱。"

何越微微鞠躬以示感谢，接着道："蒙贼势大，不可强取。须知秦皇一宗，出于西方蕞尔之地，而能成一统之大业，皆由其励精图治、君臣一心。今蒙昭弑君，殿下大义在手，诸公为国投效，将士齐心讨逆，天时、人和已备，当务之急，乃是为殿下谋得一郡之地立足，其余事再议不迟。臣来此前，相国有一卷书信托付，今交予殿下。"说着从怀中掏出一卷竹简，双手奉上。

嬴重展开竹简，读完长舒了一口气，挺直腰背，向众人说道："义超所言，相国已有计较，五年之内，定能为孤谋得一郡之地立足，以图大事。"众人这才知道相国暗中已有此安排。

又有一人站出，向嬴重拱手告罪，嬴重也认识此人，乃是原郎中令丞，姓王名简，表字子平。王简行礼后转身面向何越道："义超兄，简无意非议相国安排，只是五年之期是否太长？蒙贼篡位，局势未稳，如不趁机发难，待其局势稳定，只怕起事愈难。何况天下仁人志士尚不知殿下安危，纵使有心来投，也不知殿下心思。殿下此时蛰伏，未免令天下士人寒心……"何越不赞同地摇摇头："子平兄有所不知，自栎阳事变以来，在上有蒙昭压制，在侧有原六国贵族借机上位，在下则官员流换、政令不通。若非蒙昭还需要相国为其正名，只怕相国也有性命之忧。如此情况下，谁也无法有太大的动作。五年，已是力所能及的最短时间了。何况蒙昭帐下大军百万，我等兵少将寡，若匆忙起事，大军来攻，实难抵挡。不若潜于暗处，择机而出来得安全。相国之策实出无奈，请殿下明察。"

嬴重轻抚着扶手，思虑良久，这才缓声道："五年时间，孤等得起。孤曾闻成大事者，不计一时之小得小失，现在起兵讨逆，无异于以卵击石。相国大人所谋不错，此事不必再议。"说完，他令众臣先行离去。众人离开大帐，嬴重再也抑制不住困意，不等一旁下人请他回去休息，便靠在椅背上沉沉睡去了。秦老知他一路上精神紧张，再加上车马劳顿，已是疲惫不堪，也不出声打扰，挥挥手驱散下人，亲手为他盖上薄被便出帐去了。

嬴重醒来，已是深夜。他走出大帐，发现秦老正站在帐前守护，心中感动不已。他请秦老进帐坐下，下人便将早已备好的肉汤端上案来。喝完肉汤，嬴重精神好了些，却听得秦老问道："少主，若要有一郡之地立足，依相国之言，尚需五年时间。这五年时间，殿下可曾想过如何安排？"嬴重点了点头道："孤生长于深宫之中，未识兵事，才不堪用，想趁这五年学文习武，学成之后方能讨伐蒙昭，只是苦于无人教导，因此想请秦老教孤军略武功。"

听闻此话，秦老咧嘴笑了，露出一嘴歪歪扭扭的牙齿："老秦没什么能耐，能走到今天，全靠元皇帝陛下厚爱，可教不了少主。不过先皇深谋远虑，早有打算。少主可愿到南岭神脉中拜师学艺？"嬴重听得此话，有些意外，沉声问道："所师者谁？"秦老笑道："'四客二宗'里的儒家宗师，当今儒家执牛耳者，洛柯。"嬴重沉吟了一会儿，又问："依秦老看来，这位洛师本事如何？"秦老面色严肃："其人才大，能胜他之人，天下大约不足一手之数。"嬴重一拍扶手，叫道："好！如此，孤便上山拜师。"

次日清晨，嬴重便召集众人，令众人各自回乡，以待成事之期。众人虽心中遗憾不能当下便起事讨贼，却也明白此事不能一蹴而就，于是挥泪叩别嬴重，请他保重身体，便各自离去了。

澹台明临走时，走到嬴重身前缓缓一拜："臣有一请，还望殿下成全。"嬴重将他扶起道："子显先生能辞官来投，孤感念不已，还请子显先生勿要顾忌，直说便是。"澹台明面容整肃："殿下的行踪乃是第一等的机密，臣不敢过问，只有一事劝殿下。殿下居于深宫，未曾治一县之地，或亲历战事，臣请殿下在这五年内重整旗鼓，学些治国理军之道，不仅为己，也为国做些谋划。臣妄议殿下，望殿下恕臣之罪！"说完，又是深深一拜。

臣子妄议主君乃是一等一的犯忌之事，嬴重却并不因此动怒，反而有些感动。他扶起澹台明，说："子显先生，蒙昭将孤下狱的那天，孤便后悔所学甚少，不能诛逆救国。此次诸位先生回乡，孤也要学好本领，好教天下人知道，嬴家神器，不可轻动！"澹台明看嬴重精气神十足，点了点头，辞别嬴重，乘车离去了。

送别了众臣，嬴重便和秦老引兵向南岭神脉方向而去。带兵虽然显眼，但秦帝国文武官员分属两个系统，互不干涉。蒙昭上位后，这种情况更加严重，地方官员根本无权过问兵力调动之事。而且，相较于前些年动辄成千上万的兵力调动，八百军士实在少得可怜，加之秦老曾是元皇帝亲卫，对于秦军内部各项号令再熟悉不过，伪造虎符更是轻而易举，遮掩之下，倒也没人怀疑。

嬴重伪装成军营中的伙夫，换上了普通军士的布衣盔甲，把原本白皙的脸涂抹得一道黑一道白，纵是原来服侍他的宫女来了，十有八九也认不出他来。

一行人就这样向南岭神脉去了。

第 三 章

　　南岭神脉是秦人的祖脉。秦人不像其他地方的人一样，迷信那些高高在上的尊贵神灵，而是崇拜自家门前绵延千百里的山脉。生于神脉下，葬进神脉中，这是秦人的传统。因此，每逢婚丧嫁娶，秦人都会面朝神脉的方向祭祀。不能葬进神脉的秦人子孙，下葬时也要将头朝向神脉。南岭神脉，已成了秦人的精神寄托。

　　秦老将八百隐军安置在南岭神脉一处隐蔽的校场。校场是元皇帝时建的，早已荒废多年，也只有秦老这种很早就跟在元皇帝身边的人才会记得。多年无人使用，营地内已是杂草丛生，八百人用了整整两天时间才收拾干净。靠着栎阳商人周子明的资助，加上军士们也可在山中打些野味，隐军的粮草物资倒也足够。安顿好众军士，秦老便带着嬴重向神脉更深处去了。

　　尽管已经基本安全，嬴重还是没有换回自己的衣服。这一方面当然还是出于安全考虑，毕竟这里离栎阳城不远，一旦被发现，便会有灭顶之灾。另一方面，嬴重也要通过这种方式时刻提醒自己仇恨的存在。因此，此时嬴重仍然穿着粗布衣服穿行在山林中。南岭神脉山势陡峻、路途崎岖，很多地方需要手脚并用才能攀爬而上。虽然秦王室对王室子弟要求严格，有专门的禁军首领教他们习练武术、强魄健体,但漫长的路程也把嬴重累得气喘吁吁、汗流浃背。秦老倒是一副悠然自得去郊游的模样,背着手在前方领路。

二人走到一处高耸入云的峭壁之下,秦老伸出手拍了拍那峭壁,转头对嬴重道:"少主,到了!"说完,仰头向那云笼雾罩的峭壁顶端叫了声:"洛师!元皇帝亲卫首领秦隐随嬴氏少主赴当年之约!"秦老的声音不算大,但却悠长浑厚,在群山之间回荡。

大约十息过后,峭壁顶传来了同样悠长的回应:"请嬴氏少主上山来吧。"秦老听闻,向峭壁深鞠了一躬,回头道:"少主,您请上去吧。等到了时间,老秦会来接您出山的。"嬴重面色凝重,看向面前高耸的峭壁。这峭壁上分明没有路,叫他如何上去?他咽了咽口水,满怀期待地看向秦老,希望秦老像往常一样给他一个办法,却见秦老摇了摇头:"少主,要见洛师,需登峭壁而上,这是洛师定下的规矩,老秦也没办法。"

嬴重无奈,只好先坐下休息。几个时辰的跋涉让他疲惫不堪,若是现在就去爬那峭壁,支撑不住,掉了下来,只怕断手断脚都是轻的。休息了半个时辰,嬴重吃了些干粮,干粮是秦老带来的,军中特制,虽然坚硬粗糙,难以下咽,但对补充体力来说却是上上之选。吃完干粮,嬴重擦擦嘴站起身来,从粗布衣服上扯下两条布带,缠在手上,抓住峭壁上的凸起,开始攀爬。

嬴重自幼便在宫中受皇家教育,莫说是山,就连树也没爬过,一开始难免对下手下脚之处判断失误,几次险些滑落下去,让在崖壁之下等待的秦老捏了把汗。不过嬴重很快掌握了技巧,攀爬的速度越来越快。但约莫一个时辰过后,他体力不支了,恰巧上方有个不大的石台,他三下五除二爬到台上,坐下休息。

此时正是春寒料峭之时,山中树的树皮虽然干枯,但已经隐隐渗出绿意,树枝上也冒出了几点绿芽。天已近傍晚,夕阳西沉,飞鸟多了起来,你追我赶着向巢穴去了。这样的景象让疲惫的嬴重有些失神。原来在宫中时,他喜欢养些花鸟鱼虫之类的，可自蒙昭政变以来，他每天都咬牙切齿，满脑子只想手刃这个不忠之臣。现在看到这自然景色，他不由得想起了从前的日子。

他在出生时就已然是皇位的法定继承者，皇爷爷和父皇对他的殷切期望让他只想在未来成为一个明君，让天下河清海晏、歌舞升平。只是自从皇爷爷驾崩，父皇的脸色就一天天变得阴沉，宫中也愈加冷清。他还没来得及想清造成这些变化的原因，蒙昭就在一夜之间夺取了帝国的最高权力，让他不得不面对血淋淋的残酷现实。这种所有事都不在他掌控之中的无力感让他如鲠在喉，有一种虚弱的悲伤。

他使劲摇了摇头，用冰冷且有些僵硬的双手搓了几下脸，不知何时裹到粗布里的细小石子将他的脸剌得生疼。他站起身，继续向上爬。

深夜时，嬴重终于爬到了最后一步，他奋力将上半身扑上最高处，用所剩不多的力气扭着腰将一条腿伸上去，整个人向前翻了两圈，才躺在地上大口地喘粗气。山中的夜晚冷极了，嬴重双手上的粗布早被磨烂，双手也被尖锐的石头划伤了，但他顾不得伤口还在渗血，将双手揣进了怀里，试图用体温让冰冷的双手温暖一点。月光不算明亮，脱力使嬴重两眼发黑，只能隐约看见不远处有几间草屋，屋前是一片作物枯败的地，屋内闪烁着明灭不定的灯光，有人在屋内弹铗而歌，歌声慷慨高昂，却又不失优美：

"假乐君子，显显令德，宜民宜人。受禄于天，保右命之，自天申之……"

嬴重听着这高亢的歌声，身上仿佛也多了点力气。他躺在地上缓了半晌，才勉强站起身来，趔趄着向草屋走去。

他几步一停地硬撑着走到草屋门前，尽管已经累极，但早已深入骨髓的礼仪仍让他伸出颤抖着的手轻轻拍了拍门谦道："学生……学生嬴重，拜见洛师……"话毕，他再也支撑不住越来越重的身体，软倒在门前。门内歌声戛然而止。片刻，门缓缓打开，走出一个身着粗布衣的中年文士。嬴重勉力支撑着向他拱了拱手，便昏了过去。

嬴重再醒来时，发觉自己躺在一间昏暗的小屋中，屋里没什么装饰，物件也不多，只有一架屏风隔着的两张床铺以及两张书桌。他拍了拍发昏的头，用手撑着身体起来打开了门，门外正有细密的雪花在缓缓飘落。尽管已是春天，南岭神脉里却依然寒冷，嬴重不由得紧了紧身上衣服。正犹豫要不要去敲正室那扇虚掩着的门，门内已经传来温和的声音："太子殿下，请进来吧。"

他推门而进，看到一个中年文士面带微笑，伸出手请他坐下。嬴重迟疑了一下，向那文士拱了拱手，坐在了茶台对面木桩制成的矮凳上。文士没有说话，专注地烧水煮茶，嬴重这才有时间观察屋内。

草屋没有多大，屋内物件摆放得井井有条：文士面前是一张石制书桌，棱角分明，仿佛是刀劈斧凿出来的，并不十分精致，却有一股浑然天成的意味，上面摆着风格同样粗朴的茶海。文士的左手边，是一盆文竹。文竹显然被照料得极好，在这料峭的早春，依旧青翠。文士身后有个巨大的书架，密密麻麻地放满了书简。

文士倒了杯茶，端到嬴重面前，看他注意力集中在书架上，脸上显出和善的笑意来："莫非太子殿下也喜欢读书？"嬴重回过神来，忙道："是！弟子原先在宫中，也算喜欢读书，见到先生藏书甚多，不由心喜，让先生见笑了。"文士摆摆手道："太子殿下不必如此，你我没有师徒之伦，不必称我先生，称我洛师便可。殿下原先在宫中，学过些什么学问？"

嬴重拱手道："原先在宫中，父皇曾令博士授孤以诸子百家之学，所学甚多，然杂而不精，不堪大用。只是如今叛逆当国，道德不显，文章无用，孤欲澄清海内，重整乾坤，还愿洛师教孤！"言罢起身长拜。秦国能富国强兵，一扫六合，所用乃法家思想，因而宫中教学，也只教授法家经典，对于其余各家思想，不过捎带着提两句而已。只不过嬴重知道儒法两家观点相左，多有争论，怕洛师不喜，故而对此含糊其词。

洛师见他如此，轻叹一声，起身伸手将他托起。嬴重感到洛师力气不小，大约武艺很是精深，心中一喜。可他还没来得及高兴，就听洛师问他道："殿下，我还有一问，殿下想学点什么？"嬴重听他这般问，只当他是收自己为徒了，不由惊喜地朗声道："嬴重唯愿手刃逆贼蒙昭，然而那蒙昭久经沙场，百战无败，武艺精深。我听闻天下难寻敌手，还请洛师教孤武艺！"话毕，又是深深一拜。

洛师再次抬手将嬴重托起，但口中说出的话却让嬴重如遭雷殛："如此，还请嬴少主回去吧。"看到嬴重眼中的茫然无措，他接着说道："我生平不喜与人争斗，天下少有与我为敌之人，故有难寻敌手一说。这偌大天下，谁敢自称无敌？不过以讹传讹罢了。嬴少主若欲为万人敌，我教不了。"话毕，他平静地端起面前茶碗，将茶水缓缓饮尽。

嬴重一阵失神，秦老说面前这位近乎天下无敌，难道是骗自己的？或者洛师只是单纯地不想教自己？嬴重咬咬牙，又是一拜："个人勇武，万军阵中也不足为道。那蒙昭所恃者，不过是扫灭六国的秦军。洛师不愿教孤练武，便请教孤练兵用兵之道！"

洛师再次将他托起："我看殿下还是出山去吧。论练兵用兵，我只知一二，秦老强我百倍，殿下随秦老学习便可。"他脸上保持着微笑，又拿起手中陶壶，将自己的茶碗添满。

嬴重毕竟只是个十几岁的少年，虽出身皇家，但横遭变故，能保持这般态度已是不易，见洛师这副不愠不火的模样，忍不住心中火起，好在理智告诉他，惹怒面前这位绝对不是什么好选择。思虑再三，他后撤一步，再次深深拜了下去："孤长于深宫，见识不多，让洛师见笑了。既然要在洛师门下求学，自然要学洛师最高明的本领。还请洛师教孤，洛师最擅者何？"

洛师这才收起之前不变的微笑，有了真正的笑意。他再次扶起嬴重："我生平所擅，唯王道之学！"嬴重一愣，心道，面前这位也真是狂妄，竟在自己这个秦帝国太子面前毫无顾忌地称自己擅长王道之学，他出声问道："敢问洛师，何为王道之学？"

洛师面容一整道："以德行仁者王，以力假仁者霸。方才嬴少主所言欲学者，皆霸道之学。"嬴重听他这般说，依旧不解，拱手道："王、霸之道，孤不知也，还请洛师教孤！"

洛师点点头道："以力假仁者霸，霸必有大国；以德行仁者王，王不待大。汤以七十里，文王以百里。以力服人者，非心服也，力不赡也；以德服人者，中心悦而诚服也，如七十子之服夫子也。"

嬴重问道："洛师所说夫子，可是儒门先师，孔夫子？"洛师颔首道："儒门所承，夫子之学。夫子作六经，欲托古改制，正因所见礼崩乐坏，故臣有弑其君，子有弑其父者矣。"

嬴重听见洛师这话，便想到蒙昭弑杀父皇，而天下摄于其威势，竟无人敢于当面直斥其非，不由点头道："洛师所言有理，只是孤还有一问。"洛师颔首道："请。"

嬴重道："洛师所言有理，却难以落到实处。试问，王道缥缈，如何敌过霸道百万大军？"洛师笑道："百万军士，莫非人也？须知人有四端，恻隐之心，仁之端也；羞恶之心，义之端也；辞让之心，礼之端也；是非之心，智之端也。今嬴少主欲诛蒙昭，必据仁、义、礼、智。民无仁、义、礼、智，不能忠君报国，国纵有千乘，仍不堪一击。元皇帝治军民千万，然元皇帝崩后，民皆只知太尉而不知天子，国不行仁、义、礼、智而令行刻碎，秦国合该有此一难。但若能对秦国军士用此四端，使其恪守自性，则蒙昭不攻自破矣！"

这几乎是直接批评秦国用法而不用儒之思想是错误之选。嬴重一时之间陷入深思。尽管洛师所言与为秦立国之基的法家思想相悖，但经历蒙昭一事后，嬴重也丧失了对于法家思想的绝对信任——法家唯上不假，只是对他们而言，换个"上"也不是不能接受的事。再者，非常之时当行非常之事，蒙昭势大而已弱，如能得自春秋时代便传承下来的儒家相助，自是再好不过。嬴重思考半晌，端起面前的茶水一饮而尽，再次后撤半步，躬身拜道："弟子嬴重，请先生授我王道之学！"洛师见他如此，不由大笑，从书桌后走出，用双手扶起嬴重："殿下学儒，实乃明智之举。洛某不才，必倾囊相授！"

洛师领嬴重走到后堂，墙上挂着孔夫子的画像，二人在此行了简单的拜师之礼，自此便以师徒相称。

拜师礼成后，嬴重按捺不住心中好奇，开口问道："先生当真不通武道、不擅兵法？"洛师闻言哈哈大笑："我儒门弟子需通六艺，曰礼，曰乐，曰射，曰御，曰书，曰数。儒门若只知务虚，又怎能在几百年乱世中生存下来？我洛柯执当世儒家牛耳，又怎会不通武道、不擅兵法？"嬴重闻言，不由瘪嘴："那先生何故诓我？"洛师收起笑意，严肃道："只通武道，不过一介武夫；仅擅兵法，一军之将而已。你欲诛蒙昭，却不想诛蒙昭事之后，你难道以一介武夫抑或一军之将之身治国安邦？王道不通，如何为人之君？！为师如此，便是要提醒你，你肩上所负，有比家仇更重者，曰天下！"

洛师的话如当头棒喝，让嬴重豁然开朗："谢先生开导！"洛师笑着点了点头，又忽然想到什么似的出了一会儿神才缓缓道："凡所经历，凡所见闻，皆是表象，切莫以此障目，否则必将远于道矣。"

嬴重连声应是，虽然不太理解，但还是暗暗记住了这番话。说话间，嬴重肚子叫唤起来，师徒二人相视一笑，弄了些饭食吃罢，嬴重便告退回房休息去了。

次日清晨，嬴重睡得正香，就被一阵拍门声叫醒了。他迷迷糊糊地打开门，门外是一个身穿粗麻布衣的青年，脸上带着憨厚的笑，四肢短而粗壮，似是个农家子弟。嬴重不明所以，青年开口道："你就是昨天新来的师弟吧？我叫董二，是先生的大弟子，你叫我师兄就行。"嬴重初来乍到，知道了面前这位是自己的师兄，顿觉有些慌乱，连忙拱手道师兄好，董二却大大咧咧的，毫不拘束，伸手搂住嬴重肩膀道："既然上了山，咱们就是一家人了，别那么拘束。"他眼珠子一转，将嘴凑到嬴重耳边说："咱们这位先生看起来严肃，其实说起话来老不正经了，还有许多怪癖。你刚上山，不够了解，以后就知道了，不过一定要注意的是，不要犯了先生的忌讳。"

嬴重有些不习惯董二的亲昵，稍稍往后靠了靠道："昨日怎么不见师兄？"董二笑道："前几日先生打发我下山购置粮食去了，还办了些杂事，昨天半夜里才回来。这山里的路太难走，尤其是上咱们这座山峰的路，崎岖不平、坑坑洼洼，一不小心就会摔下去……"嬴重听得目瞪口呆，连忙打断他："师兄，上咱们这座山峰，还有路吗？"

"有啊！"董二道，"没有路，平日里我们怎么下山购置食材，怎么到丛林深处打野味来改善伙食？"看着嬴重惊讶的样子，董二不禁默想，自己这位师弟不会是个傻子吧。嬴重这才恍然大悟、苦笑不已，原来自己前日里拼死拼活爬的悬崖，不过是洛师硬生生给自己加的一道难题。说来也是，山中怎么可能只有一道悬崖峭壁供人上下！

二人正说着，那边草屋正室的门打开了，传出洛师的声音："你们两个过来。"二人进了屋子，洛师笑道："你们师兄弟既然已经见过面，我就不再多做介绍了。"说着又转向嬴重道："你新上山来，那以前董二干的杂活儿便交由你来干，也算是锻炼锻炼。"嬴重不知道董二干的是什么杂活儿，但还是先点头应了下来，转头看董二，却见他露出了笑容，一副如释重负的样子。

交谈了一会儿，洛师交代完事情，嬴重与董二行礼退出，嬴重才对董二有些了解：他本是洛师家乡农户的儿子，自幼便被父母送来跟洛师读书。见他诚挚淳朴，嬴重时刻提着的那颗戒备之心也就逐渐放了下来，与董二相谈甚欢。

第 四 章

自这日起，嬴重便随洛师学文习武。此外，嬴重也接手了原来董二所负责干的杂活——劈柴烧饭，为门前的一亩小园浇水松土。每日清晨起床后，嬴重便与董二一同听洛师讲经至午前，接着劈柴做饭，下午则练武种地，到夜里还要点上灯来诵读诗书，过得好不疲惫，却极有规律。

洛师所授书有六本，《诗经》《书经》《仪礼》《乐经》《易经》《春秋》，皆是儒家教授弟子的教材。嬴重此前所受教导以法家思想为主，因此刚开始学习这五经时，常常从法家观点出发去理解，故而总是不得要领，时常为细枝末节所迷惑，甚至会曲解原意。但洛师不愧为儒门大家，旁征博引，深入浅出，让嬴重慢慢理解了其中精髓。

每过半个月，嬴重便要下山去附近的村子里购置粮食。村子倒也不远，脚程快点一天之内便可走个来回，可是山间道路崎岖，极为难走，走上一天回到山上，嬴重常常累得没个人样。这活儿原本也是董二干的，嬴重干了一次，这才明白为何洛师宣布杂活由自己来干时，董二会有那样的笑容。

山中食材简单，除了嬴重下山购置的，还有洛师种的蔬菜和晒下的菜干，偶尔也会有些野味，倒也不算难烹饪。只是对以前从未进过厨房的嬴重来说，叫他做饭实在是为难他。第一次进厨房时，他甚至不知道怎么生火，董二手把手教了他一遍才算知道个大概。起初做出来的饭菜，嬴重自己都觉得难以下口，不是菜里盐放多了，便是饭烧煳了。洛师倒是无所谓的样子，来者不拒，只不过常常看着碗中饭菜，摇头晃脑地自言自语："夫子曰：'食不厌精，脍不厌细。'"这是极为明显的"暗示"了，嬴重只好加倍用心，倒是做得一天比一天好。

至于练武，嬴重颇有些不解洛师的意思，每日给他安排的训练内容不过是扎马步，或者在山下跑上十几圈，丝毫没有教授他武艺的意思。看着董二每日练剑，嬴重的心中就像猫挠似的。一日，嬴重终于忍不住开口询问洛师能否教他武艺，洛师却说他身体太弱，要打好基础才行。对此回答，嬴重无话可说，只好继续扎马步、跑步。直到半年后，洛师才扔给他一把木剑，让董二教他剑术。嬴重本想学枪，以后去战阵杀敌，洛师却说剑乃百兵之君，练好了剑才能说其他，嬴重只好作罢。董二也不算是个好老师，只会让嬴重一个动作一个动作地反复练习，不过嬴重已然习惯了枯燥的练习，倒也没有不耐，每日习剑时十二分用心，进步神速。

屋前园中原有的那些枯败的花、菜已被连根拔去，洛师给了嬴重一袋粟种，让嬴重种上。这山中沙土本不适于种粟，但不知洛师在土中加了什么东西，粟生长得格外好。嬴重以往对于种地的全部印象也不过是面朝黄土背朝天的老农在田中扛着锄头终日劳作，自己上手时却发现这不仅是个体力活儿，更需要用心观察、思考。洛师扔给他一本书，上面详细记录着种地的步骤和注意事项，但是他实践起来才发现这件事远没有书上写的那么简单。董二倒是懂得种地，嬴重每次请教他时他都很热情，不过董二虽然懂得种地，却全然不会总结方法，只能演示好多遍，让嬴重自己领悟其中要领。此事让洛师知道了，认为嬴重有偷懒之嫌，于是禁止董二下地帮忙，嬴重无奈，只好全靠自己摸索了。

嬴重开始对自己在山里的生活颇有怨言，种地劈柴，读书习武，他每天都累得浑身酸痛不说，还都是些基础的东西，什么时候才能学到真正的本事回去报仇啊！他向洛师提出异议，洛师却总是一副老神在在的样子，抒着胡须说自己这么做自有道理，嬴重也只能捏着鼻子继续干。不过随着时间推移，嬴重明白了洛师的苦心，自己也习惯了这种生活，也就不觉得有多苦多累了，反而学会了忙里偷闲，在疲累中找乐趣，比如和董二比试拳脚，规定谁输了谁负责做饭；比如用竹筐做个陷阱，抓只山中野雀做宠物……日子倒也过得不错。

山中无甲子，嬴重就这样在山中随洛师修习，虽说清苦，但也十分充实。他也从一个少年逐渐成长为一个大小伙子，二十岁了。

这天清早，洛师没有带嬴重和董二温习功课，反而把他们叫到了后堂的孔子像前。洛师神情严肃，叫董二在一旁坐下，转头看着嬴重说："今日，你便二十岁了。"嬴重听闻此话，低头称是，心思却一下子飘了很远。四年前，十六岁的自己带着对蒙昭的仇恨和心中熊熊燃烧的复仇之火上山，几乎被蒙蔽了双眼，是洛师和师兄引导着自己从复仇的深渊中走出，自己才没有在这火焰中燃烧殆尽。如果说一开始的拜师有不少出于借儒家力量复仇和政治上的考量，在意识到这件事以后，他才真正把洛师看作自己的师长了。

"今日，为师便为你行冠礼，虽不合礼法，但山中条件简陋，又不能近你宗庙，我们便一切从简，只加士人三冠，至于玄冕与衮冕……"洛师没再往下说，但嬴重心里明白，这后面两种，乃诸侯祭祀四方百物、天子祭祀先王的礼服，自己目前只是个落魄太子，没有加这两种冠的资格。洛师见他会意，满意地点点头，让嬴重跪坐在悬挂着孔子像的桌案前，从身后柜中取出三冠，放于桌上。他神情肃穆，先拿起最左侧的布冠，开口问道："尔可知加布冠何意？"

嬴重跪坐在布席之上，缓缓答道："加布冠，示成人知本。"洛师点点头："善。"山中只洛师三人，洛师主持仪式，董二观礼，无人为嬴重梳头挽髻，嬴重也不甚在意，自己挽髻加笄，缠好了发髻。洛师这才缓缓念道："令月吉日，始加元服。弃尔幼志，顺尔成德。寿考惟祺，介尔景福！"话毕，为他加上缁布冠。

嬴重向洛师行了一礼，回房换上玄端服，回到后堂再加冠。洛师拿起中间的皮弁，问道："尔可知加皮弁何意？"嬴重答道："加皮弁，示武德威仪。"洛师道："善。"接着念道："吉月令辰，乃申尔服。敬尔威仪，淑慎尔德。眉寿万年，永受胡福！"说完，为嬴重加上皮弁。嬴重再次行礼回房，换白裳，系上白色蔽膝。

再回到后堂，洛师拿起最后的爵弁，问道："可知加爵弁何意？"嬴重恭敬答道："加爵弁，示可与祀典。"洛师道："善。"接着念道："以岁之正，以月之令，咸加尔服。兄弟具在，以成厥德。黄耇无疆，受天之庆！"说完，为嬴重加上爵弁。嬴重行礼回房，换熏裳，系上赤黄蔽膝。

从房中出来，洛师已摆好了酒杯。嬴重行礼坐下，洛师微笑着念醴辞，为嬴重赐酒祝贺："甘醴惟厚，嘉荐令芳。拜受祭之，以定尔祥。承天之休，寿考不忘！"嬴重接过酒杯，仰头一饮而尽。百余年前，秦王用卫君变法图强，卫君在秦法里规定，对酒业课以十倍重税，这样不仅能增加国家财政收入，也能节省粮食。秦王更是明文规定，皇室成员不得随意饮酒。因为这条祖制，嬴重之前未曾沾过酒，此时，酒入口的辛辣与灼热让他的脸瞬间变得通红，喉头的不适感使他咳嗽出声。洛师见他这样，不由笑起来。

等嬴重从初次喝酒的震撼和不适中缓过来，洛师才开口道："冠礼成，我便为你取字，你且听好。"嬴重闻言，连忙端坐倾听。洛师问道："你可知为何取字？"

嬴重答道："幼名，冠字，五十以伯仲，死谥，周道也。男子及冠，呼名不尊，故另取表字，以表其德。"洛师闻言，点了点头。他问嬴重，有考较之意，而嬴重的回答让他颇为满意。

"为师思虑再三，为你取字复华，你可解其中之义？"嬴重略做思考，心中有种种猜测，却不能确定，只好答道："弟子不知。"洛师似乎猜到了他会这样回答，轻笑着再问："你可知，你父母为你取名重，其中之含义？"

嬴重沉吟了一会儿，缓缓答道："取重字，其义应有三，其一是提醒弟子为人须老成持重，不可轻浮；其二是提醒弟子身为嬴氏嫡长，须负宗庙之重；其三是提醒弟子身为国之储君，须负天下大任于一肩，居中持重。"洛师笑道："然也。为师为你取字复华，也有深义。"嬴重忙道："还请先生示下！"

洛师捋了捋胡须道："须知重字不单有此三义，更有重复、重叠之义。《周礼》中便有'设重帘'一句。取复字，正应重字此义。上古圣王舜，本名讳曰重华，正与你名字有一字相同。为师便借华一字，入你字中。此字两义，你可明白了？"嬴重恍然大悟，躬身一拜道："先生两义，一为借上古舜帝之名讳警醒弟子，要做贤能之君；二为寄希望于弟子，重现三王之治。"还有一义，嬴重心中了然，却未说出：在此两义实现之前，他首先要回到他的位子上，"复华"二字也隐含着洛师对他复仇成功、重归庙堂的期望。听到他的回答，洛师脸上露出满意的笑容："明白就好。你可愿受这二字？"嬴重再拜道："弟子谨受之！"

在一旁观礼的董二这才知道嬴重身份。此前，一则无论洛师还是嬴重都不曾提及此事，二来，他看嬴重虽然最开始做杂务时不甚熟练，倒也没有娇贵之气，学得也很快，这完全不符合他对皇族子弟的想象，因此也从未往这方面想过。此时突然得知此讯息，董二便恍惚了。嬴重见他神色不对，便知自己身份让董二产生了疏离之感。二人这几年间关系亲密，已然情同兄弟，嬴重不想让董二心里有疙瘩，于是上前一拳打在董二胸前道："师兄这是干什么？不管我什么身份，上了这座山便是洛师弟子。"董二这才缓过神来。嬴重见状，知道要给他些缓冲的时间，便留下他，朝洛师行礼后自去做饭了。

饭毕，嬴重去屋后小溪洗好碗，按惯例回院中练武。但令嬴重奇怪的是，本应在院内指导他练武的洛师不在。他推门进屋，见洛师一人站在窗前。

嬴重心中奇怪，恭敬道："先生，该是练武的时间了。"

洛师回过头来，用眼神示意他坐下："今日不练武，我有话说。"嬴重点点头，依礼坐下。

"你在山上随我学习，已有四年了吧。"洛师坐回桌后，拿起茶壶为嬴重倒上一杯茶："你悟性不错，我已无甚可教了。今日，你便下山去吧。"

嬴重大惊，连忙起身行礼，急道："先生学问广博，我才将将入门，要学的还很多。若是重有何处不合先生心意，先生责罚便是，不要叫重下山！"

洛师见他着急，轻笑道："不必如此，你且起来。"他将嬴重托起，按在座位上缓缓道："我说无甚可教，是说你已不需要我一字一句地为你讲读了。初时如同哺幼，需得我把饭菜在口中嚼碎了含化了喂给你，现如今你已能执箸自食了，何须我行此多余之举？再者，他人喂的知识毕竟有他人的口水味，欲尝得食物本味，还要自己品味才是。"

嬴重听他说得恶心，不由暗暗翻了个白眼。不过已经四年了，他倒也习惯了洛师的风格，便接道："那么我在山上自学便是，先生何故要赶我下山？"

见嬴重翻白眼，洛师嘴角露出一丝微笑："看你四年，也看腻了。你是大小伙子，又不是绝色佳人。"嬴重忍不住又翻了个白眼，无奈道："先生……"

但他还没说什么，洛师突然正色道："所谓诚其意者，毋自欺也。如恶恶臭，如好好色，此之谓自谦。《诗》云：'窈窕淑女，君子好逑。'老夫怎么就不行？"他似乎对自己的妙语连珠颇为满意，捋了捋胡须，又道："不过，让你下山倒也不全是因为看腻了你。须知，仅学纸上三两篇道德文章，清谈游戏而已，若用来治国安邦，未免空洞浅薄。叫你下山，不过是换个地方学习，只不过所学之物不同，下山学的是洞明世事、练达人情，你可明白？"

嬴重这才点点头道："弟子明白。"

洛师也点点头道："如此便好。此次下山，你还要替我送一封信。"他从怀中摸出一卷布帛，递给嬴重："郓城项家，切记，要送到他们家主手中。"嬴重听得项家，不由心中一动。洛师交代完此事，又转身从书架上拿下几卷书递给嬴重："这几卷书，你下山后好好学习，回来时，我要逐字逐句考校。若是让我发现你未曾认真读书，可不要怪我惩罚过甚。"洛师平常和蔼可亲，可一旦嬴重在学习上有半点偷懒，他便会让嬴重拖着大石头在山下绕圈跑，搞得嬴重苦不堪言，再不敢有一丝一毫的懈怠。因此听闻洛师此言，嬴重慎重地接过书道："弟子定会认真研读，不敢偷懒。"

洛师又从身旁取过一柄剑来。这柄剑嬴重初到时便见它倚在洛师案前，洛师也时时拂拭，却从未将其拔出。此时，洛师将剑抛向嬴重，又说："这是我的佩剑，剑名明道。如今借你防身，当好好珍惜。"嬴重伸手接过那剑，又行礼表示自己定当谨遵师嘱。

交代好一切，洛师饮尽杯中茶水，又指着嬴重面前茶盏道："喝完这杯茶，你便收拾行囊，自下山去吧。"嬴重执起茶盏，饮过茶水，向洛师郑重行礼，随后便一手执剑，一手抱着书与信，回房去收拾行李。

打开门嬴重才发现董二正在屋里等他，还未等到嬴重开口，董二便快步上前道："师弟，师父要遣你下山？"不待嬴重回答，他又说道："从前我不知师弟身份，行事多有孟浪。但师弟说得也有道理，上此山来，便无贵庶之别。我虽不常外出，却也知时势，师弟想要复国，可谓道阻且长。我想帮助师弟，但先生还不让我下山，便将我读《春秋》时所作的几篇文章赠予师弟，以全你我二人兄弟之情。"说着，拿起旁边放着的几卷书递给了嬴重。嬴重谢过董二，又跟他依依不舍地告别，这才收拾好行囊，向正屋深鞠一躬，转身下山去了。

屋内，壶里的茶水早已变凉，洛师站在窗前，望着绵延不尽的南岭神脉，习惯性地伸手想取剑来弹铗作歌，却摸了个空，这才想起他已经将剑借予嬴重了。他眯着眼重新看向远方的天空，眼神中带着期待。此时，自清早便被阴云遮蔽的太阳从云隙间放射出万丈金光，直射入人迹罕至的南岭神脉群山，惊起几只鸟雀。

第 五 章

栎阳城,秦帝国的政治中心,不知道从什么时候起,就和嬴氏一起成了中原大地上其他国家提及而色变的地方,秦灭六国时更是如此。对六国而言,栎阳代表着野心与威胁,更代表着随时可能到来的征服。一些地方甚至将秦王嬴氏以及秦军将士形容为青面獠牙、三头六臂、以人为食的怪物,可以用来止小儿夜啼。

但对生于秦地、长于秦地的秦人而言,嬴氏没有那么可怕和神秘,尽管他们作为秦人的首领,带领秦人一统天下,建立了前人不敢想象的功业。对秦地人来说,嬴氏建立帝国给他们更为真切的感受是法律日益严苛、日常物资缺乏和人口锐减,秦军以碾压的态势自西向东横推整个中原大陆的伟业带来的是秦地家家缟素的苍凉景况。日复一日,年复一年,秦人对于嬴氏不再是单纯的信任和爱戴,而是混杂了对严刑峻法的恐惧与对忠君爱国的漠然。倒是他们参军的动力逐渐变得纯粹:爵位、权力与富贵。

也正因为此,在蒙昭发动政变后,作为嬴氏最坚实的统治基础的秦地,也没有发生太大的反弹。大部分秦人已不关心谁是统治者,他们只对斩首和斩首数目所代表的爵位等级感兴趣。这正是六国贵族对秦人以及秦国感到不齿之处。

栎阳城内的皇宫外，有一座通体黝黑的建筑，这便是秦帝国官僚体系的中枢，相国府。当今相国李骐作为辅佐元皇帝一统天下的最大功臣，在天下归一后，不仅被授彻侯，还从右丞相右迁相国，授金印紫绶，秩万石。自从相国吕氏叛乱流放，不明不白地死去后，相国之位已空悬二十余年，直至李骐，相国之位才又有人坐。很多人私下里以李相比吕相，认为李骐之相位亦不能长久，甚至也会有性命之忧，但李骐却凭借无人能及的敏锐的政治嗅觉躲过了一次又一次可能到来的危机。

但李骐终究敌不过时间的侵蚀。在元皇帝去世的第二年，他向先帝上表自述年老体弱，不堪大用，请求先帝允许他告老还乡，但先帝再三挽留，此事也就搁置了下来。先帝即位四年，李骐乘车时出了事故，在府内休养至今。人们纷纷猜测，李骐出事，有极大可能是为了在即将到来的政变中保全自身而演的一出戏。但不管怎么说，李骐都不可能再把持相国府总管中央的大权，只能作为稳固帝国官僚体系的土偶木像而存在了。

此时，相国府内的一处暗室内，一位中年人正聚精会神地看着眼前铺开的书简，上面密密麻麻地写着秦帝国各郡县汇报给中央的种种数据。中年人长相寻常，衣着也一般，只有桌案上摆放着的银色"右丞相之印"以及身上配挂着的青色绶带标示着他的身份。丞相在秦乃是相国属官，秩仅千石，但中年人所配乃是只有两千石大员才有的银印、青绶，可见蒙昭对其信任有加。此时，暗室内昏暗无比，仅在高处有一小窗透气，烛光被从小窗吹进来的风吹得左右摇摆，明明灭灭，将中年人的表情映照得格外阴鸷。

有人敲门。中年人放下手中书简，一边抬手轻捏山根一边道："进来。"一人踏着小碎步，手中拿着数十根简牍，躬身进了房间。他将简牍放在中年人面前的书案之上，说道："丞相大人，这是您令下官找的东西。"

中年人看着面前的简牍，手指轻叩桌面："只有这些？"来人见他不悦，连忙惶恐下拜："下官派了人查找，一时间只找出这么多。大人若觉得慢，下官再加派人手……"中年人摆了摆手，打断了那人的话："我且先过目。"

中年人伸手取过面前简牍，快速浏览了一遍，沉思半晌后道："那边暂时不用增派人手了，目前一切事务都以陛下的战略为重，哪怕此事非常重要，也不能打乱陛下计划。且那老狐狸办事缜密，想来也不会留下什么破绽，增派人手只怕也是徒劳。"来人连声称是。中年人又道："将这些送到乌幕宫的张仙公子那里，记住，什么都不要多说。"

来人领命而退。中年人将案上书简一推，起身走到院内，目光投向相国府更深处，嘴角露出一抹笑意，轻声念道："潜虽伏矣，亦孔之炤……"

元皇帝在征服六国之后，为炫耀武功，特地在栎阳城的西北边建了一座乌幕宫，将六国皇族及其最坚定的支持者迁进宫内，只给予微薄钱粮维持他们的生活。对元皇帝来说，这座宫殿像是摆放战利品的陈列室，哪怕不进去观赏，只要有这样一个地方存在，便足以展示他的不世武功。而对六国贵族而言，这座宫殿代表了秦对他们的羞辱和对他们尊严的践踏。

蒙昭政变后，令少府加大对乌幕宫的财政支持，因缺钱而逐渐荒败的宫室仿佛重新焕发了生机，六国旧贵族的生活也慢慢奢侈起来。偶尔，夜幕降临后，宫殿内还会传出乐曲之声。掌管礼制的奉常很清楚当今皇帝的态度，因此对这种明显有违礼制的行为也是睁一只眼闭一只眼。

今夜，乌幕宫灯火通明，但却静悄悄的。宫里的贵人们罕见地没有饮酒作乐，下人们不明所以，唯恐惹贵人发怒，连走路都蹑手蹑脚地。

乌幕宫深处，有座新建成的奢华庭院。这座庭院是蒙昭令少府拨款、拨人，花费几个月时间才建成的。院内装饰都是从元皇帝征伐六国所得的战利品中挑选出来，并在少府工匠们的努力下在此融为一体的。平日里，六国贵族大都在此欢聚宴饮，好不快乐。而今夜，此处的氛围凝重而严肃。

自蒙昭政变，又好好相待乌幕宫众人，六国贵族又重新称起了王，尽管这不合礼制，也得不到什么实际权力，但大家都乐此不疲。此时，堂内席上都是六国贵族及其亲信，他们被韩王召集至此，说有要事相商。众人初听韩王召唤，不明就里，但也勉为其难地放弃了欢享，来此议事。但他们来了许久，韩王自己却迟迟不到，众人只好一边吃喝一边等待。席上，鼎中是乌幕宫内疱夫精心制作的各国美食，高足盘内摆放着各色鲜果，但众人不知韩王究竟为何，一时也无言，只心不在焉地吃菜喝酒。

终于，一个衣着华贵的胖汉愤怒地放下手中酒杯，拍桌叫道："韩王难道打算让我等在此等上一夜？到底是何要事，快快说来，本王今日托人请来的乐府乐师还在门外候着呢！"这胖汉是魏王室之后，自称魏王。他身上的衣衫是魏国样式，其上以金色丝线绣着精美的图案。但他却没按魏礼将衣衫整理整齐，现下一拍手，扯动衣裳，大片肌肤便露了出来。他怀里美姬见状，连忙娇声道："大王息怒。"又伸手将他衣衫整理熨帖。胖汉看着怀里美姬，面色稍霁，冷哼一声，将头靠在那美姬肩上，不作声了。屋内其他人虽不像魏王那样叫嚷，但也是面有不耐之色，韩王请他们来此，却久不露面，着实让他们不舒服。

见魏王发怒，下人连忙上来告罪："大王息怒，韩王今日确有要事，还请大王稍等片刻……"魏王还欲发火，却见二人从堂外大步走了进来，于是连忙叫道："韩王，今日请我等到此，有何要事？若无说法，韩王只怕要送诸位王侯礼物以赔罪了！"

那二人一人走在前，一人跟在后。前面那人着韩国样式衣裳，甚是华丽，人却比魏王瘦一些。他刚走进堂内便听到魏王喊话，一愣之后便大笑道："魏王不必发怒，今日之事若成，多少财宝美姬我也舍得！"说着大步走到席位上坐下，拿起桌上的酒樽，将里面的美酒一饮而尽。

后面那人较这席间几位王要瘦许多，衣着也不如堂内大多数人华丽，但却生得一副好皮囊，好得只怕宋玉复生也弗如远甚，教人不自觉地生出一股亲近之意，叹世上竟有这等美男子。这样的男子若是放在其他地方，恐怕要被当作外宠，但堂内众人却都知道此人并非以长相得宠。这人名张仙，字公石，兵法大略，无所不精，祖上曾任五代韩王之国相，乃是韩国第一等的大贵族。在六国贵族被拘于乌幕宫之后，张仙以其能力与家世，自然而然地成了众人的智囊。

听韩王说完，张仙亦笑道："魏王何必着急，韩王与仙所图之事甚大甚好，是万万急不得的。"

魏王立刻面露好奇之色："公石所言，到底是何事？切莫吊我们胃口，快快道来！"韩王闻言笑道："魏王莫急，且听我慢慢道来。各位可知几年前赢氏子出奔之事？"

一旁的齐王皱眉道："哼，这等可笑之事，我等怎能不知？枉那胡云得受重用，竟连这等小事都做不好，让赢氏子跑了，当真是个只会溜须拍马的蠢物！"众人纷纷点头表示赞同。一旁的赵王问道："韩王这么问，莫非是有了赢氏子的消息？"

韩王面露微笑，说道："赵王所料不错。秦王政与秦王贞虽早谋身后之事，但终究还是叫我们抓住了蛛丝马迹。今日右丞相查出不少线索，特意为我等送来了。"话毕，韩王挥了挥手，便有下人将简牍送到韩王案前，他拿起其中一根向众人展示："诸位请看。"

众人闻言窃窃低语，坐在韩王对面的楚王却是激动地站起身来，用一口楚地腔调喊道："快让本王看看！"韩王笑吟吟地递过去几根简牍，说道："这几根简牍上的信息虽然很少，却极为关键。"楚王将那简牍翻来覆去看了几遍，看不出什么重要来，只得装作一副明白的样子，口中嗯嗯应着。

张仙看他表情便知道他根本没明白这几根简牍的要点，在心里叹了一口气，才毕恭毕敬地行礼道："秦王政及秦王贞为防不测，早已准备了验、传等物，嬴氏子正是凭此活动。若能查出嬴氏子假借的身份，要杀要剐，不过是诸位大王一念之事罢了。"众人这才恍然大悟，连声叫好。张仙看着场上众人的反应，不禁感慨良多。

几王之中，楚王及赵王反应最大。楚王哈哈大笑道："如此看来，当年胡云将嬴氏子放走倒是好事。秦辱本王如此，不亲戮嬴氏子，怎能解寡人心头之恨！"赵王则以衣袖掩面，喜极而泣。张仙知道，赵王性格软弱，却在当年秦灭赵时，作为督军亲临前线，亲眼得见秦军的凶残，他也只因是赵王室旁支子弟才逃过一劫。正因为此，他对嬴氏有着刻骨铭心的恐惧与仇恨。楚王、赵王以外，魏王也是喜不自禁搂住怀中美姬亲了一口，大声叫下人上来添酒。其他几王亦是种种作态，欣喜、黯然，不一而足。

良久，众人才平复心情，在堂内商谈至深夜。

直至远处天色微亮，显现出奇异的黛色，张仙才走到门外，双手扶栏，深深叹了口气。门内众人酩酊大醉，正口齿不清地大吼大叫……

第 六 章

嬴重下了山，便向安置隐军的校场走去。此去郢城，路途遥远，嬴重也要稍做准备。更何况四年未见秦老，嬴重甚是想念他。山路依旧如当初他上山时那般崎岖难走，只是嬴重习武四年，身体较当年已是强了不少，此时虽满身大汗，却已不像当年那样疲累了。他下午下山，接近傍晚时便到了校场。

接近校场，便听得喊声震天，嬴重悄悄爬上一棵树观察，见校场内早已被收拾齐整，连地面都铲得平平整整。校场中心，军士们正手持木棍操练，正前方的土台上，秦老正一脸严肃地指挥军士们变换阵形。看到秦老，嬴重不禁一阵激动，父皇驾崩，母后早逝，眼下秦老就是他最亲的亲人。四年不见，若是自己突然出现在他面前，他定会为自己的进步大吃一惊吧！嬴重暗自兴奋，从树上跳下，准备去见秦老。

正往校场方向走去，嬴重却突然眉头一皱，闪身躲过从密林中飞射而出的羽箭，手按上腰间的明道剑，低声喝道："什么人？"

"什么人？此话当是我来问你！"那边话音刚落，又有两支羽箭激射而出，嬴重拔出明道剑，挡住了一支，却被另一支箭擦伤了左臂。他眯眼看向羽箭来处，见一黑衣小将手持短弓从树上跳下，一脸戒备地看着他。

嬴重伸手按住伤口问道:"你是何人?"小将冷笑一声说:"可笑!你窥视我们校场操练,却还要问我是何人。我已经发了信号,你无处可逃了,还是乖乖束手就擒吧!"嬴重听了,不由松了口气,扶额苦笑道:"大水冲了龙王庙,我是来找秦老的,自己人。"

那小将却并没有因为嬴重的话有丝毫放松,还是带着一脸怀疑之色引弓对准他道:"先将手中兵器放下,等秦将军来了再说!"嬴重无奈道:"好,我便束手就擒。"说着,将肩上包裹、明道剑放在脚下,右手按住缓缓渗血的伤口道:"你可满意了?"那小将引弓的右臂依旧紧绷着,冷冷道:"劝你不要乱动,我可不会手下留情。"此时已是晚春,山间蚊虫众多,丛林之中尤甚,不多时,便有大量蚊虫围着嬴重盘旋,嬴重正欲挥手驱赶,那黑衣小将一瞪眼,引弓的手又加了几分力。嬴重无奈,只好任凭蚊虫叮咬,不一会儿身上便多了几个红肿的包。

不多时,草丛里一阵窸窸窣窣,是秦老带一队人来查看情况了。见到嬴重,秦老大惊,急步上前道:"少主,你怎么下山来了!"嬴重还来不及回答,秦老又看到嬴重按着的受了箭伤的胳臂,不由大怒,喝问那黑衣小将道:"苏琳!你怎敢伤害少主!"黑衣小将见秦老叫嬴重少主,这才明白嬴重身份,又被秦老厉声喝问,原先的气势瞬间消散不见,惶恐不安道:"秦将军,属下见他窥视营地,以为是探子,这才出手,却不想伤了殿下。"

他正欲躬身请罪,却听嬴重开口道:"不必如此。孤窥视校场练兵,难免被误认为是居心叵测之辈。苏将军这是职责所在,便算了吧。"秦老本还想责骂苏琳,听嬴重为苏琳说情,也不好再说什么,只狠狠地瞪了苏琳一眼,扶着嬴重向校场走去。苏琳忙拾起嬴重放在地上的包裹和剑,默不作声地跟在后面。

路上,嬴重向秦老讲明了下山的缘由。进得营帐,秦老喝令其余人在帐外等候,自己却全然没了在军士面前威严的模样,手忙脚乱地抄起侍者拿来的纱布为嬴重包扎伤口，又拿起药膏涂在嬴重被蚊虫叮咬过的地方。见秦老一副如临大敌的样子，嬴重感动之余也有些好笑，他从来没见秦老有如此慌张的时候。他安慰秦老道："不打紧，只是擦伤罢了。孤在山上随洛师学习，偶尔受些小伤，也比这重得多！"

秦老是真的将嬴重当作自己的孙子一般看待，见他说得轻巧，不由得心疼道："少主，您受了多少苦啊……"说着，后退一步打量嬴重，却发现嬴重与几年前已经大不相同，高了不少，肤色黑了，四肢不像从前那样纤细，长出了结实的肌肉，臂膀上、脸上还有些已愈合的伤疤的痕迹。但若要说起嬴重最大的变化，应是气质，几年前的嬴重，举手投足间都是上位者姿态，而现在的他看起来竟与乡野村夫无异。看了半晌，秦老喃喃道："您高了，壮了，也懂事了。"说着已是感伤不已，泪光闪烁。嬴重见状，感动之余又有些头大，不知道秦老又想象了些什么自己受苦受难的场景，他急忙说："秦老不必为孤难过，洛师对孤不差，只是习武之时，磕磕碰碰总是难免的。孤随洛师学了剑术，洛师还为孤加冠取字了呢！"

秦老抬袖擦了擦眼睛，道："人老了，心也软，让少主见笑了。洛师为少主取了什么字？"嬴重笑道："洛师为孤取字复华，希望孤能担负为人君之重任，重现三代之治，秦老觉得如何？"秦老闻言不禁大笑："好！好！"

二人寒暄一阵，又提到洛师托嬴重送信的事，秦老沉吟道："洛师说的当是原来楚国的郢都。元皇帝一统天下后，分属南郡，定治江陵，郢都人家也大都搬到了江陵，所以要去送信，得去江陵。只不过，这项家……"

嬴重面色凝重道："如孤所料不错，这项家便是那故楚国大将项平的项家。"秦老点点头："项平为楚国大将，曾在郢都败元皇帝大将李誉二十万大军，后被王羽将军击败自杀。少主前去，若是暴露身份，以两家以往之隙，只怕难以善了。更何况，这些年六国遗族蠢蠢欲动，欲害少主而后快。少主此去江陵，必定危险重重啊。"

嬴重点点头,他小时候,元皇帝爷爷还活着的时候,常将他抱坐在膝上给他讲述六国故事,这项家也常被提及。他还记得爷爷曾感叹,在平灭六国过程中,只有楚国项平、赵国李田二将忠君卫国,未败于战,给秦一统天下造成了极大的麻烦。元皇帝还告诫嬴重,一定要密切关注项家动向,六国遗族之中,只有项家传承最为完整,若是六国遗族有意起兵造反,项家必为麻烦之中的麻烦。只是不想造反这事没让六国遗族做成,反而叫"自己人"得了先,真是好不讽刺。

秦老捋了捋自己的胡须,又道:"但送信乃是洛师托付,不可不做,我想这也是洛师对少主的锻炼和考验。洛师必然密切关注着少主,因此也不可托人去送。只是这该如何做呢?"嬴重疑惑道:"洛师身居深山,不知山外之事,又怎能关注孤?"秦老摇摇头道:"老秦听闻,天下有神异之士,不出户可知天下,不窥牖可见天道,想来洛师这等人物,也有此类神异之能。"嬴重心道,自己在山上四年,可不知洛师有这等能力,正沉吟间,却听见秦老接着说:"秦虽用法抑儒,但儒门依旧是天下大宗,学儒者遍布天下,纵使洛师无此神异之能,也说不得有耳目追随关注,将少主举止报与洛师。"

听秦老这么说,嬴重不由得皱起了眉头:"如此说来,孤是避无可避,必须到江陵走上一遭了。"秦老思忖半晌,又道:"倒也不是全无办法。蒙昭政变后,法制有所松动,那些销声匿迹的游侠儿也逐渐出来活动了。少主可以易容改名,装作行走四方的游侠儿,便不会引人生疑。先皇在位时,已备了很多遮掩身份的验、传,倒也不怕查验。"

嬴重思索了一会儿,觉得这可能是最好的办法了,便道:"此法甚好,只是路途遥远,我又不曾学过那易容之术……"秦老笑道:"这简单,我教少主易容便是,保证天下能识破者不足一手之数。"嬴重喜道:"如此最好,请秦老教孤!"秦老捋捋胡须道:"好,我明日便将这易容之术教给少主。今天先请少主与几位将军见见面,稍事休息吧。"说完走至帐前,唤来三年前只身来投的二位将军。

二人进帐，单膝跪地向嬴重行礼。嬴重依稀记得澹台明提起过二人名字，略一思忖便开口问道："可是孙泽厚、刘子威二位将军？"二人听得嬴重叫出自己名字，不禁又惊喜又感动道："末将孙恩、刘扬见过殿下！"

嬴重走下首座扶起二人道："二位将军不必多礼，孤危难落魄之际，二位将军能来此地，重感激不尽！来人，为二位将军赐座！"军营之内没有侍臣，几个军士听嬴重号令，搬来两个椅子便算是赐座了。孙恩、刘扬感动不已，他二人原也只是公车司马令，在卫尉胡云麾下，算不上什么将军。来投效嬴重，不仅是出自对嬴氏的忠诚，更因为这些年无甚战事，二人虽不是无能之辈，也苦于没有晋升之阶，故而来投，希望谋得一个好前程。见嬴重对自己敬重有加，二人更觉得自己的选择是正确的。

嬴重重新落座，向二人道："还请二位将军为孤介绍一下当今情况。"二人相视一眼，不敢作声，只看向秦老。秦老摆摆手，示意他们说便是。于是孙恩起身拱手道："殿下明察。秦将军将军士分为南北二曲，安排我与刘将军二人各领一曲，分开演习，每半月举行一次比武，胜者可享半月肉食，败者则要在训练结束时入山为胜者打野味。如此下来，军士争强之心大盛，操练起来事半功倍。此外，在秦将军的安排下，几年来，陆续有军士加入我们的军伍，总计已有两千之数。"嬴重点点头，他在树上观察校场时，便觉得军士数目较四年前多出了许多，孙恩的汇报证实了他的想法。

嬴重道："辛苦二位将军了，孤如今落拓，赏无可赏，来日必有嘉奖。"二人喜出望外，得到嬴重这样一个承诺，未来就算是有了保障，哪怕是犯了错，也可以功相抵。毕竟假如事成，座上坐着的这位就是天子，天子的赏赐，就算再少，也不会太寒酸，更何况自己二人所立乃从龙之功。

又寒暄两句后，二人便欢天喜地地出帐去了。秦老也告罪出帐，再回来时，身后跟着垂头丧气的黑衣小将。秦老向嬴重拱手道："少主，老秦带苏琳来向您赔罪了。"话毕转头喝道："还不跪下！"苏琳闻言赶忙上前伏在地上道："罪将苏琳，行事莽撞，误伤殿下，请殿下责罚！"话毕也没敢起身，趴在地上等嬴重发落。

嬴重一愣，说道："秦老何必如此！苏将军，你且起来！"苏琳却一动不动，只道："殿下不罚罪将，罪将不敢起来！"嬴重看他样子，不禁笑了笑，刻意压低声音，带着上位者特有的威严道："你先起来。孤不罚你，自有道理。难道孤说话不管用吗？"

这话一出，苏琳再不犹豫，连忙起身道："罪臣不敢，还请殿下示下。"嬴重看向秦老，轻道："秦老这么做，却是不妥。"

秦老听嬴重怪他，也是一愣，他见嬴重受伤，心中气急，才拖着苏琳前来领罪。可说到底，他出身军旅，秦帝国建立后便隐于暗处，不曾处理过这类事情，他是因为嬴重受伤才这样的，但嬴重却毫不领情，这让他十分不解，也感到有些委屈，于是躬身一拜问道："少主这话从何说起？"

秦老的反应，嬴重都看在了眼里，他走下座位扶起秦老道："秦老关心孤，孤心中明了，只是此事，秦老确实失了分寸。"他双手背后，边踱步边说："苏将军警戒校场周围，见到有人窥视，上前阻拦，乃是职责所在。更何况如今蒙昭、六国旧族得势，都不想让孤好活，如苏将军不谨慎些，叫人发现孤躲在这里，定会派大军来杀，到那时，恐怕秦老也不能保孤周全。以军纪说来，不要说只是伤了孤，就是将孤就地格杀了，苏将军也没有半点罪过。"

苏琳听嬴重这么说，吓了一跳，连忙又跪下道："罪臣怎敢……"嬴重摆摆手打断了他的话："要是孤责罚苏将军，往后如有号令，将士们必会畏首畏尾，生怕不慎违逆孤，如此，军令不行，政令不通，如何是好？孤明白秦老是爱护孤，但孤不可不慎重，此事若处理不好，影响定然也不好，甚至会祸及复国大计。"

秦老听嬴重说完，又细细思忖一阵，明白了其中关节，暗叹嬴重思虑周密，真是成长不少。想到自己一大把年纪了还如此鲁莽，还要少主替自己周全，秦老不由得面露愧色："老秦行事一贯直来直去，不曾想到这里，是老秦错了！"见秦老并不固执己见，嬴重笑了笑道："所以，孤不仅不能罚苏将军，还要赏他。只是现在孤亦无甚可赏，此事暂且记下，来日再赏！"苏琳听得嬴重这么说，心中高兴，暗道殿下果然明白事理。此前，秦老拖他来领罪，他心中忐忑，也有些许不服，毕竟自己是职责所在。但此时，他对嬴重已佩服至极，并不觉生出了十分亲近。

嬴重扶秦老坐下，又道："孤在洛师身边学了四年武艺，自觉有几分身手，不想还是被苏将军所伤，看来苏将军不是等闲之辈啊。"苏琳脸一红，连忙站起身来回答道："殿下谬赞，末将只是占了偷袭之利，若正面较量，定然不是殿下对手。"嬴重笑道："苏将军不必妄自菲薄，孤观将军身手了得，不知师从何人？"

苏琳还未开口，一旁坐着的秦老先说话了："少主有所不知，苏琳是老秦战友之子，他父亲逝于沙场，母亲悲痛之下一病不起，也早早逝去，我寻到他时，他还在街上要饭……这些年来，一直是老秦在教导他。"嬴重奇道："哦？竟然是秦老弟子？"秦老笑道："正因如此，老秦才急匆匆地拖他来向少主道歉。"

嬴重点点头，笑道："原来如此，既然是秦老弟子，便不必称孤为殿下，称少主便是了。"苏琳不明其中关节，疑惑地看向秦老，秦老笑骂道："混账小子，少主这是要你做家臣！"苏琳闻言，惊喜不已，连忙拜倒在地："末将拜见少主！"

苏琳的喜悦不足为怪，秦帝国贵族麾下素来分为一般门客与家臣。一般门客只是从属于贵族的下人，低贱卑微，而家臣却被视作贵族的家中之人，几乎可以享受同贵族家眷一般的待遇，只有能力出众，主家极为信任者，才有机会被收为家臣。而若被收为皇族家臣，等于得到一面免死金牌，只要不做出叛国之举，都不会被重罚。但皇族收纳家臣的条件极其苛刻，甚至有一定礼法和仪式规范，只是受条件所限，嬴重只能简单收下苏琳，但这也足以让苏琳欣喜了。

嬴重也是经过考虑才做出收苏琳为自己家臣的决定的。秦老不曾婚娶，将战友的后人当作他自己的后人看待，只是，那么多战友的后人，他都没有收作徒弟，只收了苏琳一个，说明除了苏琳父母双亡的缘故外，苏琳也定有过人之处，否则为他找户人家，给些钱财便也算仁义了。此外，秦老是自己眼下最大的依仗和最忠心的臣子，收其弟子为自己家臣，他必是乐意并会感谢自己的。更何况，秦老将苏琳带到自己面前，还挑明了身份，多半也是一种暗示，嬴重自然也乐得顺水推舟。

又待了一会儿，见时间已不早了，秦老便令苏琳退下，自己领嬴重到帐内休息。嬴重坐在床边，想起下山前洛师的叮嘱，又从包裹内取出书卷来看。书卷都是洛师及师兄董二亲手写下的，嬴重甚是珍惜，他下山匆忙，没时间细看书卷的内容，此时才有时间细细品读。看了约莫一个时辰，困意袭来，嬴重这才合上书卷沉沉睡去了。

第 七 章

第二日清晨，嬴重习惯性地早早起了床，找到秦老，学习易容之术。一般易容术并不难学，只需在五官上稍做修改，效果却很明显，有时甚至能让人与之前判若两人。嬴重聪慧，学得很快，秦老原本预计要学三天的内容，他仅用一天时间便学完了，这让秦老很是惊喜。

第三天一大早，嬴重刚刚洗漱完毕，便听见秦老在帐外请见。嬴重掀开帐帘，见秦老及孙恩、刘扬、苏琳等将领早已披挂整齐，在帐外等候。

没等他开口发问，秦老便满脸严肃地一拱手道："今日是南北二曲校场比武之日，四年来，诸将士枕戈待旦，夙兴夜寐，未敢有一刻松懈。今日少主在军中，便请少主主持比武，振奋军心，好叫诸将士明白，自己是为谁而战！"

嬴重重重点了点头，心里了然，自己去山中拜师学艺，一去便是四年，只有秦老知道自己去向，秦老可以给孙恩、刘扬这些将领解释，却没办法给广大军士解释。军队最为重要的是士气，而对这支隐军而言，要效忠的对象一消失便是四年，这对军队是巨大的打击，队伍能够维持到今天不散已经是叨天之幸了。所以嬴重明白，自己今天一定要表现出为人主君的风度，让这些至今仍在为替自己复仇而苦苦等候的军士知道，他们的等待不会白费。

既然是要主持比武，嬴重身上所穿的便服就不合时宜了。好在秦老早有准备，一挥手，便有几名士兵抬着甲胄走上前来。秦人可没什么"千金之子，坐不垂堂"的说法，哪怕是皇家子弟，在前方需要时，一样要领兵作战，元皇帝就创造了"秦皇着甲，敌国缟素"的神话，而嬴重的父皇也曾立下赫赫战功，若不是遭逢栎阳事变，过上几年，嬴重也要上战场锻炼的。

嬴重回到帐内换甲胄，待走到帐外，秦老等人不禁眼前一亮：嬴重经过四年修行，身形健美，与秦老准备的特制甲胄相得益彰，举止间尽是英武之气，虽还未上过战场，也已像一位少年将军！嬴重郑重地将洛师的明道剑挂在腰间，在秦老引领下走向了校场。

校场之上，东风呼啸，旌旗猎猎。嬴重走上校场前方高台，这才有机会仔细观察这支属于自己、忠于自己的军队。秦老说过，建立这支军队是元皇帝的遗命，连父皇也不知道。而一手建立这支军队的则是秦老，将士全部来自秦人发家之地栎阳城周边的村镇。这些人是最忠诚的秦人，嬴重相信，哪怕全世界都背叛了嬴氏，他们也会跟着嬴氏走。

高台之下，两千余名军士站得笔直，正等待号令。他们都听说了嬴重到来的消息，此时看到嬴重出现在高台之上，不禁好奇难抑。但秦军向来军纪严明，在队列中做小动作，可是要挨板子的，所以即使是新兵，也只是转动着眼珠，想看看嬴家太子的模样，而那八百老兵则更为沉稳，宛如石像般站在那里一动不动。

看着面前列队整齐、一动不动的将士，嬴重长吐了一口浊气。要击败胡云，要把被称为"帝国军神"的蒙昭拉下来，嬴重其实是没底的，也时常怀疑自己能否做到。可是今天，面前这支军队为他吃了一枚定心丸，这样军纪严明的军队，正是秦帝国横扫天下的倚仗！

秦老走上前，沉声喝道："诸位将士！太子殿下今日回军主持比武。请殿下宣令！"台下将士不由得精神一振，将笔直的腰杆又挺了挺。

嬴重也不禁有些激动，四年前他随军来校场时，是以军中伙夫的身份，今天则是他第一次以秦帝国太子的身份出现在这支军队面前。他清了清嗓子，对这支承载着秦帝国希望的军队道："孤乃元皇帝之孙、先帝之子、帝国太子重！自蒙昭叛逆，已有四年。四年间，孤每每阖眼，便看见先帝问孤是否已诛叛逆、复大秦！故孤虽然在外求学，不在军中，却也一刻不敢松懈，因为孤晓得，蒙昭势大，想掀翻他，孤还太弱小。"

他停顿了一下，目光扫过台下因为自己提到蒙昭而有些士气低迷的将士们。这也怪不得他们，毕竟蒙昭的赫赫威名是硬生生打出来的，是用无数敌人性命堆出来的。对任何将领来说，蒙昭都是一座不可逾越的大山。而一个好将领，一个优秀的将领，在战场上又往往是胜利的保证，更是基层士兵生存的依托。这些，都是让嬴重眼前这支军队缺少信心的原因。嬴重看着他们，突然咧嘴一笑，大声喝道："诸将士，抬起头来！"随着他的大喝，台下两千名军士条件反射地齐齐抬起头来，直直地盯着嬴重。

"孤知道，你们是秦地的好儿郎。想当年，秦国势弱，六国耻笑我们是化外之民，是番邦蛮夷，人人都来欺凌我们！是你们的先辈，用弩箭、用长戈告诉他们，秦军无敌！"

台下不少兵将听到这话，都忍不住想跟着吼一声"秦军无敌"，他们的爷爷、父亲都是秦军军士，他们从小就是听着秦军的故事长大的，战斗的种子早就种在了心里。只是此时，军纪让他们抑制了冲动，他们只能涨红了脸，在心中嘶吼。

"逃离蒙昭之手时，孤对蒙昭亲信胡云说过，孤一定会带着秦军回去，亲手将蒙昭拉下马。胡云笑孤是痴心妄想，可他不知道，他们所率领的秦军早已不是当年的秦军，他们的秦军被六国的米虫、庸人污染了。只有嬴氏，才知道什么是真正的秦军！孤就是要证明一件事，嬴氏麾下，秦军无敌！"

台下将士纷纷攥紧了手中长戈，想起了小时候听过的关于元皇帝的传说。传说中，元皇帝所带领的军队战无不胜、攻无不克。对老秦人来说，蒙昭不过是个后生小子，元皇帝才是他们心目中永远的战神！而这种思想也伴随着传说传给了他们的后代。此时嬴重一说，他们立刻觉得热血沸腾。

看到台下将士如积蓄了力量、行将喷发的火山，秦老咧嘴笑了。三言两语便能鼓舞整支军队的士气，看来少主这些年真是长大不少。他上前一步，接过嬴重的话，大声喝道："讨叛逆，诛不臣！嬴氏麾下，秦军无敌！"

台下憋了半天的军士立刻整齐划一地跟着秦老大喝："讨叛逆，诛不臣！嬴氏麾下，秦军无敌！"两千余人声震天地，惊得山林中的鸟儿慌乱地飞走了。

军士们齐喝三遍，一扫颓靡之气，嬴重这才接着道："孤知道，欲掀翻蒙昭，非孤一人之力所能及。诸君为嬴氏臣，世受皇恩，可愿为孤效力，共取蒙昭项上人头？"他的声音越来越大，气势也越来越强，问出最后一句时，天地都仿佛为他的气势所摄，一时之间，连风声也止歇了。

孙恩、刘扬被嬴重说得热血沸腾，他们也出身秦地，故而对嬴重的话感触颇深。二人对视一眼，皆向前一步，单膝跪地，以拳击胸道："殿下有召，臣敢不效死？请为殿下前驱！"其余将士见状，也仿效二人单膝跪地，以拳击胸，大声喝道："请为殿下前驱！"

嬴重点点头，沉声道："孙将军、刘将军，比武开始！"二人再行一礼道："诺！"说完便各自点出兵将，开始比武。经嬴重这样一鼓舞，每个军士心中都有火焰燃起，拳脚打在身上也觉得没有往日那么疼了，大家都嗷嗷叫着扑向对方。

南北两曲的比武进行了整整两个时辰，远超以往比武的时间，士兵们哪怕已被打倒在地，依然强撑着站起来战斗，以发泄心中的火气，证明自己的勇武。双方越打越激烈，几乎要打出真火来。

孙恩、刘扬哭笑不得，生怕士兵们收不住，造成伤亡，那就得不偿失了。二人商议之下，宣布凡被击倒在地的士兵，便是败了，不可再起身反击，否则依违命处置，这才让这些被鼓动起来的将士冷静了些。

比武的结果是孙恩带领的北曲取胜。北曲的士兵虽然一个个鼻青脸肿，却依然士气高昂，难掩兴奋，而同样鼻青脸肿的南曲士兵也未见气馁之色，一个个摩拳擦掌，准备在下一次的比武中扳回来。

看见这样的情况，孙恩、刘扬不禁暗暗佩服嬴重。这支军队的士气一直不太高，而嬴重几句话就让这些士兵兴奋了起来，今天这样的士气，就是在蒙昭所领军队中也是少见的。这让二人暗暗猜测，鼓动士气是不是嬴氏的独门秘籍，否则为什么嬴氏带领的秦军气势总那么高呢？

吃过午饭，嬴重收拾好行囊便准备辞别秦老去寻项家。刚出帐，就见秦老领着身着便衣的苏琳在门口等候。见嬴重出来，秦老道："少主，此去郢城，路上定多艰难，请少主带上苏琳。苏琳随我学习多年，有什么事也能保护少主一二。"嬴重看向苏琳，苏琳立刻跪地抱拳道："臣琳，恳请护卫少主左右！"

嬴重扶起苏琳，想了想便同意了秦老的提议。游侠儿往往三两成群结伴而行，少有独身一人者，自己单独出行难免惹人怀疑且苏琳武艺不差，有什么事也用得上。

嬴重屏退左右，握住秦老的手道："秦老，我这一去，又不知何时才能回来，还请秦老继续助我练兵，如此，大事方可期！"秦老看着嬴重，不禁感到欣慰，重重点了点头："诺！"

第 八 章

嬴重、苏琳离开校场，不过两天便到了最近的城市。一路上，嬴重没有摆少主的架子，山上的生活早已让他褪尽浮华。他自然地与苏琳闲聊，也了解了不少苏琳的事。苏琳比嬴重年纪还要小一些，离开秦老，便显出少年心性来，活泼非常。二人一路上谈天说地，倒也不无聊。

接近城市，嬴重嘱咐苏琳道："蒙昭定在各大城关布下了眼线，找寻孤的踪迹。入城之后，孤便不是你的少主，而是游侠儿姬青，表字复华。你自幼追随秦老，不被人所知，倒也不用改换名姓。只是要记住，你我二人是游侠儿，要遵循游侠儿那一套规矩，切不可以军伍里或主仆之间那一套行事，你可记住了？"苏琳点头称是。

待嬴重用秦老教授的方式稍作伪装，二人便向守城士兵递上早已准备好的验、传，查验过后进了城。秦老早给嬴重备了钱，二人便找了个酒馆坐下，点了些吃食，准备稍作休息，再在城里买两匹马，前往郢城。

二人吃完，正准备付账，一个矮个子青年凑过来搭话："我看二位眼生，不是本地人？"苏琳见他贼眉鼠眼、相貌猥琐，心里不喜，便挥挥手要将其赶走，却听嬴重笑着回答道："正是，我兄弟二人是外乡来的，不知大兄有何见教？"

嬴重生于深宫，原本只听说过游侠儿。在山上才听得洛师详细介绍过这一群体。法家言："儒以文乱法，侠以武犯禁。"此处的"侠"指的便是游侠儿。游侠儿往往凭自己喜好行事，甚至以武力行犯法之事，常成为社会的不稳定因素。但游侠儿也崇尚义气，将义气看得比性命都重，游侠儿到另一地，往往会受到当地游侠儿的亲切款待。嬴重知此规矩，也明白自己二人穿着打扮、言行举止都是游侠儿模样，有人来搭话也很正常。

那人听得嬴重回答，面上一喜道："我乃张公门下，张公爱才，广邀各路豪杰，二位可到张公府上一叙。"苏琳刚想开口拒绝，却听得嬴重说："我兄弟二人自远方而来，却不知这位张公……"

那人有些惊讶，随即道："两位兄弟竟不知张公？也罢，我且为你介绍。张公讳婴，身高八尺，勇武无双，能生搏虎豹。张公义薄云天，深受游侠儿爱戴，乃是方圆百里内最大的游侠儿头领，官府的人见到张公手下人都得客气三分！因此许多游侠儿都自远方来投奔张公。"

嬴重闻言，眉毛一挑，照这人所说，这张公的势力竟连官府中人也不敢小觑，这倒让人意外。要知道，此处城市虽然不大，但却地处王畿，按理说游侠儿是不敢如此嚣张的。秦帝国以法家思想治国，而法家最恨游侠儿，故秦地几乎没有游侠儿。秦灭六国之后，六国原来的游侠儿实力大减，到处流散，绝不会有游侠儿头领这种人出现。哪怕是蒙昭上位后放宽对游侠儿的管制，也不可能放纵游侠儿聚集，危害当地治安。此外，游侠儿往往因出身、地域团结成群，而这张公却大肆招揽外地游侠儿，着实怪异，因此嬴重本来打算简单问问情况便婉言拒绝，现在却想多了解点情况。他决定去看看这张公是干什么的。

于是他装出一副惊讶的样子道："我兄弟二人自远方而来，竟不知当地有如此豪杰人物，当真失敬！我生平最敬服这些英雄人物，恨不能为之前驱。且请大兄为我兄弟二人引荐，如张公不弃，我二人甘效犬马之劳！"

那人闻听他语气中充满惊喜，不禁暗暗高兴。他看这两个游侠儿气质不凡，便想将他们引至张公面前，于是主动上来搭话，没想到还真成了，若是张公高兴，定会豪赏自己。他一拍手，急道："好，好！二位且随我来，张公见了二位必然心喜！"

三人起身，苏琳将钱扔在桌上，却听那人笑着叫道："兄弟，你这是作甚！我乃张公门客，无需付钱！"那店家本已准备上前来取钱，听得这话，已伸出的手便是一顿，脸上挤出讨好的笑容，比哭还难看，"是，是，这位大爷说的是，我们怎么敢收张公门客的钱呢，贵人且将钱收回去，这顿饭算小店请贵人吃的。"

苏琳心中本就窝火，嬴重乃是自己的少主，尊贵的帝国太子，却因时势被迫与这猥琐的游侠儿称兄道弟，让他颇感不适，又见这猥琐游侠儿欺压良善、鱼肉乡里，心中更是不喜，便粗声粗气道："我付我的钱，不干张公的事。店家，你且拿去！"

见苏琳如此，那猥琐游侠儿眉头一皱。他自忖此举可展现张公势力，也为这二人省下一笔饭钱，让他们对自己多几分好感，却没想到这人好心当作驴肝肺。一旁的嬴重见他面色不对，忙道："大兄莫怪，我这兄弟家原是开饭馆的，却被乡里几个恶霸弄得开不了张，这才无奈做了游侠儿，想必他是触景生情了，大兄便随他去吧。店家，你把这钱拿上。记住了，这是我兄弟可怜你的！"话毕，扭头用那猥琐游侠儿也能听见的声音低声对苏琳说："你这人，这位大兄是好心，你怎么不识好歹？"

那店家犹豫地看向那猥琐游侠儿，见他冷哼一声，将头扭开去，一副眼不见心不烦的样子，这才鼓起勇气将那钱拿在手中，又一连鞠了几个躬道："谢二位贵人可怜！"

二人随那猥琐游侠儿出门，走到一处高门大院前，那人斜眼看来，得意道："二位，这就是张公府邸了。看这门户，便知道张公不是一般人！"刚在路上，嬴重找机会给苏琳说了自己的想法，让他暂且忍耐。因此听猥琐游侠儿夸耀，苏琳忍住心中不满，挤出惊讶之色道："张公竟如此豪富？"

见苏琳惊讶，那猥琐游侠儿不屑地咧嘴笑了，心中暗暗骂道："怪不得不识老子好意，原来是个没见过世面的泥腿子！"又看嬴重镇定自若的样子，心中骂道："装什么装，张公用你二人便还罢了，若是张公不喜，且看我怎么收拾你们！"他心中骂着，脸上却依旧猥琐地笑着对二人道："二位兄弟随我来。"

他上前叩开门，引嬴重二人进了屋。只是此人自走进大门，便全然没了之前的跋扈，哪怕对家丁下人也满脸赔笑。走过中庭到了后院，见一大汉正对着稻草人施展刀法，他便伸手将嬴重二人拨到自己身后，垂手低眉，静静等候，只偶尔叫几声好。

嬴重心想，这大汉大约便是猥琐游侠儿口里的那位张公了，于是留神观察这大汉的功夫路数，越观察便越心惊，这大汉招招阴狠毒辣，每一刀都是冲着要害处去的，他面前若是真人，不知得死多少次。

三人等了好一阵，那大汉才停下。他接过下人递来的巾布，抹了抹头上汗珠，看向嬴重三人道："唐六？"那叫唐六的猥琐游侠儿闻声立即躬下身赔笑道："张公还记得小人名字，实是小人之福。小人在路上看到这二位兄弟，特将他们喊来为张公效力了！"张公上下打量了嬴重二人几眼，将手中巾布扔给一旁下人，脸上绽出了笑容："看二位面生，大约不是本地人？"

嬴重郑重道："姬青与兄弟苏琳见过张公！我兄弟二人确非本地人氏，方才在酒馆听得这位唐六兄弟言说张公广邀四海豪杰，我兄弟二人虽非良材，但早闻张公大名，最是敬重张公为人，便冒昧前来，愿为张公前驱，还望张公不弃！"话毕，抱拳行了个礼。

唐六听得目瞪口呆，心想，这人脸皮真厚，明明刚才还不知张公名号呢，现在却说早闻张公大名，可真是睁着眼睛说瞎话。但他也不好在张公面前说破，落了张公面子，只能撇撇嘴。

大汉闻得嬴重一番话，拊掌大笑道："好，好！我广邀天下豪杰，是有大事要做，二位肯入我门下，当真是好之又好！唐六，你带二位先去歇息，待我晚上准备好宴席，再请二位一叙！"

嬴重二人被唐六带到客房歇息了一阵，天色刚暗，就听有人叩门道："二位，张公已摆好宴席，请二位入席！"

二人随下人来到摆下宴席的大厅，见厅内灯火通明，张婴正坐在上位。见二人到来，张婴笑道："二位兄弟，快坐！"二人便坐下，与张婴寒暄起来，不一会儿，又有十几个游侠儿被带到厅内坐下了。嬴重见他们进来后相互搭话的样子，显然并不相识，心想这些人大约就是张婴所招揽的外地游侠儿了。嬴重也不好独坐，与苏琳一起同旁边的游侠儿寒暄起来。

见人差不多都到了，张婴便举杯相邀道："各位能来，婴感激不尽，我先敬各位一杯！"厅内众人便也满饮一杯。张婴叫了一声好，便宣布开席，他举手拍了两下，便有侍者侍女端着各色美食鱼贯而入，恭敬地放在每个游侠儿面前的桌上，众人便闹哄哄地开始吃饭。游侠儿行事最是放浪，不多时就有游侠儿喝得满脸通红，扯开衣领露出胸膛，向身边的游侠儿夸耀起自己胸膛上的伤口是某年某月某日于某地以一敌五留下的光辉痕迹来。又有人拉过一旁的侍女来调戏。张婴见怪不怪，还叫来侍者，要他多派些侍女过来。

酒过三巡，众人正在兴头上，却见外面跑来一个年轻人，口中叫着义父，扑在堂前长泣不止。张婴面露不忍之色，却不肯应他的话，朗声叫下人将那年轻人架了出去。众人不明所以，一时也不好出言询问。但张婴原本与大家欢饮笑谈，待那年轻人被架出去以后，却面露愁色，连连叹气，便有人忍不住开口询问："张公愁眉不展，可是有心事？若是我等兄弟能助张公一臂之力，还请张公示下。我等不才，定当倾力相助。"张婴连忙摆手，但在那人带领下，众人再三追问，张婴这才开口道："今日我等相聚一堂，本应欢谈畅饮，只是我这个义子却跑来，引我想起一件旧事，使我饮酒亦不能消愁，反而愁思更甚,搅了诸位兄弟的兴,实在不应该。"众人此时已喝得面红耳赤,听闻此言,纷纷叫道:"张公有事便说,我等兄弟敢不效死?"

见众人这般,张婴叹了口气,这才道:"既然如此,我便向诸位兄弟倾诉一二。我有一至交兄弟,多年前为人所害,却不知贼人是谁。前些日子,我那兄弟苦命的孩子、我的义子找到我,说他父亲是被许氏所害!"说到此处,张婴用力一捶面前桌案,震得桌上杯子一跳。此时,他已眼眶泛红,连声音也变得沙哑起来:"我那义子一心想立马杀到许氏庄里报仇雪恨,因此来找我帮忙。我虽为他义父,但也要为追随我的兄弟考虑,不敢轻举妄动。况那许氏乃是这儿城北村内的大户人家,豢养了不少家丁打手,多年来横行乡里,鱼肉父老,手段残忍,毫无顾忌!我们纵有血海深仇,也不是说报就能报的。"说到这里,他仰天长叹:"仇家就在眼前却不能手刃,真是……"

众人早已喝得头脑不清,此时听得张婴这话,纷纷将手中酒杯在桌上一顿,叫道:"这哪里忍得?我等愿为张公前驱,灭许氏,报血仇,也还乡亲父老太平!"又有人道:"我等却不曾听说过许氏何人,张公名动四方,便是勾勾手指,他们只怕就得跪在地上求饶!"

众人闻听此言,不由大笑,张婴却苦笑着叹了口气道:"诸位兄弟有所不知,官府虽然默许我等游侠儿存在,却看管得甚紧。因此我虽深恨许氏,却不能随意动用手下,这才无奈忍下血仇。所幸今日有诸位兄弟愿意相助,婴感激涕零,无以为报,便先敬诸位一杯!"话毕,他满饮了一杯。众人早已被酒精冲昏了头,见他干了一杯,哪还想得到别的许多,纷纷笑着说:"张公豪爽,屈尊降贵招揽我等,我等感激不尽!如今有机会报答张公,定然不会教张公失望!"

于是众人便商议该如何对付许氏,只是大家都是外地人,哪里了解许氏种种情况呢?最终还是张婴开口,与众人约定好三天后出手。商议完毕,大家又是一阵觥筹交错,直到月至中天才各自回房歇息。嬴重和苏琳早已烂醉如泥，由几个下人背到屋内，安置在床上。过了半个时辰，嬴重才睁开眼，悄悄起身，从门缝中偷偷往外窥视。原来他和苏琳根本没有喝醉，只是为了掩人耳目，才装作醉了。背二人回房的家丁的脚步声出了门便没再响起，嬴重猜想他们是在门外守候，探听自己等人的言语。半个时辰之后，也许是认为他们二人实在不胜酒力，已经睡熟，家丁这才离去了。听他们走远，嬴重这才起身往外看，见果然没人，便又装作出门撒尿，摇摇晃晃地走到院内树丛前一边解裤子，一边微眯着眼警惕地扫视周围是否隐藏着人。确认周遭无人窥视了，他才回房叫起苏琳。

苏琳也在屋内佯睡，听嬴重回来说并无异状，这才坐起身来，压低声音道："少主，这张婴所言之事疑点颇多，不可不慎啊！"嬴重点点头道："今日看来，参与此事的游侠儿皆非本地之人，张婴出言煽动，这些人便没了头脑，我看，现如今张婴叫他们往东，他们便不会往西。"

苏琳眉头紧皱，问道："怎么办，少主？这张婴口口声声说许氏鱼肉乡里，我看他也一样！还拿什么兄弟血仇说事，谁知是真是假？今日看他练武，只是有一股子蛮力罢了，不如我先去将他杀了，也算为民除害。"嬴重摇摇头道："不可轻举妄动，这张婴也是心机深沉之人，怎会没有防备？一旦暗杀不成，你我二人便有身份暴露之危险。"

苏琳虽然心中不甘，但也知道嬴重说的确有道理，只能暂且忍耐，但不甘都写在了脸上。嬴重笑着拍拍他的肩膀："所谓游侠儿，不过是挟武犯禁之人，这张婴能为游侠儿头目，也定非善与之人。待我们查探清楚，来日再与他做计较不迟。"苏琳勉强点了点头，二人便不再言语。

第 九 章

　　第二日下午，嬴重二人才从屋内出来，叫家丁送来两碗汤饼吃了。又歇息了一阵，苏琳便依嬴重的吩咐，独自出了张府，去了城东南最为繁华的花巷。花巷并无名花，只是城里最大的酒楼醉花楼在这巷内，且醉花楼养了些妓子陪客人喝花酒，还做些皮肉生意，因此这城里人便将去醉花楼寻欢作乐称为逛花巷，花巷也因此得名。

　　苏琳在天色刚暗时到了花巷。刚走到巷口，便有身着轻罗绸缎、描眉画眼的女子上来请他进去。苏琳记得出来前嬴重的嘱咐，自己现在是外地来的游侠儿，因此一举一动都要符合身份。张婴能派家丁监视已经"喝醉"的游侠儿，证明他对这些不知根底的游侠儿是抱有戒心的。而依他在城内的势力，说不得哪里就有人在暗处观察着自己等人的一举一动，一旦自己行为有异，只怕便要刀兵相见。故而苏琳挤出色眯眯的笑容，半推半就地跟随这些女子进了巷内醉花楼。

　　站在巷口，苏琳看不出这城内最大的销金窟有什么特殊之处，可进了楼里，便有一种别有洞天之感。楼有两层，一层大堂内摆满了桌椅，天色刚暗，便已坐满了人，桌上灯火摇晃，映得楼内女子美艳极了。二层则是雅间，客人若是看上了哪个女子，付了钱便可领上楼去。苏琳进来，楼内女子上下打量了他一番，见他年轻健壮，又长得英俊，便一个个两眼放光，围了上来，轻声细语请他到屋内去饮酒。

苏琳虽然未曾见过这般阵仗，但秦老早为他讲过这些女子的可怜，她们有些是因种种原因，生活没了依靠，只能卖身求活，有些则是从小便被父母卖给店家的。无论哪种，她们沦落此地，便再没了自由，小时给店家干活儿，长大些了，若有些姿色，便出来服侍客人，姿色不足的便只得干那沉重的粗活，待得年老，不能服侍人或干活儿了，便被店家用一点钱打发出去，度过凄惨的余生。苏琳记得自己听秦老讲到这些时觉得简直不可思议，这些女子真是傻极了，难道不会反抗、逃跑？只是现在，他经历也多起来了，已明白自己当初有多幼稚无知。想到这里，苏琳不禁摇头苦笑。

苏琳随手拉了个怯生生站在一旁的女子坐下，点了壶酒，便独自饮起来。那女子显然没什么经验，劝起酒来也怯生生的，后来看苏琳喝得爽快，干脆不再开口相劝，只坐在一旁为他斟酒。苏琳倒也庆幸不必装出一副色中饿鬼的样子与她调笑，于是一边喝一边仔细听着一旁人的议论，不多时便听到了很多关于许氏的消息。至于张婴，倒少有人提及，想来是他在城里势力太大，人们怕招惹是非。

一壶酒很快饮尽，苏琳将酒钱放在桌上，正要起身离开，却瞥见一旁柱子后有人正朝他这边看。他心中一惊，猜想这可能便是张婴派来监视他的人。来到这种地方，喝了一壶酒便匆匆离去，想来也不符合游侠儿的做派。只是自己已将钱付了，怎么圆回来？心思电转之际，一旁桌上一醉汉拉住垂首送酒来的侍女，将长满胡须、笑容猥琐的脸凑过去调戏那女子，女子一声尖叫，一巴掌扇在那醉汉脸上，力道虽然不大，却让那醉汉一愣，紧接着勃然大怒道："婊子！"说着便将粗壮的手臂高高举起，挟着风扇向那女子的脸，尚未扇到，只觉手腕处一股巨力传来，手臂便再难移动丝毫。醉汉又惊又怒，扭头一看,却是一个衣着普通的年轻人。醉汉张口便骂:"哪里来的土猴子,敢管老子的事!"一边骂一边扭身伸脚欲踢那年轻人。

那年轻人正是苏琳。他正愁自己没法圆场,见醉汉发怒,心中惊喜,这不是瞌睡了递枕头吗?见那醉汉一脚踢来,苏琳冷笑一声,一手毫不留力在醉汉腿侧一拍,便让踢来的腿偏了开去。那醉汉一个没站稳,惨叫一声,滑倒在地,两条腿劈成了一条直线。这时,那醉汉的同伴才反应过来,喝骂着抄起胯下板凳扔向苏琳。苏琳放开醉汉的手腕,稳稳地抓住凳腿,将凳面拍在了那人胸口,那人倒退几步,也坐在了地上。苏琳将凳子抛起来,转了几圈,又接住放在胯间,叉腿坐下了。

那醉汉胯间剧痛,在地上扭腰滚了一圈,才捂着自己的裆部,扭曲着脸、倒吸着凉气吼道:"竟敢伤你爷爷!"苏琳笑道:"我乃张公门客,你自称爷爷,难不成比张公还要高几个辈分?"

听他提起张婴,那醉汉及其同伴脸色剧变,猛然间清醒了十分。他们顾不得身上疼痛,连忙爬起来,脸上已经换上谄媚了的笑容:"公子,方才是误会、误会。我们二人今日多喝了些酒,发了酒疯,多亏了公子,没有惹出事来。"苏琳见他们表情变换迅速,心里好笑,脸上却颇含深意地笑了笑,伸手抓住被吓得呆立在一旁的侍女手腕道:"我看上她了,你可想与我争一争?"那醉汉连忙摆手道:"不敢不敢,公子看上了便是公子的!"说着又叫来掌柜,掏出钱袋付了钱,点头哈腰地将苏琳和那侍女送上二楼去了。

楼内灯火通明,但那侍女被苏琳有力的手牵着拽上楼梯,只觉眼前一片漆黑,觉得自己真是刚出虎口,又入狼穴。先前这位公子出手,她还当是救世主横空出世,却不想还是一个好色之徒。之前面对那醉汉,惊恐之下,自己还敢反抗一下,但看面前这人身手,自己只怕连反抗都反抗不了。她心中绝望,忍不住摸了摸腿上的坚硬物体,这才踏实了一点。

醉汉将苏琳二人请进雅间,便忙不迭退出去关上了房门,一溜烟跑了。

苏琳也不阻拦，只细心观察着屋内的陈设：这里较大堂更为昏暗，仅中间案上点了一盏灯。此外，案上还有一壶酒、两个杯子。屋子被纱帐隔开，依稀可见另一边摆放整齐的衾枕。苏琳让那侍女坐下，自己斟了杯酒，刚端起杯来，说了个姑娘，便被那侍女打断了。那侍女抬起头来，眼中泪光晶莹："妾身知道公子武艺高强，但妾身不能容忍自己遭此侮辱！"说着便从腿上摸出一把尖刀，直朝自己的胸口刺去。苏琳大惊，口中低喝："不可！"又将手中酒杯急急掷出击飞了侍女的尖刀。那侍女一愣之下，反应倒是很快，酒液飞溅间，竟要与苏琳去抢那飞起的尖刀，不过终是慢了一步，苏琳抢先拾起那尖刀，握在了手中。见自杀不成，那侍女面容灰败，无力地瘫倒在地。

苏琳将尖刀扔到一边，无奈开口道："姑娘误会了，我强拉姑娘上楼来，是为了保护你。"那侍女听得这话，眼里浮现一抹亮色："当真？"苏琳重重点头道："当真！"侍女这才放松下来，面色也好了许多。

苏琳欲伸手扶她起来，又怕她误会，只好就势将倒在地上的凳子扶起，说道："姑娘，你还是先起来吧。"那侍女这才发觉自己正以一种不雅的姿势瘫在地上，立刻羞红了脸，连忙爬起来坐好。

苏琳也不知要说些什么，只能问道："我看姑娘不像是本地人？"侍女螓首轻点，面露悲伤之色："妾身姓姜名心，本是阳濯人氏。秦业成前，家父曾为韩国大夫，但却不齿于韩国朝堂种种龌龊。韩灭后，家父投效元皇帝，却不想……"她的声音低下去，没有将这句话说完。

苏琳心里清楚她的意思，她的父亲投效元皇帝，虽是忠心拥护嬴氏，但毕竟身为降臣，不可能进入秦帝国官僚系统核心，在蒙昭把控政权后，必然首先成为弃子。且蒙昭为未来局势着想，对弃子的打压十分狠厉，如此，他们一家的境遇定然不会好。

姜心平复了一下心情，接着说道："家父因病去后，便有恶徒无赖找上门来，手里拿着不知从何而来的借据讨债，家里的积蓄全用来还了那莫须有的债务。家母因这种种变故,悲痛之下便病倒了。妾身无奈,只能求人让我到这醉花楼中做些杂役,挣些钱财为母治病,却不想有无赖意图……妾身谢公子搭救。"

苏琳听她讲述身世,不由得叹了口气道:"我却不曾想到有这一层。我只想劝姑娘,不必自寻短见,时事虽艰,但活下去才是最重要不过的,更何况姑娘家里还有母亲要钱治病,你若死了,你母亲又当如何?"

姜心闻言,面色一寒道:"家母叮嘱过妾身,这些泼皮无赖背后的人只是想侮辱我姜家。姜家虽算不得名门高户,却也有士之尊严!妾身自裁,并非为自身清白,而为不辱门楣!"听她说得坚决,苏琳心中一动,他早年在街上乞讨为生,何等卑劣之人也都是见过的。在这个时代,生存是大过尊严的,面前这位女子能说出这样的话,真是让他惊讶不已。再加上她一家是因为嬴氏而落魄至此,作为嬴氏之臣,苏琳顿时对这一家有了不少好感。

苏琳从腰间掏出钱袋,放在姜心面前,缓缓道:"这些钱,你且拿回去为母亲治病。解燃眉之急后,便找个清净地方做工吧,等邪淫之地,实在是好进不好出。"姜心呆呆地看着面前的钱袋,手指不自觉地颤抖起来,眼中流下两行清泪,半晌才突然惊醒般地用衣袖沾了沾脸上泪水,就要拜倒在地。

苏琳眼疾手快,一把扶住她瘦弱的身躯,压低声音道:"姜姑娘不必如此。姜家为嬴氏臣,这不过是小小补偿罢了,不足道也。"听到"嬴氏"一词,姜心猛地一惊,张嘴便要叫出声,又突然意识到不可引人注意,忙慌乱地伸出手捂住自己嘴巴。嬴氏……嬴氏!这父亲的效忠对象,同时也是害自己一家沦落至此的"罪魁祸首",他们的人就站在自己面前!可姜心此时思绪混乱,也不知道自己该如何面对。半晌,她放下手来,苍白干裂的双唇颤抖不止,却终究没能吐出一字来。

见姜心神情复杂,苏琳心中暗叹一声。自己身为嬴氏家臣,见到为效忠赢氏而死的忠良之后，若不出手相助，怎么对得起他们，怎么对得起少主的信任？但对姜姑娘而言，赢氏是主君，却也造成了他们一家的悲剧，想必不知该如何是好吧。苏琳沉默半晌，起身道："请姑娘不必担心，方才我已警告过那流氓，想必他们不会再来骚扰姑娘一家了。我还有事在身，先行告辞，请姑娘珍重。"话毕，苏琳便起身走向门口。

姜心看着苏琳的背影，眼中茫然，在苏琳开门时，才颤声问道："敢问公子贵姓？"苏琳开门的手一顿，道："某姓苏。"话毕，再不留恋，便拉开门大步而去了。姜心看着面前案上摆着的钱袋，口中喃喃："苏公子……"

苏琳去后，赢重便躺在床上假寐等候，只是等到深夜也不见苏琳回来，又想到而今情况复杂，心中不禁感到担忧，耐住性子又等了一会儿，才见苏琳浑身酒气，踉跄着进了屋。赢重连忙坐起身来，大声叫道："兄弟，你怎么喝了这么多酒？"扶苏琳坐下，赢重走到门口，假装不经意地看了看门外，见无人窥探，这才掩上了门。苏琳见赢重毫无异态，松了口气，脸上醉态尽消，轻道："少主，我查探清楚了。"

苏琳大致讲了讲在醉花楼中的见闻。赢重听完，不禁皱眉。从苏琳得到的消息来看，那许氏以前的确横行乡里、为非作歹，只不过近年来与朝中贵人交好，行事不再肆无忌惮，偶尔还会拿出钱财施舍给贫苦百姓，倒也挣了些名声。至于张婴，人们对他做过什么事绝口不提，这大概是因为张婴是地头蛇，人们不愿招惹他。

只是许氏背后有靠山，这是人尽皆知的事情，这张婴为何还要行险棋？难道这张婴还真是为了报仇雪恨？不，赢重不信，张婴这样的人，不可能会因为他人报仇而涉险，说不定这报仇雪恨一事也是假的。张婴不怕许氏背后的靠山，只有一种可能，张婴也有靠山，且来头可能比许氏的更大！不过赢重暂时没有证据能够证明自己的猜测，只得先把这件事搁置下来。

不知为什么，苏琳只给嬴重讲了醉花楼探听到的情报，只字未提姜心之事，还有些害怕嬴重问及自己为何深夜才回来。好在嬴重只当有人监视，苏琳需在酒楼虚与委蛇，这才回来晚了，故而也没有多问，叮嘱他两句便睡了。苏琳松了一口气，躺在床上，眼前却始终浮现着姜心流泪的画面。苏琳叹了口气，不再去想，翻身睡着了。

第 十 章

两日后的深夜，阴云遮月，白日里的炎热消退，清凉袭来，众游侠儿披挂整齐，在张婴的带领之下前往城北。到了城门之下，张婴与那守门士兵耳语几句，那士兵便指挥着其余士兵打开了城门。众人见张婴也不曾以钱财贿赂，三言两语便叫开了城门，纷纷低声赞叹张婴神通广大。嬴重随声附和着众人的吹捧，心里却有些沉重：天黑以后，除非有虎符文牒，城门不得开启，这是明明白白写在秦法里的。若是城内将军、官员有事可叫开城门，倒也不是不能理解，但这张婴不过一个游侠儿头目，能如此轻易地做到这一点，背后的靠山来头必不会小。

一行人出了城，便向城北行去。许氏那村，距城不过三五里路，众人都是常年行走江湖的游侠儿，脚力不差，不到半个时辰便行至村南的小山坡。嬴重向坡下村内看去，只见到处漆黑一片，看不真切，只村西一宅院内灯火通明，好不显眼。张婴伸手指着那院道："那便是许氏家宅，内有家丁二十余人，皆身强力壮。诸位兄弟进去之后，先将巡逻家丁杀掉之后再找许氏族人麻烦，不可闹出太大动静！"众人低声应了。

下了山坡，众人摸到了许氏宅院的高墙之下。有身手敏捷者爬上墙观察半晌，确定墙内无人后，才让众人翻墙进入宅院。这宅院虽然里屋灯火通明，院内却没有什么光亮,加上今夜天暗,正为众人提供了绝佳的行动机会。大家一路上小心至极,却没见到巡逻家丁,直至摸到家丁住处,才发现那些家丁正在里面喝酒。张婴倚在门框上听了好一阵,转过身来,面带喜色地低声说:"诸位弟兄,这帮家丁都是许氏走狗,平日仗着许氏名号欺男霸女,不是什么好东西!今日他们忘了自己职责,在此饮酒作乐,该是死期到了!"众人闻言,不禁咧嘴大乐。嬴重虽然对张婴这人有所怀疑,但听屋内家丁闲聊,都是村内谁家女儿好看,明日便去调戏一番等言语,加上之前苏琳打探回来的消息,对张婴刚才的话倒也信了几分。

这时,两个家丁醉醺醺地推门出来撒尿,众人连忙散至门后。待那二人出来,张婴深吸一口气,使了使眼色,便有两个游侠儿跟了上去。这群游侠儿都是常年在刀尖上舔血的亡命之徒,哪个手上都有几条人命,那两个家丁虽说强壮,但早已喝得晕头转向,完全没有警醒意识,轻易就被抹了脖子,拉到了草丛之中。随后,张婴骤然推开门闯了进去,屋内众家丁正喝得醉眼蒙眬,听见巨响,都吓了一哆嗦。靠门斜坐着的那个家丁面露疑惑之色,抬头正要问话,却不想一下就被迎面而来的大刀砍死了。其余人见同伴惨死,酒醒了七分,纷纷找寻兵刃迎战,只是身体不听使唤,东倒西歪地毫无战斗力,一时混乱无比。张婴面露不屑之色,和众人上前一刀一个,将那些家丁都砍倒在地。嬴重虽没杀过人,但心中对这些恶霸全没有什么怜悯之情,也上前用剑砍杀了几人。只是砍杀完,看着一地的尸首,不禁有些恶心想吐,但他现下是个行走江湖的游侠儿,见几具尸首便恶心呕吐,必然会引人怀疑,只好强压下来。好在场面混乱,倒也没人注意到他的异样。

砍完家丁,众人便直奔许氏内院而去。张婴推门进去,高声叫道:"许老匹夫!出来!"只听屋内一阵慌乱,随即一个衣衫不整的老年男子走了出来,见到张婴,他眉头一皱,冷冷喝道:"张婴,你做什么!"张婴大笑:"许周,你这个老匹夫!今日我来,便是要报血仇,靖乡里,灭你许氏满门！"

许周闻言一愣，放声大笑："若是其他人来说此话，说不定我就信了，你张婴说出这话，真是好笑！你这些年在城里欺男霸女，横行无忌，坏事做尽！我许氏至少还时常拿出些家财接济穷人，让他们吃饱穿暖。有人死了无钱下葬，我还发发善心拿出些钱帮忙料理后事！"嬴重听他说这话，觉得这许氏倒也不像是恶贯满盈、罪无可恕之人，但看身旁游侠儿，全都一副不在意的样子，不禁冷笑，这些游侠儿根本不在乎张婴所言是真是假，他们只关心能从张婴那里捞到多少好处。

"至于血仇，"嬴重正暗自想着许周的话，就见许周目眦欲裂，咬牙切齿道，"你真当我不知道我义弟是为谁所害？"

"哈哈哈，既然如此，我便跟你说明白了，你义弟一家上下十九口，都是被我一刀一个斩死在他自家门前的。你义弟死前还叫嚣说你会为他报仇呢。可惜啊，几个月过去了，你也只会做缩头乌龟，连质问我也不敢！"张婴的话让众游侠儿面面相觑，有人低声道："张公乃英豪人物，怎能做出这等灭门之事来，不是坠了自己的名声吗？"当即有人反驳道："你懂什么！这叫斩草务必除根，不杀他全家，必留下隐患。这才是当世豪杰所为！"

苏琳闻言，心中发寒，靠到嬴重身边低声道："少主，我就说这张婴非良善之人，果然如此！灭人满门十九口，在他嘴里说出来，竟如吃饭、喝水一般简单，看来这等惨无人道的事他也并非第一次做！少主，让臣去杀了这张婴吧！"嬴重听了张婴的话，虽也杀心大起，但还是摇了摇头："切不可轻举妄动，张婴固然不是良善之辈，那许周也不像简单人物。这等混迹江湖的老狐狸，怎么可能一点准备也没有，就这样让张婴得手？现在两方对峙，你若突然出手，打破眼下局势，双方又都不知你身份，我们恐怕会遭到双方围攻，到那时双拳难敌四手，只怕极难逃出生天。我们先静观其变，过了这一关再说。"苏琳闻言，觉得有理，只好按捺住杀意，退回嬴重身后。

那许周听到张婴所言，气得双拳紧握，双目通红，声音嘶哑地低吼道："张婴！我誓杀你！"张婴咧嘴一笑道："你如今自身难保，如何杀我？今日我便送你一家与你义弟相见，于九幽黄泉欢聚一堂，到时说不得你们还要感谢我。"话毕，他提起手中大刀喊道："乖乖受死吧！"

"张婴，你真当我许氏立足乡里，靠的是那几个废物家丁？"许周看着直指向他的大刀，非但没有一丝慌乱，反而扬起嘴角，森森地笑了起来，这笑让嬴重想起了噬人的毒蛇。"诸位，出来杀敌！"许周话音一落，后院便跑出三十余个青壮来，个个身披坚甲，手持弓箭、大刀、长矛，身形壮硕，神色坚毅，较之那些连死也不知是怎么死的家丁强百倍不止。这些人将张婴等团团围住，只等许周一声令下，便会发动攻击。

看到这一幕，张婴神色如常，仿佛早预料到会这样，但他身后的游侠儿们却变了脸色，他们本以为此次来不过是欺负老幼病弱罢了，不会有什么危险，不曾想突然有这些变数，自己一方人怕是要被人瓮中捉鳖了。这些游侠儿多是欺软怕硬之辈，此时不由得慌乱地抹起额上汗水来，不少人甚至已经开始做一打起来就拔腿便逃的打算了。许周看着张婴身后众人的神色，大笑起来："张婴，看看，你带来些什么歪瓜裂枣，想必已有不少人准备好要倒戈了啊！"这便是诛心之论了，在敌众我寡的情况之下，弱势一方若再怀疑自己人，自然不可能放心把后背交给可能背叛的人，作战时也会缩手缩脚，没法尽全力。更何况张婴这一方不过是一些临时拉来的游侠儿，相互之间没有几天的交情，更没有什么信任可言。

不同于其他人的神色变幻，张婴倒没被许周的话影响，冷笑一声道："不过是为你这老狗还有后手惊讶罢了，我这一众兄弟都是一等一的高洁之士，又怎可能做出背信弃义、卖友求荣之事？想离间我们？别白费力气了！"他的语气中暗含威胁，暗示众人哪怕逃脱了，他也自有办法一个个地报复。这话稍压下了他身后众人的慌乱情绪，也给众人打了一剂强心针，众人纷纷叫道:"正是如此!我等最不畏死,便是皇帝老子来了,我们也不可能背叛张公!"话虽如此,可众游侠儿心中还是被种下了相互怀疑的种子。他们一个个表面上视死如归、义薄云天,可真到了危急关头,如果出卖认识不久的所谓兄弟能换一条活路,他们会毫不犹豫地手刃这些兄弟。嬴重看着身旁那些与他称兄道弟的游侠儿闪烁不定的眼神,心中冷笑,这便是游侠儿,表面上重情重义,实则自私自利!

张婴提起手中大刀,挽了个刀花,喝道:"多说无益,我今日必杀这老匹夫!兄弟们,上!"说着便径直朝许周冲了过去,身后众人见状,也连忙跟上。许周见此,冷笑一声道:"哼,许氏儿郎,为我义弟报仇雪恨!杀了张婴,城里便是我许氏天下了!谁取张婴项上人头,我出钱为他再纳一房小妾!"许氏一方人闻言,皆嘿嘿笑着冲向了众游侠儿。

张婴的一膀子力气在混战之中很占优势,一人便挡住了四五人的攻势,杀得他们连连后退,不敢直撄其锋。嬴重、苏琳二人也在张婴身后对上了许周的人。一个是儒门大宗师洛师的弟子,一个从小跟秦老习武,皆有与天下一等一高手学习、过招的经历,面前这几个乡勇在他们面前,就如同村中泼妇一般,招式拙劣不堪,怎能与二人有一合之战?但嬴重不欲速胜打破僵局,引人注意,因此与苏琳皆做出一副勉力支撑的样子,与他们相斗的人一点破绽也没看出,只觉得自己将这二人逼得节节败退,好不痛快,于是手中兵器又挥快了几分。嬴重、苏琳暗暗叫苦,对手这样猛攻,自己若是没掌握好,不是将对方一击即杀让人怀疑,就是被对方砍伤了。二人缩手缩脚,打得好不难受。

嬴重、苏琳这边演着戏,张婴那里却是压着对手猛攻。对方四五人虽然配合默契,可张婴的大刀也使得滴水不漏,挥舞起来有如水银泻地,又好似花雨缤纷。很快,那四五人就露出了破绽,张婴自然不会放过机会,大刀横劈出去,便将一人腰斩成两段!其余人见状,不禁有些胆寒,一时间竟不敢再做进攻,只举着兵器防备,一旁的许周气得跳脚大喊:"废物!老子白养你们了！"

张婴闻言大笑："许老匹夫，我还以为你养出来的乡勇有多大能耐，却不想只是一群草包！"他话音刚落，身后却有一游侠儿在两三人的围攻下被刺倒在地，眼见是活不了了。许周大喜道："赏，赏！你们几人，人人有赏！"话毕又伸手指向张婴道："杀张婴者，我再加赏五万钱，包他后半辈子衣食无忧、富贵荣华！"围攻张婴那几人闻言咬了咬牙，再度冲了上去，只是这次，他们不约而同地谨慎了许多，谁也不敢轻易出手，于是反而在张婴的进攻下显得狼狈不堪。

众游侠儿见张婴武勇，欣喜不已，纷纷叫道："张公威武！"众人人数上虽然处于劣势，士气却在张婴的刺激下节节攀升，双方杀得有来有回，各有死伤，惨烈极了。到最后，许氏那些乡勇壮丁皆被击倒在地，大部分都死了，有几个没死透的捂着伤口不住呻吟，眼见也活不成了。张婴这一方也只剩下他自己还能站着，其余人躺在地了，除嬴重和苏琳，也都是有出气没进气了。之前，苏琳在嬴重的示意下装作被对手枪杆抽中，在反手一剑将对方杀掉后，自己倒在地上捂着胸腹直哼哼。嬴重也在杀掉对手后瘫在地上连连喘息，一副无力再战的样子。

张婴杀了七八人，却还是一副龙精虎猛的样子，扛起大刀看向许周说道："许老匹夫，事已至此，我也不与你拐弯抹角了，今日想要你许氏不灭，便随我走一趟，将你这些年为李大人做过的脏事一一交代清楚，否则……"许周闻言一惊，接着冷笑道："我就知道你张婴无利不起早，这次是谁遣你来的？蒙大人还是王大人？"嬴重听到他们提到的姓氏，心中一惊，对他们口中的大人有了猜测，这几姓都是朝中重臣之姓，其中甚至还有蒙氏！此事若真与那几人扯上关系，情况就比他想象的复杂得多。

张婴呵呵笑道："莫管是哪位大人，李大人得罪了不该得罪的人，现在有人要找他麻烦。我知道你为自己留好了后路，将这些年为他做的事都做了记录，这记录便是你的买命钱！"说着，他将扛在肩上的大刀拿到手中掂了掂，目露威胁之色："你看我手中大刀可还锋利？"许周死死盯着张婴的脸，突然笑了起来，笑得脸上都挤出了褶子："如此小事，张公怎不早说？我这便为公取来！"说着转身进了屋内，张婴冷笑一声，随他进了屋内。

苏琳见张婴进了屋，四周也再没有了活人，便挪到嬴重身旁道："少主，这许周也真是贱骨头，为了活命，对着自己的仇家也能奴颜婢膝、毫无节操。"嬴重点了点头，心中却有些沉重，朝堂之上的争斗已经激烈肮脏到如此地步，这是他没有想到的。这许周暗地里恶事做尽，想必是为那李大人遮掩。而派张婴来的人大约也不是什么好官，能想出这样的对付政敌的手段，自己的手脚估计也不会干净。张婴与许周都差不多，不过是这些官员的白手套罢了。想到这里，嬴重突然一惊，张婴需要维持自己游侠儿首领急公好义的形象，而他背后的人则需要继续利用他这一形象办事，他们必然不会让目睹今天这一切的人活下去，这大约就是他们不派自己人来的原因。

想到这里，嬴重面色凝重地叮嘱苏琳道："张婴必然要杀你我二人，今日回去之后，我们便立即辞别，千万小心。"苏琳也不笨，立刻想通了其中关节，更对张婴恨得牙痒痒，便沉声道："少主，我们为何不先下手为强，将这张婴杀了再走？"嬴重摇了摇头道："张婴还杀不得。一来他是游侠儿头目，杀了他我们必然会惹上此地游侠儿，平白添上许多麻烦危险；二来我还打算顺藤摸瓜找出他背后的人。张婴只是为祸一方的小鱼，我要抓的，是那朝堂之上翻江倒海为祸天下的大鱼！"苏琳明白了嬴重用意，心中虽然遗憾，也点了点头表示明白。

不到一刻钟，张婴从屋内走出来了，一手提着刀，另一手上还提着许周的头颅。许周的嘴微张，圆睁着的眼里满是不敢相信。嬴重心道这张婴真是个狠角色，嘴上说着让许周买命，实际上根本没打算放过许氏一家老小。不过这许周这些年为那位不明身份的李大人做事，只怕也干了不少坏事，也算是罪有应得。"

张婴提着许周的头颅，走向嬴重二人。二人立刻心生警惕，嬴重假装很勉强地站了起来，右手还扶着插在地上的明道剑，苏琳则佯装捂胸顺气，摸向藏在胸前的飞刀——虽说这张婴武艺寻常，但膂力惊人，若是暴起发难，还真有点麻烦。不过张婴倒是没出手，走过来向二人点了点头道："辛苦二位兄弟了，你们随我回城，我自有重谢！至于许家余孽，待会儿自有我手下来收拾。"嬴重知道他不怀好意，假意露出惭愧之色道："我兄弟二人没能给张公帮上什么忙，怎么好意思受张公重谢？"张婴笑了笑，也不答话，从怀中掏出一竹片，放在口中一吹，远处便有一辆马车疾驰而来。

嬴重虽然不愿回到张府，但更不想在此处与张婴动手，为免横生枝节，只好勉强笑了笑，朝张婴一拱手便爬上了车，苏琳也跟在他后面上了车。二人害怕车夫听见他们说话，因此一路假寐、沉默不语。

许氏门前，张婴用手轻轻摩挲着许府华丽的门柱，良久无语。半响，门内有一黑衣人小跑而出，半跪在张婴面前道："张公，许氏上下连带家丁乡勇，共七十九口，已尽数验明身份。此外，此前张公招揽的游侠儿，有五个还未死尽，也都补刀杀了。"张婴拍了拍面前雕龙画凤的门柱，神色淡然道："烧了吧，可惜这好房子了。"那人领命而去，不多时，许氏府内便燃起了火光，升起了浓浓黑烟。不多时，华贵的许府便被火光吞噬了个干净。

张婴在火势初起时便骑上马离开了，他拿着许周做的记录，将装着许周头颅的木匣挂在马鞍旁，奔至城中，翻身下马，敲开了某条黑暗巷子中的一扇门。此时，张婴满身的霸气与煞气已全然不见，取而代之的是谦卑与讨好，他深鞠一躬道："大人，您交代的事办好了。"

屋内没什么摆设，显然平日里没人居住。而现在，房屋正中央的书桌后，正坐着一个人，手上拿着一卷书。那人没理会面前将腰弯成一个直角的张婴，继续全神贯注地读着书。张婴大气不敢出，又不敢直起腰来，只能保持那姿势，死死盯着地面，没多久，头上就冒出了细密的汗珠。

那人又翻了好久书才抬起头道："来了？"张婴又将背向下压了压，虽然那人看不到他满是汗水的脸，他还是露出了谄媚的笑容："是，大人。您上次吩咐的事已经办好了。"那人将书放在面前案上，微眯着眼，手指轻敲了两下桌子，才道："怎么这么慢？"张婴头上、背上的汗冒得愈发急，他小心翼翼地说："小人怕泄露消息，特意找了些外乡游侠儿，因此多花了些时间，请大人明鉴！"

那人点点头，这才道："起来吧。这事可要处理好，泄露出去，莫说是你，连我也要遭殃！"张婴这才敢将已经酸痛的腰背直起，不过却没有伸手揉揉的勇气，只能继续保持着谄媚的笑容道："是，是。"

那人乜了一眼张婴，便低头玩弄起自己的玉扳指："东西呢？"张婴连忙拿出自己的收获，小跑到那人面前："大人，这是许周做的记录，匣子里是许周的人头。"那人拿起记录册翻了翻，点点头又看向那木匣子，皱了皱眉道："杀了便杀了，拿人头来干什么，怪腥气的。"张婴讪笑道："是，是。小人考虑不周，差点污了大人的眼。"说着便把那木匣子远远地丢出了门。那人这才舒展眉头，食指、中指并拢轻敲桌面："你为大人做了这么多年事，大人觉得你很不错，我这次来，大人特地叮嘱我问你，你愿意到大人身边领一队亲兵吗？"

听闻这一消息，张婴先是不敢置信，旋即便欣喜若狂，激动之下险些没能控制住脸上表情。半晌，他才回过神来，向面前那人道："愿意！小人愿意！谢大人抬爱！"也怪不得他这么激动，秦军若是打了胜仗，最不吝封赏，因此哪怕是义从民夫，也有许多人抢破头，甚至引发斗殴流血事件。而且，依照秦的爵制，哪怕是最低等的民爵，无军功者也不可得。但自秦一统天下以来，少有征战，更不曾扩军，成为某位将军的亲兵，成了进入军队少有的几条通道之一。张婴虽是一方游侠儿头目，但却朝不保夕，只能寻求达官贵人的庇护，若是能进入军中，这样的日子才算有了个头。

见他欣喜若狂，那人嘴角轻扬："去吧，记得收拾好你手下的游侠儿。其他事大人不日将遣人来接手。"张婴稍微平复了心情，点头称是，退出了房间。张婴走后，那人轻笑着摇了摇头，拿起面前书卷继续阅读起来。

出了房间，张婴长舒了一口气，将滚出匣子还怒目圆睁着的光颅仍回匣子，翻上马背，双腿一夹，那马儿便飞驰而出，奔向张府。

第十一章

却说嬴重、苏琳二人被带回张府,依旧安顿在前几日住的房中,二人便伴作在房中养伤。第二日中午,有家丁敲门道:"今晚我家老爷要宴请二位,不知二位伤势如何?可否赴宴?"嬴重重重咳嗽两声,沙哑着声音道:"请回禀张公,我兄弟二人虽受了些伤,但已无大碍,届时必当赴宴。"家丁应答一声便回去复命了。苏琳看向嬴重,轻声道:"少主,张婴必然不怀好意,可能要加害于我们!"嬴重点了点头道:"赴宴之后,你我便速速离开。宴上要见机行事,饮食皆要防备。"

到了黄昏,嬴重二人前去赴宴,只见张婴早已在首位等待,二人的座席也已摆好。这次宴会上就他们三人,较之前众多游侠儿一起豪饮的场景冷清许多,嬴重不禁心生感慨,暗叹一声。

张婴见二人走进厅中,脸上浮现出一抹笑意:"二位兄弟,快来坐下!"二人落座,张婴一挥手,便有侍女为二人奉上酒菜。二人推辞说有伤在身,不能喝酒,张婴却强要二人喝上三杯,二人拗不过,喝了才作罢。好在二人在来之前就已经在口中藏好了秦老交予他们的解毒药,倒也不太担心张婴在酒菜中做手脚。

谈笑了一会儿，张婴饮了一口酒，突然问道："二位兄弟武艺高强，重义轻利，张某实在佩服，不知二位可愿留居此地，你我三人合力，成就一番大事业？"嬴重和苏琳对视一眼，正欲婉言回绝，却又听得张婴道："我知道二位兄弟心存高远之志，看不上我这小庙，实不相瞒，我背后的那位大人打算让我去他军中做亲兵首领，若是二位兄弟不嫌弃，愚兄可以带你们进入军中，将来哪怕不能出将入相，也可以封妻荫子，为子孙后代留一片基业，不知二位兄弟意下如何？"

张婴这话让嬴重一愣，他没想到张婴背后那人竟如此看重张婴，要让他去做亲兵首领。不过这也是好事，将来要调查张婴背后之人，查张婴在谁军中便可。他脑中飞转，嘴里说道："承蒙张公厚爱，只是我兄弟二人还有要事，不能多做停留，我们已决定明日启程，便在此拜别张公。"又向张婴一拱手道："我兄弟二人虽不能就此追随张公，但心中实在敬佩张公，若还有再见之期，还请张公不吝提携！"

张婴闻言，轻叹一口气道："二位兄弟不愿留下，我也不会强留，只是那位大人有令，昨日之事事关机密，不可轻泄。你二人身为游侠儿，想必也有随时会死的觉悟，可莫要怪我！"他说着这话，嬴重便觉得身体使不上力，眼皮沉重，随即直挺挺地倒在了面前的桌案上。他心中一惊，暗道这张婴下的药还真厉害，赶紧费力咬碎了藏在口中的解药。只是解药发挥作用还要一段时间，他只能与张婴稍作周旋，拖延时间。于是嬴重故作惊慌之态，大声叫道："张公为何害我？！我还道张公是英雄豪杰，没想到手段竟然如此下作！"

张婴微微一笑道："游侠儿做事，不看手段，只看结果！我看你二人武艺较那些寻常游侠儿高明不少，故而动了爱才之心，若你二人愿意入我麾下，我自然不会亏待你们，可既然你们不愿归顺，那只能送你们上路了。"一旁同样倒在桌案上的苏琳咬牙切齿道："我兄弟二人今日既要死在这里，那就让我们做个明白鬼，到底是哪位大人要杀我们？"张婴端起面前杯盏，轻晃杯中酒液，一饮而尽道："今日怕是要你们做糊涂鬼了，那位大人的名讳哪里是你们能知道的？将死之人，勿要废话许多，如有疑惑，去问阎王爷吧！"说着便起身向二人走来。

张婴走至苏琳面前，啧啧两声道："可惜，可惜。"说着便用尽全力一掌拍向苏琳脑袋。苏琳也已吃了解药，但若是一般解药，此时药力尚未发挥，苏琳定然无法躲避张婴这一击，只怕得落个脑浆迸裂的下场。所幸秦老赠予的保命之物并非凡品，在短短几句话时间里，苏琳二人虽说尚未完全恢复，却也有了行动之力。就在张婴手掌落下之时，苏琳脖颈猛地向后一缩，将将躲开这猛如霹雳的一掌。突如其来的变故让张婴一愣，趁这机会，苏琳双腿向前一蹬，右肩撞向张婴，张婴回过神来，连忙侧身后撤，但已慢了一步，被苏琳撞在了右臂之上。

张婴吃痛，大怒，左手握拳向苏琳打来。苏琳上一击尚未收势，眼见已是躲闪不及，旁边已经恢复的嬴重跨步上前，一拳打在张婴右腿膝弯。张婴注意力都在苏琳身上，没注意到嬴重的攻击，右腿一软，单膝跪了下来，打向苏琳的拳势也是一滞，苏琳趁机跳起，伸脚踢在张婴胸口，自己则借力在空中翻了一圈，跳到几步之外。嬴重见苏琳躲过这一击，松了口气，一脚踢在张婴左腰侧，这才跃至苏琳身边。

张婴被苏琳重重一脚踢中胸口，气血翻涌，嘴角立刻流出血来，再被嬴重一脚踢在腰侧，左腿再也支撑不住，跪倒在地。过了片刻，见二人并未趁势追击，张婴强忍住疼痛，用左臂支撑着身子，靠在桌案上，抹了抹嘴边鲜血道："没想到二位武艺如此精妙，我倒是看走了眼。有如此高强的武艺，绝非游侠儿，敢问二位到底是何方神圣？"苏琳本想上前结果了这张婴，又想起那日嬴重嘱托，只好悻悻吐了口唾沫道："乃公也不告诉你，你猜去吧！"

几人交手之时，一旁张婴的侍女连滚带爬地跑出去通知了家丁，此时，十余名家丁已经冲进堂中。嬴重深知张婴作为游侠儿头目，在此地一呼百应，若他遇袭的消息传出，定然会有不少游侠儿出手相助，于是一拉苏琳道："速走！"二人便冲出大堂，到墙边树上取走了早已藏好的行李，飞身出了张府的院墙。

张婴的手下没能拦住嬴重二人，又见张婴口吐鲜血倒在案边，连忙回身，紧张不已地将他扶到座位上。张婴面色阴沉，心想叫那二人跑了，万一事情泄露，那位大人怪罪下来，莫说是进入军队了，连身家性命都有危险。见他面色难看，手下人谁也不敢说话触他霉头，一个个眼观鼻鼻观心地站在一旁，垂头不语。这时，一个往日里颇受张婴信任的手下冲进来道："张公，我已经叫人去追捕那两个蠹贼了，定会将他们碎尸万段，张公莫要担心。"张婴面色变幻不定，良久才说："派可靠的人手去，那两个人武艺高强，寻常人只怕根本不是对手。此外，追捕之事切莫让别人发觉，捉不到那二人是小事，事情泄露出去，你们的脑袋可就保不住了！"那手下闻言一愣，下意识要问原因，但看张婴眼神凶狠，惊得一哆嗦，话便吞回了肚子，只连忙点头道："是，是！我这便去！"

吩咐完手下，张婴依旧眉头紧皱，又转头吩咐一旁的侍女道："告诉所有人，这件事严禁外传，若是传出去了，自己知道后果！"那侍女连忙低头应是，站起来出去了。张婴看向嬴重二人刚才的席位，心中暗道："希望此事不要让大人知道……"

栎阳城，相国府深处。

自从相国在几年前的一场"事故"中摔断了腿，相国府深处的内邸大门就没再打开过。蒙昭刚上台的几个月里，无数官员登门求见这位历经无数政治波澜而不倒的帝国最高官员，向他求教，在这场震撼全国的政治波澜中如何保全自身。但这些人，相国统统未见。蒙昭登基几年以来，除相国府的下人，几乎无外人得见相国。

内邸院内有一棵巨大的松树，树枝遮天蔽日，显然已有不少年岁。松树下的一把竹椅上，一位老者正悠闲地躺着。他眼睛微闭，似睡非睡地摇晃着身体。老者长相一般，衣着也并不显眼，但衣服上细密的花纹精美无比，腰间温润的玉珏以及一旁侍者手中托着的镶金拐杖无不彰显着老者的非凡身份。

这时，一名侍者跑来在老者耳边轻语几句，老者睁开眼，顿时精光一闪，与刚才的慵懒全然不同，他嗓音低沉地吩咐道："叫他进来吧。"

侍者领命而去，不一会儿便带来一个农家壮汉一样的人。若是嬴重在这里，定会大吃一惊，这壮汉竟然是他的师兄董二。董二见到老者，却像不知道这老者身份一样，毫不慌张，行礼后便从怀里掏出一卷丝帛，双手奉给老者。

老者拿过丝帛，眯眼阅读半晌，低声道："知道了，回去吧。"董二闻言，却未立即离开，反而凑近了些说道："先生还有话要我带给您。"老者瞥了一眼董二，问："什么话？"

董二恭敬地低声道："先生让我问您，当年您走时说过的话，还算不算数？"老者讶异地看了董二一眼，接着笑道："当然算数。怎么，他终于想通了？"

董二向老者深鞠一躬道："先生这些年想通很多事。现在正好有机会为儒门开一线生机，又怎能不用？"老者闻言，脸上露出了怀念的微笑，良久才用微不可闻的声音喃喃自语道："六合同风，九州共贯。值此大世，求新求变……师弟……"见他陷入沉思，董二也不打扰，行过礼便退了出去。

半晌，老者回过神来，这才发现董二已离开了。老者摇头苦笑，叫一旁候着的侍者拿来笔墨布帛，提笔写了一封信，又交给侍者。待侍者拿着帛信，从后门出去了，老者重新躺回竹椅上，继续晒太阳。

而在距离相国府不远的中尉府内，气氛却有些凝重。现任中尉李誉，曾经备受元皇帝赏识，一度被认为是能够接替老将王羽的军中新星，可他却在灭楚战役中因轻敌而被楚将项平击溃，造成秦灭六国战役中最大的失利。从那之后，虽然元皇帝表面上说既往不咎，却再也没有让他独自领兵出战过，他也就从此一蹶不振。元皇帝一统六国后，念他还有些功劳，令他担任中尉，负责京畿地区防务和武备，但是他早已丧失军人的尊严和锐气，对公务全不上心，整日纵情于声色犬马。

只是今日，他全然没有了放浪形骸时的快意，而是愁容满面地喃喃念道："死了，死了……"良久，他抬起头，厉声喝道："你们都是废物吗？出那么大的事，那么多人在一夜之间全死了，你们竟然查不出是谁做的！我要你们何用！"

他面前的将官连忙跪下道："大人息怒，事发突然……"李誉根本没有听人说完的耐心，抓起身旁一个瓷瓶，狠狠地朝那将官砸了过去："闭嘴！"

瓷瓶破碎开来，飞溅的瓷片划伤了那将官的脸，顿时渗出了鲜血。可那将官完全不敢伸手擦拭，他深知中尉大人秉性，正在气头上的大人可不管你有什么理由，惹恼了大人，轻则挨一顿打骂，重则丢官。因此，他只能低下头，沉默不语。良久，李誉才调整了心情，缓和了语气道："起来吧。"

将官这才站起身来，低着头轻声道："大人，卑职也曾前去查探，但被内史府的人拦了回来……"李誉听到"内史"两个字，脸色突变，皱眉道："蒙会……他要做什么？"

李誉想了半天也没什么结果，只能烦躁地挥挥手叫那将官下去。那将官如蒙大赦般逃离了屋子，只留下面色难看的李誉。

嬴重、苏琳二人离开张府，就近找了家店，冲进店里就问伙计："店家，牵出这里最好的马来！"店家见二人火急火燎的样子，料想他们有急事，便打定主意要宰二人一笔。于是待牵出马来，便报了个高价，等二人讨价还价。谁料二人全然没有讨价还价的心思，检查好马的状况后，扔下钱便翻身上马出了城，只留店家在原地懊恼应该开个更高的价钱。

二人出了城，跑了二百多里路，直到天已蒙蒙亮了，这才停下稍作休息。二人在张婴宴上几乎没吃东西，又狂奔一路，早已是饥肠辘辘，拿出干饼就着水就狼吞虎咽起来，待稍止住腹中饥饿，才又去掏了只野兔，扒了皮去了内脏，升起火烤起来。苏琳蹲在嬴重身边，伸手帮他添柴、翻动烤架，说道："少主，一路上未见有人围追堵截，这其中会不会有什么蹊跷？"嬴重道："我也有些糊涂，按理说张婴这种游侠儿头目遇袭，方圆百里的游侠儿都会出动来追捕我们，这次却毫无动静，我想定是张婴那里出了什么变故。"苏琳摆了摆手道："这样才好，到下一座城里，我们便可以稍作休息了。话说回来，那张婴可真是好生警惕，我们都快要死了，他都不说是谁要杀我们！"

　　听到这话，嬴重恍然大悟，笑道："是了！张婴不派人来追，定然与他背后那人有关！"苏琳略一思索，也想通了其中关节："少主，您的意思是张婴怕你我二人逃出去的消息让他背后那人知道，对他不利？"嬴重点点头："如此我们便可以放心缓行了，张婴知道寻常游侠儿拦不住我们，但若纠集大批游侠儿大肆追捕我们，却容易给他自己带来危险，因此他不但不会阻我们去路，反而会全力保证我们不被其他人发现，因为一旦我们所知道的事情泄露，他张婴便有性命之危！"

　　苏琳闻言，扑哧一声笑了出来："哈哈哈，张婴此时怕是要憋屈死了！"嬴重拍了拍他的肩膀说："他憋屈他的，咱们赶紧吃完，还要赶路到下一座城！"说着拿过叉着兔肉的木棍，抓着兔腿将兔子撕成了两半，一半递给了苏琳。尽管没加什么佐料，但兔肉本身就鲜香异常，加上两人刚才就吃了点干饼，便也吃得十分满意。

　　二人吃完继续上路，一路南下，行至傍晚，才到了一座城池。城池虽没什么名气，却已是方圆几百里最大的城池。二人赶在城门关闭前牵马进了城，找了家客栈住下。将行李放在房中，二人便要下楼吃饭，却听见楼下有人叫喊："董先生来了！"顿时，冷清的客栈热闹起来，嬉笑声、谈话声、咳嗽声一时间都响了起来。嬴重好奇，心道这董先生是何人，竟有如此魅力？与苏琳下了楼，二人便见一中年男子一言不发、微阖着眼端坐在堂内小台上的桌后，身形瘦弱，个子看起来并不高，长得有些滑稽。

小二过来上菜时，苏琳拉着小二低声问道："小二，这董先生是何许人也？怎么这么多人围在这里看他？"小二闻言笑道："客官来自远方，有所不知，这董先生是云游四方的说书人，天下奇闻逸事、奇人异士他都晓得。这几日在我家客栈盘桓，说了几段故事，引得整个城里都知道了他的大名，也为我家带来了不少客人，叫我们老板高兴得很，对我们都和善了许多，还说要给我们加工钱呢！"小二走了，苏琳暗自嘀咕道："那我倒要看看这人故事说得有多好……"

见人来得差不多了，那董先生便一拍面前惊堂木，嘈杂的屋里顿时安静下来，连那掌柜、账房乃至小二都倚在柜台上静静听着。董先生清了清嗓子道："上回我们讲到那狄兵攻破了城，一个个凶神恶煞、提着大刀大斧大摇大摆地走进城门，便要烧杀掳掠。这时，一个狄兵看见站在路旁赔笑的杨铁骨，便呼喝他过去。却说那杨铁骨，虽骨骼致密坚硬，异于常人，却空有一身铁骨，平日里争勇斗狠无人敢惹，却早已没了骨气。那日，他在城墙上看见狄兵作战凶狠，被吓破了胆，此时听到狄兵叫他，不敢怠慢，连忙跑上前去。那狄兵横着还沾着血的刀面拍了拍杨铁骨的两颊，操着口音浓重的汉话道：'小子，你，不错，做我随从，愿意？'杨铁骨看这人身上装饰比其他狄兵华丽许多，料想这是狄军里将军似的人物，于是连忙点头哈腰：'小人愿意、愿意！'"这董先生将狄兵和那杨铁骨的神态模仿得活灵活现，台下众人仿佛亲见这两个人在面前对话一般，不少人恨这杨铁骨恨得牙根痒痒——这座城池也常遭受蛮族侵扰，因此城内居民听到这故事，都深有同感。

"此时却有人往杨铁骨脚下吐了口痰。是谁吐痰？原来是杨铁骨隔壁家的刘老丈。他牵着孙子,满脸不屑之色。那杨铁骨在狄兵面前卑躬屈膝,像条哈巴狗,可在父老乡亲面前却威风得很,立刻指着刘老丈喝骂起来。老丈孙子却也不惧他,走上前去,指着杨铁骨的鼻子骂道:'我虽然年幼,却也知道华夷之辨、人狗之别,你如此做派,与那不知廉耻的猪狗有何区别!'却正是:铁骨最无骨,老幼有脊梁!"董先生讲几人对话时,还捏着嗓子,说到最后一句,却是铿锵有力、掷地有声!话音落下,人群沉默了几息,随即便爆发出山呼海啸一般的叫喊声:"说得好!"

赢重也被董先生感染了,虽未同身边人一样叫喊出声,却也紧握双手,恨不得出现在那场景中,将那杨铁骨痛揍一顿。苏琳则更加激动,双目都仿佛要喷出火来,强忍着才没有随人群叫喊。不得不说,这董先生讲故事的功底当真不同寻常,短短几句话便让所有听众犹如身临其境。董先生待台下呼喊声稍停才继续讲述道:"那杨铁骨哪里受得了这般气?上前两步便要伸手抓住那孩童!就在此刻,暗处飞来一把长剑,正擦着杨铁骨皮肉而过,在他臂上划出一道长长血痕,这才斜插在地上。'什么人!'杨铁骨吃痛,含怒大叫,一旁的狄兵也收起了看戏的笑容,举起了大刀。这时,暗地里走出一个人来,杨铁骨和那狄兵定睛一看,却原来是一位年轻侠客!"

之后,董先生又讲到那侠客如何带领残兵将狄人驱赶出城,众人听得如痴如醉,直到董先生一拍惊堂木,这才如梦初醒。原来董先生今日的故事已讲毕,再看门外,天已经漆黑了。众人又议论了一阵,好容易才散去。赢重二人也回了房中歇息,苏琳满脸都写着可惜,遗憾道:"可惜我们明日就要出发,若是能在此处把这故事听完该多好!"赢重笑了笑道:"快睡吧,以后有的是机会!"

二人在客栈安歇了一夜,清早起来便牵着马,向城外走去。走至一处小巷,却见一人背对他们站在路中间,苏琳正欲上前叫他让路,却被面色凝重的赢重拦住了。那人转过头来,赫然便是昨日在客栈中说书的董先生!苏琳惊讶得不知道说什么好，嬴重就沉稳许多，拱手道："董先生有何贵干？"

董先生笑了笑，他在客栈里说书时显得瘦小滑稽，此时站在路中间，却自有一股气势，不像个说书人，倒像是个饱读诗书的儒生。他缓缓开口道："殿下，我在此城等你多时了。"

此话一出，嬴重二人皆是一惊。苏琳心中一沉，暗道不好，这人莫不是欲害少主？这么一想，苏琳右手即刻按向了腰间长剑。嬴重倒还镇静，用手挡住苏琳，示意他不要轻举妄动。这董先生拦住他们的路，还喊破自己身份，但嬴重没有感觉到敌意，故而想静观其变。董先生见他如此，点点头道："不错，不错！我不是来阻你们去路的，我只是想看看，洛师挑的人如何。"嬴重不解其意，行了一礼道："不知先生是谁？"董先生微笑拱手道："说书客董安世，见过儒子。"

嬴重心中疑惑，这儒子是儒家承位之人，自己身份特殊，入洛师门下时间尚短，也从未听洛师提起此事，怎么成了儒子？而面前这位的名号他倒听过，说书客董安世，乃是天下"四客二宗"中与南客秦老齐名的"四客"之一。这样的人物竟然是儒家的人？嬴重正思索着，却听董安世开口道："此次来见，是有事想请教儒子。"嬴重这才回过神来道："先生直言便是，我虽不是先生口中的儒子，也当尽力作答。"

董安世向前迈出一步道："敢问儒子，何为善？"嬴重看董安世神情严肃，本做好了回答他各种奇怪问题的准备，却没想到他会问出这么个不轻不重的问题来。他跟着洛师学了几年，略一思索，给出了答案："得成其本性，即为善。"这个回答显然让董安世有些意外，他皱眉问道："何解？"

"天下万物，皆有其性。桌案用以置物，虽无甚修饰，能置物便是善；虽花纹雕饰，若不能置物，便是不善。"

"刀剑用以杀人，若是刀剑锋利，利其杀人，也是善？"

"此善非彼善也。刀剑锋利，于刀剑是善，可做何用处，却是执刀剑者说了算。兵士以刀剑保家卫国，这是尽责，自然是善；游侠儿以刀剑威胁乡里，这是人所不当为，自然是恶。刀剑用以杀人，是善是恶，非决于刀剑，而决于持刀剑之人。"

董安世沉思良久，接着问道："儒子所言，乃物之善。但人物有别，人之善又为何？"嬴重已料到他会这么问，回答得更为顺畅："人之善更是如此。须知天生万物，独人为灵长，天必赋人以性，《礼记》'天命之谓性'即言此意。人若能持之以善，善即可得成。"

董安世双眉微蹙，又是沉思良久，既而像想通了什么似的，眉头舒展，神色愉快，躬身向嬴重一拜道："今日一见，方知洛师眼光不差。殿下，我们来日再见！"话毕，也不待嬴重回应，转身便向巷外走去。

待他走出巷子，苏琳这才上前一步道："少主，我们……"嬴重神色平静，一牵手中缰绳："走，出城！"

第十二章

　　与董安世的交谈给嬴重留下了不少疑惑，但是他也只能暂时将那疑惑压在心底，与苏琳继续南下。每日除了休息便是赶路，短短五日，便距离鄄城仅剩三百余里路了。这日，二人在一处树林里打了只野猪，准备吃完这顿便一口气赶到鄄城。

　　野猪肉很快烤出了香气，细密的油点从肉里渗出，滴在火上，让那火燃烧得更旺。野猪肉虽不比家猪肉细嫩，但颇有嚼劲，路过村镇时，苏琳特意买了些盐，此时洒在烤肉上，让那肉别有一番风味。二人正大口吃着，突然听见近处树丛里有窸窸窣窣的声音，忙警惕地站起察看，就见三个衣衫破烂的人手持兵器缓缓靠过来。

　　三人中为首那人又黑又胖，满身横肉，眼睛被脸上的肉挤得只剩下了一条缝，看起来像座铁塔，不过并不凶恶，反而有些滑稽。他扛着一根巨大的铁棒，铁棒上锈迹斑斑，看起来已颇有年头。他身后的两个人，左边那个高一些，看起来颇为强壮，手持一把大铁剑，剑宽足有三寸。右边那个是三人中最矮的，身形较瘦，两眼珠乱转，肩上扛着一把短刀，同样锈迹斑斑。三人就这样直走到嬴重二人近前，看着木棍上串着的大半只野猪，不住地咽口水，为首那人叫道："谁允许你们在这吃烤肉的！"

嬴重二人莫名其妙，苏琳看了一眼嬴重，上前说道："我们便在此处吃了，这还要什么人允许？难不成这树林是你家的？"那人道："当然！我乃这林中势力最大的游侠儿头目，江湖人称黑虎李夯实！你们在这吃饭，至少要给我交点……笑什么笑！"

他说到林中游侠儿头目时，苏琳便扑哧一声笑了出来，再说到"黑虎李夯实"五个字时，苏琳的笑声更大了，连一直憋着的嬴重也没忍住，笑出了声，引得李夯实气恼至极，黑脸上都隐约透出了红色。苏琳笑道："黑虎？我看你叫黑猪更合适！"嬴重也强憋着笑道："敢问这林中可还有别的游侠儿？"李夯实被嬴重问住了，半响才支支吾吾地说道："这个，这个嘛……"一旁较高的那个人接道："这林里就我们三个游侠儿，我们老大自然是最大的游侠儿头目……哎哟！"

他的话还没说完，就被李夯实一巴掌拍在脑袋上："你是不是傻！这么说了我们还怎么吓唬人！"李夯实转过头来，将肩上扛着的铁棒杵在地上，露出自以为很凶恶的表情："你们两个，没经过我的允许就在我的地盘上杀猪烤肉，难道不打算赔点什么吗？"嬴重靠在一旁的石头上，似笑非笑道："你说，我们赔点什么比较合适？"李夯实咽着口水，看向那只野猪说："把这半只猪留下，再给我们兄弟道个歉，这事就算完了！"

苏琳上前两步道："那要是我们不给呢？"李夯实一愣，似乎没想到有人会这样问，一时也不知道该怎么回答，他身后那个矮个子接口道："那就不要怪我们兄弟手下不留情了！"苏琳闻言笑了出声，转头看向嬴重，嬴重笑着点了点头。

半响过后，那三人鼻青脸肿地被捆在了一旁的大树上。

"太弱了。"苏琳一脸不满意地活动着肩颈。这李夯实三人武艺稀松，全靠着一股子蛮力猛冲乱打，苏琳对付他们如耍猴一般轻松，三人没还碰到苏琳的衣角便被打翻在地了，那小个子甚至被李夯实来不及收的棍子给打昏了。李夯实被绑起来以后，老实了许多，满脸堆笑道："我们兄弟三人有眼不识泰山，冒犯了二位好汉，二位就当我们是个屁，把我们放了吧！"那高个子倒是一脸不屈道："要杀要剐，随意便是！"一旁的小个子刚醒过来，听他这话，急得连忙踢他一脚："说什么呢！"

"你们一身力气，做什么不好，偏跑到这荒无人烟的树林里做匪贼？"嬴重走到李夯实面前，淡淡问道。李夯实看了嬴重一眼，见他并无恶意，这才低下头缓缓讲了他兄弟三人的遭遇。

原来他们是郓城人，祖上也曾显贵过，但现已破落。三人自幼在一起玩耍，虽无锦衣玉食，倒也过得幸福美满。约莫十年前，郓城突发瘟疫，几人父母在这场灾难中相继去世，三人虽侥幸留得性命，却无处可去，只能给别人做小工、学徒为生，日子很不好过，动辄遭人打骂，有时连饭也吃不饱。三人再也忍受不了，合计之下，便到野外以打猎为生。可他们从未学过打猎，又无人教授，加之武艺稀松，连一只兔子也打不到，无奈之下，只得落草为寇，装作游侠儿抢劫过往行人。说来也巧，今天是他们第一次出来打劫，也亏得他们运气好，遇到的是嬴重二人，若是遇到运镖的镖师，以他们的武艺，说不得就要命丧当场了。

"你刚才说你多少岁？"苏琳不敢置信地看着一脸羞涩的李夯实，"十六岁？你才十六岁？"嬴重也是满脸不敢相信，十六岁就能长成李夯实这个样子，也算是天赋异禀了，因为任谁看见李夯实那样子，都会觉得他在三十岁上下。

"我从小就吃得多，而且喝凉水都长肉，收工的一看我这个样子，都不要我。我已经好多年没吃过饱饭了……"李夯实也是一脸委屈，胖也不是他选的，能吃也不是他选的啊。

生活逼得他们十六岁就落草为寇，这让嬴重叹息不已。不过好在这三人虽然因一念之差走上了这条路,却不曾作恶,话说回来,他们也只能吓唬吓唬人,真动起手来只怕别人还没怎么样自己就吓个半死了。在外行走,谁没几分武艺?路人若不是胆小如鼠,束手就擒,稍一反抗,这三人只怕就得落荒而逃。嬴重再次看向三人,这才发现他们的粗布衣服已破旧不堪,上面打满了各色补丁,且显然缝补衣服的人手艺不好,补丁歪七扭八,衣服上到处都是线头;喝水都长肉的李夯实,由于皮肤太黑,倒看不出什么,高个子和小个子则明显地面有菜色,显然也是很多天没吃过饱饭了。嬴重轻叹一声,提剑斩断绑在三人身上的绳子,指着剩下的大半只烤野猪道:"吃吧。"

三人见他挥剑,还以为要被灭口,吓得闭上眼睛,口叫好汉饶命,却没想到是叫他们吃饭,顿时激动得连谢谢也顾不上说,冲过去便抓着那半只烤野猪一顿猛啃。

苏琳看着三人的吃相,不禁面露不忍之色。他父母早逝,自己也曾在街上要饭讨生活,深知一个孩子没有依靠,生活不易。刚听了这三人的事,他便想起了自己少时的艰苦与辛酸,不由得悲从中来,眼里泪光闪烁。他看向嬴重,问道:"少主,您打算怎么处置他们三人?"嬴重叹了口气,也有点头疼。要是放这几人不管,估计他们又得去打劫路人,万一遇到几个狠角色,说不定就被杀了。就算他们不被杀,也变得强大起来,也可能因为没有家人无人管教,将来成为祸一方的游侠儿。想到这里,他看向苏琳:"你有兴趣收几个徒弟吗?"

"收徒?"苏琳有些犹豫,"我自己还没出师呢,哪有资格收徒……不过我看这几人根骨不错,尤其是那个李夯实,小小年纪,还饿着肚子,便有这么大力气,方才与我对拳,我也不敢硬接。若是以前有人教授过他们,我也不可能这么轻松便拿下他们。"

"那便代师收徒!"嬴重一笑,"相信秦老不会介意多收几个资质不差的徒弟。"

"这……少主说行,那便行!"苏琳深知秦老与嬴重的关系,这等小事想必秦老不会反对,更何况自己目前是秦老唯一的弟子,要是多几个师弟,说不定秦老以后对自己就不会那么严格了。

就在他二人说话间,那大半只烤野猪就被李夯实三人吃得只剩下一小半了,速度简直让嬴重咋舌,看来他们真是饿太久了。嬴重只得出言提醒道:"吃慢点,别噎着了。"三人嗯嗯答应着,手上、嘴上速度未见变慢,眼中却缓缓流下泪来。迅速解决完猪肉,三人还意犹未尽地擦了擦嘴。李夯实看着在旁边坐着的嬴重、苏琳,心想这二位大人不仅不计较自己的冒犯,看他们饿了还给他们吃食,想必是大善人,若是能抱上这大腿,未来至少吃穿不愁。于是咳嗽一声提醒了其他两人,便双腿一弯,跪倒在嬴重面前道:"大人,我们兄弟三人别的没有,力气还是有的,我们愿给您做护卫,求您收下我们吧!"其他两人见李夯实如此,也连忙朝嬴重跪下了。

"你们这点武艺,还给我做护卫?我护你们还差不多!"嬴重的话让几人羞红了脸,毕竟三个打一个还被全部被打倒,确实挺丢人的。李夯实吭哧吭哧地还欲说话,却被嬴重打断了:"不过你们几个人倒是不坏,我想代我家长辈收你们做徒弟,你们可愿意?"三人本以为嬴重要拒绝他们,正失落不已,却不想柳暗花明,结果竟比做护卫还好,连忙将头点得小鸡啄米一般,点着点着又流下泪来。他们自从没了父母,便饱受白眼和欺辱,有时做了几个月工,主家不仅不给他们发工钱就将他们踢出门,还要骂上几句。已经很久没人像嬴重这样对待他们了。

"好了,不要哭了,哭哭啼啼像什么样子。"嬴重笑道,"不过我警告你们,我家长辈可不要懒货、蠢蛋,我也只是暂时替他收下你们,要是他不满意,你们是要被踢出师门的!"三人连忙点头。嬴重又指着苏琳道:"这便是你们的大师兄了,今后就由他先教你们。"几人看向苏琳,一边说着见过大师兄一边就要磕头,苏琳身子一侧,笑道:"我可受不起你们一拜。要拜,等见到师父的时候拜他老人家吧！"

嬴重看他三人诚恳，不由点了点头，这三人虽然生活艰苦，却未失赤子之心，还算可造之才。洛师一早就与他讲过，不论是修文还是习武，最重要的都不是天资、根骨，而是有一颗坚定向道的赤子之心。若是向道之心不坚，天资再聪颖也不过是无根之木；若是道心坚定，哪怕是榆木脑袋也有金石为开的那一天。眼前这几人虽然失去了从小习武的机会，但却在人间浮沉中锻炼了心境，定然会比那些世家公子、少爷更为珍惜学习的机会。

收下三人，嬴重才有机会细问三人姓名。那高个子名叫周免，小个子叫作常盛。三人年纪差不多，都不过十五六岁而已。嬴重便让三人稍作休整，然后启程出发，只不过带上李夯实他们，嬴重和苏琳也不能骑马速行了。几人走了整整一天，见远处有一村落，便打算在村内歇息一夜。

三人进了村子，找到一家农户，拿了些钱给主人家，说服主人让他们在此过夜。主人家房间不够，房里只有一张床榻，睡不下五个人，主人便拿了些茅草来铺在地上，睡起来也不难受。李夯实三人也实诚，进房便给嬴重二人告了罪，躺在茅草上便呼呼大睡了。嬴重看着他们，无奈地摇了摇头，不过也能理解，他们先是被苏琳打了一顿，又经历了大悲大喜，还跟着自己走了一整天，已是累得不行了。嬴重倒是不太累，在床铺之上读了会儿书，这才迷迷糊糊地睡着了。

第二日，天刚微微亮，几人便起来继续出发了。就这样慢慢走了七八天，才远远看到郢城的城墙。李夯实三人见到城墙，长舒了一口气。这几日，嬴重二人有马可骑，他们三人却是实打实地用腿脚走过来的，几天下来，脚底板已是有了不少血泡。虽说苏琳给了他们药，但他们穷怕了，看那装药的瓶子精致极了，想来不会便宜，根本舍不得用，实在疼得不行了，才取一点涂上，虽能缓解一二，却无甚大用。

五人进了城，找了一处客栈住下。嬴重让苏琳四人在客栈休息，自己则打算上项府去送信。

嬴重出了客栈,一边走一边问,总算到了项府门前。项府牌匾刻画得精致无比,门前两只石狮威风凛凛、栩栩如生,一看便知不是凡物。项家祖上在楚国乃几代豪贵,宅邸自然不是张婴、许周这等民间乡绅土豪家宅可比的。嬴重上前敲门,便有家丁出来招呼。从家丁身上,便能看出项家的底蕴来,嬴重衣着普通,看起来也并非豪贵出身,但那家丁却没有一丝轻视之意,听嬴重说是来送信的,就客客气气地请他进客堂坐下,又上了茶,然后要去禀报主人。嬴重拉住那家丁道:"就说我是来为洛师送信的。"那家丁显然没听过洛师名号,但还是礼貌地请嬴重稍候,接着便小跑着去报告了。

嬴重深知若是没有这一句话,自己在这里苦等一两个月也不见得能见到项家人。而只要说出洛师,想来项家人一定会立马来见自己。

嬴重也不心急,在客堂溜达起来。一看之下,嬴重不禁暗暗咂舌,这项家不愧是故楚国的贵族,家中装饰的豪华程度远超嬴重的想象:家具是上好的紫檀木制成的;门前摆放的盆中栽种的是南方的名贵树种;堂正中还摆着一颗碗大的夜明珠……这些摆设,可比秦皇宫中的豪华多了——秦以武立国,元皇帝认为六国破灭的原因就是领导者被过度奢华的生活腐蚀了内心,于是秦帝国的皇宫一直以简单朴素著称于世。就算是痛恨秦皇室的六国遗贵,也不得不承认在这一点上秦皇室可为天下楷模。

不过一刻钟时间,便有一华袍青年来到客堂。那青年剑眉星目,长得又高又壮,浑身的肌肉将身上的锦袍撑起,看起来颇为英武。他倒是一点没有大家族子弟的倨傲,但也有些冷峻,看起来不好接近。他双手对嬴重一拱,道:"敢问这位……"

嬴重起身还礼道:"在下姬青,表字复华,洛师命我来为贵家主送信。"那人点点头道:"见过复华先生。我是项家嫡子,名准,表字安则。不知姬先生要送什么信?可否由我转交?"嬴重微笑着摇了摇头道:"我只是洛师门下学徒，哪里敢称先生，项公子称我复华即可。这封信必须交到贵家主手里，这是洛师吩咐的，还望项公子海涵。"那人点点头道："既然如此，还得委屈复华先生在敝府小住几日，我家家主出门去了，还要几日才能回来。"

嬴重见他坚持称自己先生，有些无奈，但也只好随他去了，可苏琳等人还在客栈等待自己，若自己在项府住下，他们怎么办？正欲拒绝，却听项准已经吩咐下人为他准备房间了，嬴重只能无奈地开口："那便多谢项兄了，只不过我还有四人同行，现在还在客栈中，不知能否为他们安排住所？"项准点点头道："自然可以。府内有一处别院，平日里无人居住，便请复华先生及同伴移居此处吧。"说着便吩咐下人将嬴重带到别院中，又叫人去寻苏琳等人，几刻钟后，苏琳几人也被家丁领进了院子。

第十三章

项府的豪华对苏琳来说还能接受,蒙昭政变之前,他一直随秦老住在栎阳城,也见过不少豪门大宅,见到项家这种地方豪富家中的豪奢做派,也只是暗暗咂舌。但他身后跟着的李夯实三人,见到门上高悬的项府二字便傻眼了。常盛盯着牌匾,眼神发直,舌头却捋不直了。他拍拍身旁一样发愣的周免道:"这这这,这真是项府?"周免愣了半天才回过神来:"大概是吧,也只有项府能这么气派了。"他们三人都是在郓城附近出生长大的,知道郓城最为出名的豪贵便是项家,对项家一直怀有敬仰之心。在他们看来,要是项府招工能把他们招进去,哪怕是给人洗衣看门,也是一种荣耀。今天跟着大师兄被项府家丁客客气气地请到项府做客,这是他们想都不敢想的事。

四人被引到项家为嬴重安排的别院内,见到了嬴重,嬴重才告诉了他们事情的原委,并告诉他们,要在此小住几日。李夯实三人私下商议,觉得这位姬大人既然能住进项府,肯定不是什么简单人物,顿时觉得未来一片光明,苏琳教他们武道时他们也更加认真、用心了。

项家出手大方,饭食供应充足,绝不吝啬。平日里也无人来打搅,嬴重乐得清静,倒也不着急完成送信的任务了。几日里,他就在屋内读书,读累了便出去练一会儿洛师教他的剑法。苏琳则教导李夯实三人练武。不得不说，李夯实几人的确有不凡的练武天赋，短短几日练习下来，马步就已经蹲得像模像样了。惊叹于他们的天赋，苏琳加大了对他们的训练量，练得三人精疲力竭。这时候便能看出心性坚毅的好处来，三人虽是疲惫不堪，但每次都能咬牙完成任务。苏琳对他们十分满意。

几日后，有人来敲门，嬴重以为是项家家主回来了，遣家丁来请自己，开门一看，却是项准，便拱手道："原来是项公子，可是贵家主回来了？"项准摇了摇头道："家主在外耽误了，可能还要几日才能回来，特地稍口信来问复华先生在这里住得是否顺心满意。"嬴重笑道："贵府比起我在山上随洛师修行时住的茅草屋强了不止百倍，我有什么不满意的？项公子请里面坐。"说着便伸手将项准请进了院子。项准进了院，看到正练剑的苏琳，以及蹲马步的李夯实三人，觉得有些惊奇，拱手道："我倒不曾见过这几位，想必便是与复华先生同来的几位先生吧？"

苏琳收起长剑，抹了一把头上的汗。他听到嬴重称这位锦衣公子为项公子，猜想这大约是项家的人，于是也拱手行礼，微笑道："项公子有礼，我乃姬先生护卫，苏琳苏子璋是也。这几位是我的师弟。还不快来见过项公子！"苏琳说着，冲李夯实三人喊道。三人连忙收起架势跑过来，习惯性地就要跪下，又猛然想到今时已经不同往日，见到项家公子也不用下跪了，于是硬生生挺住已经弯曲的膝盖，学着苏琳的样子行礼道："见过项公子。"项准见他们举止奇怪，不过也没深思，只当他们是蹲马步蹲累了。他转过身来看向嬴重："却不知道，复华先生还修习武道。"

嬴重看了看他锦袍下难以掩盖的强壮肌肉，谦虚道："比起项公子来说却是远远不如了。项家乃将军世家，想必项公子是从小习武吧？"听嬴重说项家是将军世家，项准微微一愣，有些失神，随即苦笑着摇头道："复华先生说笑了，项家自从我祖父那辈起，便立下家训，不再从军，想必当今陛下也不愿见到项家重入军伍。"说完，他看向远方，再次苦笑道："家训不许我参军，我也就能耍耍棍棒以自娱了。"

嬴重倒没想到这一层，他出生时，元皇帝已经完成了一统六国的霸业，对项家也早有安排。他早年间听说元皇帝与项家有一笔交易，但他那时年纪还小，知之不详。现在听项准说得惆怅，他连忙行礼道："是姬某唐突了。"项准微笑着摆摆手说："不打紧，我虽对这条家训颇有怨言，但也知道轻重，项家祖上是与当今圣上做过对的，若还要参军，难免落个身死族灭的下场。"说着说着，又笑了："我说这些干什么，今日本是来问候复华先生，只是看到几位护卫在这里习练武功，有感而发，还请先生莫怪。"

嬴重笑着摇了摇头道："项公子这是什么话。"项准看向苏琳等人，又道："准还有个请求，我想与复华先生比试比试武艺，不知先生意下如何？"这请求让嬴重顿时心生警惕，这项准难道是项家派来试探自己的？却听项准接着说："请先生不要多心，家规不许我们在外展露武功，我们平常只是在自家练练，从未与外人交手过，准也是看到几位在此练武，见猎心喜罢了。"嬴重心中疑惑，但仍笑着说："我随洛师习文，却不曾学武，今日只怕是要让项公子失望了。"

这时，苏琳上前一步道："若是项公子不弃，我陪项公子试试招如何？"苏琳这样说不仅是为嬴重解围，也想试试项准的目的。嬴重知道苏琳意思，但表面上还是皱眉呵斥道："胡闹，项公子什么身份，怎么能与你交手？"苏琳现在的身份是洛师弟子姬青的护卫，姬青与项准平辈相交，苏琳身份自然比项准低上一些。可项准却笑道："无妨，我看这位苏护卫的动作，想必已习武多年。今日我们仅以武会友，不讲身份高低。"项准这么说，倒是让嬴重稍微放松了警惕，至少项准的目的不是来试自己，只是单纯想掂量自己的武艺，便没继续阻拦。

项准和苏琳在院内站定，互相抱拳鞠躬，摆开了架势，顿时都从对方身上感受到了强大的压力。嬴重在一旁也微眯起了眼睛,他期待着这次比试的结果。苏琳自幼随秦老习武,武艺自不必说,而项准出身将门,虽然不入军旅,但也抹不去年代的积累在他身上留下的痕迹。这边,项准、苏琳各持一把木剑对峙,都在等着对方出手,先出手那一方很可能露出破绽,给另一方可乘之机。李夯实三人安静地站在一旁,虽然看不懂二人为何对峙不动,但也能看出场内气氛的紧张。嬴重虽暗自可惜不能看见项准用项家的家传大戟,却也聚精会神地观察着二人。外行看热闹,内行看门道,嬴重自幼接受皇室武道指导,又随洛师习武几年,虽比不上洛师、秦老级别的高手,却也算得上好手了。此时,他正在脑子里演想着二人会如何出招,另一方又会如何应对。一时间,场上竟悄然无声。

还是苏琳先动了,他向前一步,手中木剑在空中画出一道优美的弧线,劈向项准。项准脸上露出一丝微笑,整个人的气质与在比试场下全然不同。如果说场下的项准像一块坚冰,那么现在的他就好像是平静的大海,尽管风平浪静,却能让人感受到蕴藏在他身体里的巨大能量。苏琳的剑斩过来时,他以一个极为刁钻的角度躲过了这一剑,又几乎是贴着苏琳的臂膀绕到了苏琳身后的视角盲区。苏琳暗叫一声不好,项准这是用上了三角步的步法技巧,这种技巧非常适用于防守反击。好在苏琳虽然看不到项准的动作,却能够感受到危险的靠近,他低喝一声,身子一蹲,躲过了项准横斩过来的一剑。

苏琳蹲下之后并不坐以待毙,他握剑的手一松,手心一抬,便将正握换为反持,把剑从腰侧刺向身后的项准。项准刚才的那一斩余力未尽,本是难以闪躲苏琳这一刺,但项准不愧是项家之后,竟然能在分毫之间将斩出的剑反握着向上一提,硬生生打歪了苏琳的剑。苏琳一击不成,顺势将另一只手臂一扭,手肘撞向项准的膻中穴。项准也不慌,握剑的手向前一横便将苏琳的手肘挡住了。但苏琳反握的剑此时已运到身侧,借着项准向下挡自己手肘的力,猛地挺起腰杆,由上而下斩出极快的一剑。项准反应也极快,知道这一击不能硬挡，便连忙将身一侧，堪堪躲过这一剑，又趁势用肩撞向苏琳。苏琳见这一击未中，心中暗叹一声可惜，又见项准撞来，也不畏惧，另一只手一转，也向项准撞去。二人相撞，角力几息，只觉短时间内谁也奈何不了谁，于是同时收力撤步。

两人动作极快，看得李夯实三人眼花缭乱。嬴重在一旁暗叫好险，高手过招，往往在几个回合之内便能分出胜负，项准、苏琳二人交手几个回合，也是各有胜负。也得亏他们用的是木剑，否则无论谁哪个动作有些许失误，当即便会有人重伤乃至死亡。不过话说回来，二人讲明了只是以武会友，并非生死相搏，也都没有全力出手。

项准看着苏琳，嘴角微微上翘，点了点头道："不错。"话毕，全身气势如大海上的暴风雨来临一般暴涨。嬴重面色一变，此等气势，他只在禁军中的高手身上见过，能够拥有这等摄人心魄气势的武者，实力肯定不容小觑，项准这是认真起来了。

见项准如此，苏琳也不甘示弱，浑身气势一凝，伸拳与项准横推而来的一掌相撞，竟是平分秋色。项准眼里露出兴奋之色，武人自有气势，这是收敛不住的，项准能感受到苏琳可以与他一战。对一个武痴来说，没有什么比一个好对手更让人热血沸腾了。他上前一步，口中提醒道："小心了！"动作却是一点也不慢，几个滑步之间，已把二人的距离迅速拉近。

见项准先出手，苏琳双瞳微缩，口叫一声："来得好！"随即微撤一步，双手按在腰间剑上，做好了防守。项准滑到苏琳面前，拔剑欲斩向苏琳，却原来是一个假动作，项准虚晃一枪后迅速绕到了苏琳侧面。但饶是项准如何动作，苏琳去岿然不动，就是那虚晃的一剑要斩到他脸上时，他也连眉毛都没动一下。但一旁的李夯实三人见师兄被对手抢占了先机，眼看就要被一剑劈在头上，差点惊呼出声，又见这一剑最终并未击下，这才长舒了一口气。而项准见苏琳一动不动，反生出了一种无懈可击的感觉。苏琳看似只是在防守，实际上全身都在积蓄力量，一旦爆发，便会如海啸一般难以阻挡。更何况项准作为先出手的一方，不可避免地会露出一些破绽，一旦苏琳捕捉到这些破绽，必将做出一击制胜的反击。

电光火石间，项准也已了然苏琳的心思，迅速变招，但这乃是一骗招，招式间夹杂了一处细微的破绽。高手交手之时，露破绽也是一门学问，破绽太大，对手必会心生怀疑，不会上当，破绽太小，又不一定能让人看出来，而项准这个破绽露得刚刚好。苏琳见此，果然眼前一亮，抽出了腰间的剑，准备奋力出击。他也考虑过这一破绽乃是项准故意露出的可能性，但是他对自己的实力有着绝对的自信，哪怕这真是项准的圈套，他也自信能够应付。项准见苏琳出手又快又准，心下一惊，连忙变换招式，将剑刺向苏琳后腰。苏琳如同背后长了眼睛，水中游鱼一般将腰巧妙一扭，躲过了这一刺，又一个转身到了项准身后，手中木剑横着送出，斩向项准后颈。

千钧一发之际，项准一弯腰，将手中木剑向背后一送，用一招背剑式挡住苏琳这一击，又立即转身，腰腹发力，挑开苏琳的剑，再顺势由下而上斩出。苏琳反应也是极快，在剑尖被挑开的一瞬间就调整好了姿势，极为精准地用剑尖抵住了项准的剑脊，硬生生将这一剑刺歪了。二人又你来我往交手了几个回合，双剑相抵，二人同时加力，那剑只是寻常木头做成的，哪里受得住这般巨力，竟是同时碎裂，木屑散落一地。李夯实三人见此，再也忍不住，不禁惊叫出声。

嬴重见状，忙鼓着掌上前说道："精彩，精彩！"又拉两人在庭前坐下了。项准面带微笑地向苏琳一抱拳道："子璋兄果然厉害，却不知道子璋兄师承何人？"显然，通过这次比试，苏琳已得到了他的认可，因此他对苏琳的称呼也从苏护卫变成了子璋兄。苏琳还礼道："项公子谬赞。只不过我家师父不让我透露他老人家名号，还请见谅。"项准有些失望，接着问道："不知子璋兄之前那蓄势一剑，可有名号？"苏琳一愣，随即点点头道："这一招名曰藏锋式。"苏琳没有随便编个名字糊弄项准,这一招确是秦老的独门绝技藏锋式。项准闻言喃喃道:"藏锋式……好名字。"突然,他像想起什么似的,猛地起身道:"我想起还有事要做,改日再来叨扰二位。"话毕便径直走出了房门。

嬴重心道不妙,唯恐项准猜出了苏琳身份。他看向苏琳,苏琳也心知自己露了破绽,不过秦老的功夫向来不闻于世,想来不会有什么问题。他知道嬴重在担心什么,便冲嬴重摇摇头道:"我师父这一式,除了元皇帝当年的几个亲卫,无人知晓,少主请放心。"嬴重这才稍稍松了口气。

接下来的几天里,项准时常来小院拜访,与苏琳探讨武艺,倒把嬴重这个主要客人晾在了一旁。不过嬴重也乐得让苏琳去应付他。所谓言多必失,要是项准缠着自己问这问那,自己说不定就露出点什么破绽来了。

第十四章

　　嬴重每日在小院里读书练武，偶尔指导指导李夯实三人，过得倒也自在。八九日后的一个午后，项准又来敲门了。这几日几人混熟了，嬴重也不到门口迎接项准了，反正项准也不是来找他的。苏琳开门请项准进来，项准却一脸正色端立门口："我家家主回来了，请姬先生往客堂一见。"嬴重一听，连忙收拾一番，带上洛师的信，和苏琳一起前往客堂。

　　嬴重三人进入客堂，见已有人在里面首座上等候了。那是个龙精虎猛的中年男子，容貌与项准有六分相近，只不过面容比项准粗糙，脸上胡须也如树根一般盘根错节地纠缠在一起，显然还没来得及打理。他的身形也与项准颇相似，华贵的衣裳完全不能掩盖其肌肉的轮廓。他腰背挺直，双肩下沉，全然没有一般富豪大腹便便的样子，倒像一个久经战阵的将军。嬴重看他这模样，便知这就是他等了许久的项家家主项宫，于是快步上前行礼道："姬青见过项家主。"

　　项家家主微笑着开了口，略粗的嗓音给人一种豪迈之感："贤侄不必多礼，我与洛师平辈相交，你我叔侄相称便可。"他请嬴重坐下，二人寒暄一阵，嬴重便从怀中掏出洛师的信，双手递给项宫道："项叔父，这是洛师给您的信。"项宫接过信来,也不打开,只放在身边桌上。嬴重心中万分好奇信中内容,但一路上因有礼仪道德约束,也怕洛师在信上设置了什么机关,未打开看过,此时见项宫并不当场打开阅读,便有些失望。项宫倒没太在意这封信,将信放在桌上后,又转头看向苏琳道:"你就是苏琳苏子璋?听安则说,你武艺很不错?"

苏琳站在嬴重身后,神色从容、不卑不亢:"项家主谬赞。项公子与我比试,并未用上项家大戟,只是用剑,因此我才能与项公子打个平手。若是项公子拿起戟来,我定不是对手。"项宫听他谦虚,微笑着摇了摇头道:"我曾闻南客最擅长的也不是剑,而是长刀。我以为能学到潜龙藏锋一式,必定是南客的得意门生,难道子璋学了南客一身本领,却没学刀吗?"他说到南客二字,嬴重心中猛地一紧,他目光扫到嬴重,嬴重更是浑身发毛,总觉得项宫眼神中饱含深意。若是项宫不知道秦老具体身份倒还罢了,若是知道秦老身份,又知秦老与元皇帝的关系,再联系如今苏琳在自己身边做护卫,自己的身份就呼之欲出了。一时间,嬴重感觉空气都紧张了起来,苏琳也觉得身上汗毛竖立,却强作镇定道:"听项家主意思,我师尊竟是南客大人吗?他老人家从未跟我说过,只是教我武艺罢了。"项家家主听得这话,也不再多说,与二人寒暄几句,约好今夜设宴宴请嬴重几人,嬴重便告退,带着苏琳回到小院之中了。

嬴重二人出了客堂,项宫却还坐在那里,看着嬴重的背影出神,口中喃喃道:"真像……"半晌,他才回过神来。在他身后,项准如同铁塔般站立着。

回到院子,嬴重坐立不安,在庭院之中来回踱步。苏琳见他心慌,不由得出声安慰:"少主,你大可不必如此,师尊武功闻名天下,那项家家主能认出来也不足为奇,但师尊的真正身份却少有人知……"嬴重烦躁地摆摆手道:"我知道,只是他看我的眼神让我有些发毛……"李夯实三人不知他们真实身份，对他们的对话也完全摸不着头脑，只能装作没听见，继续在院内蹲马步。

晚上，家丁叩门请嬴重等人赴宴，嬴重决定将李夯实三人也带上，这样哪怕有什么变故，也好互相照顾一二。李夯实三人得知项家家主要请他们吃饭，一时间手足无措，苏琳安抚了半天才让他们冷静了些，又让他们换上了前几日才置办的新衣服，虽不华贵，但也比以前的强多了。

几人到了席上，与主人寒暄过后，便有侍女不断送来当地美食。项家不愧是楚地第一大家族，席间每一道菜都不仅美味至极，还卖相精美，就连嬴重看了，也不由得在内心赞叹。项宫作为东道主，向嬴重几人介绍每一道美食的历史与特色，嬴重和苏琳听得津津有味。不过这对李夯实三人来说无异于对牛弹琴，好在三人在苏琳警告的眼神下还是乖乖收敛了吃相，又学着嬴重二人的交际。席间觥筹交错，好不热闹。

宴席将尽时，项宫叫过一个家丁，在他耳边低声吩咐了几句，那家丁便带着屋内家丁、侍女匆匆退出了。嬴重察觉到不对，暗暗向苏琳使了个眼色，苏琳会意，仍不动声色地吃着饭，放在桌下的手却悄悄按在了藏在怀中的短剑之上。项宫端起杯子朗声道："太子殿下，项宫敬您一杯。"随即将杯中清酒一饮而尽。听到他叫出"太子殿下"四个字，嬴重的心像被人抓住一样猛地一紧，连心跳都漏了一拍，在短暂的沉默后，他抬起头来，面带微笑道："项家主客气了。太子嬴重已死，现在只有洛师门徒姬青。"

嬴重说得极慢，在他说话时，苏琳已经放下了手中竹筷，紧按腰间剑柄。坐在苏琳对面的项准听了项宫与嬴重的话却是一脸不可置信之色，他虽然隐约猜到这位复华先生并不只是洛师门徒那么简单，但却没想到其竟然是秦帝国的前太子，如今被天下追捕的逃犯嬴重！他心中复杂至极，项家与嬴家的关系极为复杂，项准从未想过如何面对嬴家人，猛地知道复华先生便是嬴重，竟不知怎么好了。

屋里气氛有些凝重,只李夯实还在大口啃着盘里的肉,他刚才假装矜持,到底没能装多久,便自顾自大吃大喝起来。一旁的周免看不下去了,踢了他一脚,李夯实抬头想瞪他一眼,这才发现屋内有些怪异,只能讪讪低下头去,不过还轻轻咀嚼着嘴里的肉块。常盛的心思要比李夯实和周免活泛些,虽没正经读过书,但这几日跟苏琳也学了些东西,听到嬴重与项宫的对话,他愣了一下,随即反应过来,救自己三人脱离苦海的贵人竟然是前太子殿下,不禁激动不已,本想起身跪拜以示尊敬,但看着屋内沉重的气氛,想了想还是作罢了。

在尴尬的沉默中,还是嬴重先开口了:"敢问项家主是如何认出我的?"项宫微笑道:"我项家毕竟传承百年了,南客的独门功夫,在项家秘录里恰巧有只言片语的记录。我儿项准听闻苏护卫剑招名,翻阅秘录便知道了,而我恰巧知道南客乃元皇帝身边亲卫……"他话没说完,嬴重心中已经了然,果然还是苏琳那一招式名称出了破绽。苏琳一听,也顿感愧疚,若是当时自己多留些心眼,少主与自己便不会落至如此尴尬的境地。

嬴重心中也直叹息,不过表面上倒是无比平静。他微笑着摇了摇头道:"项家不愧是传承百年的大家族,我敬项家主一杯。"话毕端起手旁酒樽,举向项宫的方向。项宫闻言也笑了,缓缓伸手拿起酒壶,不紧不慢地为自己斟酒。他这动作缓慢又优雅,让仍举着酒杯的嬴重无比尴尬。一旁的苏琳更是大为光火,项宫既已叫破嬴重的身份,又做出如此明显的轻慢举动,简直就是故意的。苏琳满心想要起身呵斥项宫的无礼,但也知道自己一方人的性命尚在人家手中,有不保之虞,便也不敢轻举妄动,只能在心中暗骂两句老贼。不过嬴重倒还冷静,微笑着待项宫举杯,才一饮而尽。

放下杯子,嬴重指尖轻敲着桌面:"不知道项家主想如何处置我这个逃犯?"项宫并未立即回答,只双目微阖,静静坐着,似乎在等待着什么。苏琳端坐一旁,脸色却难看起来,习武之人耳聪目明,听力远超常人,他听到有大队人马跑过来，握着短剑的手不禁又加了几分力，心中暗忖，这次是自己失言才让少主入此险境，就算拼了命也要护得少主周全。他心中打定主意，反倒轻松了不少，只是将身子向嬴重的方向挪了几分。

不多时，众人便透过纸窗看见外面人影晃动，偶尔还能听到棍棒敲击在地上的声音，显然，项府的家丁，或者说是私兵已经包围了这屋子。这时项宫才缓缓转过头来，语气和蔼如邻家大叔："殿下乃是天子亲自点名要抓的逃犯，殿下倒说说，除了将殿下拿下送交官府，我可还有别的选择？"嬴重听到他说这话，反而露出了笑容："项家主不会抓我的。"

"太子殿下就这有自信吗？"说话间，项宫突然气势勃发，仿佛坐在那里的已不是一个人，而是一只噬人的猛虎："太子殿下何来的自信？"

项宫的气势极为压迫人，嬴重和苏琳顿感肩上一沉，不过倒也不至于失了方寸。但对李夯实三人来说，这就是极大的考验了，重压之下，三人额头上都渗出了细密的汗珠。好在三人毕竟还是少年，保有赤子之心，因而也不太紧张，倒也没有显出丑态来。

嬴重毕竟是皇室之后，又经历大变，心志坚定，在此情况下仍能保持冷静，不受半点影响。苏琳是孤儿，自幼便在生死线上挣扎，意志也非一般人能比。此时，嬴重脸上笑容收敛，沉声问道："项家主和安则公子为何习练一身武艺？"稍稍一顿，又接着说道："项家乃将门之后，家传所学皆是治军之道，想必项家主也不愿看到家传绝学束之高阁，被人遗忘吧。更何况……"他身体微微前倾，声音更低："蒙昭是武人，可以打天下，却不能治天下。依我看来，如此下去，不出十年，天下必将大乱。到时候，项家能否保全自己，还未可知。此外，我乃洛师弟子，项家想必也不愿与儒门交恶吧。"

项准站在项宫身后，虽然心乱如麻，但却对嬴重的话有几分赞同。没有谁比世家中人更了解豪门世家如今的窘境了，比如项家，本是将门世家，若不能在军队中保有几分势力，家传的学问反而会成为祸患。在乱世之中，项家想凭家中暗暗训练的几百家丁自保，那是痴人说梦；更何况项家绝学声名在外，诱人至极，哪个有野心有实力的人会不希望将之占为己有呢？而项家又家大业大，人口众多，对任何人都是威胁，一个不好，就会被人占有或瓜分。若是想自立山头，事成自然好说，若是事败，便只能落得个人死族灭的下场。而听嬴重话里话外的意思，像是要许给项家参军之权，这让项准有些躁动。

项宫静静地听完嬴重的话，笑着点点头道："殿下说得不错，以项家目前的情况，天下安靖自然是最好的。只不过，殿下又凭什么说蒙昭治国，天下必乱呢？"

嬴重听他直呼蒙昭之名，并无尊重之意，心中大定，这是项宫表示态度的一种方式，也代表只要有足够的利益，项家不但不会加害于他，反而可能成为自己的助力。嬴重心中欣喜，却并未急着开口，沉思几息才回答道："我这么推断，原因有二。其一，蒙昭以武人治国，其所依仗的，无非麾下军队，而武人欲求财富地位，就必须要有仗可打，即便蒙昭自己不愿开战，这些武人也不会同意，必会逼着他发动战争。其二，秦制设二十级军功爵，自元皇帝吞并六国以来，已授无数爵位，国内土地早已不够分，如不开疆拓土，蒙昭只怕会被他自己的手下推下帝位。因而我说，不出十年，蒙昭必然要发兵取四夷之一方攻之。"

项宫听了嬴重的话，捋着胡须微微颔首道："不错，哪怕是蒙昭，也没办法压制所有希望从战争中牟利的军士。海内无地可打，便只能攻取四夷。"话说到这里，项宫心里已经明白了嬴重的意思，不过他还是继续问道："然而目前大秦势大，四夷势弱，就算打仗也只会是秦胜，天下又怎会因此而乱呢？"

听得此问，嬴重一愣，他本以为项宫应该明白他的意思了，不过他还是回答道："以秦国国力，四夷任意一方都是挡不住的，可若是其中两个，乃至三个、四个联手……秦国地大，若四夷在边境骚扰游击，秦军也无可奈何。此外，秦国军需粮草也不足以同时支撑两场以上的大战。四夷首领若是稍微有点脑子，联手抗敌，神州内必定会再起刀兵，那时可就不是秦灭六国时的兼并之战，而是化外夷狄与我华夏神州的道统之争了！"

李夯实几人在一旁听得毛骨悚然，他们虽然没经历过战争，但是却经历过瘟疫，加上道听途说过四夷的残忍，不禁打了个冷战。苏琳和项准也是面色难看，秦老未曾为苏琳分析过天下局势，项准更是在家中一心读书练武，未曾思考过这些事。不过他们毕竟是读过书的，比李夯实三人更懂得夷狄入侵的可怕，如果真如嬴重分析的那样，华夏大地可能又要战火遍地了。

项宫点点头道："你说得不错，不过你都能想到的，蒙昭想不到？"嬴重闻言，脸上泛起了一抹微笑："蒙昭或许能想到，但是他手下把控朝政的将士们却未必能想到，在他身后支持他的六国贵族更想不到，他们只会想怎么让自己有更多的权力和财富，或者重获当年的荣华富贵。这对蒙昭来说，几乎是死局，除非他能放弃当下以军队把控朝政的优势，否则断无破解之理。"

项宫轻轻摇了摇头道："你随洛师在山中修习，不了解现今形势。我可是得到消息，蒙昭要昭告天下，推取士子了。"推取士子，便是不满六国遗贵对国家行政的渗透，不满朝廷对地方和中央掌控力的减弱，要放弃以武治国这一几百年前定下来的秦国祖制了。嬴重一愣，他的确不知道这等消息，不过这也不难理解，蒙昭统帅三军几十年，不乏壮士断腕的勇气，更不乏杀伐果断的信心，只是……嬴重脸上的微笑更盛："自元皇帝初年战西戎，至今已有二十四年。二十四年间，秦军虽未大肆征兵，但也未曾裁军，也就是说，征讨六国时的庞大军队仍在。以蒙昭的声望，压制这些军士几年不难，但如果蒙昭不想开战，甚至还想脱离军队的掣肘，却也并非易事，一个不好，军队哗变也是很有可能的。"

听到嬴重这番话，项宫脸上又浮现出一丝笑意："只凭这些，还打动不了项家。"

嬴重听到这句话，精神一振。这句话几乎就是明着告诉嬴重，画出大饼来，如果够诱人，我们项家便助你一臂之力！他心中欣喜，脸上笑容却收起了："项家主想要什么？"

第十五章

　　门外的家丁在项宫的命令下退去，李夯实三人也被嬴重遣回了别院。半个时辰后，嬴重和苏琳才从堂内出来。回小院的一路上，二人都黑着脸没说话，好一会儿，苏琳才满脸烦闷地低声骂道："娘的，项宫这老家伙可真是坏透了，哪有这么吓唬人的，我都准备好拼命了，结果给我来这么一出！"

　　嬴重听他骂娘，脸色逐渐变得怪异："他是老家伙，你师父是什么？"苏琳一愣，半天才哼了一声："反正这家伙不是什么好人，明明是师父的战友，还吓唬咱们，还让少主你给他那么多承诺，这算什么事啊！"嬴重摇了摇头道："我倒是知道项家与元皇帝有交易，但却没想到项家是元皇帝留下的后手。不过话说回来，要是我一上门他便扫榻迎我，我倒要怀疑他是否居心不良。虽然他逼我许下承诺，但也是为了他的家族，而且这会让我们的关系更为紧密。不管怎么说，他也曾是秦老手下，断然没有加害你我之意。"说到这里，他不由叹了口气："更何况，项家将门是不可多得的助力。蒙昭把控军权，容不得我等，欲成大事，我们必须要借助项家的力量。"

　　没错，项家正是元皇帝当年布下的后手之一。项家在楚国覆灭之后，为了家族延续，与元皇帝做了一笔交易，并将当年还是少家主的项宫送到元皇帝身边，改名换姓成了元皇帝亲卫。天下一统之后，他才回到项家承继家主之位。有这样一层关系，项宫不可能伤害嬴重，更不可能将嬴重交给蒙昭，今日举动无非是为了从嬴重这里多谋取一点利益，希望嬴重允许项家在成事后重掌军队。对嬴重而言，倒不是太重要的事，自己现在落魄如丧家之犬，还不知道能否把蒙昭掀翻，区区利益，答应项宫又如何？几个承诺换来一个传承数百年的将门的倾力支持，这生意简直稳赚不赔。不过，对于项宫的威胁之举，嬴重心中多少是有些不爽的，他心里暗暗盘算着，将来若是有机会，定要小小地报复一下。

李夯实三人半个时辰前回到屋内，就坐着沉默不语，最后，还是李夯实忍不住开口问道："你们说姬公子是太子殿下？"常盛皱着眉头道："刚才项家主是这么说的，我看公子也没反驳。"李夯实脑子一时转不过弯来："那姬公子为什么说什么太子殿下死了……"话还没说完，周免就摇了摇头打断了他："皇上现在通缉太子殿下呢，他再说自己是太子殿下，那不是找死吗？"李夯实这才回过劲来，惊喜道："那咱们仨这回是抱上了一条粗腿啊！那可是太子殿下！跟着他，我们一辈子也不愁吃穿了！"

常盛有些头疼地看着自己这位大哥，揉了揉眉心道："大哥，姬公子……不，太子殿下虽然以前身份高贵，现在却是通缉犯！"李夯实一愣，好像这才意识到什么似的脱口问道："那你说我们现在该怎么办？"说着看向一旁一言不发的周免。常盛闻言，也看向周免。周免在三人里最为成熟稳重，二人平常都听他的意见。见二人看他，周免翻了个白眼道："看我干什么？我只知道我们三个快要饿死的时候，是太子殿下不嫌弃，给了我们吃喝，还收留我们，教我们武功。"李夯实听完这话，点点头道："周免说得对，我们这三条命是太子殿下救的，怎么能因为太子殿下现在有难就背叛他呢！"三人这便下定决心，要跟着嬴重一条道走到黑。

三人毕竟还是少年，下定决心后，不禁开始幻想自己跟着嬴重，未来会享受怎样的荣华富贵。正眉飞色舞地讨论着未来的美好生活,便听见大门打开的声音,三人连忙收起脸上的笑容,退回自己席位正襟危坐,都一副恭敬拘谨的样子。嬴重缓步室内,见几人故作姿态,不由得心底暗笑。他在门外听得屋内几人说话,也想听听他们得知自己身份会有什么反应,便拉着苏琳在门口听了一会儿,倒没听见什么纠结之语,只听见他们幻想荣华富贵。不过三人自幼穷苦,哪里知道真正的荣华富贵什么样,只觉得能天天吃肉便美得很,后边更是越说越离谱。李夯实甚至幻想等嬴重做了皇上,御赐一把金锄头给他耕地用。嬴重实在听不下去,才故意用力开门发出些声响,不过几人倒也机灵,知道这些话不能在嬴重面前说,还知道装腔作势了,这让嬴重感到好笑又欣慰。

　　苏琳跟在嬴重身后进屋,面如沉水,一点不觉得欣慰。在苏琳看来,好男儿不想着马上封疆、建功立业,光想着如何吃喝享乐,当真是愚不可及!苏琳乃李夯实等人大师兄,哪见得他们这般胸无大志?正巧他被项宫引起的火气无处发泄,于是紧咬牙根,心中暗自盘算要好好操练三人。

　　三人完全没有注意到苏琳阴沉的脸色,更不知道自己即将面对的悲惨生活,见嬴重走进屋内,连忙起身下拜:"见过太子殿下!"只是他们哪里受过礼仪教育?动作七扭八歪的。嬴重实在看不下去了,赶忙叫三人起来,清了清嗓子正色道:"既然你们已经知道了,我也不再瞒你们,我便是嬴氏太子,不过现在却只是朝不保夕的逃犯,你们若是畏惧官府刑法,如今便离去,我不会怪你们,只是不要泄露我等行踪……"

　　话还没说完,李夯实便皱着眉头叫了起来:"太子殿下这是什么话?我兄弟三人难道是那种忘恩负义的人吗!"一旁的常盛要机灵许多,见李夯实叫嚷,生怕他口不择言地说出什么不该说的来。若在以前还罢了,现在知道了嬴重的身份,言语上需得加倍注意才行,他连忙拜倒道:"太子殿下,我们兄弟三人蒙您照顾,感激之情,虽匿于言表,却存于心间,哪里敢做忘恩负义之事?我们已经打定主意,定要结草以报殿下恩德,愿为殿下阵前小卒,抛颅洒血,不敢惜身!"这话说得有几分水平,连一向严苛的苏琳也满意地点了点头。见李夯实和周兔二人傻呆呆地站在那里,常盛轻咳一声,二人这才如梦方醒,学着常盛的样子拜倒在地。

嬴重虽然在门外已知道了三人心中打算,但现在听到这一番话也颇有触动,之前要效忠自己的那些文臣武将,虽然也是忠义之士,但大都是因忠于父皇或元皇帝而追随自己的,还有些人是在朝廷之中不得晋升,为博一个出路跟着他的。李夯实三人虽然只是山野少年,却是实实在在地要效忠于嬴重,而非秦皇太子这个身份,单凭这一点,就足以让自己将他们看作苏琳这样的心腹。只不过,他们自己是否明白这一点呢?嬴重颇有深意地看了一眼紧张地伏在地上的常盛。李夯实和周兔都以武力见长,而常盛武艺粗疏,却有机敏之才,若是他能够看到这一层,倒也不愧嬴重重视。

嬴重扶起李夯实,见他脸上还有不忿之色,便笑着拍了拍他的肩膀:"孤明白你们的心意,若是孤来日能重返朝堂,许你们一世荣华富贵又有何不可?"说完便笑着走进屋内去了。

李夯实三人听得嬴重的许诺,雀跃不已,凑到一起,三言两语间又幻想起了未来的美好,完全没看到站在门口的苏琳的难看脸色。见他们的讨论丝毫没有收敛,反而有愈演愈烈之势,苏琳大喝一声:"还不快滚去训练!"三人这才被惊醒,看到苏琳黑着的脸,虽然不知道为何苏琳今天脸色格外难看,但还是连滚带爬地跑到了院中。

第十六章

次日清晨，天还未亮，苏琳便一脚踹开李夯实三人的房门，大声喊道："起来，起来！什么时候了还在这里安睡？"看李夯实三人不情不愿地从床上爬起，苏琳又一人给了一脚把他们踹到院里，开始了一天的训练。

嬴重坐在屋内案前看着李夯实三人挨训，心中颇多感慨。在山上时，他也是每日这么早起，做饭洗衣，读书习武，如今虽然不用做那些杂活儿了，但仍习惯早起，并不贪睡。此时，他的心思早已飞向了别处。

昨日项宫在与他的对话里面透露出了不少信息，当时还不觉得，现在细细思考，倒让他咂摸出几分不寻常的滋味来。元皇帝当年就已经与项家做了交易，甚至与被打压已久的儒门有约定，想来是对蒙昭已有所察觉，那为何不直接打压蒙昭？不然也不至于生此大祸。他越想越头疼，到最后甚至对元皇帝生出些许怨气来，如果当年就对蒙昭动手，也不至于让父皇落得那般凄惨的下场。

他想得心烦，干脆抄起挂在墙上的明道剑，在院内习练起剑法来。练了约有一刻钟，便听敲门声响起，原来是项准来叩门，说是项宫有事相请。嬴重吩咐苏琳几人在院内好好操练，独自跟着项准去见项宫。项准显然还没适应嬴重的新身份，面色有些怪异，而嬴重也正因刚才所想心中郁结，二人也就一路沉默着到了项宫屋外。

步入门内，便见项宫端坐于庭案前，面前放着茶海茶具。这样的场景让嬴重想起了洛师的小屋，不过项宫的茶具可比洛师的豪华许多，茶海茶具上都雕刻着精美的花纹，令人忍不住想要把玩一番。见他进来，项宫起身相迎，请他落座。

二人饮了半晌茶，项宫才放下手中小巧精致的茶杯道："这次请殿下来，是有栎阳来信，要我传达给殿下。"听闻栎阳二字，嬴重双目一凝，看向项宫。

项宫沉声道："相国公传来口信，蒙昭准备对东胡用兵了。趁此机会，相国承诺殿下的一郡之地已经得手，请殿下往郡内主事。"

嬴重闻言，眉头一挑："相国怎么知道我在项家？"项宫笑道："相国大人策应天下忠志之士，与洛师自然也有联络，想必是洛师传信告知他的。"

嬴重颔首，洛师和相国都是元皇帝和父皇留下的后手，二者有来往也不奇怪。而对于相国传来的蒙昭要对东胡用兵的消息，嬴重倒不意外，之前他向项宫所讲蒙昭治国的种种隐患，大都是洛师的分析，而关于蒙昭用兵的方向，洛师也早有猜测，认为必然是向东或是向南，之前蒙昭将胡云派到东方主持防务的情报也佐证了这一猜测。对于向东用兵的这一决议，六国贵族肯定是鼎力支持的，毕竟他们急需战争来确定自己在军队中的地位，同时也要寻找机会争取更多在朝堂之上的话语权。

嬴重指尖轻叩桌面："不知道相国为孤谋的是哪一郡？"项宫露出了笑容："相国所谋乃九原郡。"

嬴重满意地点点头。对于相国的谋划，嬴重也早有猜测，汉中陇西河东等郡是嬴氏的基础地盘，也是秦帝国的中心，在这些地区，嬴氏遗泽仍重，极有可能出现嬴氏振臂一呼，民众云集响应的情况。因此，哪怕蒙昭用兵在外，也会派重兵牢牢把控住这些地方，相国不可能在这些地方为嬴重谋得什么。而在东方原六国故地改制成的诸郡谋地更不可能，蒙昭上台之后，为了保证六国遗贵对他的支持，放宽了限制，不少六国遗贵都暗地里回到了当地，而秦与当地民众有亡国灭族之仇，时间才过去二三十年，嬴重还没愚蠢到指望他们那么快就忘记了仇恨。况且蒙昭要在东方用兵，相国也不可能为自己谋东方诸郡。

除去这些，在嬴重看来，秦国北方诸郡中最为合适的也只剩下上郡、九原郡了。上郡虽是魏国故地，但那已是近百年前的事情了，元皇帝时，上郡曾经遭受旱灾，元皇帝还为当地减轻了一部分田租口赋，这样主动释放善意之举在元皇帝在位的几十年间，是绝无仅有的。正因此，当地民众据说对元皇帝是感恩戴德。九原郡虽原属赵国，但距赵国中心甚远，在抵抗秦灭赵之战中出力也甚少。当年，赵国名将李绛在赵国北大败匈奴，又爱兵如子，因此深受爱戴，后却因为秦计惨遭赵王杀害。但当地民众不知道秦在背后的种种动作，只知道是赵王杀害了他们爱戴的将军，因此对赵王与赵国也无甚好感。因此，上郡和九原郡都是比较合适的地方。但相较于九原郡，上郡有一个巨大的不利之处：蒙昭在此地的势力太强大了。元皇帝驾崩前两年，匈奴从河南地长驱直下，绕过昭襄王所筑长城，兵临栎阳城下，其时，元皇帝派蒙昭由上郡发兵，攻取河南地。蒙昭的确是军事上的天纵之才，短短一年时间，便将匈奴人苦心经营了几十年的河南地尽数收取，将匈奴人赶到了黄河以北的阴山一带。彼时元皇帝病笃，便令蒙昭不再做追击，召回了蒙昭，但蒙昭手下十万大军便从此屯兵于上郡。这么多年过去，不用想也知道，上郡已被蒙昭经营得如铁桶一般了，嬴重若是敢去，只怕第二日便要悬首于栎阳城城门之上。而相对于上郡，九原郡距离栎阳更远，受蒙昭统治的影响更少。

"如此甚好。"嬴重抚掌微笑，"那么我等也该择日启程了。"项宫却摇摇头，脸上露出了诡异的微笑："殿下，还有第二个消息。"

"哦？相国还说什么？"嬴重听到相国已经为自己谋得一郡的好消息，

心中喜悦，连项宫脸上诡异的笑也全然没在意。

"殿下的身份，可能已经暴露了。"

嬴重的好心情刹那间消失得无影无踪，背后一阵发寒。自己的身份是当年父皇为自己准备的，按理来说只有经手的几人才知悉内情，而父皇挑的人，必然是当时的可信之人，难道当年参与此事的人，有人已经投向了蒙昭？或者是项宫这老家伙把自己卖了换一个前程？如果真是这样，那自己真是脱逃无门了。就算不是项宫卖了自己，依秦国法令，进出城池都要登记验、传，如果自己身份已经暴露，蒙昭就很容易知道自己位置，这也意味着自己即将面临正规军的围剿以及无路可走的局面。

嬴重心念急转，片刻间额头上便渗出汗来。见嬴重紧张，项宫大笑道："殿下不必担心，相国公只是言及都内日前有人在追查此事，不过这事当年做得隐蔽，想必短时间内他们也查不出什么东西。但既是有此一事，还请殿下务必小心行事。"看他神色真诚，不似作伪，嬴重这才轻舒一口气，抹去头上冷汗，端起面前茶杯长饮一口道："我的身份乃是机密，所知者应当不多，相国可有提到是何人追查此事？"

项宫神色凝重起来："相国公称病不朝已有时日，蒙昭便提拔了相国府内一丞相暂理朝政，其人姓姜名恒，字典初。"嬴重皱眉道："我倒是未曾听说过此人。"

项宫点点头道："不错，此人在蒙昭叛逆之前无人知晓，之后才被蒙昭大力提拔，且此人能力、手段都极为出色，让人不得不怀疑他是蒙昭在相国府内安插的钉子。"见嬴重沉吟不语，项宫接着道："此人可能是受蒙昭之命，一直在追查殿下身份，所幸此事年久，经手之人也都是先帝亲信，因此那人虽然已追查几年，但据相国公看来，无甚所获。不过殿下仍需小心行事，姜恒此人心思缜密，一旦有了头绪，出手便不会留任何余地。"

嬴重闻言颔首道："我晓得了。"项宫的话并没有让嬴重放下心来，反而让他忧心忡忡，蒙昭对他的追捕虽然危险，但那摆在明处，可以有所防备。而其他像姜恒这样想杀死他的人则不同，他们隐藏在暗处，很难针对他们的算计做出防备，"明枪易躲，暗箭难防"是颠扑不破的道理。

正在嬴重盘算如何防备可能到来的暗算时，项宫道："殿下也无需担忧，相国已经派人干扰他们的视线，同时也在尽力消除当年留下的种种痕迹，想来他们也不可能查出什么结果。"嬴重不置可否地嗯了一声，这种事谁能说清？自己都不知道这件事当年到底有哪些人参与，想必只是参与者之一的相国，也不可能掌控所有事，所以自己还是不要掉以轻心的好，否则危险降临自己可能都不知道。

见嬴重依旧沉思，没有一丝惊慌之态，项宫暗暗感叹面前这位太子殿下心思真是够深沉。嬴重也许不清楚栎阳形势，他可是清楚得很。目前蒙昭的全部心思都在用兵东胡一事上，暂且无暇顾及嬴重，但蒙昭子嗣以及六国遗贵在几年前的政变中得利甚多，正是志得意满的时候，一听说可能有嬴重的消息，立马就派出了人手追查，多方发力之下，相国也不一定能够保证此事完全不为人所知。因此，保持极高的警惕是必要的。自己虽两次出言让嬴重宽心，嬴重却毫无松懈之意，这让项宫不禁感叹，先帝后继有人，且是这样一位思维缜密的人，难道真是天佑嬴氏？

项宫感慨片刻，接着说道："我知道殿下此行危险，既然如此，便让吾儿项准随殿下同行，也好护殿下周全。"嬴重有些吃惊，抬眼看了看项宫，又思考片刻，道："好，有贵公子同行，我安心不少。"随着蒙昭上台，六国贵族势力重新登上政治舞台，以前对六国贵族的种种限制几乎是名存实亡，能扯来赫赫有名的项家做旗，也能替自己遮掩一二。

接着，嬴重又与项宫商量前往九原郡的路线等事，谈毕已是中午，项宫便邀嬴重一同吃饭。苏琳等人的饭食自有下人送到院内，不必为他们操心，嬴重便欣然答应了项宫的邀请。二人落座后，项准一脸复杂地进了屋内，沉默着坐到了项宫身边。

嬴重心知项准心中复杂，刻意问道："项公子为何一言不发，郁郁寡欢？"项准只是抱拳拱手，并不作答。项宫明白儿子心中感受，毕竟自己当年知道自家与嬴氏竟还有这样一层关系时，心中也是感慨良多。他拍了拍儿子宽厚的背，笑着看向嬴重："殿下……"

项宫话还没说完，项准抬头望向嬴重道："我有一惑，不知道殿下可否为我作答？"他咄咄逼人，全无刚迎嬴重等人进项家时的那股儒雅之气。嬴重见此，不怒反喜："项公子尽管说来。"

"项氏世为楚人，曾誓为楚王抛颅洒血。吾祖讳平，更曾在郢都大破今中尉李誉二十万大军，后被王羽老儿用六十万大军拖住，自刎于郢都门前。项准虽然不才，却也是项氏未来的家主，钟鸣鼎食足矣。敢问太子殿下，我为何要助你光复宗室？"他越说越激动，说到最后竟然站了起来，且言语中充满了对秦灭六国之功臣王羽、李誉的不敬，最后的问话更是让一旁本来面带微笑的项宫勃然色变，一拍桌面道："项准！你说什么混账话！"

嬴重看着面前的父子二人，轻轻放下手中竹箸。要说项准这番质问，项宫事先完全不知情，嬴重是不信的。项宫老奸巨猾，若不知情，怎么可能允许项准说完那些话？既然项宫知情，那项准这番话的深层含义，嬴重就要好好考量了。难道项宫并不满足于自己已许诺给他的，还想要求更多？嬴重心中有些不满，眯着眼望向项宫。

看到嬴重似笑非笑的样子，项宫却是暗暗叫苦，他倒是知道儿子的心结，但却绝对没有授意项准发出这样危险的质问，因为项宫清楚项准的话会让嬴重解读出些别的意思，并且毫无疑问会破坏二人已经达成的协议，但是他实在无法解释，且怕会越抹越黑。就在项宫和嬴重二人陷入尴尬的沉默时，异常激动的项准再次开口道："殿下不必多想，我的问题与父亲无关。若是殿下能够给我满意的答复，准哪怕拼上身家性命，也会帮助殿下光复宗室！"

嬴重听得这话，心中虽还有怀疑，但也去了大半，他把目光收回来，仔细思考项准的问题。项宫见他低头沉思，也松了一口气，自己与嬴重的关系可以说是脆弱而微妙，哪怕是一点点的怀疑也足以将这种关系摧毁殆尽，因此二人才对每一句话都字斟句酌地考虑，生怕产生一点误会，造成无法弥补的损伤。他不无责怪地瞪了一眼心爱的长子：若是儿子提前跟自己商量一二，自己现在也不至于如此尴尬。

对嬴重而言，项准的这个问题可谓提得极有水平且值得深思。如果能够完美地回答这两个问题，想必那些举棋不定，仍在观望的六国贵族也可以成为自己的助力。

嬴重深思良久方才开口道："我想我可以回答你的问题。"他起身走到窗边，看向院内。项氏是楚地豪富，家主居住的小院内虽然没有金砖玉瓦那样极尽豪奢，但也相差无几。屋顶上，楚人的图腾凤鸟正展翅翱翔，展现出与秦地全然不同的楚地风情。院内用的是整块的青砖铺路，路两旁是精心修剪过的芝兰玉树，看起来有种低调的华美。"项公子可知道秦一统天下之前，天下是什么样子？"

项准未做犹豫："准虽生于秦一统之后，却也曾读过书，曾从家里老人那里听说过那时天下有七雄争霸，各国各治其政。"

"项公子说得不错。"嬴重转过头来，"那时天下七雄争霸，各国之间征伐不断，可那是贵族王室的事情，项公子可知道百姓在如此乱世中，如何求活？"

这倒是问住了项准，他面露为难之色道："准却不知。"嬴重颔首道："项公子不知也实属正常，蒙昭未反之前，孤也不知道，甚至未曾想到过这一层。后来，吾师洛师告诉我，那些年百姓活得有多艰难。"他右手握拳，不重不轻地砸在黄花梨木的桌子上，发出一声闷响："百姓之中，富裕者也仅得几亩薄田，夙兴夜寐，还要被游侠儿、恶霸以及贪官污吏种种敲诈勒索，辛劳所得多被他们巧取豪夺去了。贫穷者更是为了几口饭食就不得不卖儿鬻女，饥年时甚至要易子相食！"

"易子相食？"项准脸上露出疑惑之色。一旁的项宫叹了口气，给儿子解释道："饥年时百姓无甚可食，只能食人。不忍心吃自家孩子，于是与别家易子，稍缓杀子之痛。"听到父亲的解释，项准脸色陡然变得苍白。他自幼生活在衣食无忧的环境中，从未听闻这等惨事，一时间心中惊骇，竟说不出话来。

项宫看着嬴重和项准，心情复杂，他当然知道嬴重想说什么，也清楚自己儿子会做出什么反应，于是在心中默默叹了口气。

见项准不作声，嬴重接着说："七国之间互相征伐，只凭意气，导致天下未有安宁之日，今日我下一城，明日他取一郡，后日你得一县……如此境况，天下小民，可有一日好过？"项准听到这，忍不住喃喃道："天下战乱不止，百姓便无一日安宁……"

不过他很快回过神来，看向嬴重："那难道以秦之严刑峻法，便可以使乾坤安靖，海宇清宁？依我看来，秦法刻碎，民怨沸腾，更改分封为郡国，使天下人愤懑。哪怕无蒙昭之事，只怕也不能长久！"这话当真是诛心之论，让一旁听着的项宫忍不住抹了一把冷汗，心中暗悔未曾提前告诫项准。不过项准话已出口，便无挽回余地，项宫只好故作镇定，看向嬴重。

嬴重不管心中如何想，面上倒没有什么变化，只是摇头叹气："项公子可知道为何儒门孔师曾说'夷狄之有君，不如诸夏之亡也'？"项准手指轻叩桌面："准虽不曾学儒，却也能大体理解此言深意。孔夫子无非是说，夷狄不如华夏远矣。"

嬴重颔首道："不错，但项公子可曾想过，为何夷狄不如华夏？"不待项准回答，他接着说道："以孤之见，盖在于夷狄未有华夏之礼法，更无华夏之新。"项准眉头紧皱，似在思考嬴重这句话的含义，嬴重接着解释道："夷狄也曾有进犯华夏，甚至大败华夏之事，但华夏之国却终可以驱逐夷狄，不仅仅是因为华夏之礼法制度优于夷狄之国，更因为其时时在革新。《诗》曰，周虽旧邦，其命维新。赵武灵王胡服骑射，方能吞灭中山，败胡拓土；管仲改革国家，才有强齐图霸，九合诸侯。"

项准若有所思："殿下意思是，秦国能够胜过六国，也是因此？""正是。"嬴重笑道，"天下皆非秦以秦法，却不知秦胜天下以秦法。"项准摇摇头道："就算如此，这又与我问殿下的问题何干？"

"秦之所以灭六国，是因为六国征伐不休，天下百姓永无宁日，而为了一统天下，秦不得不以严刑峻法约束天下。"嬴重将双手按在桌上，"今蒙昭及六国豚犬，欲为一己之私，坏秦国革新之功业，甚至欲改郡国，复分封。其一旦得逞，项公子认为，天下又当如何？"项准听嬴重问他，沉思不语，良久才舔了舔自己干涩的嘴唇，开口道："殿下有雄辩之才，准不得不服。但，项氏亦是六国遗贵，纵使敢为殿下犬马，殿下可敢用？"

嬴重闻言，知道项准已经被自己说服，心中暗自松了一口气。项准作为项氏的继承人，他的态度很大程度上代表着未来项氏的态度，尽管项宫已经和自己谈妥，但同时得到项准的认可则是最好的。而自己刚才是急中生智，也有赌一赌的心思在其中。要说皇爷爷一统六国全是为了天下百姓，自己也不相信，可跟随洛师学习几年，刚才那一番话中倒也有几分真情实意。项准能够认同自己的观点，也让嬴重颇为自得。

这样想着，嬴重大笑道："昔年管仲射钩，桓公不咎。项氏世代忠良，今能弃暗投明为孤效力，孤又怎么会行那黄钟毁弃、瓦釜雷鸣之事？"听得嬴重此言，项准心中再无犹豫，起身下拜："准愿为殿下帐前鹰犬！"嬴重脸上笑意更甚，连忙起身上前扶项准起来。

项宫心里却是叹了一口气。他深知儿子心性，若是与他讲利益种种，他反倒不喜。但若以大义相诱，他这般血气方刚、极为渴望建功立业的年轻人是断然无法拒绝的。但事情既然已经发展到了这一步，项宫也只好接受这样的结果，他故作严肃道："项准，殿下乃是宽厚之主，不计较你的冒犯，以后不可再行此悖逆之举，否则哪怕殿下不怪罪，我也要处置你！"

看着项宫惺惺作态地训斥项准，嬴重心中不喜但笑容不改："项家主切不可这么说，项公子是性情中人，一时失言也是性情所致，若要强加责罚，岂不显得孤没有容人之雅量？"看着嬴重虚伪的笑容，项宫心里也是翻了个大大的白眼，一老一小二人一边心中互相骂着对方虚伪作态，一边笑吟吟地相互敬酒，场面好不和谐。

既然已经约定好，那么嬴重等人也没有必要再留在项家了。第二天，嬴重等人便收拾好行囊，辞别项宫，与项准一起前往九原郡。

第十七章

  草原之上，除了风和随风而偃的草外，似乎别无他物。只有长久生活在这里的九原人知道，在齐腿肚高的草下，隐藏着一个秘密的世界。兔子、狼和一切不可名状的生物，都在阴影处潜伏着，等待猎物露出马脚，等待大快朵颐。狼是这片草原上的异类，当它们成群结队时，从来不惮于光明正大地奔走，等到那些受到惊吓的猎物现出身形逃离，它们便如一支训练有素的军队，追逐戏耍着猎物，等到猎物精疲力竭，它们再嬉笑着围上去分食。这样的场景在草原上屡见不鲜。
  马蹄踏在草地上的声音响起。头狼正在啃食鲜血淋漓的兔子，它警惕地抬起头来，从喉咙里挤出低沉而急促的吼声，催促狼群离开。几只狼舍不得口中的血肉，还想再撕咬几口，却被头狼狠狠地顶开，只能依依不舍地低吼着快步远离马匹来的方向，潜伏进草丛中，试图找到落单的猎物。它们散开后不久，六名骑士披挂整齐，如疾风般从被撕咬得血肉模糊的兔尸上践踏而过，只留下一地狼藉。他们走后很久，狼群才回到这里重新进食。头狼注视着骑士们离开的方向，眼神里闪烁着不知什么色彩的光，良久才扬起头颅，发出一声悠扬苍凉的号叫。这声音在它的头顶打了两三个转，又向着更苍茫的高空处去了。

"少主，约莫还有半日路程，越过南河，便可到达九原郡了。"骑士们在坡下驻马。其中一名骑士摘下厚重的皮盔，将皮盔夹在腋下，一边用力捋着散乱的头发，一边向为首那人高声说道。此时正值夏日，草原上太阳毒辣，皮盔下更是闷热无比，他未束好的碎发被汗水打湿，紧紧贴在他的脸上。"嗯，在此稍作休息便继续出发，最好在今日之内赶到。"为首那人也摘下皮盔来，翻身下马休息。其余几人也纷纷下马来，抓起马背上的水囊来仰头牛饮。

这一行人正是嬴重一行。自从郢城出发，已有月余，他们一路上除却必要的休息，几乎步做任何停留，这才能以一个月的时间从帝国腹地直至北境。一个月的风餐露宿，让一行人都沉默寡言了许多，在快到目的地时才有了几分放松。嬴重、苏琳与项准自不必说，他们虽然未曾经历过此种跋涉，但也早有风餐露宿之经历与准备。李夯实三人的表现却让嬴重惊喜，尽管他们年纪不大，却展现出了惊人的意志力，这也许与他们早年间食不果腹的经历有关。

看着嬴重大马金刀地坐在地上休息，李夯实悄悄蹭了过去，颇有几分不好意思地笑道："少主，我曾听长辈说过，九原人个个生得高大威猛，生下来便能生擒虎豹，手裂金石——这是真的吗？"嬴重看着他扭捏的样子，不由大笑："你当年在郢城大约也听说过项家公子的传说吧？相伴走了一路，在你看来，又有几分真、几分假？"一旁的项准听到嬴重提到了他，也转头看向李夯实。尽管同行了一路，李夯实还是有几分畏惧项准的身份，见他看来，不免有些慌乱："当年人们都传说项公子高大威武，勇猛过人，自然是真的！"

项准闻言，脸上顿时有些挂不住，露出了尴尬的笑容。一路同行，嬴重知道这位项家公子也并非冷峻之人，性格倒是与苏琳有些相似，且还要更豪爽些。项准收起尴尬的笑，无奈道："都说了，莫要叫我项公子，呼我安则便是。"相处月余，他倒是对憨厚的李夯实三人颇有好感，往日里与他打交道的要么是满脑子算计的人精，要么是谄媚无比的下人，李夯实三人则不同，尽管平日里对他多有敬畏，但也是赤诚以待。他也乐得放下项家公子的架子，与他们称兄道弟。此时，李夯实憨笑着摸摸脑袋："晓得了，项公子。"项准无奈地翻了个白眼，靠着马匹自顾自说起来："我虽未曾来过九原，倒是在先人的笔记中看过一些。据说九原人性格大都刚烈豪爽，如认以为朋友，便以身家性命相托，绝无二话。如认以为敌人，便是倾尽所有，也要杀之。"

嬴重闻言轻笑点头："听安则描述，九原倒是个出豪杰的地方。"项准笑着点点头："不错。先人笔记上言，此地民风彪悍，可谓豪杰辈出。若不是将精力用在对抗匈奴上，不思南下，中原大地，当有九原人一席之地。"嬴重若有所思，一旁的苏琳却笑道："安则兄此言差矣，你又怎知没有匈奴人，九原人会是如何？"

项准闻言一滞，接着哈哈笑道："倒是我囿于书本了。子璋兄所言不错，说不定九原人之性格正是匈奴人所成就。"嬴重笑道："我倒是有些迫不及待，想看看九原豪杰与中原英雄有几分不同，更想看看匈奴人有几分成色了。"嬴重嘴上这么说着，心里却已经在想几人到达九原城后，该当如何打开局面，又当如何立足了。几人谈笑一阵，便翻身上马，策马向九原飞奔而去。

薄暮时分，几人勒马于九原城下。九原城坐落于南河不远处，是一座孤独地矗立在草原上的城。作为帝国边境的军事重镇，九原城说是军人们用血肉筑起的也丝毫不为过。这里在城门前修建有其他地方少见的瓮城，其上灯火通明，随时都有眼神绝佳的弓箭手眺望戒备；城墙上遍布刀斧痕迹，倒与栎阳城墙有几分相似，这让嬴重对九原生出了几分亲切之感。项准亦暗自感叹："好一座北地雄城！"他禁不住在心中盘算起来，攻下这座城池，要如何用兵。只有苏琳，不敢有一丝松懈，只是警惕地观察着四周。

此时天色渐暗，门前守军正欲关闭城门，苏琳连忙上前叫住军士："且慢关门！我等自栎阳来，要见郡守！"军士停下手上动作，上下打量几人，伸出手来："拿验、传来。"苏琳从怀中掏出早已备好的验、传递给军士，军士看完验、传，确定了几人身份，语气便和善了几分："请几位进来吧。"

嬴重等人谢过他，便随他进了城。军士先带他们到城内客舍安顿下来，自己急匆匆地去向郡守汇报了。嬴重倒也不担心郡守不知道自己的真实身份，自己验、传上所用身份早已在密信中通报过了，待那名军士汇报自己姓名，郡守自然知道是他。

客舍内陈设简单，舍人给嬴重等人安排了一间大房，房内有一张占了房间足足一半面积的大火炕。嬴重虽然没见过火炕，却也听说过，知道此物自从被发明出来，因为建造简单方便，冬暖夏凉，在北方颇为盛行。

几人脱掉鞋子在炕上坐下，舍人笑呵呵地端了几碗汤饼来，口中还念叨着："几位旅途劳顿，一定有好些日子没吃上热饭了吧？刚做出来的汤饼，几位趁热吃吧！"嬴重几人这些日子，为了尽快赶到九原，一直以干粮果腹，今日更是自午前就没吃什么东西，现在终于看到热饭，不由食指大动。几人谢过舍人后，便接过汤饼来大快朵颐。汤饼刚刚出锅，嬴重、苏琳和项准尽管饿极了，还是吃得比较斯文，李夯实三人则没他们那么多规矩，抄起木箸挑起汤饼就往嘴里放，结果被烫得直吸冷气，这才乖乖地放缓动作，一边吹着碗里的热气，一边顺着碗边吸溜着汤。

嬴重盘腿坐在炕上，一边吸溜着汤饼，一边回忆着这位九原新郡守的信息。

这位新郡守姓李名介，字狷生。他的故事颇具传奇性。据说他出身秦地一户贫农之家，双亲早亡，只得以替人牧羊为生。后来村里有大户人家资助他学习，还把女儿嫁给他，他也十分争气地迅速飞黄腾达，四十出头的年纪，便坐到了郡守这样重要的位子上，成为帝国有数的封疆大吏之一。嬴重暗忖，他飞黄腾达的背后，相国或许出力不少，甚至这李介根本就是李骐的棋子。又想到二人同姓，嬴重愈发觉得自己的这种猜想极有可能。

几人吃完汤饼，左等右等，直至月至中天时才有敲门声响起。李夯实三人困倦至极，早已七倒八歪地靠在墙上打盹，嬴重他们也困倦极了，但因知道郡守李介必然来访，还是强打精神等着。听见有人敲门，苏琳向李夯实的方向嗯了两声，却没有回应，苏琳看过去，只见李夯实已经快把头伸到一旁周免怀里了，三人歪七扭八靠在一起，早已见周公去了。苏琳没好气地踢了李夯实一脚："开门去！"李夯实惊醒，连忙擦擦嘴边口水，翻身起来开门。

一男子迈步进来，向嬴重等人深行一礼，这才施施然起身告罪："臣李介，见过太子殿下。臣初至九原，尚不知城内谁可信任，有无耳目眼线，为殿下安全起见，故而来迟，还请殿下恕罪。"他嘴上说着告罪，脸上却全无表情，仿佛所说之事与己无关一般。嬴重笑着请他坐下："先生不必如此。小心些总是好的。"嬴重知道他将是自己手下相国一系的代言人，所以尽管身份地位有别，却也称他为先生，这是对他，更是对相国的敬意。待他坐下，嬴重这才仔细打量起这位秦国官场上的传奇人物：他个头不算高，身材微胖，时刻保持平静的脸上，隐约带有一丝疲惫之色。显然，新近上任的他公务繁忙，睡眠不足。

见嬴重上下打量自己，李介也全然不做掩饰地打量起面前这位太子殿下来。这位太子殿下并没有想象中弱不禁风的贵公子般的气质，反倒有几分农家气质，这让出身贫寒的李介有些亲切感。

还是嬴重先开口："还未向先生引见这二位。这位是苏子璋，这位是项安则。"互相行礼后，李介也并未多做寒暄，为嬴重大致介绍了九原郡的情况：九原郡原本是赵国设置。秦一统后，九原郡的地位变得十分尴尬——匈奴人占据了河南地，九原郡孤悬于北疆，与中原难以联系，原本限制匈奴人的作用也变得十分微弱。而在匈奴人那场惊天动地的大突袭后，元皇帝派遣蒙昭北伐匈奴，将匈奴人驱逐出了河南地，九原郡作为帝国北部防备匈奴人屏障的作用这才再次凸显。九原郡居于阴山与黄河之间，扼守匈奴由阴山一带进入河南地的关卡，可谓帝国北疆防务最为重要的关隘。

一番介绍之后，众人都对九原郡有了新的认识，纷纷沉默下来消化这些信息。李介见众人都低头不语，便径自开口道："几位伪造的身份皆有爵位，按相国吩咐，介已为各位备好了去向，只等各位一至，便可以走马上任了。"他偏头对苏琳、项准二人道："二位都是能上阵带兵的大将之才，这样的英才在九原永远是最受欢迎的人物。恰巧匈奴最近也不安生，上一任郡尉上月因病去世后，栎阳还在为郡尉谁属而争执不休，令我暂代郡尉之职。有此便利，我打算请二位各带兵马，渗透进九原驻军之中，如此，也方便我们下一步行动。"说完，他转头面向嬴重："至于太子殿下，可先至郡守府内做一书记官。"

苏琳、项准闻言，皆颔首称是，但嬴重却轻轻摇头："不必了，便让我也去军伍之中吧。我虽然没上过战场，但也跟着秦老学过几年，也算得上会纸上谈兵了。"他没有提及洛师，这是因为他还不确定相国一方对于儒门的观感，与其关系如何，故而将这一段隐去。开了句玩笑，他接着指向在一旁眼神迷离的李夯实三人："他们三个便为我领亲卫。"项准闻言一惊，下意识便要出言劝阻，却被苏琳用目光制止。却见李介自进屋以来第一次变化表情，他眉头微皱："战场之上，危机四伏。殿下贵为千金之躯，如有闪失……"

嬴重却神态轻松："先生此言差矣。可知我为何来九原郡？"李介道："自然是为了立足于此，择机复国。"嬴重笑道："正是如此。但先生可曾想过，孤初来此地，当如何在此地立足，甚至使九原人愿随孤讨逆栎阳？"李介沉吟几息才道："殿下之意，我明白了。只是……"

见李介还要坚持，嬴重摆摆手打断了他的话："孤负嬴姓。"仅仅四个字，却力比千钧。在短暂的失神后，李介没有再坚持自己的意见，行礼后便匆匆告退了。苏琳自不必说，二人虽然相识不算久，但却默契十足。而项准闻弦歌而知雅意，听闻嬴重与李介的对话，心中已是了然，也就不再劝了。李夯实三人则是困得连站都站不稳了。几人匆匆洗漱过便沉沉睡去。

回到郡守府，李介却全无睡意，站在书房窗前，静静看着月光发呆。屋内油灯轻轻摇曳，桌上简牍如山般堆积。知道郡守每夜都会处理公文到深夜，侍者也不敢打扰，轻轻敲门后，按惯例将茶水悄无声息地放在桌上，转身欲走，却恍惚听见这位年轻的郡守大人轻喃："像，真像……"

第十八章

在距离九原郡千里外的草原上，有一片连绵的白色帐篷。远远看去，仿佛一大片云朵落在了草原上。外围的所有帐篷在漆黑的夜晚中都静悄悄的，只有最中间的大帐依然灯火通明，帐内仿佛白昼。

帐内吵吵嚷嚷。匈奴各部落的首领正在帐内饮酒聚会。他们面前的案上放着粗略解过的羊肉，首领们捏着小刀，从带着骨的肉上解下拇指大小的肉块来，蘸着肉旁骨碟中的粗盐放进嘴中细细咀嚼。草原上，粗盐价格高昂，也只有这种首领聚会才能如此奢侈地使用。酒过三巡，有人又提起上次劫掠后的财物分配不均的问题，有人抱怨自己部落拖住了秦军主力，却没分到多少好处，另一人立马跳出来大叫，放屁，明明是老子的部落长驱直入，死伤了不少好手才将秦军打退，与你有什么关系？众首领越讲火气越大，有人甚至拿着解肉的短刀在空中挥舞起来。见局势愈发混乱，在大帐中间狼皮椅上假寐的老者轻咳一声，站在老者身后扶刀站立的青年和壮汉随即从刀鞘中将刀抽出一点，刀身与刀鞘剐蹭发出的清亮声音让全场为之一静。二人用警告的眼神逼视着帐内除老者外的所有人。拿出短刀的那人如梦初醒，连忙将刀藏回怀里，抓起一块带骨的肉猛啃起来。

老者轻抚手边一撮不安分翘起的狼毛，睁开轻合着的眼，仿佛刚从睡梦中醒来。环顾重新变得静悄悄的帐内众人，他扯起嘴角，表情似笑非笑，却让帐内众人的心停跳了半秒。他的声音嘶哑低沉："上次劫掠所得怎么分配，虽是我定下的，但在座诸位也都认可了。现在重新提起这事，是觉得我年纪大了，脑子不灵光了，可以随便侮辱了，还是……"他眯起眼，笑着轻拍座位扶手："对这张椅子有什么想法？"

最先提起此事的那首领闻言，不由得面色大变，也顾不得面前案上摆着的美酒，连忙连滚带爬地翻过桌案扑到大帐中央，全然不顾身后的一片狼藉。他紧紧把额头贴在地上，中气十足的声音竟带上了几分恐惧："单于是翱翔于高空的雄鹰，我只是在地上捉肉虫吃的小鸟，怎么敢非议单于的决定？请单于原谅我的失言！"见老者没有动静，他颤抖着微微抬起头来，用眼角余光看老者，见他依旧看着自己，笑容不变，连忙把头埋得更深。他深深地知道，面前这位是草原有史以来最为雄才大略的英主，同时也是一个杀人不眨眼的屠夫，仅在过去二十年间，就以各种理由和借口吞并了五个大部族，让其本部空前强大，也让其成为引弓之民毫无争议的头领，成为草原第一位单于。

老者就这样静静地看着面前因恐惧而颤抖的男人，良久才收回目光，重新合上双眼："回去准备出发吧。"一旁正闷头吃肉饮酒的众首领闻言一滞，纷纷放下手中物事。他们都明白这句话意味着什么，于是露出愉快的笑容来。只是他们牙间的血肉残渣让这笑容显得有些恐怖。

"九原刚换了头人，正是我们南下的好时机。"老者停顿了一下，抓起面前桌上的肉块，扔到仍伏在地上的首领面前："有肉吃，满意吗？"那首领连忙抬起头来，一把抓住面前已经沾了不少尘土的肉块，囫囵咽下，接着拍拍高高鼓起的肚子："单于赏我的，吃起来当然满足！"老单于闻言，面色不变，盯了那首领好一会，才爆发出一声大笑。帐内众人见他笑了，也收起眼中毫不掩饰的勃勃野心，同他一道笑了起来。

聚会很快散了。老单于依旧躺在狼皮椅上一动不动。扶刀站立的青年弯下腰来轻声道:"父亲,头领们都已回去了。"老单于这才缓缓睁开眼来。他扭头看向自己的儿子,这个在他看来在众多儿子之中最像自己也最使自己感到失望和恐惧的儿子。他看了好一会,青年却一直躬身垂眼,一动不动。

老单于突然开口:"你也出去。"壮汉知道这句话是在说自己,行一礼后便大步走出帐内。老单于看着壮汉的背影,等到帐帘放下,他才笑吟吟地看向身旁的儿子:"我知道你想问我,为什么不趁秦龟缩,攻打月氏。"青年闻言,后退一步,单膝跪地:"父亲是草原上最英明的牧人,永远知道把羊往哪里赶才能养得最肥,我又怎么敢质疑呢。"单于听着他话,不由冷笑:"在你们十几个兄弟之中,你最像我。我当然知道你在想什么,就像我知道我自己在想什么。"他伸出已经生出皱纹的手,两指轻点太阳穴:"我知道你恨月氏,恨不得明天就带兵踏平月氏。但你更恨我把你送到月氏当质子,恨我不像个慈爱的父亲。"单于摇摇头,脸上充满失望:"你还是太年轻了,你要学会把仇恨藏起来,藏深一点,藏到没人看得见的缝隙里。"他顿了顿,接着问道:"知道我为什么要把你送去月氏吗?"

青年跪地的身体晃了一下,但声音却没有半点迟疑:"父亲不想让我做单于。"老单于冷哼一声,毫无否认之意:"说说,为什么?"青年沉默良久,抬起头来看着单于,就像看着一块石头或一片云,声音没有丝毫感情:"我母亲早逝,部族也早早为父亲所吞并。父亲从楼烦部迎娶新阏氏,生下我那个具有两大部族血统的弟弟,未来他自然能够同时获得两大部族的支持。在其他三大部族各自为战的情况下,甚至有可能一统草原,真正成为草原之主。"他激动地一口气说了这么多,又猛喘两口气才接着说:"我的回答,父亲还满意吗。"

老单于看着他平静的眼神,却从平静中读出一丝年轻人的倔强与不甘。老单于笑了,笑得很用力,以至于发出撕心裂肺的咳嗽。帐外的侍者听见老单于咳嗽，掀开帐来想为单于递水，却被帐内诡异的气氛吓到，不敢前进。老单于抚着胸口，抑住咳嗽的冲动，目光如电，声音低沉嘶哑："滚出去，不准靠近大帐。"侍者闻言，连忙头也不回地离开大帐。

老单于看向青年，越看越觉得像自己年轻时的样子："你很聪明，但是用错了地方。"单于扶着狼皮椅的扶手缓缓起身："你说的原因，只是我这样做的原因之中最微不足道的那一个。我不想让你继承单于之位最重要的原因是——"老单于看向南方，仿佛能透过厚厚的毡布一般："我担心，你的野心、你的欲望和骄傲，会毁了挛鞮氏，乃至整个匈奴。"没等青年反应，老单于就接着说："你的野心不仅仅在月氏，还在——"老单于没把话说完。

青年的头再度低下去了。老单于乜了他一眼，接着说："如你坐上了单于之位，你会干的第一件事就是成为真正的单于，像我当年做的一样。然后打败月氏，吞并东胡。不仅仅是为了报仇，还为了——"老单于走到青年面前，弯下腰来，凑到青年的耳边："还为了在南下的过程中，没有后顾之忧吧？"听到"南下"这个词，青年垂下的眉猛然紧缩，眼神里第一次露出惊恐之色。

老单于拍了拍青年的肩，力道不重，但青年却觉得他的手有千斤重，几乎要把弱小的自己拍倒。他喉咙发干："我——"

老单于咧嘴，却没有笑出声："我对你没有什么好说的，因为我始终没有想过让你继承单于之位。我只出于……牧羊人对愚蠢羊羔的怜悯警告你，收起你不合时宜的野心！你那无限制的贪婪，必将给部族，甚至给这片草原带来灭顶之灾，听明白了吗？"青年的喉头艰难地滑动了两秒，接着挤出两个字："明白。"

老单于睡下了，青年却睡不着。他策马狂奔向南，直到再也看不到那顶高高的大帐。他翻身下马，手指轻抚这匹来自月氏，救了自己一命的宝马，眼里尽是迷茫。也许他在从月氏王城逃出来时还野心勃勃，觉得自己一定负有某种天命，要成为草原上，乃至整个世界的王者，但今天晚上父亲……单于所说的那一番话完全击溃了他一直以来对自己的暗示。老单于口口声声说自己像他，却又要警告自己收敛野心，到底是为了什么？他望向天边的晨星，心中充满迷茫。他的手不自觉地摸向了腰间的长刀。他的嘴唇被咬出了血丝，但他浑然不觉。

　　九原郡不算大，但其中有近一半地方都是军士的营地，原因无他：在城外驻营，非常容易受到弓马娴熟的匈奴骚扰，且不利于在来去如风的匈奴人的进攻下守城。城里几乎户户皆兵，每家每户都参与了这一持续百余年的纷争。九原郡的男人们，如不是参军的军士，就是打制兵器的铁匠，抑或驯马养马的牧人；女人们也依靠为军队缝制衣服鞋子补贴家用。整个九原郡就仿佛一个巨大的军事机器。

　　涣是土生土长的九原人，也是多次参与过与匈奴蛮子战争的老兵。在几次战争中，他亲手砍下了十二个匈奴的头颅，被授予簪袅之爵：自数百年前，秦人对狄人作战屡战屡胜时，秦律便定下斩杀异族野人，军功折四一计的规矩。因为若是按一比一来算，莫说爵位贬值，就是土地也不够分了。不过就算爵位不够高，涣也算得上作战英勇，备受前任郡尉赏识。于是在涣自己的要求下，前任郡守特地将他分到九原老将章原手下，即九原守军里最精锐的队伍，做了个五百主，统领五百个久经沙场的老兵。这让从小就以武勇傲视同龄人的涣更加志得意满。

　　涣被拍醒。他听出叫醒自己的是自己的妻弟进。这家伙真是太年轻了，遇到什么事都一惊一乍的，老婆还嘱咐自己在军中要对他多加照顾……自己倒是想，只是以进的性格，也许还需要再磨砺几年。他一边脑里混沌地想着，一边全然不在意地翻了个身问道："急什么？没告诉过你遇到什么事都要镇定点？"进语气急促："姐夫，出大事了！郡守派了个……姓姬的将军来做军主，章将军被调走啦！"

"什么？"涣连忙翻身起来，"谁告诉你的？"进见他着急，语速也加快不少："是章将军的亲卫告诉我的！就在刚刚，章将军已经开始收拾行李了……我知道后，就赶紧来向上官汇报了。"涣背着手转了好几个圈："什么姬将军，我怎么不知道咱们九原还有个姬将军？"进小心翼翼地道："听说是从栎阳调来的，是郡守在栎阳的旧识……"

但他的话还没说完，涣就大声喊道："什么旧识！胡闹！"进吓得连忙一缩头，不敢再言语，但涣却全然没有停嘴的意思："章将军是九原老将，当时也是郡尉跟我说……郡尉死了，他说过的话就不算数了吗？什么姬将军，有几分成色？"他越说越气，套上衣服便要迈出营帐："我要去找郡守讨个说法！"

一旁装死的进听见他这话，吓得面如土色，连忙飞扑过来抱住涣的大腿："哎哟，姐夫啊，你可千万不能冲动！要是被新来的姬将军当作刺头，那可怎么办啊！"涣正在气头上，哪里听得进去进的劝告？见踢不开进的双手，干脆伸手试图掰开进的双臂。

二人正在纠缠，却听见营内响起集合钟声，二人一愣，都意识到这是新来的那位姬将军在召集军士。涣狠狠瞪了一眼抱着自己大腿不肯松手的进，进这才意识到不对，连忙收回手去，向涣露出一个尴尬的笑容。二人拍了拍衣服，连忙往校场去了。要知道，秦军纪律严明，迟到可是要挨罚的！涣对这位空降而来、不知底细的姬将军没什么好感不假，但却没必要为了心中不满白白受责罚。

第十九章

二人来到校场，队伍已经列队整齐。二人站入队伍，却看见台上长须花白的章老将军身旁站着一个身着将军甲胄的年轻人，正双手抱胸看着台下军士集合。涣震惊于这位姬将军的年轻，心中气恼更甚：这位新上任的郡守大人真是不知兵事！九原郡地处帝国边陲，向来盗贼亡人横行，加之匈奴时常南下劫掠，相较于其他只需要维持治安、防备叛乱的郡守军，九原郡内守军有着更多攫取军功的机会，但这同时也意味着有更高的风险。因此，自然是跟着一个像章老将军那样的老将更能获取军功，同时更能保障自己的安全。

看着台上站着的年轻人，涣心中不屑冷笑：这家伙只怕是栎阳城里哪位大人家里的贵公子，想到九原来挣点军功罢了，不过他却小瞧了九原人，也小瞧了这片茫茫草原。只怕不出半年，他便要屁滚尿流、哭爹喊娘地爬回栎阳去！

年逾半百，章原仍然保持着早起的习惯。他的须发已经白了大半，但浑身的肌肉和总紧紧抿着的嘴唇显现出一种同年龄无关的坚毅。他清早起来便接到来自郡守府的调令，让他离开这支自己统帅了近十年的百战精锐，前往另一军中担任主将。按照秦法，一个将军不能直接统帅一支部队十年以上，而且将领与军队只能是单纯的上下级关系，不能有任何私人接触，更不得拥有独属于自己的亲信智囊——来的时候只能一个人来，走的时候也不能带一个人走。在一些重要的部队，主将甚至三到五年一换，真正是兵不识将，将不识兵。但秦军的战斗力却未因此有丝毫的下降，这得益于秦军严明的军纪规范：下层兵卒必须，也只能无条件地相信自己的主将，主将也不用担心自己的部下会对自己的命令打一丝一毫的折扣，毕竟军队里直接对大部队主将负责的军法官可不是吃素的。

然而这种规定并不完全适用于九原郡。九原郡，大部分地方人迹罕至，哪怕是郡治九原城，对比起中原诸城而言，也属荒凉破败之地。据中原平民私下流传的说法，九原人或许是祭祀祖先神灵时不够诚恳，因此引来神灵惩罚，故而中原人大都对九原避而远之。秦人虽不相信这些，但九原地处偏远地方，且作战的主要对象是匈奴蛮族，就算有军功，折下来也不划算，自然无人自请来守。因此，除郡守这样主要领导由栎阳指派外，其余官职大都由九原本地人充任。而将领的轮换在这样一个较小的范围内也大打折扣，在九原内部，又能轮换到哪去呢？这也是为什么这样一支精锐之军能被章原把控近十年之久的原因。而章原自然知晓这一在九原难以实行的规定，因此对这一调令并不意外。加上郡守早已向他知会，过些日子要调他离开，因此他倒也没什么反应，只是在见到身旁这位年轻人时才感到一点吃惊：这个年纪的将军可不多见。

见人已来齐，章原微笑着点点头。他对众人今天的集合速度十分满意。他清了清嗓道："诸位，奉郡守李大人之命，即日起，由这位自栎阳来的姬复华将军代我统帅此部。姬将军……青年才俊，定能带诸位建功立业！"向那青年公子一拱手，这位老将便毫无迟疑地带着几个背着简单衣物的侍从离开了校场。

章原能够做到宠辱不惊，但这些年轻将士们显然还没有这样的功夫。像这样从栎阳直接指派过来一位将领的情况，在九原郡几乎是见不到的，更何况这位将领还这么年轻。尽管台下将士们受军纪约束不能动弹私语，但从他们眼神中还是能看出点点不安：毕竟在一位饱经战场磨砺的老将军手下，总比在一位看起来不经世事的年轻人手下来得安心。

台上的年轻公子目送章原离开校场，开始自我介绍："诸位，吾名姬青，表字复华，接替章老将军统帅本部。我自栎阳来，对九原之事尚且不太了解，还望诸位多多指教。"他谦逊的态度并未让涞对他产生哪怕一丝好感，反而让他觉得此人装腔作势，好不爽快。涞暗自下定决心，如能找到机会，定要给这没见过世面的贵族公子一个大大的"惊喜"。

此时，台上那公子见众人神情不一，笑着继续开口："章将军与本军副军主同被郡守大人调走。章老将军上禀郡守大人，说五百主涞可堪大用，荐为副军主。哪位是五百主涞？"听闻此言，涞来不及思考其他，就从队伍前排出列，大声道："姬将军，涞在此！"刚刚说完，他便有些后悔：自己反应这么迅速，在别人看来岂非急于向这位新首长显示忠诚？

见他站出来，那公子上下打量他几眼，微微点头，开口道："倒是不错，你可愿到我帐下为副将啊？"那公子的眼神看得涞一阵发毛，他老早就听说那些贵族有些特殊癖好，甚至会豢养男宠，莫非……他不敢再往下想，连忙回复："涞只是一介武夫，只懂得冲锋在前，若说起调兵遣将，却是难当重任，还请公子另寻高明吧。"那公子闻言，眉头微皱，显然对他直截了当的拒绝有些不悦。涞见他面色变化，心中暗道不好，这公子方才上任，自己便直言拒绝他，落了他的面子，只怕是日后没什么好果子吃。尽管几乎可以确定这姬青在九原待不长，但也没必要得罪他。思及此，涞小心道："涞虽然能力不足，但在我看来与我同为五百主的思却能当此重任。"他心中窃笑，思所率的百人队平日里与他的部下多有摩擦，两人互相看不顺眼已不是一天两天的事了，这种危险至极的差事还是让他去做吧。

一旁队列里的一个精瘦汉子闻言，眼中尽是不可置信。不过他也未有一丝迟疑,便上前两步高声道:"姬将军,末将思愿为将军左右!"那公子轻挑眉头,似乎没想到涣会这么做,但他随即带笑看着二人道:"我早就听说九原人性格豪爽,做事坦荡大方,今日一见,果然如此。好!既然涣五百主举荐,那么便让思五百主来做副军主。"

思见此事已成,脸上的欣喜再也按捺不住,走来拍了拍涣的肩膀:"涣老弟,真没想到你能举荐我为副军主。我俩以前虽然有些不愉快,但今日便一笔勾销!今后如有机会,我定会好好照拂老弟的,嘿嘿!"那公子听思说他二人还有旧怨,看向涣的脸上更添几分满意之色,走上前来对涣说:"不错,举贤不避,本将记住你了。"向思嘱咐几句后,他便宣布开始今日的操练。

操练时,思一会在那姬将军身边谄媚说话,一会又趾高气扬地踱步到军阵内巡视,那副小人得志的神气之意尽显,看得不少人不屑,但也不由得生出些羡慕。待到操练告一段落,进和一些亲近部下便迫不及待地凑到涣身边,神色复杂,还是进先开口道:"姐夫,章将军举荐你做这副军主……就算你不想做,也不能让给思这家伙啊,你忘了之前他与我们抢功的事了吗?"

涣本还觉得自己机灵,现在却隐隐后悔了,听到进的质问,一时间也不知道自己临时举荐思是对是错,只是在自己妻弟与部下面前怎能展现出自己犹豫不决的一面?他呵斥道:"我说没说过,在家我是你姐夫,在军中要叫我涣五百主?"见进低头默不作声了,他又看向这些欲言又止的部下:"哼,思还以为这是什么好差事呢,他却不知道我避之不及的原因是什么。看着吧,他迟早要后悔的!"接着,涣老神在在地双臂抱胸,下巴微抬:"回去吧,到时候你们自然就知道了。"

李夯实三人随嬴重一起来到军营之中。他们穿上后勤拿来的甲胄,看着手中的制式短剑,感觉十分新鲜。李夯实、常盛二人自不必说,就连沉默寡言的周兔也比平日里兴奋许多。

思知道李夯实三人是姬将军带来的护卫，猜想他们大约与姬将军关系亲密，于是说话时也没带上刚刚升职的骄傲之气。他上来便满脸笑容，倒是让李夯实三人有些不好意思。寒暄过后，思抓着李夯实的手，将他领到了校场之上。校场上，由思挑选出的二百亲卫已经在那里等待他们了。

看着面前二百沉默的秦军士卒，李夯实的兴奋劲很快便消弭殆尽，有些手足无措。思指着面前直挺挺站着的士卒们，笑容亲切："夯实兄弟，这便是我精心为姬将军挑选出来的亲卫，绝对是九原一等一的好手，有他们在将军左右，哪怕是情况危急，也能杀出一条生路来。"李夯实不知如何作答，只好学着嬴重教他们的样子拱了拱手，道了声辛苦。

思离开后，李夯实看着场内的士卒们，陷入沉思。尽管李夯实长得虎背熊腰，看起来凶神恶煞，但他毕竟还是个未满双十，没上过战场的新兵，如何懂得率领二百人的亲卫队？他盯着台下士兵，台下士兵也直勾勾地盯着他。直到身后常盛轻轻踢了踢他的脚跟，咳嗽一声，李夯实才陡然惊醒，意识到这样互相盯下去也不是事。他清了清嗓子道："大家跟着……跟着姬将军干，保证大家都能吃饱喝足，将来一定大富大贵！"

台下众士卒从未听过这么朴实无华的上任演说，一时间竟不知是否应当应和。过了好一会，台下才响起此起彼伏的应和声。常盛听完李夯实的话，不禁想要扶额：来此前他就猜想到会有这么一出，于是早早请教苏琳，为李夯实编好了说辞，但没想到这夯货一紧张便把那些好听的词儿全忘了，说了一番更像是土匪入伙时说的话。他看得出来，台下众人是强忍住面面相觑的欲望回应李夯实的。

常盛心里清楚，仅仅这样是没法让这帮兵油子归心的，于是清了清嗓子上前道："诸位也听到李将军所言了，尔等被选出做姬将军的亲兵，护卫中军，尽管不需要冲杀在最前线，但却要护卫一军之中最为重要的位置，希望各位勠力同心。我等兄弟跟随姬将军多年，深知姬将军乃是宽厚仁慈之主，一定不会亏待各位的！"常盛一口气把原本安排给李夯实的话全说了出来，台下众士卒沉默片刻后，齐声叫好起来，这才有了几分强军的样子。常盛看到台下众人脸上泛起的笑容，心中悬着的那块大石终于落地，心中暗暗念叨："师兄教的话，果然有用！"

　　只是常盛却有所不知，这些话其实并不重要，重要的实际上是他们三人所表现出的态度。敢问有哪个将领上台前不会为自己的亲从部队做出种种承诺呢？而这帮边境的老兵深知，这些只是毫无营养的大饼，他们是半分也不会相信的。这位姬将军的来历，短短一天之内，已经传遍整支部队，他们自然也知道，这三个队率乃是那位空降而来将军的护卫，他们的态度自然也就能代表将军的态度。李夯实的话太过朴实，没什么好说，但常盛的话将他们的疑虑打消了：秦军计算战功的方式是枭首数，而将军卫队由于护卫将军左右，在战场之上甚少直面敌军的机会，尽管军中规定，全军的战功以十一计入亲卫战功之中，但在这些身经百战的老兵看来，仍嫌太少。

　　而军功只是他们担忧的微不足道的一个方面，他们更为担忧的是，自己跟随的这位主将究竟是什么样的人？在秦军之中，亲卫队的生死荣辱，几乎系于他们所跟随的将领一人。如果将领英明神武，他们自然也可以跟着主将加官晋爵，步步高升；可如果主将是个刚愎自用，甚至蠢头蠢脑的家伙，自己则少不了被连累。要知道，军法规定："将死，亲卫有还者，皆斩之。"换句话来说就是，只有亲卫全都死完了，主将才能死。一旦主将死在亲卫前面，那么亲卫即使幸存，也要全部被杀。这项规定在法度森严且户籍验、传制度完备的秦帝国实施起来，威慑力可不是一般的大。所以无论主将是龙是虫，他们都只能闷头忍着。不过按照刚才那队率讲的话来看，这姬将军至少不是一个年少轻狂、目中无人的主；至少他还知道叫手下人跟咱示好嘛！带兵打仗的能力暂且不论，至少弟兄们跟的不是一个对手下动辄打骂体罚的将军，能免不少苦。

第二十章

　　校场内的训练仍在继续。出了校场的章原带着侍从向另一处校场走去——郡守调他指挥另一支军队。要说章老将军对这位空降而至的姬将军没有一丝疑虑，那是不可能的，但他仍然选择了相信郡守的判断。这位新任郡守虽然年轻些，但却给自己一种格外可靠的感觉。只是他仍对姬青这位年轻将领有一种本能的不信任：毕竟他还太年轻了，定然是没有作战经验的。面对匈奴这样凶恶至极的对手，就连自己也要万分小心，若是他有能力还好，若是无能的绣花枕头……章原心中轻叹。他和匈奴人打交道已有四十余年，整个九原城大约也没有人敢说比他更懂匈奴。他知道，匈奴人不会放过这种上官交接之初，政令未可称通的短暂机会。他敢断言，短则几天，长则半月，匈奴必然南下！尽管他郑重其事地警告了郡守，但郡守也只是皱着眉头将消息记录在简牍上，然后放在他桌上如山堆积的简牍之中，没了下文。章原知道前任郡尉去世后，九原军政大权加于一身的郡守已是心力交瘁，因此尽管心急如焚，但他也没什么理由指责郡守处理不当，只能每天自己着急上火，暗中嘱咐与自己相熟的将领们多加戒备，以备必将到来的战争。

　　这样想着，章原走到了一座更大的校场前。他收敛思绪，迈步进入校场。郡守对他的调用表面上说是调职,但实际上也算是一种重用:他即将率领的这支部队是从九原各地征来的一支新军,人数约有两万人,是原先那支部队的近七倍。纵观整个九原,大约也只有章原这样声名在外的老将能够震住这一大帮新兵蛋子。

新兵显然没有老兵那样对军纪的敬畏之心,或者说他们尽管了解军法的残酷,也还没有形成军队里特有的条件反射。尽管已经在校场中央集合完毕,队伍却全不像老兵队伍那样寂静无声,总有兵刃碰撞声、窃窃私语声不合时宜地响起,并招致什长而至百人长的呵斥。见此混乱,章原眉头皱起,走上台去。

台上众将早已等候多时了,见章原走来,连忙赔着笑趋步迎接。他们早上起来便得知章原要调来统帅本部,对本部士兵什么德行心中了然的他们自然明白,章原统帅精锐多年,这些毫无军纪可言的新兵蛋子根本入不了他的眼。他们作为新兵之将,自然也要为这些新兵的糟糕表现负责任。如果章原严格一点,治他们一个治军不力之罪都有可能。

众将赔着笑走来,可章原没有一点伸手不打笑脸人的意思,他面容整肃,张嘴便问:"谁能回答我,这些新兵入军中多久了?"听他如此问,众将心中一紧,没想到章原竟然如此不顾及众人情面。还是一个以前就与章原熟识的将领出来回答道:"回禀章将军,新兵入伍已有三月。"章原冷哼一声:"这帮新兵交给你们三个月了,这就是你们的成果?"众将纷纷低下头,不敢与章原对视,唯有两个青年还昂着头,表情不显愧疚。

章原看这二人面对自己的批评毫无愧疚,问道:"你二人叫什么?"两个年轻人对视一眼,一齐向章原行了个礼。那更高更壮的青年道:"回禀章将军,我叫项准,他叫苏琳。我二人是昨日才调来军中的五百主,还未曾面见过将军。"章原皱眉打量二人,看这二人长相乃至行为举止,不像是九原人的样子。他心思电转,便猜到这二人与那姬青当是一道从栎阳而来的。

不过尽管想到了这一点,他也没有因此有什么态度上的变化,嗯了一声表示自己知道了便没有再看他们二人。他想,要是这两个年轻人在自己手下都坚持不住,那同他们一起来的姬青自然也是废物点心,正好借这两人试试姬青的成色。他转而面向众人冷笑:"新兵在你们手下训练了三个月,就是这种军纪?这样上了战场,怎么面对如狼似虎的匈奴?通通带上自己的兵跑步去。"

众将闻听此言,纷纷脸色一垮,垂头丧气地领命而去。两青年倒是没什么表示,只是点头后领命而去,这反倒让章原有些惊讶:按理来说,这两人正是年轻气盛之时,且他们方至军中,新兵的表现与他们并无干系,他们却能够毫无异议地接受执行这样一个明显不公平的指令,证明二人至少并不是对军事一窍不通的傻瓜。要知道,在战场之上,有一些指令是具有极大危险的,有的甚至是直接要求一些人去送死,但只有连这样的指令都能面不改色地接受,这支军队才有可能成为令敌人闻风丧胆的铁血之军。而秦军的强大,很大程度上就是建立在二十级军功爵制和严厉的军纪以及赏罚分明之上的。

新兵们对即将到来的艰苦训练没有丝毫警觉,队列中的杂音没有丝毫减少,直到看见自己的长官从台上回到队伍之中糟糕的脸色时才有了丁点收敛。一圈,两圈……直到他们围着校场跑得说不出话来,连动根手指也乏力时,章原才晃晃悠悠背着手走到台前,笑容满面道:"诸位好啊,我是章原。"看着新兵们半死不活的样子,章原又道:"诸位最好做好心理准备,这样的训练,未来是少不了的。"台下新兵们闻言,苍白的脸色陡然发青,这时才明白了为什么自己的长官从台上下来时面色那么差。

"记住!纪律!是第一位的!"章原收敛笑意,面色一肃,沉声道,"没有纪律,你们这帮散兵游勇在面对匈奴人的时候,只能死得像一只羊羔!"台下寂静得只有新兵们压抑的喘息声。看着他们稚嫩的脸庞上布满晶莹的汗滴,章原露出了在他们看来如同恶鬼般的微笑:"给你们一刻钟时间休息,一刻钟之后继续。"闻听此言,新兵与诸将士虽然心中叫苦不迭,但却已不敢再像章原刚来时那样举止散漫了。

乌幕宫的一处宫殿内，张佁无奈地看着面前激动的韩王，轻声安抚："大王……"只说了两字，他便被神色激动、不断踱步的韩王挥袖打断了："张卿不必多言！此乃天赐的大好机会，我意已决！"张佁见他已然有些失去理智，心中不由暗叹一声，悄悄挪动由于久跪而有些僵硬的双膝，躬身伏地道："还请王听我一言，听完做决断不迟。"韩王见他执意相劝，想到张佁毕竟是六国之中首屈一指的智囊，也是自己最为倚重的臣下，尽管不悦，还是道："公石请言。只是我意已决，不会轻易改变。"

张佁缓缓起身，行礼谢过韩王，接着正襟危坐，面色凝重道："大王欲请将一军，又怎能笃定蒙氏会首肯？"韩王冷笑："张卿有所不知，我已经买通蒙昭左右侍臣，他们说蒙昭既要稳住海内，又要远征东胡，可偏偏不能对手下之人全然放心，早已有左支右绌、孤木难支之感。他上位时，六国贵胄对他有莫大帮助，此时又来帮他，他感激涕零只怕还来不及，又怎能不肯？"

张佁闻言，不禁扶额，这位韩王未经世事磨砺，想法太过简单，他一时也不知如何向他解释。韩王暗自揣度蒙昭的想法，但蒙昭是什么人？他可是把控帝国军事多年，甚至敢于悍然弑君的天下头号枭雄！这样可怕的人物，又怎么可能这么轻易让韩王猜中心思？张佁心中猜测，只怕韩王所得到的"内部消息"，都是蒙昭刻意放出来给他的。如果真是这样，蒙昭这样做的目的又是什么？张佁心中猜测一个接一个浮现，只是这些猜测一个赛一个骇人，他不敢说，甚至不敢细想。韩王见张佁沉默不语，以为他被自己说服了，不由沾沾自喜："哈哈，本王已然计划周详，定然不会叫张卿失望！"

张佁勉强笑了笑，心中已经笃定韩王是入了蒙昭的套了。看着韩王志得意满的样子，张佁心中暗叹。张家世代受韩王室恩宠，是韩国首屈一指的大贵族，两家的关系自然也紧密至极。尽管六国之人有种种不堪，但他永远忘不了在国都被攻破后,那个暴君让手下用绳子将他们这些曾经的大贵族绑起来,像贱民一样灰头土脸地跪在他的面前。张伯这辈子也忘不了那个暴君的眼睛,那眼里血光滔天,仿佛是饿狼在羊群中挑选食物时的眼。那天,自己的族人几乎全部被杀,自己和韩王及少数几家贵族的继承人被拖着看完了整场行刑。那天之后,张伯就知道了自己生存下来的唯一意义和使命:倒秦。只要能毁灭这个暴虐的帝国,他就算是捐身也不足惜。

但世事往往不遂人愿。在被暴君掳至栎阳的六国遗贵中,竟然连一个与自己志同道合的人也找不出来:大部分人倒也时常喊叫着要灭秦,但那都是酒醉后的狂言罢了,他们没有那个胆量,更没有那个能力同自己一道完成这个伟大的使命。他们已经被暴君的凶戾和其他贵族的血吓破了胆子,变成了只会在深夜酒醉时叫嚷几句的懦夫。而韩王,这位自己名义上的君主,只是个误入这一充满血腥、阴谋的世界的不成熟的孩子而已。他的能力支撑不起他的野心,更不能对自己伟大而光荣的使命有一星半点的帮助。

他就这样怔怔地看着自己的双膝,良久才微笑着抬起头来:"大王所言极是,是我失言了。"看着韩王脸上的笑容更加灿烂,他接着说:"只是我身虚体弱,此次出征东胡疾苦之地,只怕是不能同大王一道了。"韩王正自得于说服了六国智计第一的张伯,对他的说辞倒也没有怀疑。在他看来,张伯身体瘦弱,若是他真坚持要跟自己去,自己反倒要担心他的身体。何况张伯在自己身边,自己便要随时听取他的意见,哪里有独自领军出征的神气?于是,他随意关心了张伯几句,便兴冲冲地走出院子,准备去求见蒙昭了。

张伯站在门口看着韩王的背影离去,脸上没有表情,心中却思虑重重。他知道,原本韩王被圈在这乌幕宫里,也就不得不依靠自己的智慧生存。但韩王自幼生长于深宫,少年时又遭突变,养成了扭曲的性格。自己这些年来时常替他做主,可能原先韩王还会觉得自己是为他好,但他这次一去,便会觉得外面的世界是广阔天地大有可为,回过头来再看自己劝他不要去之事,自然是鼠目寸光之举,自己自然也就成了不可与谋之辈了。张仙自幼受贵族教育,往日里哪怕独处时也恪守礼仪,但今日却已无心关注那些小节。他屏退侍者,侧卧在堂中,随手扯开头上束缚,让长发散落下来,竟美丽如画中走出的天女。他苦笑着,指尖轻叩大腿,用只有自己能听到的声音吟唱道:"中谷有蓷,暵其乾矣。有女仳离,嘅其叹矣。嘅其叹矣……"

第二十一章

九原城郡守府内，李介看着面前桌上摆着的简牍，面色凝重。他挥挥手叫来在门外等候的军士，吩咐他了几句，军士便领命急匆匆地出府去了。半晌后，连带嬴重等人在内，城中所有的将领都被召集至郡守府。

众人来前，紧急军情已被郡守府吏抄送一份送至军中，故而众人都已知道郡守为何召集自己来到此处，不禁忧心忡忡。不久，众将到齐，大眼瞪小眼地等着李介开口。李介轻咳两声道："军情各位已经见到了。我初来乍到，对匈奴人知之甚少。诸位抵御匈奴多年，想来在此事上更有权威。还望各位出力献策。"

嬴重在人群中默默地点了点头。抄送诸将的简牍上已经说得很清楚了，匈奴人已经南下，按照推算，约莫半旬便可绕过阴山，直抵九原城下。由于匈奴时时侵扰，几十年前赵国人便遣马术娴熟的斥候，在北部阴山一带巡逻，时时监视匈奴动向。秦接管九原之后，进一步在阴山附近设置了很多暗哨。此次发给九原的军情，便正出自这些暗哨之手。

嬴重知道，匈奴人南下的主要目的是劫掠，所以必然不会选择与九原守军硬碰硬。而九原郡以防守为重，驻军以步兵为主，速度自然比不上在草原上来去如风的匈奴人。究竟如何应对这次危机，他一时也没了主意。不过他猛地想到此前项准提起过项家先祖有一本笔记，记录了九原的种种情况，而项准出身将门世家，面对这种情况，大约能提出些有用的建议。他正想着，老将章原几步走到屋子中央支着的兽皮地图前，沉稳的声音底气十足："我参看了以往战斗的记录卷宗，往年匈奴南下，会从阴山西侧绕行，直至九原，利用擅长弓马的骑士拖住我军，再分别派出小股骑兵劫掠九原以南的村镇。最后，沿南河一路向西撤离。郡守所传军情，我看过了，此次暗哨所探查到的情况也与以往大略相同。"他用手轻点阴山靠西一侧："西安阳一带依旧是防守重点。但此次与以往不同的是，看军情中所传匈奴动向，他们很可能会选择继续向南前进，绕行河南地。"西安阳是九原郡下的一个县，建在乌拉山与南河之间。此地被称为西山咀，是进入河南地平原的西大门，是当年赵国建立用以阻遏胡人经此侵略九原、云中等郡的军事重地。章原指向河以南的那片空地："河南地平坦，正适合骑兵行军，加之河南地没有九原这样的军事重镇，一旦匈奴人进入，便如鱼入大海，想逮住他们，可就难了。这将是这次抵御匈奴的一道难题。"

众将纷纷称是，李介也轻轻点头，眉头紧蹙道："既然如此，可否在西安阳派重兵驻守，防备匈奴绕行？"章原轻叹一口气："若是这样，我们就只能放弃西安阳及河西二地以西……"他话没说完，众人却都明白了他的意思：尽管这西安阳是扼制匈奴、阻止其进入九原郡的重要军事据点，但以往的防线却并没有尽以西安阳为基点展开。究其原因，西安阳以西还有许多村镇，如果采用李介所言的这种收缩战略，简直相当于把西安阳以西的村镇拱手让给匈奴劫掠。对世居九原、以守卫九原的乡亲父老为职责的诸将士而言，这简直是莫大的侮辱。有不少年轻的将领已经准备好站出来反对郡守的意见了。

李介自然也知道章原此言的意思，倒也没有固执己见："章老将军所言极是，是我思虑不够周到。"见他否认了自己的想法，章原也暗自松了一口气。如果身兼郡守和郡尉的李介坚持要将西安阳作为防守重点,作为下属的他除了遵命也别无他法。

这时,一直紧皱着眉头的项准突然开口:"章将军,末将有一问,请将军为末将解惑。西安阳以西,村镇较为分散,也并非膏腴之地。如果我们真的狠下心来,弃西方的百姓不顾,在西安阳与河西驻扎重兵防守,匈奴人自然也就难以东进了。"他上前两步,用手在地图上比画着:"匈奴人不可能不知道这一点,可他们的目的,难道就是劫掠西边这些村落?我虽然并不算十分了解匈奴人,但想来这么一点战利品,还填不饱他们贪婪的肚子。那么,匈奴从此地进军的目的到底为何?"

项准的话让屋内所有人陷入沉思。屋内众将多是九原人,对匈奴人的性格再了解不过:他们就像是一群在荒原上游荡的狼,如果没有足够的利益,他们是绝不会轻易将自己置于险境的。九原驻军在屡次与匈奴作战时,表现出了顽强的战斗意志,给在草原上所向披靡的匈奴人带来了不小的损失,想来匈奴人也不会天真地以为可以轻易击败九原驻军,大摇大摆地长驱直入,劫掠过后再全身而退。那么,他们的目的到底是什么呢?

嬴重也在思考这个问题,却半晌也没个头绪。他抬起头来,活动活动脖子,无意瞥见屋中央的地图,立刻如遭雷击一般怔住了。他的双眉紧紧扭在一起,盯着地图,似乎要用目光在地图上戳个洞出来。良久,他才出声,声音干涩:"南方。"屋内大部分人不明所以,李介、章原、项准、苏琳及少数几位将领却如梦初醒一般,连忙看向地图。待他们看清之后,脸色也瞬间变得难看起来。

嬴重见大部分人疑惑地看向他,便走到地图前,用手指着九原郡南方道:"想必诸位都已知晓,我大秦一统天下之时,匈奴人曾南下袭击,甚至兵临栎阳城下,国人无不引之为耻。于是元皇帝遣……那位北上,将匈奴人赶出河南地,并使大军驻扎于上郡。那位在将匈奴逐出河南地后,便屯兵于上郡,这也是九原郡能够重新担任起戍守北疆职责的重要原因。"他用手指点了点南河那个"几"字形弯道的中心地域，也就是他所说的河南地，接着说道："匈奴人看似要绕行河南地攻打西安阳，但我认为，他们真正的目标，乃是河南地！诸位都是宿将，都知道河南地的重要性，而匈奴人也并非痴傻之徒，岂能不知？一旦匈奴占据河南地，南河就将化作一根夺命的绳索，缠在我等的脖子之上，只要匈奴人用手提一提，我们便不得不听他们的号令了！"

嬴重的说辞并没有半分夸大。河南地之所以重要，一方面是因为河南地沃野千里，水草丰茂，不仅适宜牧民放牧，也适宜垦荒耕种，是帝国北部最受天眷的地区。其地理位置更是决定了，谁占据河南地，谁就有能力威胁到帝国的心脏栎阳城。如果秦人占据河南地，三面围绕此地的南河就将成为天然的军事屏障，匈奴或者其他异族想要南下，自然困难重重，秦人便可以以逸待劳，以最小的代价防御长达几千里的北部边境，这大约也是元皇帝在蒙昭攻取河南地后，即命其回军的原因之一。而如果匈奴人占据了河南地，则帝国之北大门洞开，纵使有当年昭襄王修筑的长城在，敌骑亦能来去自如，使秦人疲于奔命。说句毫不夸张的，河南地的得失，关系到整个秦帝国的存亡安危！

众人听完他的话，面色也都变得沉重起来。有年轻将领喃喃道："匈奴人什么时候能做出这样完美的计划了？"嬴重听到他的话，想到了前些日子李介告诉他的一些情报，不由轻叹一声："只怕这并非匈奴一家之计啊。"说着，他的目光移向了东侧的云中郡。在云中郡以北，赫然写着两个大字：东胡。

屋内众人似乎都被嬴重所提出的这个猜想震撼到了，诡异的沉默持续了许久才被章原打破。老将皱眉道："据我所知，当今陛下有意发兵出征东胡，他们正处在危急关头，又为什么要来蹚这一趟浑水？"

"正是因为……当今陛下要征讨东胡，他们才更需要为自己取得更大的活动空间。"嬴重还是不习惯称蒙昭为陛下，但好在反应及时，倒也没被其他人看出什么端倪，"请诸位想想，如果诸位是东胡人，面对即将到来的强大军队，自己能做什么？"他环顾若有所思的众人，接着说道："如果是我，我想我首先要做的就是想个办法，让自己不成为这支军队的首要目标。而就在这时，我得知自己的邻居，同为游牧部族的匈奴人有南下的想法，那么我能做什么、要做什么就相当清楚了。"

"为匈奴人的南下再添一把火。如果匈奴进入河南地，我方大军自然无暇东顾。"李介冷笑道，用脚指头想也知道，东胡人哪会那么好心帮匈奴人重回河南地？不过是试图让匈奴人替他们顶住秦军罢了。嬴重点点头："不错，这时间太巧了。事出反常必有妖，我等必须考虑最坏的情况。"

苏琳听着他们的讨论，沉思半晌，突然起身走向地图："如果东胡人真的要横插一脚，那么他们应该会从此地进军！"众人看向他手指所指的方向，上书两个字：原阳。史书中记载，赵武灵王当年在攻下原阳后，发出了"兵不当于用，何兵之不可易？教不便于事，何俗之不可变？"的惊世宣言，开启了被后世称为胡服骑射的伟大革新。他在此设置骑邑，用以扼守从大青山进入平原的河川谷道，同时将这里作为赵国骑兵部队的训练基地。但是赵武灵王之后，随着东胡势弱，赵人逐渐忽视了这里作为军事要塞的重要地位，原阳也就逐渐荒废了。因此，当年原阳所镇守的那些河川谷道，就变成了东胡进攻九原的便捷通道。

众位将领纷纷颔首表示赞同，一旦东胡人发一支奇兵从原阳骑邑那里的河川谷道进发，这支军队将直接进入九原腹地！只有章原，听众人分析得头头是道，眉头却依旧紧皱，他并非不同意面前这位年轻的姬青将军的分析，恰恰相反，他认为这一分析很完美，完美到让他本能地产生了一种虚假感。他沉吟道："很精彩的猜测。只是若我们将防御重点转移至东方，而你的猜测错了，匈奴从西方长驱直入，结局便没什么区别。更何况，原阳位于云中郡内，如要请求云中郡出兵，只怕又得不少时间。只怕到那时，已晚矣。"秦帝国两郡之间若要协同作战，须得到栎阳首肯，下发虎符，否则便作谋反论。云中郡不会为了一个虚无缥缈的猜想冒如此大的风险。嬴重低头沉思了一会儿，抬起头来直视章原的双眼，目光里充满了坚毅："不必。请允我率本部往东防守，郡守只需向云中郡知会一声便可。匈奴及东胡不来还则罢了，且少我这几千人也不会对西线战事造成多大影响，但若其敢于来犯，我及所率部下必将死战不退，争取时间。"

他说完后，帐内众将不由得面面相觑。任何人都知道，这是个出力不讨好的活计：如果敌人不来，那么在本次战役中，他便无法斩敌，也就是说不得寸功。而匈奴人如果真的选择此地作为突破口，那么来的一定是最精锐的部队，他们面临的将是一场无法后退的恶战——他们的身后就是九原城！一旦匈奴突破了他们这道防线，便可以利用自己机动性高这一优势，骚扰西方防线，劫掠九原郡内源源不断供应至西方防线的粮草，甚至可以里应外合，攻击西方防线。不论如何，只要这支军队能够突破他们的防线，最终必然会影响战争的天平。

听到他的一番话，章原本能地皱起眉头来：将一场战役的成败押在一支部队上，这在他看来是很不理智的做法。更何况这支部队是自己亲手带了多年的精锐，从感情上，他也无法接受让这一支孤军去执行如此危险的任务。他正要开口阻止，却听郡守李介开口相劝道："不可，这样的任务过于凶险，且万一东胡参与了此次阴谋，此地要面对的压力更大，甚至……甚至很有可能坚持不到援军到来。"

看到场内众人纷纷点头同意李介的说法，嬴重笑了笑："郡守这么说，是认为我的猜测很有可能发生了？"没等他回应，嬴重便收起笑容接着说："诸君也能看到，从暗哨传来的情报来看，匈奴人是在刻意地大肆进军，也不像以往一样大肆追杀暗哨以防泄露行踪。窃以为，匈奴这样做，为的就是将我们的注意力吸引在西边。诸君赞同我的观点吗？"

见在场众人纷纷点头，嬴重接着说道："匈奴此举，定是算准了郡守方才上任，且郡尉刚刚去世，政令算不得通畅的时机。一旦我们将防守重点放在西侧，那么从东侧奔袭而来的部队将从背后给我们的西侧防线致命一击；而一旦我们把东侧作为防守重点，那么正在西侧防线外虎视眈眈的匈奴大军，就将大举进攻——毕竟在这场针对九原郡的大战里，他们才是有能力直面九原郡驻军的主力大军。我所率的，乃是由章将军调教近十年的、一等一的精锐，更曾在与匈奴之战中屡建功勋。这样危险又艰难的任务，不让这样的百战之师来，难道要让刚入伍的新兵顶上？"

听他说得有道理，李介尽管有心劝阻，却也一时不知从何劝起。这时，苏琳站出来向李介与章原拱手道："二位大人说得很有道理，姬将军所率虽然是精锐，但人数还是少些，如匈奴东胡一起来犯，难免陷入苦战。末将愿另领一路兵马，同姬将军一起把守东方。"嬴重看到苏琳站了出来，凝重的表情也不禁放松了几分："如此正好。西方是匈奴人的主攻方向，我军还要时刻防备小股匈奴骑兵劫掠，自然不可能派出太多部队对东方进行防守，苏将军率人助我便足矣。何况苏将军与我相识已久，有苏将军相助，我的压力会减轻不少。还请郡守成全！"

屋内众将知道姬青、苏琳、项准三人都来自栎阳，于是都看向在一旁站着的项准。项准点头附和道："东方山地崎岖难行，加上西方战场还需要大量人手吸引我们的注意力。因此，哪怕是匈奴和东胡布下阴谋，也不可能派遣大量兵力从东方进入九原。我想，东方有姬将军、苏将军足矣了。姬将军所言不错，即便匈奴真的从东方偷袭，我们在西方战场上也一样不能放松警惕。为了拖住我们西方的防守部队，匈奴人的计划之中一定有'猛攻西侧防线'这一条。"

李介看向章原，征求他的意见。章原心中感叹这几个看起来初出茅庐的年轻人，在战略之上能有如此见识，实属不易。在感受到郡守投来的目光时，他轻咳一声，缓缓道："几位将军说得颇有道理，与我所思所想差别不大。只是……"嬴重见他看向自己，话语中多有迟疑，心知这位老将军还不太相信自己的能力。不过他也能理解，在战略上有所建树，不代表能够保证在战场之上胜利。这一道理在他高祖时已经被赵国人验证过了，老将军的担心并非毫无道理。况且这样的任务实在重大，万一出了什么差错，整个九原郡都要为此付出巨大的代价，故而也不由他不谨慎。

念及此处，嬴重整肃面容，向李介与章原各行一礼道："我愿立军令状！如东线失守，我愿提头来见郡守和章将军！"听到此话，李介在心中轻叹道："若是东线失守，只怕你便要葬身东胡人刀下，哪里还有自己提头来见的机会呢？"虽然这么想着，他已然有了决断。他环顾众将，缓缓开口："既然姬将军这么说，那便如此吧。"他面容一整，语气凌厉起来，喝令道："姬青、苏琳二将，各领所率本部，在九原以东构筑防线，防备匈奴及东胡诸部来犯！"嬴重、苏琳二人领命而去，李介接着转向章原道："章原将军为主将，项准为副将，率剩余诸部，于西安阳以西设立防线，防御南下匈奴。"接着，李介又对剩下诸人，各做安排。众将于是领命而去。

出了郡守府，苏琳凑到嬴重身旁，压低声音道："少主，东胡和匈奴真的会联手吗？"嬴重见四下无人，也就不纠正他的称呼了，轻叹一口气道："你我身在边陲，都能听到蒙昭欲发兵征东胡的消息，东胡人岂能不知？而东胡人世居原野，又岂是坐以待毙之辈？他们必然会与匈奴人联合，以求一线生机。匈奴大约也是猜到了东胡的这一心理，于是借助这一机会，让东胡人尽可能地削弱阻拦匈奴南下的最大威胁——九原守军。"

苏琳啧啧称奇："我本以为匈奴都是些茹毛饮血的野人，只凭着一股子蛮劲与九原周旋，没想到匈奴之中也有颇具智识之人。"嬴重笑道："切不可小看了所谓的蛮夷之人，要知道，塞外引弓之民风餐露宿，茹毛饮血，为了生存什么事都做得出来。在我看来，他们是无比可怕的敌人。"

二人正说着，却听后面有人呼喊二人。转头一看，却是项准从李介那里领了命出来。项准快步赶上二人，见四下无人，低声道："我不能随殿下往东，但十有八九，东线战局将十分凶险。殿下所率乃是百战精锐，我倒也放心。只是子璋兄所率……却是连血也没见过的新兵。若是遇到穷凶极恶的东胡精锐，只怕……"苏琳苦笑："安则所言，我岂能不知？只是临危受命，我一时也没什么好办法解决。"突然，他眼前一亮，看向项准："我师父曾与我感叹过，天下之大，谈起练兵，莫过于项氏家学。安则兄可有妙计教我？"项准闻言，视线微微偏移："妙计没有，下策倒是有一条。"

　　苏琳眉头轻皱："还请明言。"项准看了一眼嬴重，避开他好奇的目光，双目微合："我所说的办法，便是阵前练兵。以殿下所率的少量军队为督战队，督战于后，如有张皇失措者、逡巡不进者，即以军法处置。"苏琳听完，沉默半晌才道："这……终究不是根本之策。"秦帝国的兵役制度使得秦兵的平均素质远远高于其他六国，这也是秦能够一统天下的重要原因之一。但苏琳手下的这支军队，还远远没有达到规定的训练要求，按照以往的规定，是不能够直接上战场的。

　　项准苦笑："的确如此，如果有时间的话，我也希望能够将他们训练好再让他们上战场，但敌人又怎会放弃这样好的进攻机会？而且我们新兵数量多过老兵，一旦新兵溃败，冲散后阵，只怕会造成更大的伤亡，甚至导致我们全线溃败。"苏琳也露出苦笑来，他自然知道此乃实情。自幼便受秦老教育的他，虽然未曾经历过真正的战斗，但却比那些对战争的残酷一无所知的愣头青要高明许多。在中原诸国与四方蛮夷的数百年战争史上，始终有这样一条颠扑不破的真理：一个中原诸国的士兵或许打不过一个蛮夷战士，但只要有十个以上的士兵结成战阵面对同等数量的蛮族，却绝对能取胜。所以在对蛮族大军团作战时，主将第一时间要考虑的就是如何维持阵型的稳定。这一点在老兵身上自然不成问题，他们深知一旦阵型崩溃，单兵作战只会死得更快，而如果战阵不乱，受点伤也能救回来，哪怕是缺只胳膊少条腿，也总比死在阵前要强得多。老兵们早已把这种认识化作了本能。但比起老兵，新兵就算早早被告知了这条道理，在看起来凶悍可比虎狼、身上脸上都画满诡异图腾的蛮夷战士嗷嗷叫着冲向自己时，还是会不自觉地畏缩，而这种畏缩扩展到整个战阵，便足以导致整条战线的混乱与溃败。

嬴重本能地排斥项准所言的这种方式，在他看来，以严刑峻法来压制士兵心中的恐惧纵然是一时之法，但这种压抑一旦失效，就会百倍地反弹，甚至导致士兵们自相残杀——他们即将面对的可是来自东胡和匈奴的精锐部队，在这种情况之下，士兵们的心理压力与单独面对匈奴人的心理压力是不可同日而语的。在这样巨大的精神压力下，发生营啸这种任何将领都不愿看到的事也不无可能。但是尽管如此，嬴重也不得不承认，项准提出的是一个可行性很大、目前看来也是唯一的方案——毕竟以上种种都是建立在新兵尚未溃败的前提下的。

见二人陷入沉默，项准心中轻叹一声。他知道，自己的这一提议对这位仁慈的殿下而言，是非常难以接受的。但他也十分相信这一提议的有效性。这是自己在家里翻遍先人手记推演兵法时所总结出来的经验之谈，固然有些不近人情，但却是无奈之举。他相信殿下最终会采用自己的这一提议，所以也不在这一话题上多做纠缠："还请殿下和苏将军注意一点：东胡人善于在山中作战，我军于山中埋伏一二处兵力即可，不可驻营山中，如若不然，必将损失惨重。"但嬴重显然已经开始深入思考有关新兵的问题了，他敷衍地回应说自己晓得了，便辞别二人，心不在焉地回到了营地。

第二十二章

　　回到营地的嬴重将准备开拔的命令吩咐下去。接到命令的众将士纷纷兴奋地收拾行装，准备连夜开拔，赶赴战场。作为五百主的涣很是积极，闻听即将连夜开拔的消息，他激动地吹了个口哨。快速收拾好行囊后，涣从枕下取出自己的长刀，放在手上。这是一把普通得不能再普通的刀，但涣握住它时，原本略威严的神情就变得柔和了。他温柔地抚摸着被他每日细心磨洗的刀刃，就像是抚摸妻子的手一般。这把刀是刚刚参军那天，做铁匠的父亲送给他的。他还记得父亲把它交到自己手上时，那混杂着欣喜与担忧的复杂神情，最终，父亲还是没有说出什么鼓励或者嘱咐的话，只是重重拍了拍他的肩脊，便弯着腰回房去了；母亲则在旁边一边收拾着他的行囊，一边絮叨着打仗时不能争勇斗狠，但也不能胆小怕事，丢了他们家的脸。尽管父亲几年前已经去世，涣也已经近半年没见过母亲了，但每次抚摸这把长刀，收拾行李准备出征时，他们的容貌和言语就总是浮现在涣的脑海里。

　　涣握住刀柄，温柔的眉眼逐渐变得凌厉。他口中低喝，挥动手臂，长刀便在空中挽出几个漂亮的刀花，撕破空气，发出尖锐的啸声。他自幼便是同龄人中最为勇武的那一个，小时又跟邻居家的残疾老兵学了些搏杀之术，长大后就理所应当地没有继承他铁匠老爹的职业，参军入伍成了一名军人，甚至还砍了十二个匈奴蛮子的头——嘿，砍下头来的匈奴蛮子才可爱。他望向北方，深埋在心底的愿望闪烁，这个愿望在他砍下第一个匈奴人头颅时便在心底悄悄生根——他希望自己能够凭借武勇和功勋，获受天子赏识，最终取得一个氏。

氏！对涣和与他一样的其他平民而言，一个氏所代表的东西，简直比传闻之中富丽堂皇的栎阳城还要遥远。只有贵族才有资格因为自己的官职或者封国取得一个氏，有无氏、有什么氏也成了区分贵贱的最重要的标志。涣每每看到那些天生便有一个高贵的氏的贵族老爷和公子，甚至只是因为祖上阔过而有了氏的破落户，便从心底生出一股羡慕来。他想起小时候因有名无氏而备受别人鄙夷的过去，又想起自己那个蹒跚学步的儿子，不由得默默攥紧了刀把。

正当涣沉浸在自己的想法之中时，突然听见帐外传来进的声音。他心中轻叹一声，自己这个妻弟什么都好，就是太过幼稚，全然没有他那个年龄该有的沉稳。这或许怪自己对他保护过甚，但也不能算是自己的错。每次回家，妻子都会不厌其烦地嘱咐自己，进是她们家的独苗，到了军中，自己这个当姐夫的要多加照拂……自己也就是耳根子软，没找到机会好好锻炼锻炼进。他当下便拿定主意，这次出征，一定要找机会让进离开自己身边锻炼锻炼……但也不能去做太危险的事，否则万一进有个什么三长两短，自己可担不起这个责任。

涣正想着怎么找机会磨炼磨炼进，进便已经径直跑进帐里，口中叫着："姐夫，姐夫！"涣已经懒得纠正他对自己的称呼了，叹了口气，没好气地说："马上出征了，什么事值得大惊小怪？"进跑得上气不接下气，气喘吁吁道："姐夫，我听说，我们要去的不是西部前线，而是东边……一个叫什么原阳骑邑的地方！"

涣闻言一愣，上官传来的指令只说准备出征，但却没说要往哪里去。他下意识地觉得是要去西边前线——以往每每匈奴来犯，都是从西方而来，这次想来也不例外。只是这次为何要去东边？他倒也没有怀疑进所说消息的真实性，进这家伙性格开朗，因而在军中交游广泛，好友众多，不管是哪一部的人他都能搭上话，也算得上消息灵通。

涣低声自语道："原阳骑邑……这地方我听过，就是当年赵武灵王训练骑兵的地方。难道匈奴此次要从东而下？"但他想了想，又觉得不太可能。东边山地崎岖，匈奴人又怎么会傻到放弃骑射的优势，跟我们玩山地战？涣越想越觉得奇怪，却听进歇了口气，接着说道："听说，只有咱们和一支新兵要往东去，其余人还是去西边防备。"这话更让涣摸不着头脑。正当他苦思冥想调两支部队往东去究竟是何用意时，帐外传来士兵的声音，是那位姬将军召诸将前往他帐中议事。

涣满怀疑惑步入帐中，抬眼便看见往常总是笑着待人的姬青面容整肃，端坐于大帐正中。见帐内气氛凝重，他识趣地没有直接开口发问，在行礼后侍立一旁，静静等待诸将到齐。

不一会儿，众将便到齐了。涣看见思那家伙凑到姬青耳边汇报人已到齐，心中不禁冷哼一声：要不是我把副军主这个位子让给你，你能像今天这么得意？只见姬将军微微点头，示意思回到旁边位子上，沉稳开口："这次召各位前来，是为了通报此次出征我等的职责。"他环视帐内，一边说着，一边站起身来："此次，我等将同章将军麾下苏琳将军所率的一支由四千新兵组成的部队一起往东去，防备东面可能到来的袭击。"帐内除涣外的众将闻言皆是一惊，继而不知所以地面面相觑。

见他站起身来，身旁侍立已久的李夯实连忙展开早已准备好的九原地图。嬴重指向九原的东北方向，耐心解释道："前方传来的报告显示，匈奴此次南下，将绕行河南地，从西南进入九原。这与匈奴以往南下的行动方式有所不同。按照推测，匈奴此次很有可能联合东胡，从原阳骑邑突出一支奇兵。如果我们依旧将西方战线作为我们的防守重点，他们就可以深入九原腹地，与西边的匈奴大军左右夹击，最终达到最大程度杀伤我方战士的目的。"他神情严肃，双指轻点位于九原东北方向的那一处缺口："此次任务，便是要倾尽力量,守住这处防守九原的最大破绽——原阳骑邑。"

众将一时说不出话来,只能相互用眼神交流,可当他们看向涣时,涣却全然不回应他们的眼神,只是一个劲地盯着帐中展开的地图。众人沉默良久,才有一人拱手迈步出列。涣偏头一看,原来是考。考虽然与自己同为五百主,但却比自己年轻许多,是九原军中不折不扣的青年才俊。他做事总有一股年轻人不管不顾的劲头,总不考虑后果。考向姬青行了一礼:"姬将军,敢问东胡人来犯,人数约莫多少,又会有多少匈奴精锐从旁辅助?"姬青面色不变,轻轻摇了摇头:"不知道。上述只是我的推测而已。"

他的话让本来稍微活跃些了的大帐再次陷入沉默。但没有声音并不意味着平静,众将已经顾不得顶头上司还在帐中站着,疯狂地交换着眼神。过了很久,姬青才轻咳一声,打破了这种诡异的宁静:"我能理解诸位的忧虑,毕竟有太多不确定因素。"他坐回自己的位子上,并拢指尖轻敲扶手:"最好的可能自然是只有小股东胡和匈奴的联合部队潜入,我军以逸待劳,且以多击少,打他们个措手不及,保卫西部战线后方安全的同时,在功劳簿上记上一笔。但是……"他停下了手上的动作,"还有两种可能:第一,这种预测是完全错误的。那样我们将不得寸功。当然还有一种更坏的可能,东胡和匈奴将派出大量精锐,他们也完全做好了在这个小地方遭到我们阻击的准备,并且希望毕其功于一役,将我们在这里歼灭后,直入后方。"

他平静地看着沉默的众将:"如果诸位不希望冒这个险,我也能理解。"他将每个将领的脸看了一遍,最后说道:"诸位有什么意见,可以现在提出来,我可以向郡守申请,把诸位调到西线去。"

涣莫名地从这名年轻上司的眼神中看出了嘲笑和轻蔑的意味,似乎笃定他们之中的大部分人都会放弃这项任务。他心头一阵无名火起,这个来自栎阳的少爷压根不知道什么是九原人!九原人不是那些世俗功利的秦人,为了一点蝇头小利才冲杀在前。他们应该是赵人,是生活在边疆的赵地丈夫!他们的战斗，是要与野兽和比野兽还要凶残、还要狡猾的蛮族争夺生存空间，是为了守护自己的父母和妻儿！而那些所谓的荣华与富贵，不过是守护之余的添头。

他偏头看向自己旁边的将领们。他们似乎没有看出姬将军眼里的别样意味，反而开始认真思考起姬将军的提议。涣看得出来，他们之中有些人已经蠢蠢欲动，只要有一个人敢站出来开个头，他们就会一起站出来申请前往西线。这让涣更加愤怒，他们简直是忘了身为九原人的本分与荣耀的真正含义！这样看来，姬青眼里会有轻蔑倒也能理解。

他吐了口唾沫在地上，上前行礼。一旁众将见他走出来，都以为他是要申请前往西线。正当他们心思浮动之时，却听见涣说："姬将军，末将请为此战先锋，挫匈奴、东胡人锐气。"说完，他回头看了看感到惊诧的将领们，冷笑道："若有胆怯和想要军功的，尽管站出来。不过丑话说在前面，站出来的，可不要怪我涣不认你这个兄弟！"

众将闻听此言，纷纷按下心思偏过头去，不与涣锐利的目光对视。涣自入军中以来，便有勇武刚直之名，之前又将副军主一职拱手让给了思，这让不少人惊讶的同时，也为他博得了不少基层军官的好感，故而威望日盛，且他平日里性格开朗，与大多数人都关系不错。此时见他隐有怒气，自然也无人上前触这个霉头。

见无人回应，涣收回目光，冷哼一声："我等乃是九原精锐，以往便是冲锋在前，撤退殿后，即便身处险境也能杀出一条血路。如今匈奴与东胡有联手的可能，若是西线弟兄们正与匈奴人酣战，屁股后头却来了偷袭，九原岂不危矣？这样重要的任务，不由我们这些精锐牵头主导，难道要叫那些毛都没长齐的新兵负责？东边一旦出了问题，西线也支撑不了多久！连这点道理都想不清楚，还想着多杀几个匈奴人，多挣点战功？可笑！"

他的话让那些心中隐有退缩之意的将领们不由得羞愧地低下头去。涣说得一点没错。以往匈奴南下，主要目的是劫掠物资，所以作战意志并不是特别强烈,更多时候是依靠速度优势拖延时间,也正因为此,与匈奴的战争对九原军而言算不得苦战。但这一次明显不同,东胡联合匈奴,显然是想痛击九原军的有生力量,给九原军带来更大的伤亡。而与匈奴作战这么多年,众将又怎能不了解匈奴之善战?如果把这一任务交给一帮才训练了几个月的新兵,自己哪怕是在西线作战,也难安下心来。

知耻近乎勇,之前站出来问姬青的考再次迈步向前。或许是被涣的言论所激,他的脸微微发红。向姬青和涣分别行了一礼后,他这才转头向后面低头默不作声的众将道:"涣将军所言不错!我参军,是为了守护身后的乡亲父老,而不是为了什么狗屁战功!"他又转过头来看向姬青:"考愿为姬将军马前小卒,守卫九原!"

姬青看着涣与考以及他们身后其他人,脸上露出了一丝笑容。他走上前去,轻轻拍了拍涣和考的肩,声音温和:"二位说得好。青虽非土生土长的九原人,但也看不得蛮夷耀武扬威,劫掠生民!我也不瞒诸位,此次防守东线,是我主动向郡守请缨。尝听人言,赵地多出勇士豪杰,而诸位更是九原乃至整个大秦最好的勇士。但这样一把利刃,在我手上却从未出鞘试锋,未免可惜。既然无人想做逃兵去西线,那么便让我们用匈奴和东胡的蛮夷们试试,我大秦的利刃究竟利不利,九原人到底好不好欺负!"

帐内众将已经压抑多时,此刻听到姬青的话,纷纷热血上涌,一个个上前来请战。李夯实身为嬴重的亲卫队长,自然也参加了这场他说不上什么话的会议。听了涣和考的话,他也热血沸腾起来,恨不得立马冲到前线去直面匈奴人。正想也像其他将领似的出去请战,却被常盛拉住了。常盛前挪两步,将嘴凑到李夯实耳边,低声道:"大哥,你是亲卫首领,现在上去干什么?"李夯实这才按捺住冲上前去的豪情壮志。

看着帐内高涨的气氛,涣反倒冷静下来了,心中不禁对这个平日里笑眯眯的姬青姬将军有所改观。这帮老兵当兵多年,早已不像那些年轻人一样容易鼓动，纵观整个九原，大约也只有章原章老将军能够比姬将军做得好。只不过，这姬青还是说错了一点：他们并未把自己当作正统的秦人。在当年那场震怖天下的大屠杀中，被坑杀的九原人也不少。自那时起，九原人尽管不似邯郸人那样对秦人恨之入骨，却也全然失去了对秦的好感。秦一统六国以后，九原人也极少参与帝国内部的事务，而是像他们的祖辈一样，把目光和心思放在北方的匈奴身上。所以，说自己等人乃是大秦的利刃，也只是这位来自栎阳的贵公子的一厢情愿罢了。不过正当群情激奋之时，倒也没人提出这点来。

见军心可用，姬青满意地点了点头，随即宣布由涣为此战先锋，并吩咐众将即刻回去整顿军伍，明日一早便出发。众人领命，正准备散去，姬青却将涣、考、思及其他几个五百主留下，说是另有要事相商。

待其他人出帐去了，姬青面色整肃，道出了此战最大的问题：新兵的安排。众人也都意识到这是一个极其重要，甚至会决定自己等人生死的问题。在紧张的战场之上，哪怕是一点破绽也会造成极大的后果。自己等人征战多年，自然明白这个道理。但是当姬青提出有人建议，以本部老兵为督战队驱新兵在前时，涣等人却本能地叫出不可。新兵来自九原郡各地，其中有不少人都是他们所认识的老兵之后，或是邻家少年，再不济，也都是九原人，他们自然对其有关爱之情。这种几乎是要让新兵们在前面送死以取得胜利的方式，众人自然不愿采用。

姬青见他们皆不认同此举，轻轻点了点头："我知道诸位不愿行此冷血之举，这也实非我所愿。但大战当前，诸位可有更好办法？"众人纷纷皱眉沉思，但一时间也没什么好的想法。

涣也和其他人一样思考着解决之道，心里突然冒出一个奇异的想法。但他思来想去，觉得这一方法终究不合常理，便没有开口。姬青见众人皆低头不语，知道他们都没什么好的办法，也只能轻轻摇了摇头，说道："事关此战成败，请诸位回去好好想想吧。"接着，他分派好几名五百主的具体工作，才让众人出去了。

第二十三章

大风呼啸而过，足以没人小腿的草随风低伏，几只狼从晃动的草间露出了身形。狼群竖起耳朵，听到由远至近的马蹄声，躬下身子离开了。

骑士们策马前行，警惕地观察着四周的一切，偶有几只飞鸟起落，他们都谨慎地派出一人去远远地观察是否是敌人惊起的。在绕行一圈后，他们中几人反身回营报告，其余几人接着在外巡游。

章原在营内收到并无敌军异动的消息，面色却不减凝重。一般来说，匈奴在大举进犯之前，都会派出大量斥候为前驱，以便探清情况，决定选择突袭或是绕行。但此次进犯毕竟不同于以往，而且尽管章原乃是九原军中的老资格，以往却也是在老郡尉手下听令的，哪里亲自指挥过这样规模的大战？他心里有些不平静，但他身为一军主将，在众兵士面前不得不摆出一副整好以暇、气定神闲的样子来。只有在副将项准面前，他才会少见地表现出一丝焦虑。在行军几日的相处中，章原对项准这个年轻人的评价一再提高：一开始他只觉得这几个来自栎阳的年轻人是来九原镀金的公子哥，哪怕偶尔有高妙之论也不过是瞎猫碰上死耗子罢了。所以当郡守指派项准为自己副将的时候，章原心中多少有些不满。但是这几日中，项准指挥有度，颇有大将之风，甚至让章原生出一种自己老了的感觉。但每当他生出这种念头时，还是赶紧甩甩头把这种想法从脑海里抹除干净，自己还算不上老，至少在赵地不算。但他对项准这个年轻人是越看越顺眼，甚至隐隐有种把他作为自己衣钵传人培养的想法。不过这一切都要等到此战之后再说了，如果这一次战斗不能取胜，作为主将的自己是要承担绝大部分责任的。

他正出神地想着，听见帐外侍卫顿戟，知道有人来了，晃了晃头收回思绪。进帐来的正是项准。他先行一礼，接着说道："章将军，今日巡查已毕，各营所属均无异常。"看着这位对自己持弟子之礼的年轻将领，章原依旧保持着老将的威严与风度："知道了。你来看看这份报告。"

项准接过简牍，皱眉看完，便听见章原说："说说吧，有什么想法。"项准思考几息，随即说道："匈奴此举的确不同以往，我军不可以掉以轻心。论起在草原上生存和劫掠，匈奴人有一个算一个，都是一等一的好手。我的想法是，令我军斥候扩大搜索范围，每半个时辰回报一次，如某处没有回报，便由在周围巡查的斥候和一队精锐骑兵前去观察情况。这样一来，除非匈奴人能变成虫子，否则必不可能逃脱我们的搜索。"

章原双指揉着眉心，点头道："心如铁石，是你能提出的方案。便按你说的做吧。"项准苦笑："章将军，如有半个更好办法，我也不会选择让这些人冒着这么大的风险，用命去查探匈奴的踪迹。"

章原闻言轻叹一声："我自然省得。"他从椅子上起身，走到项准面前："但我希望每一个人的牺牲都是有价值的，明白吗？"项准重重点了点头："每一个弟兄流的血，我们都要让匈奴人十倍奉还！"

从章原的大帐中出来，项准又马不停蹄地赶往辎重营地。在这支纠集了九原大部分军事力量的大军之中，他直接统帅的四千新军自然没有第一时间上阵厮杀的资格，便负责押运粮草辎重，闲暇时间训练备战。项准进入营地，立马就有一个微胖的军士凑上来行礼问好。项准认出这是自己手下一个叫户的屯长,平日里颇有几分小聪明。对于项准这个直接领导自己,并且看起来颇受上官重视的将领,户更是极尽讨好之能事,只差哭号着要做项准的亲兵卫士了。不过此人倒也有几分本领,升为屯长后,将手下人管理得井井有条,算得上一个人才。

户满脸堆笑地凑上来说道:"项将军,您回来了。"项准对他的阿谀倒也没什么感觉,他是大家族的公子,自幼便已习惯了周围人这样的态度。不过伸手不打笑脸人,他还是温和地笑了笑,问道:"清点完毕了吗?"户连忙点头:"清点好了,除去不堪用的,一共两千三百八十五匹马。此外,按您的吩咐,新兵们现在正在校场上训练。"

项准点点头,往校场走去。校场上,新兵们正手持长刀,以十人为一组,骑马冲向用干草绑成的假人。他们显然对马上作战不够熟练,控制不好速度以及挥刀的角度,有时候把刀挥砍出去,却被反震的力量将长刀弹飞了。项准摇摇头,转身对户嘱咐道:"让他们加强训练,说不定很快就需要他们上战场了。"户忙不迭答应了。

这支骑兵乃是项准向章原申请组建、训练的。秦赵两国,可以说是七国之中,最为重视骑兵的两个国家。赵国重视骑兵,是因为饱受匈奴、东胡等北方部族骑兵侵扰,为了反制对方的骑兵部队而不得不为之。秦的情况与赵有相似之处,但却比赵更为复杂。传说,在上古时期,尧舜治下,秦人的先祖大费便已经"佐舜调驯鸟兽,鸟兽多驯服,是为伯翳"。大费养马有功,于是"舜赐姓嬴"。商纣王时,秦人依旧"在西戎,保西陲"。周代商后,秦人没有保留诸侯的地位,但后世也是因养马有功而被封为诸侯的。此外,秦在一统六国前,据有大面积适合开展牧业生产的地域,且因长期与戎狄杂处、融合而有了游牧民族的血统,自然重视马匹。骑兵在秦,是具有特殊地位的。

后世的秦人也没有忘记自己的历史,建立了一套健全的马政制度,这在骑兵刚替代战车成为主流兵种的时代,几乎是绝无仅有的。秦的马政制度借鉴了商周的马政制度，设定了完备的马政法律《厩律》，任用了一大批具有养马专业技巧的人才，更广置厩苑用以蓄养和繁殖马匹。所以，秦国骑兵在战场上无往而不利，也实属正常。在这样的规定下，每个郡县都会设置自己的厩苑以发展骑兵，九原自然也不例外。只是九原地形平坦辽阔，适合正面作战的战车在战场上依旧占统治地位，真正的骑兵部队反而少些。但项准却并不认同九原这种忽视骑兵的做法，他曾读过几十年前孙膑所著的兵书残卷，其中记载有"用骑十利"："用骑有十利：一曰迎敌始至；二曰乘虚背敌；三曰追散乱击；四曰迎敌击后，使敌奔走；五曰遮其粮食，绝其军道；六曰败其关津，发其桥梁；七曰掩其不备，卒击其未整旅；八曰攻其懈怠，出其不意；九曰烧其积聚，虚其市里；十曰掠其田野，系累其子弟。此十者，骑战利也。夫骑者，能离能合，能散能集，百里为期，千里而赴，出入无间，故名离合之兵也。"简单来说，就是利用骑兵强大的机动性攻击敌人的后方、后勤等要害之处。骑兵的出现，极大地丰富了战争之中的战术选择。所以，项准坚定地认为，九原可以不将骑兵作为主要兵种，但却不可以没有大批训练有素的骑兵。他期待这两千新兵，在战场上绽放出耀眼的光芒。

项准双臂抱在胸前，在校场边看着众人训练。突然，他的注意力被一个正在训练的身影吸引了过去。项准双眼微眯，观察了一会儿，偏头问户："那个年轻人叫什么？"户忙顺着他的视线看过去，再三确认后才回答道："禀项将军，他叫忠。"项准点点头："让他过来答话。"

户把少年叫来，少年单膝跪在项准面前："忠，拜见将军。"项准打量着少年，他个子不高，但身材壮实，高高凸起的颧骨间鼻梁高耸，细长的双眼富有野性，全然不似中原人士模样。项准问道："你是何方人氏？"忠闻言连忙深深低下头去，仿佛不想让项准看到自己的容貌："我……我是九原人。"这时，户凑上来在项准耳边轻语，项准这才知道面前这个少年的身世。

九原与匈奴纠缠多年，除战争外，自然也有一些经济、文化的交流。在一些距离匈奴较近的村镇，甚至还出现了九原人与匈奴人联姻的情况。项准面前的忠就同时具有匈奴和九原人的血统——他的父亲是九原人，母亲则有一半匈奴血统。因此，他的长相与其他九原人迥异，更像一个匈奴人。

听完户的介绍，项准点点头，倒也没在长相问题上多做纠缠。在楚地时，他便见过不少同生活在山中的蛮夷通婚的例子。在他看来，血统是一个人无法自己决定的先天条件，并不能说明任何问题。他问道："你的马术很好，以前经常骑马？"忠依旧低着头，声音低沉："禀将军，我父亲是牧民，我从小就学习骑马放牧，也算有些经验。"

项准闻言满意地点点头，他正需要一个弓马娴熟的人来训练骑兵："不错。从今天起，你就是这支骑兵的教官和假百将了。如能立下战功，我便升你为真正的百将。"闻听此言，忠猛地抬起头来，也顾不得什么礼仪，脱口道："此话当真？"户暗暗咂舌，心中暗道，这小子倒也真是好运，还没干什么就被看中了。但他脸上没有展露分毫不满，只是笑道："项将军还能骗你一个大头兵不成？还不快感谢项将军知遇之恩？"忠闻言如梦初醒，连忙拜谢项准。

忠直到回到队伍中，还有些恍惚。自己自幼因为这副匈奴人的长相而备受歧视，到了军中更是如此，直到与嘲笑自己长相的几个军士狠狠打了一架，这才没人敢当面笑话他了。但尽管如此，他还是感到十分压抑，这种情绪在匈奴进犯之后更加强烈——有不少新兵经常凑在一起远远地对他指指点点，他不用猜都知道那些人在怎样恶意地侮辱着自己。忠压根没想到项准竟然完全不在乎自己的长相，甚至还提拔了自己。他记着项准最后那句话，只要自己能带着这队骑兵立下功勋，有了爵位，就能成为真正的百将！这是为自己正名的好机会，自己一定要用事实狠狠地打那些人的脸！

忠重重捏了捏双拳，暗下决心，同户一起走到校场之上。户宣布了项准的决定，接着亲昵地搂着忠的肩膀，笑眯眯地说："忠小兄弟，你可得好好干，不能辜负了项将军对你的期待啊！"忠重重地点了点头。如果说原来的他是一堆干草，那么这堆干草现已被项准的话点燃，燃起了名为野心的熊熊烈火。他模仿着自己见过的百将的样子，大声召集在校场之上训练的兵士们，为他们讲解在马上作战的要点。

第二十四章

在整整七日的急行军之后，嬴重率部到达了距九原郡约有四百里距离的原阳骑邑。原阳骑邑坐落在平原之上，由于荒废多年，早已只剩残垣断壁，部队很难依托这些废墟建立起有利的防御。嬴重干脆放弃了原阳骑邑，选择将营地建在距离河川谷道更近的地方，如此，在发现敌军之后，也能够更快地发兵应对。

下令安营扎寨后，由于敌人随时可能出现，嬴重尽管疲惫，也不敢大意，同苏琳带上李夯实、常盛与周兔三人，和几个卫士一起策马到高处观察地形。登临高处，苍茫无尽的草原尽收眼底，嬴重却没什么心思欣赏这充满野性的美景，只是皱着眉观察四周，心中默默盘算着该用什么战术。

原阳骑邑以北是九原境内常见的河谷，河流在山谷中七拐八拐，又向东南方向进入平原。嬴重等人在河流以西驻防，营地以北有一座高山，正好可以对营地稍做遮掩。据苏琳找来的当地向导说，山内谷道通联，可以随时由一谷行至另一谷内。但大多数谷道狭长，并不适合大军通行，东胡人若是要派大军来犯，可走的河道也只有那么几个。嬴重暗暗在心中记下这些信息，下马进入河谷之中。此时正值酷暑，百草茂盛，河谷两旁的杂草足有半人高，旁边山上的树林更是绿盖叠翠，郁郁葱葱。此时正是九原雨季，前些日子刚下过一场大雨，河谷中心水流湍急。

嬴重把向导介绍的几个大河谷都看了一圈，对地形有了大概的了解之后，回到营地，窝在帐内规划如何应对敌军。他倒是不需要操心手下军士的纪律问题，毕竟他们都是精锐，如果这还需要嬴重躬亲处理，未免有些可笑。但苏琳不同，回到营地后，他还要焦头烂额地面对在几天急行军后稍显混乱的新兵们。不过章原几个月的强化训练显然颇有成效，新兵们用了约莫一个时辰便将营地整理完毕，分出人手开始巡逻，放在以前，还不知要混乱多久。

苏琳哭丧着脸跑来向嬴重诉苦："少主，这帮新兵实在难带，要是就这样上了战场，还不知要平白增添多少伤亡！"苏琳原本在隐军之中为将，却不领兵，只是有个将军的名号，因此尽管这些新兵的素质比起那八百精锐隐军差了不少，但也是第一支属于苏琳自己的部下，他虽然有不少抱怨，实际上还是很重视的。嬴重一时间也没什么好办法解决此事，只能苦笑着安抚他："少安毋躁，待夜里议事，我便与众将商讨。"

天刚刚发暗，嬴重便召集众将至大帐议事，又提了一遍新兵处置的问题。众将依旧低头不语，显然也没什么好主意。嬴重知道此事难，他虽然实在不愿行项准之策，但按照目前形势看来，此下策却已是唯一之策了。

嬴重正为此头疼不已，却听见涣说道："姬将军，末将有一策，虽然未有先例，却或可以解燃眉之急。"嬴重大喜道："无妨，非常之时当行非常之事，有何妙计，快快道来。"涣斟酌词句道："据我所见，此部新兵素质倒是不差，只是在纪律上有所欠缺。如果选出一部分老兵编入新兵队伍之中，以一个老兵带领三五个新兵进行操练，或许可以解决这一问题。"帐内众将听了，有的面露沉思之色，有的随声附和。

嬴重听着涣的话，不由得频频点头，此策虽然未有先例，在其他地方也或许并不适用，但放在此处，大约可行。九原军中绝大部分人都是九原本地人，新兵和老兵之间并不似他部那样有矛盾，反倒有许多共同话题，说不定他们本身就是邻居或是亲戚。以老兵作为上令下达的中枢，新兵的纪律性或许就能大大加强，也能加强作战意志。嬴重越想越觉得可行，便立马派人叫来苏琳商议此事。

苏琳匆匆赶来，听完涣的解释，不由大喜过望，口中连道："好，好！还请姬将军速行此策！"嬴重又问过帐内众将，见无人提出异议，便下令由提出此策的涣主持此事，连夜挑选一批老兵，以指导新兵的名义派入新兵营。用此策总比让新兵在战场上以血肉为学费要强得多。大军临行时，李介给了嬴重便宜行事的权力，众将对这样的决策倒也没什么意见，只是有点担忧执行的效果。

涣这边刚刚领命而去，立马就有情报传来。传信兵快马行至大帐前，翻身下马，掀帘进帐，气喘吁吁道："姬将军，章将军说，匈奴、东胡如欲进犯东线，约莫就在这几日，希望将军做好防备。"嬴重点点头，让传信兵下去休息，转头对在帐内还未散去的众将说道："大家都听到了，随时做好战斗准备。"众将都面色凝重，领命而去。

另一边，涣回到自己帐内，沉思着到底如何分派人手。进又急匆匆地跑进来，口中叫着姐夫、姐夫。涣看着进的样子，不由心念一动：自己正想让进离开自己出去锻炼锻炼，这不正是个绝佳的机会？他于是笑眯眯地看着进。进被他盯得浑身发毛，说话也全然不复进来时的中气十足，变得小心翼翼："怎么了，姐夫？"

涣拍了拍进的肩膀，语气温和："进啊，你说你参军也不少年了吧？也打过不少仗了？"虽然涣的语气动作比起以往都温柔了许多，但进总觉得不自在，他挤出笑容，回答道："大概……有六年了吧？"

"六年了！真快啊。"涣抬头看向帐顶，语气夸张，咂嘴说道，"虽然还算不上精锐之中的精锐,但也算是个老兵了。"进被他的手掌拍得肩膀生疼,保持着僵硬的笑容后撤一步:"姐夫这是说的什么话?我才二十四岁,顶多算个……算个小老兵。"

"这是什么话!"涣又好气又好笑,"你已经是大丈夫了,难道要做一辈子大头兵?这样下去我回去怎么向你姐姐交代!"他瞪着进道:"告诉你吧,现在有个机会。姬将军要我选些老兵去新兵营中做指导。我看你小子在我这也捞不到什么战功,就算你一个吧。"

进闻言顿时呆了片刻,接着猛地向前飞扑,抱住涣的大腿:"不能啊姐夫!我这小胳膊小腿的,不在你身边,三两刀叫人砍死了怎么办?你可不能把我派去送死啊!"听他说"送死",涣脸色猛然一变,挥手就是一个巴掌打在进脸上。进被这一巴掌打蒙了,一时间忘了继续用力抱住涣,于是便被一脚蹬了出去。

"送死?"涣面色铁青,冷笑道,"什么叫送死?你的命是命,几千几万乃至几十万兄弟们的命不是命?你父母,你姐姐,都在我们身后的九原内,我们不想送死,没人替我们为他们送死!"

进静静听着涣的教训,低头不语,涣却全然没有因为他这温顺的样子就放过他的意思,冷笑道:"我以前只当你是年轻了些,现在看来,原来是从根子上长歪了。早知如此,我就该把你放到别人的队伍中去,让你看看其他没有一个做上官的姐夫的人是怎么想的,又是怎么做的!告诉你,这个死,你不得不送,我也不得不送,千千万万的九原将士都不得不送!"

涣突如其来的暴怒使得进不敢说话,只从喉咙里发出低沉的应答声。涣看着进的样子,心中一软,他知道进也只是无心之语,自己说得可能有些重了,心中的气消了一点。涣冷哼一声道:"出去吧。我会把你的名字加到名单上的。"进垂着头,哦了一声,便垂头丧气地出去了。

几个年轻些的士兵早已在帐外等待多时了,见进出来,连忙围了上去:

"问到了吗？匈奴究竟何时才到啊？"进接连叹气，一言不发，众人看得心急，纷纷问道："究竟如何？快说话啊！"进这才抬头望了几人一眼，又垂下头去，声音低沉："没问到。反倒是我要被派到那群新兵中去带队了。"

几人面面相觑："怎么回事？这样大的调动，难道有什么新情况吗？"进也是个聪明人，从涣的寥寥数语中便将事情想明白了十之七八。他叹了口气道："前几日听说姬将军正为新兵纪律不佳而发愁，大约是谁向姬将军献策，要派一些老兵到新兵营中去。我姐夫可能正负责此事，就把我派到新兵队伍里去了。"

众人见他神色黯然，都以为他是因不想去新兵营而沮丧，于是出言安慰道："你也不必如此，涣五百主是你姐夫，还能害你不成？他现在在姬将军那里可是红人，一定是想让你多挣点战功，将来说不定还有机会向姬将军举荐你。到时候一家出两个五百主，那可是光宗耀祖的大好事。"

进微不可见地撇了撇嘴："不说那个。我问你们，你们当时为何要参军？"众人一愣，随即七嘴八舌地说道："当然是为了多杀几个匈奴，挣得战功和爵位！""我倒也没想那么多，我爹是当兵的，我自然而然也就当兵了。""我爹就是死在匈奴人手里的，从小我娘就告诉我长大了要当兵杀匈奴人报仇，我就来当兵了。"

进点点头，沉思道："那你们上战场时难道不怕死吗？"他平日里是涣的亲兵，除了日常操练以外，几乎没真正上过战场。但自己这几个朋友，虽然年纪不算大，却已是真正经历过不少战场厮杀的老兵了。

众人闻言纷纷笑了起来："怎么不怕，人哪有不怕死的？"进接着问道："怕又怎么坚持下来不退却的呢？"众人显然没想过这个问题，一时也都沉默了。一个年纪稍长的军士思考几息道："怕又有什么用？人哪有不死的？无论是王公将相还是黔首匹夫，没听说谁成了神仙，能不死的。"他说完，有人驳道："晚死点总比早死强些吧。""死其实一点也不可怕。"那个年纪稍长的军士又说道:"既然人都要死,至少我们可以选择怎么死。我们不在前线死战,我们的父母妻儿便多一分危险。与其把生存的希望寄托在敌人大发慈悲上,不如自己争取生存空间。哪怕是死,也得死得像个人吧?"这话说得与方才涣说的很相似,迸不由得陷入沉思。其他人听了,也良久无言。

栎阳城,栎阳宫。

蒙昭端坐于书房案前,桌上是如山般的简牍。自从征东胡之事排上日程以来,民力、军队的调动就成为他的主要事务,其余事务则一概交给右丞相姜恒处理。蒙昭皱眉看着面前一卷铺开的奏章,叫来侍者:"叫太子来见我。"

侍者领命而去,不一会便引进来一个壮硕青年,这便是当今太子蒙迩。自蒙昭夺取神器以来,他的家人及部下也纷纷鸡犬升天,官居高位。但要说蒙昭身边谁因蒙昭的上位受益最大,则非其子蒙迩莫属。蒙昭以前虽身居高位,却生活简朴。不似那些生活奢靡,家中妻妾成群的官员,蒙昭家中只有随他从一个伍长一步一步官至太尉的妻子。他二人只育有一子一女,故而帝国太子的位子自然便留给了蒙迩。

蒙迩长相酷似其父蒙昭:剑眉星目,身材高壮,颇为英武。也许是受到了父亲的影响,他自幼不喜读书,倒是喜欢跟着蒙昭收留在家中的退伍老卒舞刀弄枪。但蒙昭却不喜欢他以此为志趣,认为一介武夫终将无所作为,时常教训他要多读书。在他冠礼前,蒙昭还特意找来博士,由《尚书》"柔远能迩,惇德允元"一句,为他取表字柔远。但蒙迩彼时早已成为一个颇有主见的少年,对蒙昭的教训只当耳旁吹了一阵风,随口答应几句,并不以为意。

自从得知蒙昭有意征东胡以来,蒙迩便跃跃欲试,几次向蒙昭自荐为将,可每次都被蒙昭以"太子乃国家之根本,如有所失,则国本动摇"为由驳回。这让他有些不快,但他终究是将门之子,并不因这样小小的挫折就放弃,又多次上书蒙昭请求领兵出征。此时蒙昭面前摆的,正是蒙迩的第三次上书。

见蒙迩进来,蒙昭并不理会,待侍者退出后,才转向蒙迩:"三次上书,倒有点毅力。这几篇文字,不是你写的吧。"蒙迩笑道:"父亲明察。"蒙昭是行伍出身,登基后也并不讲究礼制称呼,故而蒙迩也就一直用惯常称呼而不称"父皇"。蒙昭见他利落承认,冷哼一声:"你什么水平我心里有数。我也不看这些废话了,说说你自己的想法吧。"

蒙迩闻言大喜。他知道父亲能说出这话,多半是同意他的请求了。他行礼道:"父亲英明。我的想法,父亲应该了解。父亲乃是天下最好的将领,我又怎能做一个只会纸上谈兵的书生?我知道父亲叫我习文是不想让我做个只知冲杀的莽夫,但小子以为,军队才是我家根本。父亲请博士为我讲课,说的那些繁文缛节我都记不得了,但却记得一句,'国之大事,惟祀与戎'。我自请为将,也是想为父亲分忧。据我所知,父亲的那些老兄弟目前都在四处镇守,牵一发而动全身,不可轻动。不让我去,父亲难道要自己领兵出征?父亲说'太子乃国家之根本',在我看来,父亲才是天下稳定之柱石,一旦有动,必然国本动摇!还请父皇允我出征!"一番慷慨陈词后,蒙迩依军队礼节半跪在地上。

蒙昭坐在位子上,定定地看着蒙迩。良久,他才哈哈大笑:"不错,不错!"听父亲连称不错,蒙迩露出一丝笑容。但蒙昭又接着道:"这些话又是谁教你的?"蒙迩连忙摇头否认:"此乃儿臣肺腑之言!"蒙昭没理会他,径直道:"是那几个为你代笔的博士?不,他们心里明白得很,若是让我知道他们敢妄议国家大事,死罪可免,活罪却难逃。他们胆小得很,不会是他们。是东宫中人?也不是,他们都是些没什么脑子的武夫,哪里说得出这种话?是我那些个老部下为你出的主意?不像,他们也该有些脑子,知道不该参与到这种事里来。说吧,是谁能将你这种心直口笨的家伙教得巧舌如簧?有这等口才,我倒想见上一见。"

蒙迩哑口无言,在蒙昭的逼视下,半晌才讪讪笑道:"是妹妹。"蒙昭恍然大悟："是姝儿吗，不错。"他收敛起脸上的笑容道："回去跟你妹妹好好学学，她若是男儿，这个太子说什么也轮不到你做。"蒙迩尴尬地笑着应是，以为父亲已叫他回去，正欲退出屋内，却听见父亲说："不过，姝儿的话倒也有几分道理。"

蒙迩本身已经对此不抱希望，听见这话，大喜过望，连忙向前两步道："正是如此，还请父皇明鉴。"蒙昭思虑几息，叹道："既然如此，那你便去吧。不过，我还要问你一个问题。"蒙迩欣喜若狂，连声道："父亲请问！"

蒙昭望向窗外，若有所思道："有线索说嬴氏子在北方某郡。见到他，你怎么处置？"欣喜的蒙迩顿时像被泼了盆凉水一般愣住了，不知如何作答。蒙昭政变前，蒙氏和嬴氏走得很近，蒙迩兄妹与嬴重更是从小玩到大，两家甚至还有结为儿女亲家的戏语。蒙昭政变后，他们就再也没见过了。

这个问题实在难答，蒙迩沉默良久，苦涩道："我不知道。如果他执意报仇，我会杀他。"蒙昭看起来对这个回答并不意外，他面色平静，看不出情绪，只道："知道了。"蒙迩想，自己这个回答大约并没让父亲满意，出征之事大约是没希望了，于是向父亲行了一礼，便神色黯然地要退出屋内。

行至门口，却听见蒙昭道："回去好好想想。此行说不定能碰见呢。"蒙迩一惊，只道父亲大约是同意自己去了，但又拿不准，于是疑信参半地返回了东宫。

栎阳宫的东宫是太子居所，和栎阳宫一样朴素。蒙迩入住东宫后，便费大力气让东宫改头换面了。原本种有花草树木的院子如今被改成了摆放着各色武具的练武场。蒙迩回到东宫，他的妹妹蒙姝正在屋内案前读着书等他。蒙姝比起寻常女子高出一个头，还带着点婴儿肥的脸上稚气未脱，读书时蛾眉微蹙，叫人不自觉地生出顾惜之心。听到蒙迩进来，她头也没回，问道："父亲允了？"

蒙迩进屋后，整个人都放松了许多，大大咧咧地走到蒙姝面前坐下：

"大约是允了吧。"蒙姝抬眼见他欲言又止的样子，合上书卷，静静地看着他。蒙迩叹了口气，讲起了前去面见父亲的过程。讲完后，蒙迩期待地看着蒙姝。他知道妹妹从小喜欢读书，比起自己来聪明许多，因此父亲叫自己前去，他第一时间就想到问她自己该如何应对。

蒙姝听了蒙迩的话，说道："父亲自然是允了，否则便不会问你这个问题。"蒙迩松了口气，接着看着妹妹的脸色小心翼翼地问道："那依你之见，如果我见到他……"蒙姝沉默半晌，挤出一句："见了他，记得帮我问声好。"蒙迩茫然地看着妹妹："然后呢？"

蒙姝拿起案上的书卷，头也不回地走向门外："然后杀了他。"她脚步一顿，声音弱了下去："记得用快点的刀。"说完，蒙姝快步离开了。蒙迩实在理解不了她的心思，嘟囔道："要杀就杀，问什么好。"他把这事抛在脑后，专心思考起出征的事来。

第二十五章

不管栎阳到底派何人出征东胡，都和现在的九原没什么关系。九原军现在唯一的任务就是全力防御匈奴的进攻。此时夜已深了，章原站在大帐外，皱眉望向天上。天上孤月高悬，没有一丝云彩。项准巡营回来，见他还没睡，颇有些诧异："章将军还未歇息？"章原收回目光，神情凝重："三日内匈奴必然来攻。"

项准道："可是有斥候回报了匈奴位置？"章原摇头。项准不解道："章将军又怎知道匈奴将至？"章原指向天上圆月："匈奴人，举事必候星月。月满则攻战，月亏则退兵。"项准顺着他手指的方向看去，月亮只差一点便圆满如玉盘了。章原接着说道："传令下去，让斥候扩大搜索范围。其余诸事不变。"项准心中感叹章原对匈奴人果然了解，领命而去。第二日夜里，果然有斥候回报：匈奴大军已行至大营西方五十里处，预计明日午前便可行至军前。

在探明匈奴大军的具体位置之后，战争机器开始轰然运转。一条条指令从中军不断发至全军，整片营地的气氛骤然变得紧张起来。以往喜欢谈笑的新兵们也在这样的压力面前变得沉默，睡觉时也辗转反侧，难以入眠。反倒是平日里不苟言笑的老兵们表现得愈发轻松，睡得格外香甜。

第二日一早,天刚蒙蒙亮,营地里升起袅袅青烟。这是在为军士们准备早饭——在确定敌军位置后,为防备随时可能出现的战斗,维持战力,为军士们加一顿饭——平日里只在临近中午和晚上吃饭,现在这顿饭则是在每人每天一斗粮的基础上另加的。平日里的饭是用粟加上野菜和盐巴煮成粥,而这顿饭则会在粥里加上珍贵的腌肉,虽然不多,但对常年不识肉味的下层兵士而言,已是极大的幸福了。加这顿饭是秦军惯例,这一惯例在几十年前不知道被哪个稍有些文化的兵士戏称为晋爵饭:这饭意味着大战将起,正是秦军将士们攫取战功,升官晋爵的好机会。这个叫法十分吉利,于是很快就被兵士们接受,成为惯称,以至于现在伙夫叫兵士们吃这顿饭时,都要一边拨动叫吃饭的小钟,一边高声叫道:"加官晋爵咯,封妻荫子——"这时,兵士们才喜笑颜开地蜂拥而至,享受这顿平日里难得一见的美食。

　　项准披挂整齐,从自己的营房出来,走向中军大帐。他看着正吃饭的一众军士,心中暗自感叹:大战将起,不知道面前这些愉快地吃着肉粥的将士中有多少人会埋骨在此?不过他很快就将这个想法从脑海中驱逐出去了——不论是哪本兵书,都会写上一句"慈不掌兵",为将者最忌动恻隐之心,一旦动心,就会犯错。项准尽管知道这个道理,却终究是第一次面对如此大战,不由有些动摇。可他毕竟是将门之子,背负着项家声名,他不允许自己犯丝毫错误。

　　诸军士在营地内喝粥,章原则双目微合,端坐于中军大帐之中,耐心等待面前那碗同数万军士的粥一样的肉粥凉下来。项准经通报进帐,章原示意他坐下,他的位子上也摆了一碗粥。项准刚刚坐下,便有斥候急匆匆地进入帐内报告,说匈奴人的大军逐渐逼近防线,约莫晌午时分便将与秦军相接。项准连忙起身看向章原,章原却只用眼神示意他继续坐着,又回复斥候说他知道了,之后便将双臂抱在胸前,继续合目等待。

　　半晌,粥面上蒸腾的白气已然不显,章原这才睁开眼来,端起陶碗,顺着碗边轻轻吸着粥。项准尽管心急,却也只能学着章原的样子慢慢把粥喝完。

喝完粥，章原将陶碗轻轻放在案上，舔了舔嘴角，笑道："这粥还是那么难喝。"项准早已迫不及待，起身道："匈奴大军将至，还请章将军下令，着各军准备！"

章原笑着看了眼项准，语气平和："年轻人就是着急。"他站起身来，走到项准面前，拍了拍他的肩膀："我问你，两军相争，一军劳师远征，奔行千里而至；一军好整以暇，神足饭饱。此二军谁胜、谁负？"项准明白章原的意思，心中却还有些许不服气，问道："虽如章将军所言，但难道我军不该提早做准备，鼓舞士气，以备大战吗？"

章原笑道："我曾听闻一个故事。几百年前，诸国尚在，齐国攻鲁，有个人随国君出征。见了敌军，国君立刻要让军队出击，那人却让国君等等，等到敌军三鼓之后才出击，敌军果然大败。事后国君问他为何要等三鼓之后再出击，将军回答他：'一鼓作气，再而衰，三而竭。'"章原拍拍项准的肩膀："匈奴奔袭至此，虽算不上人困马乏，却也多有疲累。而我军养精蓄锐，只待敌军出现，我们便一展久藏之锋芒，又何必急于一时呢？"

项准听着章原的话，蓦地想起自己与苏琳比武时，其施展的藏锋式，不由思绪飘散：不知道东方战线现在如何了？不过他很快便把思绪收了回来，认真地说："我明白了。"

之后，斥候又来报告了几次敌军的动向。敌军越来越近，章原却只是双臂抱胸坐在帐中，歪着脑袋，双眼紧闭，像个听人议论村里谁家又出什么破事了的老农一样淡定。直到斥候再一次急匆匆地冲进大帐，报告说再有两刻钟，大军就将与敌军接触时，章原才似刚刚睡醒一般抬起头来，用力咳了两声，将嗓子里的痰狠狠地唾在地上。随即，他站起身来，神色不改，嘴里的指令却如流水一般清晰明白地传了下去。项准在一旁听着，心中大感震撼：原来这就是章老将军作为统帅的真正实力。

整支军队轰然开始运作。项准在这一刻才真正意识到秦军的纪律性有多么可怕：整支军队就像中军大帐意志的延伸，章原的每一个指令都能得到完美的执行。而在项准祖先留给他的笔记里，是这样记载燕赵之地的军队的："燕赵之地多慷慨悲歌之士、尚义任侠之人。然此地以宗族、亲朋成军，军纪不齐，各行其是。如此足以御化外之侮，却不足以应中原之敌。若言军纪严明，上下一心，能如臂使指者，七国则莫非秦。"看来秦吞赵后，也把严明的军纪带来了燕赵。

秦军士兵们吃饱了饭，在接到指令后迅速做好了作战准备，又迅速在校场上集结，紧接着就被章原安排到防线上去了。整个过程如水银泻地般迅速而流畅。

按照章原的安排，防线正中是随时准备冲锋的战车，两侧是步兵结成战阵。这是要使用前赵将军李田发明的对付匈奴的经典战术：先以战车冲散匈奴骑兵，再以两侧的步兵进行杀敌。用这招对付匈奴人，可谓百试不爽。只是此前匈奴人往往是小队轻骑，很少直面秦军，此战术用之不多。能有机会再用此战术给匈奴人当头一棒，章原自然不会放过。

这边章原刚刚摆好阵势，便见远处烟尘滚滚——是匈奴人的大军到了。匈奴人的前锋也发现了严阵以待的秦军，于是传信回去，后军便纷纷停下换马。匈奴人善于畜马，或者说他们在草原上的强大统治力，足以让弱小的部落为他们进贡足够多的马匹。因此，匈奴骑兵在出征时往往带着两匹马，最勇猛的战士则带三匹马以轮换使用，以保证作战能力不会因为马体力不支而下降。

匈奴人停下换马，带给秦军的心理压力不是一星半点。秦军这边大都是经历过与匈奴作战的老兵，自然知道换过马和没换过马的匈奴骑兵简直是云泥之别，换过马的匈奴骑兵在爆发力、冲锋速度以及作战的耐久力上都令人咋舌。不过他们心中尽管有些压力，但却并不紧张：匈奴人有马，秦军也有他们拍马也赶不上的强大技术与后勤。

匈奴人迅速完成换马，有人甚至还趁着换马的空当摘下水囊来喝了口水。领头的将领等身后的骑士们都做好准备，狞笑着抽出腰间悬着的马刀，在空中挥舞了几下，大声道："兰氏的勇士们，伟大的单于要以我们为刀剑，突破面前这道防线！单于下令，斩首者赐一厄酒，战后所获不必上缴，俘虏都可以带回去做奴婢！"数千兰氏骑士听着他的话，呼吸开始变得粗重，连双眼也开始泛红。要知道，以往他们的战斗缴获都是需要上交给部族首领再进行分配的。而尽管他们属于匈奴三大部族呼衍氏、兰氏和卜须氏中的兰氏，也只是生活在部族最底层的普通骑士，属于自己的财产少之又少。单于把战利品收缴上去以后，那些贵族们理所当然地把最好的部分挑走了，他们最后能拿到手的连十分之一也没有，更别说奴婢了——漂亮的女子和强壮的男人早被挑走了，剩下的老弱病残还不如几只牲口有用！

单于的命令犹如一支强心剂，让在场所有的骑士都兴奋起来。首领刚刚说完，他们就挥舞起手中的马鞭和弯刀，嘴里叽里咕噜地叫嚷起来，激动地赞颂着单于的伟大。领头将领见他们已经迫不及待，大笑三声，大刀指向前方："冲锋！"

随着他的一声令下，骑士们狞笑着拍马冲锋，嘴里还发出怪异的叫声，配合着哒哒的马蹄声，有一种摄人心魄的暴戾感。他们的声音混杂在一起，形成一道诡异的声浪，远远地传到秦军战阵之中。听着这样的声音愈来愈近，扶剑立于将台上的章原不由得皱起眉头——匈奴人士气高涨，看来今日之战不会轻松。

项淮从远方跑来，在章原身后站定："章将军，弩机已经备好，是否放箭？"章原轻轻摇头："不到时候。"匈奴骑士加速奔袭而来，犹如黑色浪潮一般，似乎带有摧毁一切的无上伟力。

巢车上负责观测距离的士兵大声向将台报告敌军距离："二百五十步！"项淮看向章原，章原却只是紧紧盯着匈奴骑兵前锋来的方向，什么也没说。

"二百步！"随着匈奴骑兵前锋的逼近，章原闭上了双眼，但始终没有下令放箭的意思。为将几十载，同匈奴人大战过不下百场，他根本不需要巢车上的士兵为他汇报敌军的距离，哪怕是夜间作战视野受限的情况下，他也可以凭借敌军由远至近的声音来判断敌军的大概位置。

"一百五十步！"匈奴骑兵的速度愈来愈快，马蹄声和狞笑声也愈来愈大。站在战阵最前方的士兵们似乎已经可以听见疾驰而来的马匹的喘息声。

"一百步！"手持已经上好了弦，随时可以击发弩箭的士兵们不由得轻轻活动僵硬的手指，他们的额前、两鬓和手心早已布满细密的汗珠，但现在谁也顾不上擦拭，匈奴骑兵距离前阵已经不足两百步，一个细微的动作都可能影响战局。他们在等待号令。

"八十步！"项准心中暗自着急。不过章原经验丰富，他虽然紧张，却没有质疑章原的决定。直到他已经可以清晰地看到匈奴骑兵虬结的胡须，因狂笑而大张着的嘴里歪七扭八的牙齿，他实在忍不住了，不由得开口叫道："章将……"

项准的话音还未落下，章原蓦地睁开双眼："放！"他的声音虽不大，却坚定而有力，仿佛带有一种令人信服和安心的力量。项准顾不得把话说完，随即大声道："放！"

随着这声号令，等待已久的数万军士一齐扣动弩机。数万支弩箭如蜂群般向前飞去，弩机早已蓄势待发的极大力量在这一刻骤然爆发，带起刺耳的声响。冲在最前排的骑士还正幻想着大肆劫掠后美好的生活，就看到箭矢极速飞了过来。有的人直接被射穿了身体，有的人欲抬起手中的刀抵挡，却连胳膊都没来得及抬起，就连人带马一起被死死钉在了地上。他们身后已经加速到极致的骑士想要减速，却为时已晚，胯下坐骑的马蹄被前方人马的尸体一绊，便和人一起翻了出去，损失惨重。这支先锋部队的冲锋势头顿时为之一滞。

七国并举时期，秦弩的表现并不抢眼，反倒是七国之中国土最小的韩国有着天下最强大的制弩技术，"天下强弓劲弩皆自韩出"。而秦灭韩国之后，在秦国专责战争技术的墨家相里氏门徒迅速地吸收了韩国的制弩技术,从那之后,秦弩便一跃成为秦军常备战争武器。而秦弩的表现也未让人失望,那些被钉在地下,却还未死去的骑士和马匹发出的阵阵呻吟就是最好的证明。

章原杀气腾腾地抽出腰间长剑,向前一挥:"战车冲锋!弩手上弦!"随着他的一声令下,战车上早已迫不及待的驭手纷纷驾马向前冲。他们分散避开那些挡在面前的人和马的尸体,呼啸着冲向那些停在原地茫然无措的骑士。

尽管随着战争情况的复杂化,只适合在平原地形奔驰的战车在中原已逐步被更能适应各种情况的步兵所取代,但在北地这样的大平原上,战车还是极有威慑力的一种战略武器。在早年间,战车就是陆地作战无可置疑的王者。当时,甚至可以以战车保有量来衡量一个国家的战争实力,其重要性可见一斑。战车战法在中原数百年的乱局中急速发展,直至形成如今在沙场上的模样:战车由四匹狂奔的马拉着,车上载着三名全副武装的军士。中间的驭者负责驾车,左边的多射持弓射击敌人,右侧的戎右则持长戈,与敌军进行近距离的格斗。

战车在战争之中的出彩表现与其花费密切相关。且不说四匹合格军马的培养和制造一辆坚固的车的所需花费,培养车上的三人就并非朝夕之功:对车上兵员来说,强大的力量是极为苛刻而又必须达到的条件,御者要有足够的力气才能够挽住四匹强壮的战马;多射作为弓手,需要强大的臂力自然不必多说,在急速行驶的战车上使用比自己还要高的长戈,对戎右的操戈技巧和力量都是一种考验。而在这个时代,仅仅吃粮是很难吃出强壮的武士的,所以战车兵比其他士兵多了一项令人羡慕的特权:吃肉。尽管只是腌肉,但也足以让一年也吃不到肉的普通士兵们眼红了。

比普通士兵优越不知多少倍的待遇造就了战车的强大。有多射伸手从车上的箭囊里捻出一支羽箭,肩臂发力,将弓拉满,闭上一只眼稍作瞄准,接着便松手放箭。羽箭旋转着高速飞出,射入匈奴骑士的头颅,强大的力量带得他仰翻下马。又有右戎操戈横扫，以戈之前锋啄击相对而来的匈奴骑士。匈奴骑士有意躲闪，但二者相向而行，速度相加之下，哪里躲闪得了，于是被一击啄在脖颈上，坠下马背，鲜血汩汩而出，眼见是活不了了。

看着秦军战车在面前大发神威，匈奴将领脸上横肉抽搐。他显然也没想到秦军竟然还有这一手。以往他们的作战模式都是依仗马匹之利，小股侵扰，遇到难啃的骨头便迂回骚扰，实在不行就退去另择目标，很少与秦军正面碰撞，又怎能想到秦军在正面战场上有弩与战车这等利器？他正欲大声呵骂，却听见身后一个苍老嘶哑的声音响起："兰氏的骑兵，匈奴的好儿郎，就这样死得像一群羊羔？"他立刻猜到了身后老人的身份，冷汗顺着杂乱的头发和胡须流了下来。他用余光看到一只苍老的手拍到了他的肩上："去，跟着下一队人马一起冲锋。"将领连忙翻身下马，向老人叩拜后牵马趔趄着跑向整装待发的骑兵队伍。尽管凶多吉少，但在这位杀神手下，能有一线生机，已是殊为不易。

老单于拍马上前，神色轻松地笑着偏头问身后如铁塔般的沉默壮汉："上次和秦国人打仗是什么时候？"壮汉沉思片刻，回答道："单于，是二十一年前了。"听到他的回答，老单于轻轻点头，开怀大笑："竟然已经这么久了？真怀念啊。我记得你就是从那时候开始跟在我身边的？"

壮汉沉默不语。老单于知道他寡言，也没等他回答，便自顾自地接着说："记得那时候，你才十多岁，在战场上跟着你父亲一起冲杀……你父亲可真是一个勇士。"

"但他死了，被汉人杀死了。从那之后，单于便是我的父亲。"壮汉低着头，神色恭敬。

老单于闻言满意地大笑起来，抬手指向前方："带着勇士们冲锋吧，孤涂！为我夺取荣耀！"壮汉仰起头来，作为早已整装待发多时的匈奴精锐骑兵的箭头，向混乱的战场发起了冲锋！

第二十六章

　　章原很快发现了急速奔驰而来的匈奴骑兵，立刻令两侧的战车冲上去阻拦。拉车的战马在御者的强健臂力下改变了方向，朝着骑兵冲过去。第一轮交锋造成匈奴人巨大的伤亡，这让秦军将士们士气高涨，多射们曲臂引弓如满月，只等匈奴人靠近便要放箭；而戎右们则折臂持戈，瞄着匈奴骑兵的头颅，希望复制刚才的成功。

　　被称为孤涂的壮汉一马当先，持长刀的手在身后随着身体上下颠动的频率摆动，划出一道道弧线。在他身后，匈奴骑士们一字排开，如大雁般跟在壮汉身后。就在即将与战车相撞的一瞬间，壮汉猛地一扯缰绳，胯下骏马被他的巨力拉得生痛，嘶鸣一声，竟生生与战车错开了。

　　车上的戎右因这壮汉大胆的行为一惊，手上长戈没能及时刺出。这一瞬间的迟疑，直接改变了战局。壮汉的长刀从下往上一挑，竟直接挑断了一匹马的缰绳！斩断缰绳之后，他手中长刀的速度没有丝毫减慢，以一个不可思议的角度斩向戎右的脖颈。

　　戎右大惊，连忙发力，想要收回长戈抵挡，但这一切都发生在电光火石之间，他又怎么能来得及收回足有一人多高的长戈？他整个人都被长刀所蕴含的压力带飞，鲜血在空中飞溅。同车的多射来不及悲痛，想要拔剑斩杀近在咫尺的壮汉，却被紧跟在壮汉身后的匈奴骑士一刀砍在胸前。由于一条缰绳被斩断，战车受力不均，出现了明显的倾斜，驭者大惊之下想要拉紧其他缰绳控制住车，后面赶来的匈奴骑士又怎能让他如愿？他们用长刀砍向剧烈颠簸着的辐条，辐条在好几把长刀的劈砍之下立即断裂了。车轮毁坏后，就连经验丰富的驭者也无法控制住受惊的战马，只能眼睁睁看着身下高速奔驰的战车因为颠簸而高高跃起，最后整个翻倒，狠狠地砸在地上。坚硬的木材也承受不住这股巨力，在重响之中四分五裂。

壮汉斩杀戎右之后，又冲向下一辆战车，他身后的骑士配合着他，以同样的手法掀翻了好几辆战车，发出了兴奋的号叫。听到他们的叫声，在战场内鏖战的匈奴骑士们才如梦初醒一般，想起面对战车，自己最大的优势是灵活。壮汉和援军们的英勇表现让他们低迷的士气重新高昂起来，他们迅速脱离战场，汇入援军的部队，重新冲向秦军战阵。

多辆战车被以同样的方法掀翻，项准看在眼里，急在心里。他扯下身上披着的斗篷，走到章原面前："章将军！敌将武艺高强，我方如无将领出阵应战，敌军士气必将重新凝聚！末将请战！"

章原看向这个自己寄予厚望的年轻人。他知道，战场之上刀剑无眼，任何意外都有可能发生。作为项准的半个老师，他是不希望项准去冒险的。但是作为一个将领，他清楚地知道项准在战场之上起到的作用有多大，如果没有项准这样的猛将参战，秦军一方很有可能出现更大的伤亡。

章原在心里叹了口气，把目光转向战场，声音低沉："去吧。"项准一拱手，就要往台下走去，却听见章原在身后说："小心点，别死了。"

听到这话，项准的身形微微一顿，接着毫不迟疑地走下将台。在章原身边的这些日子里，他清楚地感觉到章原像是在教徒弟一样，手把手地教导自己如何成为一名合格的将领，如何把阅读先祖手记得来的那些知识运用纯熟。同时，他也感觉到自己在迅速成长，从只会纸上谈兵到可以担负起更大的责任了。而章原和他也从单纯的上下级变成了师徒一般的关系。

项准能理解章原作为师父纠结的心情，但是他想，自己终究是属于沙场的，看着自己一方的将士们在前面厮杀，他属于项氏的血液早已在血管中不断激荡，不断呐喊了。如果自己现在因为怕死而退缩，还怎么面对以后更多、更大的战斗？他握了握拳头，感到自己状态从未这么好过，他相信自己训练有素的亲兵，更相信自己在家中练习多年的武艺。今天，正是利剑出鞘之日！

项准下了将台，从亲兵手中接过长剑挂在马背上，迟疑了一下，又拿来两把短戟插在肋下，接着拿过长枪，翻身上马，带着亲兵队从营中奔赴战场。

战场之上，壮汉厮杀正酣。他身材高大，力大无比，接连掀翻几辆战车后，又突进秦军步兵阵中，在马上一阵挥砍，几乎未遇一合之敌。见壮汉在敌军阵中大发神威，匈奴骑士们气焰更盛，口中呼喊着："单于孤涂！单于孤涂！"听到呼喊，孤涂身体里犹有神助般涌出更多的力量来，他连连挥砍，压得秦军兵士喘不过气来。

此时，壮汉手中长刀挥砍，正欲砍死一名秦兵，却被一支横插过来的长枪抵住了刀刃。他眯眼看向长枪来处，只见项准一身黑甲，气质不凡，口中喝着："单于孤涂？我来战你！"壮汉收回长刀，刀下以为自己必死无疑的秦兵连忙翻滚离开二人，挥舞着兵器，冲向一旁的匈奴人。壮汉摇摇头用半生不熟的官话问道："我，呼图勒，你，勇士，名字？"

项准心中奇怪，难道这家伙不叫单于孤涂？可为什么匈奴士兵们都这样称呼他？不过战场之上，哪里有时间深究姓名？项准冷哼一声："秦将项准，前来战你！"说着便平举长枪，拍马直刺向呼图勒。那呼图勒也并非等闲之辈，低喝一声，手中长刀挥舞，便挑开了枪尖，紧接着又挥刀斩向项准。

呼图勒的长刀来势汹汹，项准见自己的长枪已被挑开，来不及收回抵挡，干脆松手抛开长枪，从马背上抽出长剑，砍向呼图勒的长刀。二人都是全力出手，刀剑交击，当啷一声脆响，刀剑皆被劈出了缺口！他们身下的马匹也发出承受不住此等巨力的嘶鸣声。

刀剑相分，二人皆牵马后退两步。项准手臂微颤，心想这蛮将好大的力气，若单论气力，在他生平所见之人中，这呼图勒当排首位！而另一边，呼图勒感受着虎口传来的酥麻，心中也暗自惊讶：在匈奴人中，他也从未见过有人能在气力之上与自己抗衡。二人对视一眼，同时翻身下马——在马上要腾出一手把持缰绳，多有不便，且二人马匹显然经受不住这样的拼杀，不如下马一战来得痛快。四周的匈奴骑士和秦军士兵也很默契地为两人让出一片空地，毕竟以这两人的力气，哪怕只被他们的刀背扫到一下，也得筋断骨折。

二人对立，还是项准先出手，他前进两步，横向挥出一剑，右手在挥剑途中变为反持，左手也握上剑柄，双手并用，剑锋之上响起破空之声。呼图勒见他攻来，身体微倾，双手握住刀柄，由上而下劈出一刀，狠狠斩在剑脊之上，长剑发出一声脆响。

项准一击不成，却也没有气馁。他身体微沉，顺势转斩为挑，双臂发力，剑尖挑向呼图勒的下颚。呼图勒也不意外，长刀微抬，再斩一记，刀剑再次交击。但这次呼图勒并没有与项准比拼力气的意思，阻住长剑的挑击之后，他后撤半步，长刀便横着扫向项准。

项准见他长刀扫来，连忙换手，右手正持长剑迎向长刀。见此，呼图勒嘴角微勾，将刀收了回去，变扫为刺，直直刺向项准的前胸！这一刺又快又狠，项准也未想到呼图勒会突然变招，手中长剑已来不及回防，眼看着刀尖就要刺到胸口！

在此危急之际，项准急中生智，将长剑掷出，同时双腿发力，向后空翻一圈，堪堪躲开了这一击。长剑挟势飞向呼图勒上身，呼啸的风声显示着这一击的力量，呼图勒不敢无视项准这一急智之举，连忙收回长刀，挡住了最为致命的剑尖，但长剑旋转着绕开了长刀，剑锋在呼图勒脸上擦出了一道伤口，鲜血缓缓流出。

呼图勒用手轻触脸颊，看着手上的猩红血液，竟是笑了出来："不错！你，受伤，第一！"项准心中一沉，呼图勒的意思大约是，自己乃是这么多年来伤到他的第一人？自己尽管习武多年，但却从未与人如此生死搏杀过，短短几合，便差点被逼入绝境，还是靠急中生智投出长剑才脱险，若非如此，自己只怕是早已殒命于此了。不过这也激起了他心中的斗志，如此强大的敌人，岂非正是磨炼自己的好机会？

项准盯着呼图勒，脸上浮现出一抹微笑。他伸手从怀中摸出两把短戟，放在手上掂量了两下："来吧，呼图勒！我不仅是第一个伤你的人，还要做杀你的人！"说完也不管他能否听懂，便双腿发力冲向呼图勒。

呼图勒虽然雅言说得不太熟练，但是也能听懂"杀"字，于是大笑两声："哈哈，来！"话音未落，他便大步向前，长刀由上而下斩去。项准双手在头顶相交，以两戟的戟胡架住呼图勒的长刀，接着将长刀格向一侧，空出另一侧的手来，持戟刺向呼图勒的腹部。

呼图勒见他刺向自己，眼前一亮，口中叫道："好！"他双手再次发力，使长刀从戟胡之间滑出，同时松开左手，侧身躲过项准的这一刺，紧接着右手持刀，横斩向项准。

项准见他斩来，故技重施，再次以戟胡格住长刀。他正欲分出手持戟刺向呼图勒，却见呼图勒抬腿踢向自己。项准心中暗叫不好，连忙侧身躲过这一脚，双手发力将长刀钳死，接着跃起，双脚踢向呼图勒胸口。呼图勒长刀被钳，又不愿松手放弃兵器，且刚刚一脚已踢出，此时无处发力，避无可避，只能选择硬吃一击。只是项准这一击势大力沉，即便强壮如呼图勒，也并不好受。他咽下差点从口中溢出的鲜血，骤然发力，从戟中拔出长刀来，刀刃与戟胡摩擦，发出了刺耳的声音。

项准正欲欺身向前，却听见营中鸣金，不由迟疑了一瞬，呼图勒瞅准机会，后撤两步翻身上马，带着匈奴骑士们纷纷退去。项准也不好追击，只能随秦军将士一道返回了营地。

将台上，章原看着归来的项准，悬着的心终于放下——他在将台上看不真切项准的具体情况，始终担心不已。项准站在章原面前，总算松了口气：方才与呼图勒交手，尽管时间不长，但却险象环生，有几次，自己都险些为他所伤，甚至有性命之虞。尽管自己算是击败了他，但还是不得不承认，呼图勒十分强大。

看到章原关切的目光向他投来，项准拱手行礼："将军，幸不辱命。"章原将他上下打量了一番，心中愈发满意。显而易见，那个壮汉武艺高强，能击败他的项准岂不是更胜一筹？这样一个不仅长于军略，且能上阵冲杀的将领，在战场上能起到的作用可不是一加一等于二这么简单。

章原向项准点了点头，问道："与敌将交手，有何感受？"

项准严肃道："强，很强。"他苦笑道："如不是运气好，胜了他半着，恐怕我就要被留在那里了。"章原若有所思地点点头，又听见项准问他道："将军，我有一事不明，先前那人冲阵时，我听四周敌军高呼其为单于孤涂。而他与我互通姓名时，却说自己叫呼图勒，这难道是匈奴人的什么习俗？"

章原久戍北疆，对匈奴语言虽算不上精通，但也略知一二，当即为项准解释道，在匈奴语中，"孤涂"为"儿子"之意。匈奴人称其首领为"撑犁孤涂单于"，其中"撑犁"意为"天"、"孤涂"意为"子"，"撑犁孤涂"即"天子"之意，那呼图勒是单于的义子。项准听了，不由嗤笑道："匈奴蛮夷，也配言天？"章原对项准的嗤笑并不意外，但他仍是一副忧心忡忡的模样，项准见他忧虑，不由得开口相劝："章将军何必担忧？这呼图勒尽管是单于义子，却也差点被我当场斩杀，他若敢再来，定叫他有来无回！"

章原看着项准的激奋之态，不由苦笑："我哪里是担忧这呼图勒？据传言，那匈奴老单于座下有一螟蛉之子，力大无穷，勇武无双，冠绝匈奴。此子侍卫老单于左右，从未离开。他出现在此，意味着那位老单于也来到了这里。我担忧的，正是匈奴那位老单于啊。"项准奇道："那匈奴单于又是何人，竟能让章将军担忧至此？"章原叹息道："何止于此？匈奴人崇尚武力，听闻那老单于至今已有六十余岁，却还能稳坐单于之位，可见其能力。况且……"章原看向匈奴人退去的方向，神色凝重，"据传言，他还是个曾杀得整个草原血流成河的屠夫。二十余年前，在他刚刚坐上单于之位时，整个匈奴的部族，被他屠戮吞并了至少一半。"

"怎么可能？"项准惊奇道。他清楚地知道，人力比一切资源都更重要，如果这老单于真的屠戮了那么多匈奴人，现在匈奴是断然不可能有这么多人的，而且匈奴军队的战斗力也会因人手不足而无法保证，毕竟战争的重中之重是后勤，而后勤需要人力来保障。

"怎么不可能？"章原自然明白项准在惊奇什么，于是耐心解释道，"在他之前，匈奴部落各自为战，如一盘散沙，来劫掠时，我们的守军只需各个击破便可，甚至不用我们动手，他们就会因分赃不均出现争执乃至战斗。但是在他出现之后，情况便变了，匈奴劫掠时更加善于配合，手段也更加残忍，甚至出现了屠村的行为。他们部族之间的关系变得更加和谐，甚至出现了一族掩护一族携战利品撤退的情况。"

项准也是一个大家族的继承人，自然知道一个能平衡多方利益，并且具有强硬手段的领袖是多么重要。老单于的出现，可以说改变了整个北方的局势。项准不由像章原一样苦笑起来："看来这次是没法轻易了结了。"

"是啊，"章原的视线飘向东方，"只希望东边不要出什么事才好。"项准也看向东方，二人视线交汇，都在心中叹了口气。

章原毕竟年岁已高，且从正午便开始主持大战，此时精神未免不济。他托项准派人收拾战场，自己回到营房中休息。日暮时分，民夫们收拾好了战场，如同沉默的蚁群，安静地返回营地后方。项准站在台上，双手轻拭栏杆上的灰土——北地不比自己的家乡，何况此地刚刚才发生了一场惨烈的大战，尘土自然扬得到处都是。军司马上台来向他报告："项将军，战场已经收拾完毕。"项准嗯了一声，继续出神地看着战场。战场已经被手脚麻利的民夫们收拾得一干二净，仿佛从没有一场大战在这里发生过。

项准半晌没说话，直到一旁的军司马轻叫了他两声，他这才回过神来问道："哦，伤亡也统计好了？"军司马连忙把怀里早已准备好的简牍递给项准。项准接过去看了一眼，又把简牍还给了军司马，一言不发。

军司马不知所以，只见项准的目光直直地盯着民夫队伍的尾巴。民夫队伍距将台还有一些距离，军司马长期伏案工作，目不能远视，只好眯着眼看。等到队伍走近，他才看清那里有什么：两个看起来十三四岁的孩子一人拿了一把断裂的长刀在玩闹——长刀上的血迹已经干了，看起来就像是刀上怪异的黑色裂缝。

项准就这样盯着那两个孩子，直到他们回到营地。看不见他们的身影之后，项准才说了一句："好好记录，一个也不要错。"军司马连声称是。

按照章将军的说法，匈奴今天的进攻应当只是试探。项准在心中叹了口气，把心中各种情绪压下去，一步一步地走下将台。

天边，圆月已然高悬。

战场的另一边，老单于双眼微眯，驻马仰视天边圆月。在他身后，呼图勒单膝跪地，低垂着头。他高壮的身体此时摇摇晃晃，显然是在勉力支撑。

良久，老单于才向身后瞟了一眼："起来吧。"呼图勒这才起身，从阴影中露出苍白的嘴唇来。老单于声音沙哑："有什么想说的吗？"呼图勒再次把头低下道："没有。"

老单于笑着转过身来，驾马与呼图勒擦身而过。在经过呼图勒时，他扯住缰绳，伸手轻轻拍了拍呼图勒的脑袋："你知道在这片草原上，没用的人是什么下场。"在草原上，没有用的人只有一个下场：被抛弃，然后在一望无际的草原中绝望地死去。呼图勒没有试图为自己辩解什么，只是说了句："呼图勒明白。"

老单于拍马离开了，呼图勒这才抬起头来。他比所有人都明白，他尽管被称为"单于孤涂""匈奴第一勇士"，享受着众人的鲜花与崇敬，但在老单于心中，也只是一个工具——其实更像一条狗，一条为老单于守门的狗，一旦显露出一点虚弱和衰老的迹象，老单于就会一扫往日的"温情"，狠狠地用脚尖把他踢开。而那个秦将，让老单于看到了他的虚弱。

呼图勒长出一口气，看向月亮。按照匈奴人的说法，圆月会给战场上的战士们带来好运和力量。他握了握拳头，像是做出了什么决定一般转身离去，没有一丝迟疑。

第二十七章

西线击退了匈奴人的进攻，嬴重这边也不曾闲着。

嬴重清楚地知道，敌人随时会来。因此在营地休整一夜后，他便派苏琳带几百人进入山谷中隐藏，在探查敌军动静的同时，也可以作为一支奇兵，等到敌军进攻时从后方杀出。苏琳师承秦老，而秦老出身南蛮部族，自然熟悉山地丛林，且秦老也将这些经验倾囊传授给了这个唯一的弟子。故而苏琳进入山林之中，颇有几分鱼入大海的感觉。

在山林之中隐藏也是一门学问，尤其是他们可能面对的是同样在山地丛林作战方面具有丰富经验的东胡人，一旦有一丝破绽，整个作战计划就会全盘瓦解。他们唯一的倚仗是敌人的情报缺失：敌人不会想到在西方战线打得火热的时候，九原还有余力派出两个声名不显的新将领在这里埋伏。可一旦隐藏在丛林里的兵士们暴露，他们这唯一的优势就会荡然无存，嬴重以少阻多的计划就会破产。苏琳他们不能露出一点破绽。

苏琳亲自进入山林查探位置，为每组兵士都找好了隐藏位置。在他们进入山林之前，苏琳已经严肃地嘱咐过他们，不得发出响动。好在这些兵士都是嬴重慎重挑选出的老兵，苏琳倒也没有多少担心。

苏琳带队埋伏，嬴重这边也没闲着。嬴重来此前，最为担忧的新兵问题，在老兵进队之后应当能得到一定程度的解决，但由于时间太短，真正的效果还未为可知。为防万一，他必须继续训练新兵才行。

进看着站在自己面前的三个新兵，有些头疼。虽说他从军时间不短，但一直跟在自己姐夫身边，从未自己带过兵。他想起姐夫在宣读完分配决定后，特别把他拉到一边，笑着告诉他，分配给他的新兵是队伍里最难管教的三个，接着重重拍了拍他的肩膀，告诉他要好好努力便大步离开了。虽然姐夫背对着他，但进确信，姐夫脸上的笑容一定非常灿烂。

尽管万般不情愿，但军令难违，更何况这还是自己姐夫的决定。如果自己找理由逃了这次，等回去之后让姐姐知道了，一定又要抓起扫帚追自己几条街，让自己以前那些玩伴看到，又免不了一顿嘲笑。进嗑着牙花子蹲在营房门口，一手撑着头，一手从地上扯了根草揉捏。

突然，有人从背后踢了一下进的屁股。进猜也没猜就往地上啐了一口："狗娃，你小子屁股痒痒了是不是？"他说完这话，一个小个子便嬉皮笑脸地从他身后跳到身前："进哥，咋愁眉苦脸的，喜欢上哪家姑娘了？"狗娃自幼同进一起长大，也是他在军中的好哥们之一，也只有他不怕"摸老虎屁股"，敢对自己动手动脚。

进白了他一眼："不说话没人把你当哑巴。"他把手里的草一扔，双手托腮："你哥我要去带新兵了，可咱从军这么长时间，也没带过兵啊，你说咋办？"狗娃背着手转了两圈："这还不简单？想想你刚入伍的时候军主是怎么训你的，你照做不就完了？"

进有气无力地哼了一声："你也知道你哥这情况，哪有人敢训我啊，不都是好声好气的？可这次不一样，我姐夫说了，他给我安排的是新兵里的刺头，我不把他们拿住了，日后还怎么混？"

狗娃听完了，反而笑起来："你也有今天！"进起身踢了他的屁股一脚："是不是欠揍？你刚入伍的时候是什么情况，说出来让我听听。"狗娃这才正经起来："想当年，我刚入伍的时候，人家看我个子太矮，都不忍心欺负我，所以我也没受过什么委屈，无非是帮前辈们洗洗衣物，跑个腿罢了。"

进掐着自己稀疏的胡子，若有所思："这个主意倒是不错，让他们给我揉揉肩捏捏背，好好认清楚谁是大哥。"狗娃听他这么说，又不正经起来，笑道："别人这么做倒还行，可进哥，就你这小身板，这么说不怕被揍一顿？"进一副懒得说他的表情，但自己心中也直犯嘀咕：他们不会真的敢打人吧？

这时，集合钟声敲响，进和狗娃一起到了临时开辟的校场。很快，进就和自己要指导的三个新兵见了面。站在新兵面前，进心里一阵惆怅，自己姐夫还真是说到做到，这几个新兵最矮的也要比自己高半个头，一身横肉的身板几乎顶两个自己了。他站在这三个表情冷漠的壮汉面前，半天说不出话来。倒不是因为别的，只是单纯不知道说什么。

憋了半天，进才憋出来一句："在军队里，一定要服从命令，这个道理明白吗？"这句话没头没尾，进刚刚说完就一阵后悔，自己在说些什么？不过显然老兵的名头还是很管用的，三个新兵没露出什么异样，齐声道："是！"震得进心跳都停了一拍。他背着手，神色严肃："好，很有精神。将军们派我来这里，就是怕你们这些新兵军纪散漫，斗志不足。不过现在看来，你们已经很不错了。"

听了他的话，三个新兵冷漠的脸终于有了一丝松动。进也松了口气，要是这几个新兵一直这么有压迫感，自己都不知道说什么才好了。他赶紧趁热打铁："我这个人从来不搞那些花里胡哨的形式，毕竟未来一段时间，我们要在战场上生死相托，我也就不摆老兵的架子了，我叫进。"说完，他做出一副老大哥的样子，对三个新兵好一阵嘘寒问暖，又对三人做了一个基本的了解。

三人中最高大的那个叫黑牛，隐隐是三人中领头的那个，出身九原的士兵家庭，父亲和一个哥哥也在军中，不过这次被派到了西线。黑牛长得比较凶悍，高大威武，且不善言辞，让人一看就觉得不是什么善良角色。但真正接触起来，进便感到他性格稳重，还颇有领袖气质，也无怪乎能成为三人小团体的领头人。

第二高的那人叫易羊，出身放羊的牧户，从小胃口就不小，为了养他，家里不得不卖掉了好几只羊。父母心痛之余，给他起了这个名字，希望他记住自己是家里卖了好几只羊才养大的。他说话做事都带着一股草原人特有的刚直执拗，听黑牛说，他以前在村里经常和同龄人打架，他父亲怕他一不注意给别人打出个好歹来，就送他来参军，希望能够磨磨他的性子。进心中一阵后怕，还好自己走了和蔼可亲的路线，要是硬逼着他们去给自己洗衣服，这家伙还不得跟自己过上两招？

最矮的那人叫李路，是个闷葫芦。在赵地，尤其是在九原，李姓在老人们的心里可是占有特殊地位的。当年前赵将军李田大破匈奴，连却秦军，可谓劳苦功高，深得北地人民爱戴。他受赵王猜忌，最终冤死于宫室，北地人民冒着触怒赵王的危险，在隐秘处为其建立祠堂，上香供奉。而李姓也因为这位将军获得了崇高的地位。不过尽管李路平常会以贵族礼仪要求自己，却从未标榜过自己的家世，这也是黑牛、易羊二人愿意与之交朋友的原因。

对三人有了基本的了解，进心中终于有了个底：这三人都是看起来凶悍，但实际上并不难相处的角色。自己从来都擅长与人打交道，想必与他们交流也不会太难。他心中不禁又对姐夫有了一丝感激：在战场上与这三个看起来是新兵，但实际上都是狠角色的家伙在一起，要安全许多。姐夫看起来要让自己离开他上战场锻炼，但实际上还是很关心自己的嘛！

三名新兵与进同吃同住几日，与进的关系越来越好，就连最为沉默寡言的李路也学着进朋友的样子喊起了"进哥"，这让进颇为受用，也对未来有了更多希望，说不定自己还能跟着三人捞上点战功，混个爵位呢！

就在进同其他老兵迅速与新兵打成一片之际,苏琳已经在这丛林中蹲了好几天。由于不能露出任何破绽,埋伏在丛林之中的众人没法生火做饭,只能啃随身携带的干粮果腹。啃了几天,苏琳看见干粮都有种反胃的感觉。但他们是应对敌军的后手。他们只能等待。

夜已深了。苏琳坐在树上,月光透过树叶间的缝隙洒落在他身上。他木然盯着手上已经吃了一半的干粮,心里琢磨着能不能想点办法,摘点果子吃。虽然不能饱腹,但好歹也能换换口味,正这么想着,突然听见前方传来一阵尖锐急促的鸟鸣。苏琳精神一振,将干粮揣在怀里,随手摘了片叶子放在唇间,发出一阵同样尖锐急促的鸟鸣。这是他们探查到敌人的暗号。这暗号层层传递,最后接收信号的人便赶回大营,让大营做好作战准备。

听着声音不断传向后方,苏琳终于松了口气:这样没有休止的等待太难熬了,他宁愿痛痛快快地上阵杀一场。他探头看向峡谷中央,希望看看来袭的军队到底是什么样的。借着月光,他看到峡谷中有两队人马正缓慢行进,一队人显然是匈奴人打扮,另一队人的打扮却是苏琳从未见过的——他们头戴皮盔,顶上插着不知是什么鸟的翎羽,身上的皮甲用红白染料画着诡异的花纹,背上背有弓箭。苏琳知道,这大概就是东胡人了。

苏琳眯着眼眺望队尾,却因距离太远看不真切。他估算了一下,两队人浩浩荡荡,加起来至少有一万人!尽管敌军人数比己方多很多,但还是比之前他们预想的稍少一些,不过,这些人很有可能只是先头部队而已。如果东胡和匈奴人把此地当作此次进攻的突破点,是绝不会只派这么点人来的。

第二十八章

嬴重收到了来自苏琳的消息：敌军已至！这让嬴重精神为之一振，自己的判断终究是正确的。他心里虽然还对新老兵混合部队的战斗力有所疑虑，但此时已经不是考虑这个的时候了。他叫来传令兵，号令全军做好战斗准备。根据嬴重的安排，士兵们睡觉时都是穿着甲胄的，而武器就整齐地摆在营房门口，这是为了防止发生在夜晚发现敌军而手忙脚乱的情况，没想到真的用上了。

士兵们拿好武器，熄灭营地内的火光，赶到校场集合。嬴重在台上看着兵士们的脸庞，很多人看起来比自己的年纪还要小些。而此战过后，不知道有多少人会埋骨于此，又有多少人可以加官晋爵。嬴重突然有一点理解为什么儒门先圣们一直痛斥战争了。在战场上，士兵和将领要尽力使自己变成没有感情的木偶。一切都是为了胜利。

但是自己现在所面对的情况不同，嬴重想。即将发生的战斗不是为了权力和欲望，而是为了守护。一旦防线失守，整个九原乃至更南的百姓们都要遭受匈奴人和东胡人的屠戮，这是嬴重给自己的必须取胜的理由。

想到这里，嬴重开口向整个校场的士兵讲话。他没有像对将领们说话那样慷慨激昂，而是神色穆然地说道："敌军已至谷中，而父老妻儿就在我们的身后。"他的声音并不大，但在悄无声息的校场之上，却足以让所有将士们都听清："我不知道今夜将有多少人死在这里，我是将领，我是不能第一个死的。但有一点我可以向诸位保证，敌人若欲使此谷沦陷，必须先踏过我姬青的尸首！"

士兵们早被交代过不能出声，于是同时将手中兵器在地上一顿。几千人同时做出动作，让站在台上的嬴重都感到震动。嬴重知道军心可用，于是笑道："此战过后，无论生死，我定要请诸位壮士痛饮。"说着，他拔出腰间佩剑，指向敌军来的方向，缓慢而坚定地走下将台："进军！"

整片校场上的军士们沉默着排好队列出发，嬴重被亲兵团团围住，走在队伍前方。有人劝嬴重向后撤一些，被嬴重拒绝了。李夯实三人围在嬴重身边，数百亲卫紧紧跟在他们身后。三人心中紧张，额头、背上都有细密的汗珠渗出，李夯实更是手心发汗，不断在衣服上擦拭。亲卫们心中虽然并不认为嬴重此举乃明智之举，却还是不由得默默敬佩这位年轻主将的勇气——战场之上，兵戈无眼，谁识得你是丘八农夫还是王侯将相？

与秦军这边紧张的气氛不同，东胡与匈奴人的联军尽管没有完全放松警惕，但也并不紧张，轻松地在谷中前行。在他们的想法里，这次突袭应当是没什么危险且油水丰厚的。毕竟，他们在袭击九原西方战线之前，会先途经九原的膏腴之地。而整个九原的兵力都被调到西线去了，那他们随便在这些地方抢一抢，也足够挥霍好一阵子了。

正在整支联军都还沉浸在喜悦的气氛之中时，联军中东胡人的头领看见前方突然有几只鸟飞走了，多年作战形成的本能使他顿生疑窦，于是抬起手肘，令全军停步。匈奴将领不知所以，正欲派人过来询问，却听见远远地传来一声："放！"便有铺天盖地的箭雨射来。毫无防备的联军前阵不少兵士被狠狠地钉在了地上，一时间损失惨重。

东胡将领气急，扯开嗓子喊道："敌袭！"匈奴将领这时也回过神来——作战前先以弩箭消耗对方力量，这不正是秦军惯用的作战方式？只是他怎么也想不到，秦军怎么会知道自己等人会走这条路，并且在西线老单于倾力攻击的状况下分兵来此？不过此时已经没时间思考了，听见东胡将领大声叫喊，他也跟着喊道："匈奴的勇士们，准备作战！"但由于毫无防备，匈奴军与东胡军挤在一起，一阵混乱。

另一边，嬴重长出了一口气。自己等人行进时已经非常小心了，可是由于缺乏丛林作战经验，还是惊飞了几只落在树上休憩的鸟儿。对方的将领也是经验丰富，在几乎毫无防备的情况下还能注意到这种细节。为了不给敌军时间反应，嬴重果断下令放箭，倒也射了他们个措手不及。不过对方既然已经知道了秦军在此埋伏，此前预备的分兵包围敌方的想法大约是无法实现了。

嬴重见敌军一阵混乱，又见身边的亲卫已经为弩箭上好了弦，于是又叫一声："放！"弩箭再次飞向敌阵，不过敌军虽然还有些混乱，也已经对弩箭有了防备，士兵们纷纷举起腰上的手盾，或者挥舞起手中长刀抵挡弩箭。这一轮射击仅对敌军造成了很小的伤害。嬴重咂了咂嘴，尽管计划已经破产，但削减敌方士气的目的已经达成，也还算不错。他走出丛林，大喊一声："冲锋！"便带着亲卫冲上前去。

见将领冲锋在前，各部自然也不愿落后，于是纷纷冲出丛林，向敌军大步狂奔而去。联军很快缓过神来，他们虽算不上两部最强大的精锐，但也是东胡和匈奴两方精挑细选出来的，都是很有战场智慧的老兵。东胡和匈奴的将领见秦军冲锋过来，也纷纷下令："冲锋！"于是很快，双方前锋便狠狠地撞在了一起。

进和他的三个"属下"冲在最前线。看着嗷嗷叫着冲上来的异族士兵，进感到自己手心冒汗。可是已经到了这个地步，再退已是不可能。他强鼓起勇气，僵硬地笑着对身旁的三人叫道："哈哈哈，跟老子上，干死这帮蛮子！"

两方始一接触，前排就有不少士兵倒下。进双臂发力，狠狠地将长戈刺进一个敌方士兵的胸口。一旁的敌方士兵冲上前来，想趁着进长戈未拔出时杀掉他，却被黑牛拦住了。进拔出长矛来，看着面前的尸体，胸口有点发闷。他看着再次冲上来的敌军士兵，大叫着迎了上去。

就在进与敌方士兵缠斗之际，后方冲上来一个东胡士兵，狞笑着挥动长刀，劈向进的后心。战场上一片混乱，进甚至没有发现他，一旁正与另一东胡人缠斗的易羊看见这一幕，连忙叫道："进哥，背后！"瞬息间，刀已急速砍向进的身体。在此危急之时，在一旁刚刚斩杀了一个匈奴人的李路冲了上来，他来不及把自己的剑从敌人的尸体上拔出来，只能从侧面将那东胡人扑倒在地，接着从怀里掏出一把匕首，狠狠扎向那人的脖颈。

鲜血从东胡人的身体中喷涌而出，喷到了李路的身上、脸上。那东胡人还未死去，胡乱挥舞着手中的长刀，李路躲闪不及，被一刀砍在了肩上，所幸那东胡人已经没什么力气了，砍的伤口不深。最终，那东胡人的喉咙发出怪声，努力地用手捂住自己的脖子，试图让血流得慢一点，但为时已晚，很快，他便瘫软在地上，没了声响。李路唾了他一口，随便抹了把脸，用东胡人身上的衣服擦了擦匕首上的血迹，拔出一旁尸体上的剑，冲向正与进相斗的敌人。

进横戈挡住敌人由上而下的一劈，却看见李路冲上前来，一刀砍在敌人腿上。鲜血从伤口中渗出，敌人吃痛，跪倒在地。进看了看肩膀，鲜血正顺着他的胳臂流到指尖，最后一滴一滴地滴在了地上。进又看了看背后，发现了那具东胡人的尸体，心中恍然大悟。他想起小时候从邻家老兵那里听来的战场知识，从胳臂上撕下一条布来，抛给李路："快扎上，流血太多会死的！" 李路点了点头，咬着布条将其紧紧缠在肩上。而此时，进已经迎上了另一个冲来的敌人。

前线的其他部分陷入胶着的混战，而嬴重这边的情况也不算乐观。在冲锋时，嬴重当头迎上的是匈奴和东胡首领的亲兵队伍。相较于其他敌军来说，将领的亲卫队自然更为难啃，虽然嬴重的亲卫队也是身经百战的精锐，但却在刚与敌军接触时就出现了伤亡，足见其难缠。

嬴重冲锋在前，自然不能在混乱的战场上独善其身。他在战前特意取出洛师给他的明道剑反复擦拭，不正是为了这一刻？苦练四年的剑法在这一刻爆发出惊人的力量，明道剑在月光下闪烁着摄人心魄的光芒，每一次闪烁都能收割一个敌方士兵的生命。见嬴重在前面大发神威，亲卫队士气大涨。李夯实在最初的紧张之后，血性大发，大声叫道："我等怎能让大人独自在前？杀！"说着挥舞起苏琳特地为他订制的大板斧，大喊着冲入敌军阵中。周兔与常盛二人见大哥冲了进去，相视一笑，同时叫道："大哥等我！"便也从李夯实打开的缺口中钻了进去。常盛虽然个子矮小，力气稍逊，但胜在灵巧，闪转腾挪之间，手中短剑便能袭取敌人的性命。周兔持一把大剑，专为李夯实防备身后的敌人。三人自幼生活在一起，配合默契，苏琳在教授他们之时，又为他们量身定制了合击战法，故而敌军虽然将他们团团围住，一时间却也毫无办法。

看着嬴重等人在匈奴士兵之中大发神威，东胡将领目光闪烁，东胡士兵也很有默契地没有靠近嬴重，而是从其他方向迎上嬴重的亲卫。此次东胡与匈奴联军，并不意味着匈奴与东胡之间的关系有多么好，而是因为他们都感受到了来自秦帝国的巨大压力。东胡和匈奴的首领们都很清楚，这些年秦为防止国内政局不稳，一直没有较大的军事行动，一旦秦腾出手来对付他们其中之一，以国力来看，他们几乎没有反抗之力。

在生存的智慧和对中原的了解上，匈奴和东胡两个大的部族是远远超越了很多中原人的想象的。如果他们真的是没有智慧的野兽，又怎能在荒芜的草原和丛林中发展出自己独有的文明体系？当匈奴和东胡都认识到，与其坐以待毙，不如先发制人时，一场大战就难免了。

不过在东胡和匈奴之中，也不乏一些"聪明人"。在他们看来，冠带之国尽管可以击败和驱逐引弓之民，但绝无可能将他们毁灭。相较于秦，还是对方更具有根本性的威胁。于是，借用秦的力量削弱对方，也就成了他们出兵时附带的政治任务。所以，看到嬴重大肆杀戮匈奴士兵，东胡将领不仅不怒，反而心中窃喜，希望嬴重能多杀一点匈奴人再倒下——他放眼一扫便已心中有数，这支秦军的数量和战斗力都不如己方，己方取得胜利只是时间问题。既然如此，为取得胜利而必须付出的代价，就让匈奴支付吧！

匈奴将领看着嬴重又横剑杀死一名己方的勇士，不由发出低沉的怒吼。他看向东胡将领，却发现对方目光闪烁，根本不与自己对视，心中明了东胡将领拿定的主意。他恨恨地看了对方一眼，翻身下马，抽出马背上悬着的弯刀，怒吼着向嬴重冲去。

嬴重一方无论士气如何高涨，毕竟处于人数劣势，很多亲卫都陷入以一敌多的困境，还能勉力坚持已是殊为不易，再没有余力支援战友，李夯实三人更是被敌军团团围住，陷入进退两难的地步。嬴重正被几个匈奴士兵围攻，听见一声怒吼迅速逼近，他连忙推剑横扫，逼退面前几人，却见之前骑在马上的匈奴将领持刀来攻。嬴重心沉如水，连续挥出几剑，匈奴将领如暴风骤雨般的攻势就被他化解。他感到一阵轻松，毕竟一个人的进攻是有迹可循的，而许多人的围攻则是毫无章法的，面对围攻，不仅要防面前，还得随时防备两侧及身后。现在匈奴将领冲了上来，之前围攻嬴重的匈奴士兵们则不再进攻，只围成了一个小小的圆圈，防止嬴重逃走。这也算拖住了不少敌军吧？嬴重心想。

匈奴将领的进攻迅猛，但在被嬴重一一化解后，他的攻击速度渐渐变慢。毕竟他也不是神仙，那样的攻击方式是非常耗费体力的。嬴重也意识到了这一点，他自己在军阵中一路冲杀至此，消耗的体力也不少，呼吸已渐渐不稳。他便顺着匈奴将领的攻击节奏放缓了自己的动作，以积蓄些体力。

见嬴重的节奏也渐渐放缓，匈奴将领的嘴角勾起一抹诡计得逞的笑容。

就在嬴重手里的剑与他的刀交击的一刹那,他用另一只手从腰间拔出一把短刀,直向嬴重刺过去。嬴重毕竟未曾上过战场,虽然论剑法,那匈奴将领比不过他,但论起阴谋诡计,匈奴将领这种久经沙场的人超他十倍还不止!嬴重没想到敌人还有这么一手,连忙双腿向后一蹬,同时扭转腰腹,试图躲过这一击。

但匈奴将领好不容易使嬴重咬勾,又怎么会轻易放走这条大鱼?他早观察过了,面前这个少年便是这支秦军的首领,只要杀了他,这支秦军必然军心大乱,到时候就算匈奴的损失比东胡人多了点,自己也可取此战首功!一念及此,他更加兴奋,口中叫嚷着向嬴重冲去。

嬴重实在避不及,只能奋力扭腰躲闪。匈奴将领的长刀从嬴重腰侧划过,留下一条可怖的伤口。从未感受过的痛楚使嬴重变得更加清醒,他愤怒地大喝一声,挥动手中的明道剑,逼退了还准备追击的匈奴将领。

远远看着场中混战,苏琳心中一阵焦急。出发前,他与嬴重约定好,嬴重一发信号,他便率领自己这几百人自丛林中冲出,袭击敌军两翼。但嬴重却迟迟没有发信号的意思。苏琳恨不得能冲过去一顿砍杀,却也深知军令如山,且嬴重一定有自己的考虑才不发令唤出自己等人。所以,尽管心急如焚,他还是蹲在粗壮的树枝之上静静等待。

只是,这一等就又是好久,谷内自己一方的军队从气势如虹到现在的勉力支撑,这对在一旁等待的几百人而言是一种折磨。一阵窸窸窣窣传来,苏琳连忙看过去,原来是苏琳带来的几百人中的一名百夫长,苏琳记得他的埋伏地点距离自己很近。

苏琳不无责怪地问道:"过来干什么?回去等命令!"百夫长面带苦涩:"苏将军,还要再等吗?下面的弟兄们已露败象,就连姬将军也受伤了,现在只能在那匈奴蛮子的刀下苦苦支撑。再不出击,恐怕……"苏琳心头火起:"恐怕什么恐怕,你第一天当兵?连什么该质疑,什么不能质疑都不清楚？"

那百夫长看了看四周，把头凑过来："苏将军，我无意冒犯，但……姬将军迟迟不发信号……"苏琳没等他把话说完便面色一寒，伸手指着百长："我最后一次警告你，回到自己的岗位上去。姬将军不发令定然是有自己的想法，哪里轮得到你一个小小的百夫长质疑？你该庆幸当下只有你我二人，否则我定要治你一个惑乱军心之罪！"百夫长也知道自己失言，连忙讪笑着退回阴影之中，只留下苏琳一人继续焦急："少主究竟在等什么？"

谷内，进同黑牛三人虽还站在一起，却都已有些疲累了。不过身体上的疲惫不是最为致命的，最致命的是这些东胡人和匈奴人就像杀不完一样，杀了一个又有一个悍不畏死地冲上前，这让黑牛等三个新兵以及进这个"老兵"不禁自心底生出一种绝望的情绪。就在刚才，进还远远地瞧见自己的姐夫在提剑砍杀敌军，只是满身的血污和早已散开的发髻让进也差点没认出来他。进看着嗷嗷叫着扑上来的东胡士兵，又低头看了看自己满身的血迹和散乱的头发——头发早已因沾满了血成了一绺一绺的，身上有几个不大不小的伤口，正在渗血。进心想，自己也没什么资格说姐夫，自己不也是这样？看了看身边三人，他惨笑道："莫非老子今天就要和你们三个新兵蛋子一起殉命于此？"

李路瞥了他一眼："都是老兵了，这点觉悟都没有？难道你是第一次上战场？"进顿时有些尴尬，但是他此时怎么会承认这一点？于是叫道："来！吃老子一刀！"说着便迎向对面持刀戒备的匈奴武士。黑牛笑道："进哥好气魄，此战我若是不死，便认进哥做大兄！"说着，他也走向对面的东胡武士。

易羊看这二人的背影，心中豪情澎湃："算我一个！" 说着又看向身旁的李路。他知道李路在心中依旧认为自己是个贵族，还有些不确定他是否愿意与自己等人结拜，谁知李路一改往日的沉闷，大笑道："固所愿也，不敢请耳！"说着与易羊相视一笑，冲向自己的对手。

战场中央，李夯实三人也逐渐陷入困境之中。尽管他三人有合击之术，却终究是第一次上战场，哪里想得到保存体力这档子事？于是砍杀一番过后，尽管战果卓著，却也累得三人气喘吁吁，难以为继。正在常盛力竭之际，一个敌人抓住时机，狞笑着挥舞手中大刀，向方才跳起落地的常盛斩去，李夯实心中大喊不妙，但周免也正被三人缠住，脱不开身。李夯实一咬牙，转身挡在常盛面前。刀光一闪而过，李夯实背上已是鲜血淋漓，好不吓人，他不由得痛哼出声。常盛见状，涕泗横流，一时间心中百味杂陈：自己这位好大哥竟然拼着受重伤也要替自己挡下这一击，这让他感到羞愧。平日里，尽管三人情笃，但他始终有所保留，还常常爱耍些小聪明。他自忖若是二人易位，自己大约是不会替李夯实挡下这一刀的，可李夯实，这个憨头憨脑的大哥却这么做了。过往心中对李夯实的那点轻视尽数散去，常盛带着哭腔叫道："大哥！"

李夯实口中倒吸着凉气，牙关紧咬，龇牙咧嘴地向常盛一笑，接着便浑不在意地向敌人叫道："敢伤你爷爷？死来！"他把大板斧一转，劈向那被他奋不顾身的举动骇住的敌人。电光石火之间，敌人便已身首分离。周免也注意到了这边的情况，心中如火烧一般，原本已经疲惫不堪的身体里又涌出了一股子气力。他低吼一声，手中大剑再次挥舞起来，逼退面前的三个敌人，退到李夯实二人身边。

常盛心中慌乱，哪里还有半分以往的聪明劲儿？他从身上撕扯下一些布条，试图为李夯实包扎伤口，但那伤口实在太大，李夯实又生得虎背熊腰，仅凭这点布条哪里包得住？他正慌乱之际，却听得李夯实低声道："不必包扎了。"他茫然地看向李夯实，却见李夯实以往总是憨笑的脸上如今变成了严肃与凝重："拿起你的剑。杀不退敌人，我们都得死在这儿。"周免退到二人身边，见李夯实伤得严重，本欲出言责怪常盛，却看见常盛一副泪流满面的慌张样子，同以往的精明大相径庭，于是心中暗叹一声，也不忍出言责怪了。

常盛抹了抹脸上的眼泪，重重嗯了一声，拾起掉在地上的短剑。三人再度形成合击之势。李夯实背上的伤口痛得他龇牙咧嘴，却更激发了他骨子里那股凶性，他舔了舔斧刃上的鲜血，又用袖子擦了把嘴，鲜血便糊满了他黝黑的脸，在月光下好不骇人。此情此景，就连凶悍的匈奴人见了，都不由得倒退一步。见敌军面露惊骇之色，李夯实不由笑道："我还以为是什么牛鬼蛇神，原来也就是些没卵子的。有种的就上来，看你爷爷死前还能带几个下去尽孝！"东胡、匈奴将士们对中原话不甚清楚，却也听懂了几个关键词，不由得怒火大炽，嗷嗷叫着便冲了上来。见状，周免咧嘴笑道："大哥，还能杀吗？"李夯实痛得冷汗直流，笑容却更胜以往："怎么不能，你以为大哥那么多肉都是白吃的？阿盛，你呢？"常盛努力平复胸中波澜，声音中却还带着几分哭腔："能！杀他娘的！"李夯实闻言笑道："说得好！公子和师兄待我们不薄，今天就算把命给他们又何妨？杀他娘的！"说着，三人纷纷迎向扑来的敌人。

就在诸将士死战不退时，嬴重和匈奴将领的缠斗进入了白热化的阶段。嬴重负伤在身，每次用力都会引起伤口一阵剧痛，但这一战，他必须胜利，别无选择！如果连九原的百姓都守护不了，他又拿什么复仇，拿什么守护天下的百姓？

匈奴将领见嬴重脸色苍白，手上动作越来越快，弯刀反射着明亮的月光，竟在空中拉出一道残影来。但嬴重的目光却越来越亮，他知道，当敌人开始大意的时候，就是他反败为胜的时机！他在连接八刀后，忍不住退了两步。匈奴人见他力竭，狂笑道："你，死吧！"说着便大步迈向前，手中弯刀高高举起——这一击若是砍在嬴重身上，说不得就会将他一分两半！

匈奴将领迈步向前，嬴重嘴角上勾，他终于等到机会了！他佯作无力地蹲下，却在腿上暗暗积蓄力量。那匈奴将领只以为大势已定，这一刀挟风雷之声狠狠斩下，却看到嬴重以极快的速度半站起身冲进自己怀中，将自己撞了个趔趄。他愤怒地想要抓起嬴重，却感到胸口一阵剧痛，低头一看，原来是嬴重怀中的明道剑已将他捅了个对穿！

见自家将领在瞬息间落败倒地，周围的匈奴兵士也愣了一瞬。等他们回过神来,准备上前杀死倒地的嬴重时,却看见嬴重已经摇摇晃晃地站起来,大喊一声:"敌将授首,吉时已至,杀贼!"说着便从怀里掏出一个黑漆漆的小玩意,放在口中用力吹响。顿时,尖锐的声音传遍了整个峡谷。

这正是苏琳等待已久的信号!苏琳大笑着从树上跳下,大叫着:"好贼子,你爷爷们在此等候多时了!"几百人瞬间从丛林之中冲入战场,秦军一方顿时士气高涨,连已经力竭的战士们也不知哪里来的力气,开始反击压着自己打的敌人。而东胡、匈奴联军一方则军心大乱,乱战之中,他们哪里还有心思数从丛林中钻出了多少敌人?只觉得这是个巨大的陷阱,自己已经被包围了!于是不少人开始心生退缩之意。匈奴人更惨,首领刚刚被杀,又被秦军包围,他们连半点打下去的欲望也没有了,甚至来不及将手中弯刀收入刀鞘,便争先恐后地向后方奔去。

进正和一个匈奴士兵死斗,远远听见嬴重与苏琳的叫声,原以为必死的他心中突然燃起了一丝希望,笑骂道:"你们的头人已经被我们将军砍死啦!还不快下去陪他!"看见那匈奴士兵的脸上第一次出现了惊慌和恐惧的神情,他心中勇气更盛,原来这帮只知杀戮的疯子也知道怕!趁着那匈武士兵愣神的一瞬间,他大喝一声,手中武器狠狠地从那士兵的胸腹之间直插进去,那人闷哼一声,断了生机。进大笑着用脚蹬开他的尸体,看着还在与敌军缠斗的黑牛三人,笑骂道:"果然是新兵蛋子,杀人都不利索!"这一刻,他已经忘了自己也是第一次真正站在血腥的前线。

黑牛三人听见这话,纷纷加快了手上速度。易羊更是笑着叫道:"进哥威武!"杀完了面前的敌人,进看着溃逃的其他敌人,挥剑喊道:"还能叫他们从我们兄弟手上跑了?给老子杀!"黑牛三人大笑着应声,一时间,竟然在混乱的战场上杀出了一小片真空地带。

这样的场景在峡谷各处接连上演。东胡将领见形势不妙,连忙拔出手中刀来高喊:"不必惊慌!他们的援军不过几百人而已,不足为惧!"可是兵溃已然不可阻挡,他的叫喊在秦军兴奋的呐喊和逃兵的哭号中是那么微不足道,让他有一种在暴风雨之中呼喊的感觉。他的亲卫冲上来大喊:"大人,敌军杀过来了,快撤吧!"他心里清楚,此时的形势已经容不得他有什么作为了,只好恨恨地看了一眼秦军,又向匈奴将领尸首的方向唾了一口,喊道:"撤!"

嬴重被亲卫扶上马,见身旁将士们虽然神色疲惫,但眼神却格外明亮,他强忍住撕心裂肺的疼痛,大笑着将明道剑指向敌军溃逃的方面,喊道:"哪个愿为本将追贼?"苏琳眼睁睁看着嬴重受伤却无能为力,心里早憋了一团火,抢先说道:"末将愿往!"他的话音未落,山谷中便响起了将士们此起彼伏的回应。嬴重看向苏琳,笑容灿烂:"去吧,杀他们个片甲不留!"苏琳得令,行礼后叫道:"所有还跑得动的兄弟,跟我走!"于是一群人叫喊着去追敌军残部了。

看着苏琳的背影越来越远,嬴重实在憋不住了,一口鲜血喷出,便浑身发软,昏迷了过去。他身后的亲卫眼疾手快,冲上来扶住了嬴重,连带受伤的李夯实等人,送回了营中。

第二十九章

赵石头是辽东郡治襄平城这个小村里最不受孩子们欢迎的人。他四五十岁了，已属少有的高龄，但他和其他同年纪的老人比起来，可说是生冷硬倔，平日里总紧紧地抿着嘴唇，一言不发地干自己的事，全然没有其他老人的和蔼可亲。村里人私下里都说他像一块又臭又硬的石头，孩童们对他更是敬而远之。一次，一个孩子在他面前说漏了嘴，而他也没生气，于是"赵石头"这个名号就逐渐代替了他原本的名字。时间久了，他的本名都没人叫了，年纪小一些的人甚至不知道他原本的名字，最后，就连他自己也快要忘记自己的名字了。

据说赵石头是个参加过抵御秦兵攻燕之战的老兵。有老人说，当时他还是个孩子，秦军的上官看他年纪小，大发慈悲让他加入秦军。可他的倔劲上来了，九头牛也拉不回来，硬说自己哪怕回去种地，也不愿加入秦军，也是那位上官心善，还真允了他的要求。他父母早亡，解甲后也未娶妻，一直一个人生活。

东胡和匈奴可能联合进犯，九原郡做出这一预测后，立马将其作为紧急军报传给了栎阳，同时作为参考消息发给了云中、雁门、辽东等郡。在九原战场阻止了匈奴人的第一波攻势后，东胡人展开了一场会载入秦帝国史册的大突袭：东胡大军绕过了辽东郡的北方防线，出人意料地出现在了辽东郡的东侧，并且以惨无人道的方式连屠三城。很快，这样的暴行传遍了整片中原。在帝国上下震惊愤怒的呼喊声中，皇帝雷霆震怒，立刻下令征调民夫和地方军队，预备北上征讨东胡诸部。天下无人不知当今这位皇帝乃是兵家出身，且早已有征讨东胡之念，如今有了东胡联合匈奴主动来犯这个理由，更是下定了决心。秦帝国这个庞大的战争机器在时隔十几年之后再次发动起来，沉睡的凶兽苏醒，即将亮出最锋利的獠牙，狠狠地撕咬敢于伤害自己的敌人。此时，就连南方和西方的蛮族都感受到了危险，嚣张的气焰也收敛了不少。

东胡大举来犯的消息，早就如同以往所有被泄露的秘密消息一样，风一般迅速传遍了东北诸郡。生活在有高耸城墙保护的城市里的人还算镇静，但那些散居在各个村落之中的民众则人人自危，一点风吹草动都能让他们寒毛直竖。生活在边境的人们，就算没有见过，也都听说过北方蛮族的凶残狠毒。赵石头所在村子里的人也不例外。

老人们听到这个消息，纷纷哀叹：没过几天好日子，怎么又要打仗？这世道真是没有一日太平。年轻人们纷纷摩拳擦掌，言称要是东胡人敢来，必然叫他们有去无回！青年们在村里发此慷慨激昂之辞，每每引来一堆少年少女崇拜的眼神。但赵石头往往嗤之以鼻，嘴里还嘟囔着："小屁孩哪里懂得战场多么可怕……毛还没长齐呢！"这样的话往往引得血气方刚的年轻人怒目相视，有些胆大的便上前呵斥他，更有些人嘲笑他是在战场上做了逃兵，靠秦军将领可怜才勉强活下来的可怜虫。赵石头闻言憋红了脸，抡起肩上扛着的锄头扔向他们，却被早有防备的年轻人们轻巧地躲开。他们嬉笑着飞奔离去，只留下赵石头一个人呆呆地站在那里。

赵石头的怒火无处发泄，捡起锄头狠狠地在地上砸了两下，这才心有不甘地往家走去。他的房子简单而朴素，不大的屋内，被他收拾得井井有条，地上墙上一尘不染。他将锄头同其他农用器具整齐地摆在一起,坐在榻上,出神地从半掩着的门里望出去。良久,他从榻下摸出一卷书来,倚在墙上仔细阅读,读着读着便簌簌地流下泪来。

几日后,有郡城襄平的信使前来报信,说北方发现了东胡骑兵的踪迹,可郡兵早被调去了东边防备东胡人的大部队,只留下了少量部队守卫郡城。这点人防守郡城都嫌少,又哪还有余力对付其他地方的敌人?附近几个村里素有威望的长者们见郡城指望不上,于是便聚到一起商议怎么保护村子。最后,他们决定,组织一支由几个村子里的年轻人构成的乡兵。乡兵虽然战斗力有限,但至少可以在援军到来之前稍作防御。可尽管有心组织乡兵,没有甲兵却成了大问题:秦律不许平民百姓私藏甲兵,尽管这一条近些年来稍有松动,但要突然拿出足以装备一支军队的甲兵仍旧是不可能的。几个老者到郡治云中去求了郡尉大人许久,才求来了少量破旧的陈年甲兵。赵石头在听说了这件事之后,立马回家从床下翻出藏了多年的战甲,披挂整齐,前往这支乡兵的集合处报到。他的战甲并非秦军样式,而是故燕国的样式。

自古便传,王朝有五行之德,夏朝为木德,尚青色,故为金德尚白的商朝所克。商又为火德尚红的周所克。周分封诸国,秦国末代周室时,未称有德,只尚黑色。代周后,因水克火,便称水德。晋国源自姬姓王室,承周火德尚红。其后三家分晋,魏国又承晋国之火德,韩国为木德尚青,赵国为有别于韩、魏,特设火木德,其色为七分红三分蓝。齐本为姜氏封国,但后来田氏代齐,为区别于姜齐,田齐特设火金德,其色为紫。楚国本属蛮夷,其后自认为炎帝后裔,"与黄帝同德",故为土德尚黄。七国之中,又以燕国最为特殊。燕国继自文王之子召公,是正统的周宗室后裔,自然有资格继承周之火德,但燕国公族认为继承火德会使周王室的火德衰败,故反其道而行之,推演出"燕临北海,天赋水德",故而为水德,尚蓝。举国上下,从礼仪用具到服饰,皆以深蓝色为正色。赵石头所穿的,正是燕国所用的深蓝色战甲。

燕国所用的深蓝色与秦所用的黑色在日光下看起来相差不大，只有经历过燕国时代的老人才能分辨出来。年轻人没见过这样的战甲，站在一旁笑他穿得奇怪，但年纪长些的人见了这副战甲，却脸色大变：私藏甲兵的事先不提，现在燕国已经没了，你还穿出这一身，这不是犯大忌的事情吗？可是随着不少跟赵石头年纪差不多的老兵穿着同样的战甲加入这支民兵队，他们也只能当作没看见了，毕竟多个人总比少个人好，更何况这些人还自带战甲呢。

这支队伍召集了八百多人，由一个叫作马才的老兵带领。马才在战斗中失去了一条胳臂，无法亲自上阵作战，但他却有过当队率的经验，于是众人一致推举他为这支乡兵队伍的队长。乡兵们就在距离几个村子都不远的地方驻扎下来。年轻人刚来时纪律混乱不堪，看得队伍里的老兵们直皱眉头，开始时还只喝骂两句，后来便直接上手教训。这样才算给年轻人树立了纪律观念，队伍有了几分正规军的样子。赵石头没有凑热闹去管教新兵，只和跟他穿着一样甲胄的老兵们凑在一起。在他们看来，面对穷凶极恶的东胡人，这帮年轻的崽子们能不逃完就算不错了。因此尽管互相并不熟悉，但还是这帮老战友值得信任。

很快，他们就发现了东胡人的踪迹。起初，东胡人还以为他们是真正的秦军，不敢靠近，只敢在远处逡巡。但年轻人发现了东胡人的踪迹之后，都忘了以往的豪言壮语，慌乱起来。在马才等人的呵斥之下，他们有所收敛，但队伍还是回不到之前纪律严明的状态了。马才在同老兵们商议之后，一致认为与东胡人野战是并不明智的选择，可既然已经被他们盯上了，那不如将计就计把这队骑兵引到己方有较好防御的地方去，这样既可以不让他们四处劫掠，也能减轻自己一方的压力，毕竟带着一群没上过战场的年轻人直面凶悍的东胡人，谁心里也没底。于是，他们带着队伍开拔向东去了。东方约百里处有一座小城，是当年七国混战时留下来的军事建筑，正好可以利用。

东胡斥候将看到的种种情况汇报回军队，东胡将领迅速意识到了他们可能并非一支正规军,于是派出人马来试探。不出他所料,这支军队明显不似正规秦军那般行止有度,纪律严明。东胡将领喜出望外,认为只要打败了这支弱小的军队,自己一行在这片土地上将再无阻力,可以大展拳脚。于是连忙派出斥候衔尾刺探,同时又派出几队骑兵对对方进行不间断的骚扰。

这是东胡人的经典战术,以往征伐北方的小部落时,这一招可谓无往而不利。昼夜不停的骚扰会让敌人陷入疲惫和恐惧的泥沼,极大地削弱其战斗能力。不过这招对那些真正的乌合之众或许有效,但对这支有参与过当年七国大战的老兵坐镇的队伍来说,却不是什么大问题。当年的七国大战,可以说将整个中原的人杰都调动起来了,所使用的计谋与战争技巧,可比东胡人所使用的高级多了。马才将手下的青壮分为三部分,轮流守夜,白天行军时也派出斥候观察东胡人的动向,防止东胡人利用其强大的机动性形成包围圈。整支部队就在这样钩心斗角的氛围中前行,年轻人也逐渐习惯了这样紧张的氛围,不再慌乱无序。

东胡人见秦人的队伍在最初的慌乱之后,逐渐整齐起来,不禁有些好奇。东胡将领在得知此事之后,不禁龇起了牙花子:"啧啧,看来这队乡兵里有高人坐镇。"见他迟疑,身旁亲卫小心翼翼地问道:"既然有高人坐镇……那还打不打?"

"打!怎么不打!"东胡将领狞笑道,"什么狗屁高人,带着一群没上过战场的毛头小子,还翻得起什么浪花?"说着便提刀上马,引兵而去。很快,东胡将领就远远地看到了乡兵队伍,于是挥舞起手中的刀,大叫着策马冲上前去。他身后的骑兵见将领冲了上去,自然也不甘落后,怪叫着加速冲刺。几百人马一起冲锋,顿时扬起一阵沙土。

而乡兵队伍这边,年轻人听到远远传来的怪叫声和漫天尘土,好不容易维持齐整的队伍又是一阵骚乱。还是马才用他的独臂挥舞着马鞭,把几个慌乱的年轻人抽得嗷嗷直叫,才让这些新兵们冷静下来。马才冷笑道:"老子前些日子教你们的都忘了？还不赶紧变阵！"新兵们连忙转换成防御阵型，面向冲锋而来的东胡骑兵。

骑兵冲锋而至，新兵们举起手中的兵刃，胳臂用力，准备迎敌。但东胡将领却没有与乡兵们发生正面碰撞，而是猛地一拉缰绳，带得胯下骏马嘶鸣一声，便从乡兵结成的阵势侧面穿了过去。在他身后的东胡士兵们也早已习惯于用这种作战方式，纷纷偏转马头，冲向侧翼。

侧翼的新兵们本想着自己不会首当其冲，略有放松，猝不及防地被敌军这么一冲，阵型顿时大乱，有几人甚至被马匹撞飞出去，倒在地上痛苦地哀号起来。新兵们见方一照面，己方侧翼便出现伤亡，心中不禁升起一股兔死狐悲之感，却也反倒镇定下来：反正横竖是一死，倒不如奋起反抗，还有点生的希望。

马才敏锐地感觉到了新兵们心态的变化，但他来不及欣喜，东胡骑兵就已经冲了过去，接着调转马头，准备从后方再次冲锋了。看到新兵们不知如何应对的样子，马才心中刚刚生出的那一点欣慰也消失无踪，他大叫道："等什么呢！变阵！"新兵们连忙转身，以后阵为前阵，准备迎接敌人的第二次冲锋。

东胡将领见乡兵们忙乱的样子，不由放声大笑，转头对身后的众骑兵笑道："杀了他们，整个辽东任我们驰骋！"闻听此言，骑兵们士气大涨，大声叫喊起来。东胡将领见状，狞笑着再次挥舞马鞭，指挥整支队伍再次冲锋。

冲至阵前，东胡将领意图再次复制之前的法子，扯转马头，向侧翼冲去。只是这次，他们却找错了对手。十几个老兵体力不如年轻人，被马才安排在阵侧，正好对上疾驰而来的东胡骑兵。但老兵们虽然体力不如当年，可论起作战经验，他们比新兵们强得不是一星半点。更何况他们中有不少人都出身当年的燕国燕骑，自然知道怎么对付骑兵。因此他们不仅没有一丝慌乱，反而冷笑着握紧手中兵刃，等待骑兵的到来。

志得意满的东胡将领看到面前众人不仅不乱，反而跃跃欲试，心中不禁有些疑虑。再定睛一看，那些人穿的竟然不是秦军的黑色军服，而是故燕国的深蓝色军服，不禁大骇，条件反射般一扯缰绳，试图避开这些早已等候多时的老兵。但那些老兵等候多时，又岂能让他如意？趁着那将领身后不明所以的东胡骑兵们在他们将领勒马之后也纷纷勒马转向、降低速度的时机，老兵们冲上前去，抬起手中兵刃便向东胡骑兵的腿部砍去。东胡骑兵们躲闪不及，腿上中刀，手上便不由自主地发力，战马不知所以，只感到缰绳收紧，于是慢慢停下了脚步。老兵们伸手拽住东胡骑兵的腰，一把便将他们从马上拽下，早已等候多时的诸新兵便乱刀将东胡人砍死。

　　老兵们身后的新兵不由感叹，原来还有这种办法。于是纷纷如法炮制，又斩了几个东胡人。东胡将领后边的骑兵们看到前方有人坠马，心中大乱，一时间却又想不出什么办法，只能奋力扯着缰绳偏转马头，拉得战马好一阵嘶鸣，这才扭转方向，没有步了前方几个倒霉鬼的后尘。早早偏转方向，没有中招的东胡将领心乱如麻，看着士气低迷的队伍，只能一咬牙，大声叫着："撤！"率队离开了此地。

　　见东胡人撤退，老兵们镇定如常，新兵们却按捺不住心中激动，纷纷欢呼起来。马才冷笑道："这才哪到哪啊，救治伤兵，继续进军！"新兵们这才压抑住打退敌人的喜悦和激动，抬上、背上伤员，继续向东方的小城进发。

第三十章

　　嬴重醒来，已是两天以后了。他醒来之后不顾身上伤痛，连忙唤来一直侍卫在营房门口的周免，问询自己昏迷期间的情况。周免为人稳重，按照早先苏琳的吩咐，先叫其他亲卫去叫随军郎中和军中骨干，这才进帐答话。

　　最终结果没有出乎嬴重的预料：秦军尽管杀得尽兴，但也只能说是惨胜。嬴重本部的三千人老兵，折损了八百人，而剩余诸人几乎个个带伤，短时间内是很难恢复到巅峰战力了，不过这样的结果还算可以接受。而苏琳那边的伤亡就显得有些可怕了：随苏琳而来的四千人中，有二千七百余人葬身于谷内，剩下的一千二百多人中，有五百多人身受重伤，据随军郎中的判断，他们之中的大部分人都会落下伤残。也就是说，整整四千人，在这一场恶战之后，休整下来、最终还能保证战斗力的，只有不足七百人！这几乎可以说是全军覆没了。

　　听着周免的汇报，嬴重陷入沉默。他一早便想到这一战必将伤亡惨重，但当血淋淋的数字真的摆到他面前之时，他还是有些无法接受。放在战报上的一个个名字，都曾是鲜活的生命，他们也许前一天晚上还幻想着杀敌立功，但一天之后，他们就永远闭上了双眼，将鲜血泼洒在了这片他们生活的热土之上。

看着嬴重苍白的面色，周免猜想到了他内心的想法，不由出声安慰："公子请勿为此伤神，来当兵的，哪个没有死在战场之上的觉悟？更何况公子身先士卒，独自斩杀一员敌将，我军以少胜多，已是殊为不易，又怎么能要求更多？"

嬴重苦笑道："你说得倒也不错，只是我也是第一次亲临战场，以往虽也总听人说起战争的残酷，但亲自接触时，还是很不习惯。"周免十分诧异，在他看来，前几天的那一战中，如没有嬴重身先士卒，斩将夺旗，发动预先设下的伏兵，这一战是绝不可能这么顺利的。要知道，他们新兵与老兵加在一起才堪堪七千人，而他们面对的是一万多凶猛的匈奴和东胡勇士，在这接近一比二的人数差距之下，能生生打退敌军，已经是相当彪悍的战绩了。他只道公子是参与过战争的，没想到却是初出茅庐，于是周免心中对嬴重的敬佩更甚。嬴重晃了晃发昏的头，伸手一摸，才发现自己已是满头大汗。他看了看身上的被子，笑骂道："好你个周免，你想热死我？"周免这才回过神来。此地白天酷热难耐，夜晚却寒冷极了，前夜里周免怕嬴重着凉，特地找来一床厚厚的被子给嬴重盖上，只是他从来没照顾过病人，到白天也忘了把被子换一下，直到嬴重出言提醒，才连忙为嬴重换上薄些的被子。

刚刚换好被子，得到消息的苏琳一众人便急匆匆掀开帐门走了进来，见嬴重面色苍白，苏琳连忙扶床跪下："少……将军，你本不必以命与那蛮将相搏的啊！"随他一起进来的是思、涣及其他几名将领，在他们面前，苏琳本不该称嬴重为"少主"，只是他一时情绪激荡，才险些喊错，幸好及时改了口。其他几人倒也没有生疑，只当这是苏琳对嬴重的惯用称呼。

嬴重见他们几人神情关切，摇了摇头道："我若不与他搏命，只怕那一夜还会有更多伤亡。"他勉力要坐起来，苏琳赶紧伸手搀扶着他。坐直后，嬴重咳嗽两声，喘了几口气，环顾四周，疑惑道："李夯实和常盛呢？"周免听了,眼眶发红道:"禀将军,我大哥被敌军砍在背上,身受重伤,还昏迷着呢,常盛正在照顾他。"嬴重大惊,这时,随军郎中掀帐进来了,嬴重连忙问道:"大夫,我那侍卫情况如何?"军中郎中原本是只负责给将领们看病的,但苏琳十分怜惜那些受伤的兵士,又怕他们身上的伤得不到妥善处理,最终造成更大伤亡,于是便请郎中去为普通兵士们治疗。这一举措有效地降低了兵士因伤情恶化而死亡的比例,代价就是郎中和他带的几个徒弟们不吃不睡地连轴转,以至于双眼发红,以往整齐的发髻也散乱了。

那郎中也没行礼,径自走上前来道:"将军切莫激动,他没什么大碍,只是失血过多,需要静养一段时间。"说着便伸手搭上嬴重手腕,几息后才笑道:"将军体格不错,伤势也不重,只需休息几日便可以行动自如了。只是还需要养一段时间,暂时不能再上战场。"苏琳听完郎中的话,松了口气——他最了解嬴重的重要性,如有闪失,他真是万死都不足以弥补。

郎中给嬴重叮嘱了几句后,便急匆匆地告退了——还有不少受伤将士等着他诊治呢!郎中走后,嬴重转向苏琳问道:"伤亡诸事,周免已经说过了。我昏过去之后,你去追杀敌军,战果如何?"苏琳闻言道:"将军昏迷后,我率人衔尾追杀,但是为防止敌军身后有大部队,我军并未追出山谷太远。"

嬴重点点头道:"不错,当夜将士们已经精疲力竭,一旦敌军有援,我军必将平添许多伤亡,你做得很好。"他接着将视线转向副将思的方向。思倒是没受什么伤,嬴重率领亲卫队冲向敌人时,特地吩咐他坐镇中军,随机应变,也算是弥补了自己不熟悉军略的缺陷。思见他看向自己,连忙道:"战场已经收拾完毕,据统计,全军共杀敌五千七百二十三人,其中有大人亲手击杀的敌军将领一名,尽管我方损失惨重,但也让敌人付出了不少代价。"他说的数字精准,言语中还小小地捧了一下嬴重,这让嬴重面色好了不少。诸将闻言,纷纷附和,盛赞嬴重表现神勇。他们原本还对这个空降而来的姬将军多有质疑,认为他难以担此重任,但是嬴重的英勇表现却让他们大吃一惊,不由得对这个年轻人心生敬意，真正认可了他。

嬴重摆了摆手道："吹捧的话就不必了，将士一心，方能退敌，一人之勇武不算什么，是众将士用命换来的胜利。"听到他毫不居功的表示，包括涣在内的几名将领脸上笑容更甚。一个英明神武且愿意同手下分享功劳的将领可不多见，自己可算是遇到了。嬴重深知想要快速融入这帮老兵油子，获取他们的信任和尊重，自己非得这样做不可。看着众将脸上的笑容，他便知道自己的做法奏效了。

众人商讨了一阵，忽见得帐外有一兵士飞奔直入，挑开帐门，单膝跪地道："姬将军，诸位将军，九原城有急报。"众人纷纷皱起眉头，嬴重脸上也有抑制不住的惊讶，他心道："难道是西线消息？但又怎会从九原城传来？"他连忙问那跑得气喘吁吁的兵士："人呢？"那兵士上气不接下气地道："人晕过去了，这是他晕过去之前让我转交给姬将军的急报。"说着从怀中掏出一个木盒。

嬴重看着手上的木盒，双瞳紧缩：木盒之上以红色颜料写着"上急"二字，这是大秦军事急报之中最高的一级。那盒子浑然一体，全无缝隙，若是不知开启方法，是怎么也打不开的。且那盒子中间的夹层放着特质的液体，如有人试图暴力拆开盒子，液体便会飞溅而出，毁去盒中写着情报的绢布。

嬴重翻身从床上下来，却腿脚发软，差点摔倒在地上，苏琳连忙搀住他，将他扶到一旁的桌案前。屋内众将领知道事关机密，自己等人不便参与，告了声罪便退出了大帐。

嬴重坐在桌前，用一旁搭着的粗布擦了擦手上的汗，双手稳而灵巧地在木盒之上鼓捣，三下五除二便将盒子打开了。苏琳在一旁啧啧称奇道："相里氏做的东西果然精妙无比。"嬴重却没心情对这盒子做任何评价，他已经看到了盒子内的急报内容，不由得紧抿双唇，神色阴郁。

从级别上来讲只比嬴重低半级的苏琳自然也有资格阅览这份急报，他见嬴重面色不对，于是转到嬴重身后看向嬴重手里展开的绢布，随即大惊失色。

绢布上只写了一句话："事有变，燕地告急，速归。"二人对视一眼，都深明这句话意味着什么，不由得陷入了沉默。

"好，好啊！"涣欣喜地看着面前胳臂上还缠着绷带的进，拍了拍他的肩膀："不错，这次跟你那几个小兄弟拿了不少功劳，也让我脸上有光了。"进的胳臂上本就有伤，被涣这一拍，更是疼得龇牙咧嘴："疼……"不过他的心情却很好，在他的记忆之中，姐夫已经很久没有这样夸过自己了。

看着他一脸委屈的样子，涣捋着胡须笑道："你现在也是真正上过战场的人了，刀砍到身上都不怕，还怕我轻轻拍你一下？"他咂了咂嘴，感叹道："你小子真是好命，第一次真正上战场，就能参加这样的战斗。等封赏下来，说不得能得个不更。"

"多亏了姐夫。"进神情僵硬地笑了笑，他深知自己没那么大本事，此次能立下功劳，还多亏了自己那几个"手下"。经此一役，几人的关系已是亲如兄弟一般，全然没了之前的隔阂。进也因此为姐夫的安排感到庆幸：如果不是他给自己安排了这几人，自己怎么能从战场上活着回来？要知道，在那场大战中，涣的亲卫也有不小的损失。

看着进强颜欢笑的样子，涣笑着踢了他一脚："行了，开心点，能活着回来就不错了。"接着，他神情一整，说道："这次我军损失惨重，我打算推荐你当一名什长。"进吓了一跳："什长？损失真的这么严重？"按理来说，什长应当从伍长之中选拔，可这次姐夫竟然要把自己直接提拔为什长，这算是超越姐夫权限的越级提拔了。虽然姐夫在家里对姐姐多有畏惧，但是在正事，尤其是军队里的事上，从来都是一板一眼、毫不逾矩的。他要破格提拔自己，说明伍长已经填补不了什长的空缺了。

涣脸上已经全然没了笑意，他皱眉叹了口气道："告诉你吧，这次我军的基础骨干，几乎损失了一半，剩下的一大部分身上伤重，暂时不能参与接下来的战斗。不过毕竟是以少打多，以弱击强，能打成这样，已经很不容易了。"他缓缓踱步，脚步前所未有地沉重："这次过后，部队里恐怕要少一大批老朋友了。"秦军作战勇猛，这一点在基层军官骨干身上尤为明显。他们刚刚尝到军功爵制度的甜头，通常都有更进一步的欲望，因此作战时往往身先士卒，希望以性命搏一个好前程。这也是导致战损之中军官数目巨大的一个重要原因。涣为人亲和，从不苛责下属，在进入这支部队之后，与基层军官们打成一片，结下了深厚的战友情谊。骤然间，这么多人战死，他哪怕久经沙场，心中也不由得生出一股悲痛来。

进在心里叹了口气，他身为涣的妻弟，虽然只是一个亲卫，但也常常乘着涣的"东风"，与他部下的军官们往来。加之他又是个长袖善舞之人，几年来同其中不少人都混成了朋友。而这场战役，造成了这支部队自建立以来最大的损失，这怎么能不让侥幸生还的进为之黯然？不过虽然这么想着，进还是强打精神道："毕竟这场仗是为了保卫家园打的，相信他们泉下有知，也为我们的胜利开心的。"他的声音极小，也不知道这话是在对谁说。

涣见进这个前不久还嚷嚷着"不要让我去送死"的年轻人，在这场惨烈的战役之后有了明显的成长，不禁油然而生欣慰之感，胸中的苦闷也减轻了不少。不过这还并不能让他减轻对未来的忧虑，他走出自己的营帐，望向嬴重大帐的方向，忖道："只是不知，未来又会有多少硬仗要打啊。"

第三十一章

在打退东胡骑士的第一次进攻之后,乡兵队伍继续前行。年轻人终于悟透了"家有一老,如有一宝"的道理,凑在老兵们身边嘘寒问暖。老兵们也向他们传授了在面对东胡骑兵时的种种作战技巧。一时间,队伍里的气氛和谐极了。

但是这样平静的日子没过几天,等到他们抵达东方的小城时,接到的噩耗令包括老兵们在内的所有人都陷入了沉默:东胡人并不满足于那被他们屠戮过的三座城池,他们纠集军队,浩浩荡荡地向襄平城进发。襄平城虽然是辽东重镇,但此时郡兵一部分被调到东边防备更多东胡人,一部分被调去了辽西,准备反攻东胡的事宜。想要等到援军,襄平城至少要坚持十天。而目前留在襄平城内的守军,不足五千人。这五千人看起来多,但用作守城却是捉襟见肘。更何况被调出襄平的都是守军中的精锐,留下来的基本上都是些年纪较大、体力不足以支持长途跋涉的年迈老兵。尽管老兵作战经验丰富,但守城战需要的不仅是经验,还需要面对敌军接连不断攻城时,能够支撑下去的精力。

据说辽东郡守公孙全这几天焦头烂额,一天三封急报发往辽西和东部,请求支援。公孙全心里很清楚,一旦东胡人进入襄平城,哪怕只是攻破了一个城门,自己本就如风中烛火一般脆弱的政治生命就将终结于此。悲观的他已经做好了与城共存亡的心理准备。

公孙郡守和襄平城守军压力大,襄平城周边县镇的压力也不小。辽东三城被屠的噩耗早已传遍了整个辽东郡。襄平城以东的县镇早已人心惶惶,听闻东胡人又集结军队西进,民众们不得不为身家性命考虑。他们扶老携幼,背着家中细软,向西逃亡。一时间,广袤的平原之上到处是难民。难民们逐渐汇合,最终形成浩浩荡荡的队伍,向着郡城襄平进发。

难民们行至襄平城下,却给郡守公孙全出了个难题:他有心接收难民,只是襄平城此时也是自身难保,哪里来的余力去管这些难民?更何况谁又能保证这些难民中没有混入东胡人的细作,不会危及襄平城的防务?思虑再三,公孙全只能紧闭城门不开。他能做的,只有用吊篮从城墙上为难民们放下一些干粮,请他们继续向西,躲避东胡人的部队。

混乱的逃亡队伍没想到襄平城也护不得他们周全,失望之下,有心离开这危险之地,但逃难的人以老弱妇孺居多,逃亡几天,已是精疲力竭,再无余力继续前行。无奈之下,公孙全只能让难民们在城外搭起窝棚,先休整几日再说。但难民们所带的干粮所剩无几,公孙全又不敢冒着妨碍襄平防务的危险开仓放粮,于是城外局势愈加混乱,每日妇孺的哭喊声、伤病之人的呻吟声不绝于耳。

乡兵们所选择的小城,在民众大规模后撤之后,成为襄平城防御的前线。公孙全知道有这么一支乡兵驻扎在那里,大喜过望,连忙派人将库存的马匹、甲兵和军粮送去给乡兵队伍,说明了襄平城如今的情况,并一再请他们务必尽全力挡住东胡人,至少要为城下的妇孺们争取逃离襄平城的时间。逃亡的民众中也有乡兵们的乡亲父老,于是尽管困难重重,马才还是应下了这个不可能完成的差事,并让人带话回去:他们最多只能在这里坚持一天,请郡守无论如何要在一天之内疏散民众。

马才并没有向乡兵们隐瞒襄平城如今的状况，又告诉他们，他预计东胡人将在两三天内到达此地，他们要趁这个时间好好准备一番。在他如实向众人讲清情况后，不论是新兵还是老兵都陷入了沉默。不过之前与东胡人的一战已经让新兵们摆脱了刚上战场的恐惧心理，更何况他们本就是为了保护乡里的安全而聚集在一起的，因而在马才简单的动员之后，乡兵们迅速行动起来，在老兵们的带领下开始修缮这座小城荒废已久的城防。

干活间隙，赵石头蹲坐在城墙边上，望着东方一望无际的原野。此时正是午前，太阳虽然毒辣，但气温却没有多高。赵石头脱下头盔放在一旁，随手捡起一块土石，两指用力，那土石被捏破碎，自他指间缓缓飘落。远方原野上不断出现着小股逃亡的难民。马才亲自在城门口等着，向难民们解释情况。难民中也不乏青壮，听说他们要在这里阻击东胡人，便有不少人要加入阻击的队伍。马才正愁兵力太少，自然来者不拒。积少成多之下，他们的队伍竟发展至近两千人，是最初队伍人数的两倍还多。人数的增长使修缮城防的进度大大加快了，更使所有人都对即将到来的大战有了信心：坚持一天，也许并没有那么难。

但赵石头作为一个经历过燕秦大战的老兵，深深地知道马才夸下了海口：一天时间看起来并不长，但在战场之上，有时候坚守一刻钟也要付出惨重的代价。他正出神地盯着在城门口拉人入伍的马才，却听见身边有脚步声。他偏头一看，原来是同为燕国老兵的王福。王福比他年纪还要大一些，二人便以兄弟相称。

王福在赵石头身边蹲坐下来，拿了块石头掷向远方："老弟，你看我们能守这座城一天吗？"赵石头之前常给马才出谋划策，王福对他佩服有加。大战之前，他心中多少有点忐忑，于是便趁休息来找赵石头问问他的看法。

"难，但不是不可能。"赵石头面色平淡，"东胡人劳师远征，虽然连屠三城，士气高涨，但依然折损了不少兵马，这是其一。其二，东胡人攻打襄平,而辽东郡兵在东驻守,必然会在其折返时断其后路,如此,东胡人必然进退失据。其三,东胡人兴不义之兵,乡兵同仇敌忾,上下同欲。"他眼中露出怀念之色,喃喃道:"有此三者……支撑一天,大约是没什么问题的。"

王福闻言沉默,旋即叹道:"希望如此。"赵石头孑然一身,可自己的一家老小都还在那襄平城下,如果真让东胡骑兵追上……想到此,王福不禁打了个冷战,赶紧止住念头,不敢再想象那可怕的场景。

王福正在失魂落魄之际,却见赵石头蓦地站起身来道:"准备准备吧,东胡人要来了。"说着,赵石头走下了城墙。王福看向赵石头刚才看的方向,见远方有骑兵停在土坡上观察城内情况。王福知道,这是东胡人的斥候来了。这意味着东胡人的军队不远了。他在心里默默向各路神仙祈祷,希望家人们能够顺利撤离。

东胡军很快便出现在了地平线上。与之前乡兵们遇到的轻骑部队不同,东胡人这次可谓倾巢出动:数万骑兵骑着骏马,耀武扬威地走在前面,部队后拖着长长的尾巴,这是由东胡民夫和辽东俘虏组成的运输队,拉着东胡人的粮草,以及无数劫掠来的财物。俘虏们被用长绳绑成一串,以防逃跑。四周还不断有骑着马、拿着鞭子的东胡士兵来回巡视,一旦发现谁动作慢点,便是一鞭子下去。俘虏在疼得哭爹喊娘的同时,也不敢放下手中搬运的重物,生怕惹来更多的惩罚。

队伍很快接近小城了。在赵石头示警后,小城里所有人都忙碌了起来,连临时进入小城的难民们也没闲着,纷纷帮助兵士们制作起守城器具来。马才从前几日就开始令乡兵们准备诸如滚石、檑木等守城器械,收集粪便、尿液,放在大锅里煮成金汁,以备守城之用。

东胡人也压根没有劝降的打算,在城外稍作停驻,便开始准备攻城。知道了他们逢城必屠的累累恶行,大秦这边也没有人真的傻到会去献城投降。马才坐镇城中,在赵石头等老兵的帮助下将城防安排得有条不紊,又召集乡兵们以鼓动士气。乡兵们被迫背井离乡，沦落至此，在马才的鼓动之下，同仇敌忾之心被激起，誓要打退东胡人。见军心可用，马才便号令大家各回岗位之上，静待敌军来攻。

没过多久，便见东胡人进军了。既然是要攻城，自然不必骑马，东胡战士集体下马冲锋，阵中还有战士扛着简陋的云梯。小城守军自然不能让敌军，尤其是扛着云梯的军士靠近。此时，公孙全支援来的兵器便发挥了作用——公孙全深知这支乡兵的重要，于是咬着牙将襄平城军备硬生生给了三分之一出去，其中不乏秦弩这样的大杀器。弩的弱点在于攻击距离不如弓箭，上弦速度慢，但胜在使用之人无需经过多少培训便可以使用，对仅仅经过简单军事训练的民夫来说简直是天赐的利器。尤其是守城之时，对着城下密密麻麻的敌军随手射出一箭便可以中的，压根无须瞄准。也正是因为其简单易用，秦军对弩管制极为严格，每个弩上都会标注制作者与藏地，一旦出了问题，便要追溯源头，严加惩治。

东胡人已冲锋到距离城墙不足百步，忽见墙头上飞出蝗虫一般密密麻麻的弩箭。来不及想这样一座小城怎么会有如此多的弩箭，反应快的战士连忙抓向腰间小盾，试图挡住箭雨。但箭雨来得太急太快，大部分人都还没来得及反应就被射成了刺猬，东胡人的攻势也为之一滞。只是虽然伤亡惨重，但身后的将军却没鸣金收兵，东胡人一时陷入了进也不是、退也不是的尴尬境地。

马才也是战场上死里逃生回来的，哪里会放过这样好的机会？他早就令持弩的乡兵分为两组，一组上前射击，另一组则上弦等候。见东胡人停下了脚步，他连忙叫道："第二队，放！"第一队弩手还在震撼于手中弩箭竟有如此威力，听见马队率的声音，连忙如梦方醒般侧身退到第二队弩手身后上弦。第二队弩手见第一队射出的箭雨大发神威，早就跃跃欲试了，听见马才号令，连忙避过后退的第一队弩手，侧身上前，举起手中早已上弦的弩箭，怒吼着朝东胡人扣下扳机。

箭雨再次落下，城下便又是一阵哀号。东胡人狼狈地将身体藏在只比巴掌大的小盾后，躲避着箭雨。没等秦军第一队弩手再上前放出第三波箭雨，东胡大军中传来了撤军的号声。城下的东胡战士们这才松了口气，连搬来的云梯也来不及扛起，便如丧家之犬般奔回去了。城墙上的乡兵见东胡人被射得丢盔弃甲，顿时爆发出一阵爽快的笑声。有的年轻人已经开始交头接耳："看来是那几个城池的守军太没用，东胡人看起来也没什么大本事。""正是，正是！看着长得凶神恶煞，还不是被利弩射得跟刺猬一样？"但马才等一众老兵坐镇城头，心里清楚事情没那么简单：东胡人既然来打襄平城，一定是有针对秦弩的方法的。这次进攻失利，不过也是因为没想到这座小城里竟然配备有秦弩而吃了个亏而已，压根没有伤筋动骨。硬仗还在后面呢！

小城里的人喜忧参半，可东胡这边就只剩下东胡将领的怒吼声了。东胡将领狠狠地用手中马鞭抽打着自己手下的斥候队长，胸中仿佛有发泄不完的怒气："这就是你说的散兵游勇，乌合之众？！你叫我怎么跟宥连族长交代！"斥候队长虽然痛极，但却不敢稍加抵挡，只能跪在将领面前，哭丧着脸道："我也是听乌洛兰氏说的。他们之前就曾与这支乡兵发生冲突，只是因为发现队伍里有几个燕国的老兵，怕秦国人有什么阴谋，才没继续下手，压根没提秦弩的事啊！"

一旁的副将实在看不下去了，凑上前来劝解道："将军，再打也没用，宥连族长还在等着我们继续攻城呢！"东胡将领闻言冷哼一声，又抽了那斥候队长几下，这才收起马鞭："拿出油皮盾来，继续攻城！"

东胡军士闻言连忙从后方拿来足有两人高的方形大盾。盾牌四周是扎好的木棒，中间绑着动物毛皮，这些毛皮经油脂特殊处理过，坚固至极，就连东胡一等一的神射手也射不破。这样的盾牌就是专门制作出来防备箭雨的，也是东胡人用以对抗弩箭的最大依仗。

东胡军士们举着油皮盾，重新冲向城下。一块油皮盾下挤一挤能站十个人，几百个油皮盾掩护着数千东胡战士一齐冲锋，这场景颇为壮观。但秦人已无心欣赏这壮观，他们站在城墙上，箭雨依旧不断，却很难有之前那样的杀伤力了，最多从盾牌的缝隙间射入，让几个盾牌底下身着皮甲的东胡人受点小伤罢了。

东胡人很快拾起了方才扔在城下的云梯，继续向前。他们走到城墙之下，将云梯稳稳地架在城墙之上，准备登城一战。数十云梯一齐搭好，东胡军士攀爬而上。东胡人都是丛林作战的好手，爬树都不在话下，更何况是攀爬云梯？只见他们一个个如同山间猿猴一般，飞快地攀缘而上，如履平地。

不过城头对此早有准备。在发现弩箭已经无法对东胡人造成威胁之后，马才便让人把早已准备好的滚石、檑木乃至金汁抬上城头。那金汁的味道实在难闻，不少年轻人闻着这味道抬物资，不一会就捂着胸口干呕起来了。见东胡人即将抵达城头，在马才的号令之下，大家把滚石、檑木等一齐推下，把金汁顺着云梯直浇下去。云梯上的东胡军士无处躲避，被大石、巨木撞在头上、胸上，坠下云梯。倒霉些的被金汁浇在身上，烫得鬼哭狼嚎，浑身上下连一块好皮也没有了。城头众人见了，又是一阵欢呼，士气高涨之下，感觉好像金汁也没有那么难闻了。

但是马才等一众老兵却全没有其他人那么兴奋，他们正皱着眉头计算着这些守城器具的消耗。算着算着便摇头叹气起来：新兵果然还是新兵，哪里懂得省着使用这些用一个少一个的珍贵器具？短短几刻，这些器具便已经消耗了五分之一。照这样下去，再有几个时辰，这些东西就都用完了！到那时，乡兵还怎么守城？马才咬咬牙，请身旁老兵去前面指挥。

老兵们自然知道马才是什么意思，立刻上前喝止了年轻人浪费守城器具的做法，甚至让他们放几个东胡人上来与之白刃接战。年轻人不明所以，但出于对老兵们作战经验的信服，还是乖乖听令。不一会，便有几处地方放上来几个东胡军士，他们怪叫着与早已等候多时的乡兵们在城墙上白刃相接。见有人登上城墙，城下排队上梯的东胡军士们一阵欢呼，士气大涨，于是专挑那几个已有人上去了的云梯攀登。秦方老兵们见状冷笑，等的就是你！他们令年轻人在这几个云梯处放下滚石、檑木。这几处云梯上爬满了人，滚石、檑木放下，便如穿糖葫芦般打下一串人去。一时间，东胡人死伤惨重。

拉锯战就这样在城墙上展开。乡兵们放下了轻敌的念头，与攀上城头的东胡人以命相搏，东胡人也尽收对这座破旧小城的轻视之心，调集了更多军队前来攻打。马才能力有限，无法对两千人的队伍做到如臂指使，只能将指挥权下放至在前线指挥的老兵那里。老兵们本就参与过不少守城战，如今守起城来自然没有半点问题，更何况他们的任务并非是要一直坚守下去，他们只需要坚守一天即可。在他们的鼓舞和保卫家园的信念支撑之下，尽管艰难，乡兵们还是险之又险地打退了东胡人的每一次进攻。

尽管老兵们深谙节约之道，但小城内终究武备不足，终于，在坚持一天之后，城墙被攻下。见任务已经完成，城内老兵也没有恋战，带着剩下的一千多乡兵向西撤退。由于有公孙全送来的马匹，他们撤退的速度并不慢，而东胡人拿下这座小城花费了不少力气，又怕前方有秦军埋伏，便没有追击，选择原地休整，打算半天后再向襄平城进发。

看到马才等一众人撤退至城下，公孙全连忙出城迎接。他已经争分夺秒，利用一天多时间安置好了难民。如今城中将士已经秣马厉兵，只等东胡人来犯了。听说难民们终于全部妥善安置完毕，所有人都松了口气，毕竟他们在前线拼命，不就是为了后方的家人们能安全吗？这一放松，不少初上战场的年轻人都啜泣起来。也无怪乎他们脆弱，这一日里他们先是守城，城破后又马不停蹄地撤退至襄平城，精神一直过分紧张，如今蓦然放松下来，自然感觉难以支撑。公孙全也知道这些乡兵不容易，于是连忙请他们入城休息，毕竟休息好了，他们也能成为襄平守城的一份助力。

赵石头没有跟着其他人一起去睡大觉，而是趁着见到公孙全的机会，向他直言城中武备多有不足。郡尉不在城中，公孙全一介文官，哪里懂得守城？见赵石头虽然老迈，但谈起守城来却头头是道，不由大喜过望，连忙给他安了个假五百主，令他接手襄平城防务。赵石头尽管不欲做官，但事急从权，也就受了这个官职——反正到最后自己肯定是要还回去的。

半日之后，东胡大军便浩浩荡荡地出现在了地平线上，不多时便举起油皮盾，向城墙冲来。公孙全立于城头，看着士气高涨的东胡大军，不由得咽了咽口水，又在心中安慰自己道：无事，无事，只需守到郡尉回援即可。他看向站在自己身边的赵石头，赵石头的表情没有一丝变化，淡然如常，他这才深吸一口气，把所有不安放回肚子里。这时，赵石头手向前一挥，大喝道："放箭！"

箭发如雨。襄平守卫战，开始了。

第三十二章

在东胡人发动针对辽东郡的战争后,云中郡上下自然也做起了防御工作。民夫和军队重新建设原阳骑邑,接替了嬴重部的防务工作。整个北方都被动员了起来,积极准备打这一场自秦帝国建立以来最大规模的战争。在派出斥候确定当夜他们击退的那支敌军确实已经退去之后,嬴重便号令手下有序地撤回九原。

一路上,各地的战报犹如雪花一般飞来,嬴重的心情也随着战报的不断增加而逐渐沉重:看来北方最大的两个异族是真的铁了心要联合起来进犯中原了。尽管秦国的实力远远超越了这两家,但在没有做好完全准备的情况下,还是吃了不小的亏:辽东郡几乎全郡落入敌手,东胡人利用机动性的优势,在辽东郡内横行,就连郡治襄平城都差点让他们攻下来,还是在外防守的郡尉及时率军赶到,才救下了襄平。否则,秦帝国就将面临自打建国以来最大的丑闻——一郡的郡治被异族打下。并且,按照前几个被打下来的城池的结果来看,东胡人大概是要屠城以"鼓舞士气"的。

辽东战局让秦国朝堂之上的衮衮诸公气得吹胡子瞪眼。他们都是军功卓著的贵族,大都具有极为强烈的国家荣誉感,而秦帝国自打一统六合,还从没受过这样的气。在强烈的呼声之下，他们纷纷上书皇帝，请求出战，为死在东胡人刀下的同胞们报仇雪恨。皇帝也从善如流，宣布将择日从朝中贵族里挑选一部分人前往辽东。

嬴重自然也收到了有关栎阳城内的种种消息，但他却从字缝间看到了这些事件的另一面：正如他同项准所说的那样，承平日久的秦帝国需要一场战争，让军功爵制度重新运转起来，否则秦帝国强大的政治制度将彻底崩坏，整个国家将陷入巨大的政治危机之中。而对年纪稍小一些的军事贵族而言，制度的问题并非他们需要考虑的，他们更多的是静极思动，希望能够从这一场战争之中攫取战功，让自己的家族能够在朝堂之上取得更多的话语权，得到更多利益。各方合力，让这场防御战争的目的不再单纯。嬴重为此忧心忡忡，正如他当时对项准说的那样，把东胡人和匈奴人打完了，又该去打哪里？总有一天，帝国会打到打不动的。到那时，帝国的政治体制又该如何维持稳定呢？

但这些都不是嬴重现在要面对的问题。他回到了九原郡，再次见到了郡守李介。这一来一回，加上打了一仗，用时不过一个多月，但李介却憔悴多了。冷暖自知，他几乎是一肩挑起了整个九原的重担：朝堂上的目光现在都放在出征辽东上，而正直面匈奴人的九原郡似乎被人们选择性地遗忘了，原本今秋之前应当选定的九原郡尉也未到位，李介可谓军政大权负于一身。权力的集中也意味着责任的集中，这一个多月以来，李介几乎每天都睡不到两个时辰，自然憔悴不少。

嬴重知道他本就刻苦，因此劝慰两句，倒也没在此事之上过多纠缠。但一路上，嬴重一直有一个疑问，这下见到李介，终于可以听听他的意见了："狷生，我在路上思考此次大战，总有一事不甚明了，你可能教我？"

李介坐直身子，用双指揉了揉眉心，语气里没有一丝意外："公子是想问我，东胡为何要大举进犯？"嬴重点了点头道："东胡、匈奴之类的部落，在史上从未战胜过中原诸国，如今天下一统，更无可能，却为何要在这个时候发动战争？"

李介摇摇头道："究竟为何，我也不敢断言。但据我所知，这背后，似乎还有着中原势力的影子。"嬴重愕然，这天下还真会有人冒大不韪，以中原人的身份引来外族屠戮同胞？看他一脸惊愕，李介叹了口气，出言劝道："公子是想说，怎么会有人行此禽兽之举吧？"

嬴重点点头："我的确从未想过这个可能。先生这么一说，我确有拨云见日之感，但……究竟是何人？"一时间，他脑里闪过无数个念头，但在他的不断否定之下，最终只剩寥寥几个。李介摆摆手道："说不清。但在这场混乱之中，人人都有可能是幕后黑手，人人都有可能是猎物。"

事实的确如此。如果说中原是一片暗流涌动的水池，各势力就是水池之中游动的鱼儿。正在鱼儿开始相互撕咬之际，东胡人的突然出手，就像是一根棍子搅动了池塘，让原本明朗的局势变得无人能够看透。单从这方面来说，筹划此事的人，可谓是阴谋一道的圣手。

只是嬴重却不能仅仅从阴谋的角度来看待这件事，他站起来，涨红了脸，声音微微拔高："这些人难道就没有一丝良知吗？那可是几个城池的上万百姓，是同为中原人的手足同胞！"

李介看着他愤怒的样子，轻轻叹了口气："公子可知宋襄的故事？"嬴重不知所以，但还是点点头："宋襄奉行仁义，却囿于礼仪，最终兵败身死，实在不值。"

李介轻轻点了点头："公子是否觉得，元皇帝一统六合后，天下便自然而然地归属于秦？错了。虽然元皇帝以武力征伐天下，六国贵庶无不臣服，但实际上，他们心里却并不认可秦的统治，甚至认为这天下本就该是分裂的。公子时常把秦放在嘴边，但公子可曾注意过，这边陲之地的人在听到秦帝国时的眼神？"

嬴重不语。他其实也已经注意到了这个问题，他还记得之前他在隐军之中演讲,当他提到秦帝国与秦人的荣耀时,那些士兵的眼神里闪动着骄傲的火焰,明显被他的话打动了。但他来到九原之后,每当提起秦帝国和秦人,得到的却是属下尴尬的注视。他们压根不认为自己是秦人,也不认同秦帝国。连年纪尚小的底层兵士都这样,那些曾经的六国人又会怎么想呢?

嬴重苦笑道:"先生所言极是,六合一统尚且不足一个甲子,人们又怎么会忘记当年?是我一厢情愿了。"李介看着他失望的目光,坚如铁石的内心竟然有了一丝触动:"公子也不必如此消沉。天下一统乃是大势所趋,更何况,我所要说的并非这一点。"李介目光闪烁,缓缓道:"既然这些人不把自己当作秦人,自然也不会怜惜'敌国'百姓的性命,不会与公子做光明正大的较量。"

李介站起身来,在屋内缓缓踱步:"公子所面对的,可谓有史以来最为复杂困难的斗争。其一,此事乃是元皇帝一统六合遗留下来的问题;其二,此事事关江山社稷,神器归属。敌人不会对我们和百姓有一丝怜悯,也请公子放弃那些不切实际的幻想。"他停下脚步,盯着嬴重,一字一顿道:"想打败他们,只能比他们更恶毒,更狠心!"

李介的话像是一记重锤,重重地砸在嬴重的心上。是啊,时至今日,他还抱有幻想,试图以君子的方式完成自己的目标,实现自己的理想。但是现实总是残酷的,敌人唆使异族入侵,以上万百姓的鲜血狠狠地扇了他一耳光。他已经逐渐淡忘的、成王败寇的法则再一次在他的心中浮现。

但他随即又强硬地将这些按了下去。如果自己不能够打破这一常规,那么自己做的和当年爷爷做的有什么区别?让不择手段属于那些阴谋家吧,他嬴重生来就是要坐皇帝宝座的王者,他必须与他们不同!

他的目光再次坚定起来,向李介一拱手道:"先生说的我都明白。只是此事却并非龙虎相争,而是人斗野兽,如果人也如野兽那般不择手段,那何必负人之名号?"他立在李介面前,毫不避让地直视李介的灼灼目光:"吾乃天家贵胄,如果连我都屈服于恶棍的手段,沦为其同道,那何必要我?这江山便让他们去坐吧。可如果要让我来,我便不能与他们沆瀣一气。"他学着李介的语气,一字一顿道:"行王道手段,光明正大,天下归心。"

二人就这样对视良久。最终还是嬴重的气势更盛,李介收回目光,坐回自己的位置:"这条路难走极了,公子可想好了?"嬴重闻言大笑:"易走的路人人皆可以走,有何意义?我定要走那最难的路,哪怕鲜血淋漓!"这一刻,他身上似乎绽放出万丈光芒,令李介不敢直视。半晌后,李介起身行礼道:"臣李介,见过主公。"这一刻,李介才真正认同嬴重作为自己主公的身份。

嬴重在九原郡城安心养伤,但西线战事却并未停歇。自从第一次进攻被打退后,匈奴人便后撤休整,似乎打算休整过后再来,这也很符合他们"月亏则退兵"的习惯。在商议过后,章原和项准一致认为要改变如今九原军被动的局面,必须寻找机会,主动出击。尽管话是这么说,但想要找到合适的机会出击,还是太难了:匈奴人仗着轻骑快马,广撒斥候眼线,九原军的一举一动都尽收他们眼中。一旦九原军进军,匈奴人便可以化整为零,渗透进九原郡内部,这是任何人都不愿意看到的结果。

匈奴人知道,如今秦国上下都盯着东胡人,对于九原的要求仅仅是保证防守住而已,于是更加肆无忌惮,时常派几队轻骑来阵前骚扰。虽然大秦弩利,但毕竟射程有限,于是匈奴轻骑往往就在阵前放两支空箭,大声叫嚣几句便去了,把九原军一众将领气得够呛,纷纷向章原请求出战。但章原老成持重,早就看出这是匈奴人在用计激怒己方,试图让九原军出手以找寻破绽,于是对麾下的请战一概不允,只说自己另有打算。但一众将领左等右等也等不到章原的打算,便约好在这日夜里一起到章原那里问个清楚。

一众将领到了主将大帐,掀开帐门进去后,却见章原和项准两人站在地图前,一人手里拿着一块干粮啃着。章原见众人进来,笑着对项准说:"我说什么来着，他们果然耐不住性子找来了吧？"项准微笑着恭维道："章老将军果然神机妙算。"

众将听他二人所言，便知道章原一早就猜到他们要来询问，于是纷纷笑道："章将军真是了解我们。"章原笑骂道："你们这帮崽子都是我带出来的，你们撅起屁股我就知道你要拉什么屎！既然你们都想知道，就坐下听项将军给你们讲讲我们的计划吧。"接着便两口吃完手里的干粮，坐在了帐中上首。

众将闻言，纷纷告罪落座。项准向众人行了一礼，说道："这几日匈奴人连连挑衅，我知道诸位心里都憋着火，想打回去呢。可是如今举国皆将目光放在辽东，我们是要以一郡之力面对匈奴人，自然每一步都要深思熟虑，不可轻动。"众人纷纷点头称是。九原郡并非中原那些富裕的郡县，如今大军出征在外，后方粮草军备虽然还未吃紧，但却也没法让他们长时间支撑。更何况辽东一事已然激起全国上下的愤怒，一旦这边再出什么闪失，只怕在座的没有一个脱得了干系。

见众人认同自己的说法，项准接着道："正因为如此，章将军和我才在商议如此之久后拿出一个进攻的初步规划，诸位请看。"他用手在地图上轻点几下，接着道："我军已经获悉，匈奴人在这几地都有斥候哨站，我们想要发兵，就要同时拔除这几个哨站，让匈奴人搞不清楚状况。"众将面面相觑——匈奴人来去飞驰，九原军的斥候在情报战上往往处于劣势，很难探知到匈奴人的哨站，怎么这下又全部知道了呢？

仿佛看出了众人眼中的疑惑，章原站起身来补充道："这些情报，是当地牧民提供的。"但这样的解释，反倒让众将心头疑云更甚。在以往的战争中，倒也有过匈奴大军过境时，当地民众由于不满其暴虐，向九原军提供军情的，但这次实在太过诡异：首先，像斥候哨站这样的地方，往往都是由斥候队长在侦查过程中随机设置的，随机性和保密性都极强，甚至连匈奴头人也不是完全清楚；其次，这些哨站往往较为分散，比如刚刚项准所点的几个地点，最远的甚至相距几十里，这样大范围内的众多哨站，哪里是几个牧民能够探查清楚的？

章原也知道此事没有那么简单，但还是为众将做了说明：这些哨站，经过斥候的验证，都是真正存在的。匈奴斥候依靠这些临时哨站生活，如果能够捣毁这些哨站，匈奴人很难在短时间内重新建立一个完善的情报体系，这样就给了九原军一个绝好的进攻时机。他自然也不相信当真是几个牧民探查清楚了匈奴人的哨站，难道那几个牧民比军队里专业的斥候能耐还要大？

具有与匈奴斗争的丰富经验的章原第一时间意识到，显然，是有人，并且很有可能是匈奴人向他们泄露了这一机密信息。这种情况在多年前十分常见。其时匈奴各部族之间虽然一同南下劫掠，但私下里却明争暗斗，甚至有为九原军提供己方行军路线以削弱其他部族力量的荒唐事出现。但自如今这位单于掌握草原大权后，这种情况就几乎没有了。如今匈奴再次有人通敌，这说明什么？说明匈奴内部出了问题，至少说明有一部分人已经对老单于多年以来的高压统治心生不满，希望改变了。章原有理由相信这一点，因为据九原安插在匈奴内部的探子回报，老单于年迈，精力已经大不如前，此次出征，匈奴内部的事宜大都交由左贤王掌管。左贤王即匈奴太子，但因其年少，部落里一众事宜，其实都由其母阏氏掌管。

如果仅仅是因为单于老迈，匈奴内部的矛盾还不会这么大。其真正的矛盾点在于，老单于不立已经成年的长子莫都为匈奴左贤王，反倒立其年幼的弟弟为嗣，怎能不让手下人心浮动，各有想法？据说那莫都虽然不受老单于宠爱，但酷肖其父，英勇善战的同时还颇有谋略。年少时他曾被老单于送去匈奴的敌人月氏处为质子，但其刚刚抵达月氏，老单于就下令攻击月氏，其用心如何，自不必多说。但令所有人都未意料到的是，莫都没有死在月氏人手下，反倒盗取了月氏的良马，逃出生天。从那之后，匈奴内部自然分出了两大派系，分别支持老单于的两个儿子。此次军机泄露，大约也与匈奴内部这一问题相关。

众将领世居边地，大都对此有所耳闻，也知道匈奴内部斗争重重，并非铁板一块，于是不再对这一情报持怀疑态度，都在心中琢磨起怎么利用这一点反攻匈奴来。

见众将会意，章原倒也省了口舌，稍作停顿后，他清了清嗓子，说道："有了这些情报，我们便有了一次突袭的机会。这次务必要把敌人打痛，否则岂不是白白浪费了天赐良机？我与项将军商议出了计划，现在讲予诸位，请诸位为我补充。"接着，章原便如竹筒倒豆子般将这几日间同项准商讨出的计划和盘托出。章原熟悉匈奴人，又是久经沙场的老将，作战经验丰富，而项准则饱读兵书。二人相得益彰，想出的作战计划可谓尽善尽美，众将听完后无不称赞。一想到几日后便能一扫近日阴霾，反攻匈奴，将领们一个个都坐不住了，恨不得立马点兵上阵。章原哪里猜不到他们的心思，看着他们兴奋的样子，笑骂道："滚回去好好收拾收拾，到时候别给我丢脸！"众将笑着应是，接着便散去了。

众将走后，帐内只剩下章原和项准二人。项准松了口气，身体也稍微放松下来道："多谢章将军。这几日的功夫，总算是没有白费。"没有人会想到，项准才是章原所述整个战略计划的设计者，而章原，仅仅扮演了为他细化具体措施的角色。

"这是什么话？只要能打匈奴人，我就满足了。"章原笑道。此时的他，完全不像个执掌大军的将军，反倒多了几分为人长辈的宽和。章原走到项准面前，语气温和地说："真说起来，老夫还要感谢你呢。"说着，他拍了拍项准的肩膀："快回去准备吧，若是少了你这一环，这个计划也无法实施了。"

项准离开大帐，回到自己的营地。此时正是下午，太阳高悬在头顶，毒辣的阳光让校场上每个将士都倍感炎热，也只有纵马奔驰时带起来的风能让他们感到一丝凉意。尽管如此炎热，他们训练起来却更努力了。

忠端坐在马上，眯着眼观察校场内众将士。偶有人犯错，他便会无情地呵斥，并责令他们加练。自从那日项准向他许下个百将之职后，他便不管不顾地努力训练这帮新兵。九原城位于草原之上，主要的交通工具就是马匹，所以忠自然不必从骑马开始教授这些军士。但普通士兵骑马，也不过是将马匹作为增加移动速度和保存体力的方法，到达作战地点后往往还是下马与敌军战斗。换句话说，不过就是给步兵一人配了一匹马而已。这样的骑兵，自然比不上弓马娴熟的匈奴人。因此项准交代忠，一定要按照匈奴人的标准来打造这支骑兵，让他们在战场上发挥最大的作用。

对于项准的要求，自打生下来第一次被看重的忠自然不能不应。更何况，有着匈奴血统的忠也早就觉得，尽管在文明程度上，中原远胜匈奴，但在骑兵一道上，还是匈奴人略胜一筹。忠继承了草原民族的血统，在某些方面也继承了草原民族的特长：七八岁时他就能骑上家里的小马，带上父亲亲手为他制作的小木弓去草原上打猎玩。忠自信，在这支军队里，他的骑术绝对可以跻身前十。

见项准来到校场上，忠连忙下马奔至项准面前。行了一礼后，他便详细地为项准介绍了这几日的训练情况：为了完成项准给的任务，他细心观察普通军士们在马上的作战习惯，结合自己的经验，总结出了一套可以广泛推行的马上作战规范。规范一经推出执行，便迅速提升了这支新建立不久的骑兵的水准。忠还特地向项准申请，模仿匈奴人的方法用木头、麻布做了些辅助器具放在马背上，士兵因此能在马上固定身体。这样，不仅在马运动时使射箭、使用兵器成为可能，还可以做出更加复杂的战术动作。项准早就对匈奴人可以在马匹飞驰时不必双手紧紧把控缰绳，还有能力持弓射箭感到好奇了，此时终于在忠这里得到了答案，可以说是欣喜若狂。他立刻要求随军民夫中的工匠制作了五千个这样的辅助器具，让忠可以训练出一支足以与匈奴人匹敌的骑兵。

听完忠的汇报，项准点了点头："不错。几日后我军将反攻匈奴，到时候你为我副将，带骑兵一齐出战，可不要给我丢脸。"忠惊喜万分，想到证明自己的机会这么快就到来了，连忙单膝跪地，声音洪亮道："请将军放心，一定不会让将军失望的！"

项准微笑着拍拍忠的背，又嘱咐他几句，便转身离开了校场。忠看着项准的背影，暗自捏紧了双拳，接着转头怒喝道："抓紧训练！"这些天以来，忠的认真负责、有过必罚的态度早已深入人心，此时见他这副模样，众军士心中又是一紧，生怕得罪了这个将军面前的红人，于是训练得更加专注了。

第三十三章

东胡的历史与匈奴差不多长。战国时，人以"胡"专称匈奴，因东胡部族位于匈奴人以东，故名之为东胡。《逸周书》中便有记载："东胡黄罴，山戎戎菽。"可见其历史之久。在秦还未一统六国时，东胡部族就已经逐步强大，甚至逼得七雄之一的燕国派大将秦元为质。后秦元逃回燕国，发兵大破东胡诸部，迫使其后退一千余里，燕国才在北部修筑长城，以防东胡南下。

秦一统六国后，保持了自立国以来一贯的对外强硬态度，下令禁止边境人民与四方蛮族的通商。这对东胡、匈奴等生活用品匮乏、制造水平低下的游牧民族来说，简直是天大的噩耗。自那之后，没有了以物易物来提升生活水平的东胡人的日子便过得一天不如一天了。尽管他们擅长冶炼青铜、制造青铜器具，但如果不能换取必需的生活用品，这些青铜器也无法发挥其最大作用。不说别的，单说盐这一项，就足以卡住东胡人的脖子了。

长期不食盐会导致人无法维持健康与体力。除此之外，盐还可以腌制食物，延长食物的保质期，因此盐对多食肉类的游牧民族来说，简直是不可或缺的战略物资。但北地贫瘠，引弓之民又没有足够的制盐技术，除了那些贵族，平民百姓很难吃到充足的盐。实在缺盐时，那些平民甚至会去找粪坑旁石头上结成的盐晶食用，缺盐之苦可见一斑。而中原的盐多出自南方的巴郡，并且实行严格的官营制度，不与游牧民族开放边市，便断了其从中原购盐的念想。

于是他们的日子过得一天比一天苦，到最后，就连一些贵族也不得不从粪坑旁找盐吃了。这对自诩神灵后裔的东胡贵族们简直是一种侮辱。就在这时，东胡人又听说秦国皇帝想要发兵征讨东胡——当年燕国一国便能将他们逐出千里，如今打败了燕的秦帝国要来征讨，东胡又怎么抵挡？在最初的慌乱之后，各部组的头人们商量出了一个自认为完美的计划：南下。因辽东郡地处海边，有制造海盐的设施与工匠，自然成了东胡人的第一目标。在东胡人的计划中，一方面要派兵支援匈奴人，两方一起发力，让秦帝国征讨东胡的计划破产；另一方面要在辽东郡给秦以压力，哪怕不能永久占据辽东郡，也要在谈判中重新获得与秦通商互市的权利。

此时，东胡人的大军已经越过燕长城，在秦郡治襄平城以东五十里左右扎下营帐，对襄平城虎视眈眈。临时搭建的穹庐一眼望不到边，雪白的毡布上由各部族的萨满勾画出神秘的花纹，保佑出征的将士们平安归来。在穹庐边，被带来辽东充作军粮的牛羊正被随军的牧民赶向外面吃草。还有不少随军而来的妇女正在宰杀牛羊，为军队准备食物。不一会儿，炊烟便袅袅升起，与天边缓缓落下的夕阳构成一幅静谧的草原生活图景。

最中心的穹庐中，此次出征的东胡诸部族的头人们正在议事。穹庐里全然没有外面安静祥和的氛围，头人们一个个面色凝重，争吵声不绝。整个穹庐内阴云密布，就连穹庐外扶刀站立的侍卫也不由得向外挪了挪脚步，仿佛不敢听到贵人们的争吵声。

坐在穹庐最中央的是东胡首领之中最具威望的一位，名叫宥连库律。他的身材并不高大，但浑身的肌肉一看便知很有力。四十岁上下的年纪算不得大，可在平均寿命不过三十余岁的东胡部族中也算得上长者了。在他精心编好的头发上悬着不少经过萨满打磨、具天地鬼神庇佑之力的骨片,腰间还佩戴着制作精美的青铜饰牌。饰牌上双虺尾部相缠,绕成四个孔洞,环孔中嵌着大颗的绿松石。饰牌最上端结成一个方形挂环,左右两侧,双虺翘首为钩状,虺腹下,饰有五个边珠。

但是此刻,这位东胡的大贵族并不像在自己的臣民面前展现的那样高贵,反而显得气急败坏。他嘴里用最粗俗的东胡土话念叨着:"匈奴人简直是养不熟的狼崽子,天杀的……"他一边骂着,一边狠狠地敲打着手边座椅的扶手,头上的骨片因为他的动作碰撞在一起,发出清脆的响声。

一旁一个衣着华丽、身材矮胖的中年人看他如此气愤,不由得抱怨道:"大兄现在说这些话又有什么意义?还是好好想想我们现在该怎么办吧。"这是宥连库律的表兄弟,唤作须卜机。东胡各部族间通婚频繁,几乎人人沾亲带故,但他和宥连库律之间的关系却更为紧密:他是宥连库律舅舅的儿子,宥连库律继承了自己父亲的部族,而他则继承了宥连库律母亲出身的部族。他和宥连库律关系亲密,所以说话时也不是那么注意语气。

宥连库律恨声道:"要是我早知道匈奴人会逡巡不前,哪里还会派出精锐去支援他们?要不是他们的背叛,现在九原应该已经乱了,我们也不用承受这么多压力!"说着,他又是一拍扶手:"回去之后,我一定要他们好看!"

听他这么说,旁边坐着的一个部族首领冷笑道:"还是先想想如何度过眼下的危机吧!要不是你,我们这么多部族能落到这番田地?"他的说法得到了很多部族首领的认同,纷纷出言道:"正是如此!要不是你宥连库律非要南下,我们哪里会这么狼狈?""要我看,我们就该重新选个头人!宥连库律不配率领我们!"

"放屁!"须卜机尽管心中也埋怨兄长,但关键时刻还是向着自家人的:"当时大兄与你们商量的时候,你们一个个都跟饿疯了的狗一样鼓动大兄，现在却说大兄的决定错了，难道你们就没有责任吗？！"他又看向刚才出言嘲讽宥连库律的那人，冷笑道："就凭你，也敢说我大兄不配做头人，难道你忘了当年是怎么在我大兄帐前跪地求饶的？"那人闻言脸色连连变换，最终后退一步，不再言语了。当年宥连库律攻打他的部族，他的部族节节败退，逼得他不得不在宥连库律帐前跪了整整一夜，发誓效忠宥连库律才求了一条生路。自那之后，他便一直怀恨在心，如今出言挑拨，却被须卜机叫破，顿时羞愤难当。

但其他人却并不买须卜机的账，反倒纷纷叫道："须卜机你休要狡辩，谁知道你们收了匈奴人多少好处，不解决我们的心腹大患匈奴人，反倒要把我们拉到这辽东来跟秦人打仗！"

须卜机闻听此言，又急又气："你……"只是他刚出口一个字，便被宥连库律伸手拦住了。宥连库律此时已经恢复了往日的冷静，冷笑着看向激动的众人："诸位真当我软弱可欺？我若真投靠了匈奴人，诸位还能站着与我说这些话？"听到他这半是解释半是威胁的话，众人终于色变：他们想借机发难，逼宥连库律拿出点好处不假，可若是做得太过火，真的激怒了他，他们可还在人家的穹庐里，周围全部是人家的心腹！

见众人终于不说话了，宥连库律也转变语气道："我知道诸位害怕秦国大军来袭，但我东胡部族十万控弦之士又岂是吃干饭的？别忘了来之前我们是怎么商议的——要把秦国打疼了，他们才会重视我们，如果人家只是把我们当作可以轻轻碾死的蝼蚁，又怎会跟我们谈判，怎可能与我们通商互市！"众人见他态度转好，便也就借坡下驴："宥连族长说得有理，只是可恨那匈奴人不守信用，没有奋力出击，秦国人连看都不看他们一眼！""正是如此！匈奴人害的我们多损失了多少勇士！等回去了，一定要给他们点颜色看看！"

又骂了一阵匈奴人，众头领才逐渐散去，只剩下宥连库律和须卜机二人在帐中。二人对视一眼，不约而同地叹了口气。宥连库律苦笑道："乌合之众，又怎能和秦国为敌？是我大意了。"他入辽东之前，在东胡诸部族里威望极高，也凝聚了极强的力量。但这样的凝聚力终究是假的，一面对秦帝国的高压，他们便纷纷有了别的心思，这怎能不让雄心勃勃、一心想要建立一个能够与秦比肩的伟大王朝的宥连库律黯然。

须卜机闻言叹道："怎么能怪大兄呢？同匈奴联合之事是我操持的，如今匈奴人得利却不出力，是我的罪过。"说着，他走到宥连库律面前行了大礼："既然匈奴人毁约在前，那我们也不必为他们遮掩！秦军不可力敌，还请大兄早做打算！"话语间，他竟是已有了撤退之意。

宥连库律苦笑着摇摇头："秦国人又岂会轻易地放我们走？只怕此次我们是偷鸡不成，却还要蚀把米了。"须卜机咬牙道："打仗时出力的是我们，但屠城、掠夺财物，冲在最前面的却是那些家伙，如此还则罢了，今日竟然还敢威胁大兄！要我看，就把他们留给秦军出气好了！我们退回燕国长城外，秦军再强大，也不可能在我们的地盘耀武扬威。"

宥连库律闻言却道："不可！就算要退，我们也不能付出太大代价，否则秦军将愈发轻视东胡，对我们日后不利。"尽管在与秦军作战之后，宥连库律深深感受到了秦军之强大，但却没有放弃自己的野心。他深知，如果在撤退时陷害友军，那么本就涣散的东胡诸部，在自己手里，将失去一统的可能，东胡诸部又将回到十几年前各自为战的状态。内忧外患之下，东胡灭亡指日可待！他思考了一会儿，缓缓道："不仅不能让他们去送死，我们还要为他们殿后，这样东胡至少还有重新崛起的可能！"

看着宥连库律坚定的眼神，须卜机不由得在心中叹了口气。自己这位大兄什么都好，就是不会揣度人心。南下前自己以东胡诸部心思不齐，无法号令为由百般劝阻，他却不听。此后自己又劝大兄严令各部不得屠城，但大兄的命令却全无威严，以至于惹怒秦国。如今，大兄还要以自己为其他诸部之后盾，却没想过他不卖诸部，诸部难道不会卖了他？但须卜机知道自己劝也没用，于是只能在心中暗下决心：如果其他诸部真的敢让他们送死，自己哪怕是死，也要护得大兄周全！他心里这么想着，嘴上却说："大兄高瞻远瞩，我不能及。我听大兄的就是了。"

宥连库律对须卜机的回答十分满意，于是与他商讨起撤退的相关事宜来。

尽管东胡人怨恨匈奴人作战不利，以至于发愿报复，但匈奴人却真正是冤枉得紧。前些日子的进攻被九原军打退以后，老单于急火攻心昏倒了，如今还在床上躺着呢。左贤王尚小，阏氏又不懂军事，生怕自己乱发号令葬送了单于的勇士，惹得老单于不快，于是事事小心谨慎，仅仅留了些斥候在前线探看九原军的动静，毫无出战的意思。

尽管大家都对这种过分谨慎的做法颇有不满，可谁都不敢质疑。毕竟万一出了差错，老单于醒来后再生一次气，他们可担待不了。他们平日里虽然对老单于畏惧有加，但也知道老单于确实英明神武，若是老单于没了，他们就真不知道该怎么办了。人心似水，老单于这次昏迷，让不少人都开始思考老单于身后，匈奴金鹰冠的归属。难道真要让还是个孩子的左贤王来领导他们？

不过不久，王帐就传来消息：老单于醒了。这让不少人都松了口气。

王帐内，老单于窝在床上，面色苍白。年轻的阏氏坐在床边，用雪白的绸布为老单于擦拭着额头上的汗珠。阏氏继承了楼烦部闻名草原的美貌，二十七八的年纪，身材高挑，乌发如漆，身着一身草原人特有的装扮，让她温婉之间又多了几分野性的魅力，谁见到都要暗道一声：无怪乎老单于对她多有宠幸。

老单于刚刚从昏迷中苏醒，脑袋一片混沌，眯着眼仔细辨识，才认出身边正为自己擦汗的是深受自己宠爱的阏氏。他缓了半晌才张开嘴，颤抖着问了句："阿丹呢？"阿丹是他与阏氏的儿子，左贤王的乳名。

"回单于,阿丹在他的帐内休息呢,您要见他,我这就遣人叫他来?"阏氏轻声道,声音如同百灵鸟一般婉转悦耳,好听极了。

老单于却摇了摇头:"不必了,他见到我这副样子,一定要嘲笑他阿爹不中用了。"老单于在外人面前威严极了,但在阏氏和小儿子面前,却一点也不像个杀人无数的屠夫。

阏氏听他这么说,轻笑道:"单于这说的什么话,您是草原的雄主,阿丹崇拜您还来不及呢,怎么会说您的坏话。"听到她这么说,老单于疲惫的脸上露出了满意的笑容。自打年初以来,他的身体就不是很好。他对自己的情况也早有预料——毕竟他已是六十余岁的老人,在匈奴人中已经算是了不得的高龄了。

老单于又闭目休息了一阵,阏氏以为他又睡着了,于是轻手轻脚地从床上起来,准备离开,却听见老单于张口问道:"莫都人呢?"阏氏连忙坐回床边,回答道:"莫都王子带着他帐下的骑兵出去了,说是要训练备战。"

老单于闻言冷哼一声:"你就放他出去?"阏氏连忙道:"我怎么敢拦着莫都王子……"说了一半,她就被老单于打断了:"我病重昏迷,他却出去练兵?这是要干什么!孽畜!"一时气急,老单于又咳嗽起来。

"单于……"阏氏连忙伸手为他顺气,双眼中泪光闪烁:"您可不能再生气了,我们母子俩,可全靠着您呢!"单于这才压住了怒火,但还是面色铁青,他生硬地说道:"派人喊他回来,就那三百骑兵,有什么练头!"说着便要起身,阏氏连忙拿来一旁的毡布为他披在肩上,接着便出门派侍卫去叫莫都回来。

老单于坐了一会,便见莫都急匆匆地从帐外进来了。见老单于端坐在大帐中,莫都连忙拜下:"父亲……"他正准备说两句问候的话,却听老单于冷声道:"听说,你跑出去练兵了?"

莫都连忙咽下准备好的关切话语,回答道:"是的。这几日无甚战事,但孩儿觉得，九原人一定憋着要打咱们呢，于是训练训练手下，防止他们在营中待久了，上阵出问题。"

老单于冷笑道："就你那三百骑兵，能顶什么用？我告诉你，少打那些鬼主意，我是老了，但我还没死呢！"莫都听闻老单于此言，不由心惊，但还是强自镇定道："父亲明鉴，孩儿只想替父亲和弟弟多分担些，既然父亲不喜，我便再也不做了。"说着，他抬起头来，双目之中隐隐有泪："父亲既然想要传位于弟弟，我也只能听从父亲的意思，哪里还有什么别的想法？父亲要是不信我，就赐我一杯毒酒，让我以死明志吧！"说到最后，莫都已是泣不成声，伏在地上，像是在等待老单于的审判。

老单于毕竟老了，看他不似作伪，心中也是一软。自己虽然不喜欢他，但他毕竟是自己的骨血，还能成为阿丹继位后的有力臂助，杀了他，也只能让人心不齐罢了。念及此，老单于缓声道："以后没有我的命令，不得擅自行事，听到了吗？"莫都连忙抹去脸上的眼泪，接连叩首道："孩儿谨记父亲教诲。"

看着莫都顺从的样子，老单于心中没来由的一阵烦闷。他挥挥手道："出去吧。"莫都又磕了两个头，便离开王帐。

第三十四章

在几天喋喋不休的争论之后,皇帝大手一挥,宣布由太子代自己领兵出征东胡。这一决定让不少人大吃一惊,毕竟皇帝此前一直是反对太子带兵出征的,而且他们也知道皇帝希望将太子培养成一个文治之君,怎么突然就转变了主意?只有少数了解内情的人才知道:在仗真正打起来之前,皇帝必须要用全部力量维持国内一众势力的相安无事,派太子蒙迩出征,实在也是无奈之举。

如果说太子蒙迩带兵出征让很多人吃惊,那么在大殿上宣布的出征名单中有韩王姬平的名字,则让不少人骇然。这是秦一统之后,第一次有六国贵族的名字出现在军队名单里。无数人开始猜测皇帝这么做的用意,有六国贵族怀疑皇帝此举可能是其准备大肆启用六国贵族的信号,于是乌幕宫内一时间充满了欢乐的气氛。包括韩王在内的一众贵族,在皇帝宣布这一决定后的当夜,便摆开宴席庆祝了。

肥胖的魏王已经酒醉,华贵的魏制衣袍被他扯得变了形,他狂笑着指着面前的杯盘狼藉叫嚷道:"'彼君子兮,不素餐兮!'来人,来人!"那意思分明是让侍者再为他加些酒肉。他又不无艳羡地看向一旁正搂着美姬说话的韩王:"韩王还不多吃点?此去军中,只怕是没酒肉吃咯!"

韩王姬平笑着举起面前酒樽向魏王示意后仰头饮下:"魏王此言差矣,到了军中,自然有军中的规矩。更何况,我此去乃是为我六国之人打拼,少吃几顿肉又算得什么?"话语间,他已经隐隐将自己摆在了六国领头者的位置。不过他也确实有自傲的资格,毕竟他是秦一统后第一个在秦帝国军政体系中崭露头角的六国遗贵。

燕王看着韩王意气风发的笑容,心中不禁有些愤愤:东胡人入侵的乃是故燕国之地,于情于理,皇帝都应该派自己去才对。韩王这人志大才疏,也就是运气好,要不是有张俛这等人物服侍左右,哪里能这样意气风发?

燕王心中正不忿,韩王却如听到了他心中所想一般笑吟吟地转过身来问道:"燕王为何闷闷不乐,可是不满我能进军中?"燕王听他问话,陡然一惊,讪笑着道:"哪里……韩王……韩王能进入军中,乃是六国人的幸事……"话未说完,他的额上已渗出了细密的汗珠。

韩王姬平笑吟吟地看着燕王。他心里十分清楚,自己去燕地,燕王心中自然不爽,毕竟那是燕人故地,换作自己,遇到这样的事也会郁闷。但在姬平看来,燕王在这件事情上本来便压根没机会:燕王的性格在他们六人之中最为孤僻,一与人交际便十分紧张,听到自己这种带攻击的问题,便连话都说不明白,又怎么担当得起六国领袖的责任?

看着燕王窘迫的样子,韩王笑笑,倒也不深究,举起酒樽向燕王敬了一杯便不再追问,转而去看其他人:魏王轻佻傲慢、耽于酒色;赵王早被秦人吓破了胆子;楚王空有气魄、胆色,却缺乏谋略;齐王为人刻薄,不懂御下。如此看来,六国之中堪担大任的便只有自己了。

他正沾沾自喜地想着,却听见齐王用尖细的嗓音说道:"听说张卿不与韩王同去?"姬平从他的话里听出了别样的意味,心头无名火起:难道他姬平没了个小小的张俛,就什么事也做不成吗?他强抑住心中的愤怒,咬着牙关道:"我一人去。"

齐王双颊微红，已然微醺。他全然没有注意到韩王极为难看的脸色，反倒自斟自饮道："如此，韩王可要多加小心了……"他的话还没说完，便被韩王冷冷地打断了："不劳齐王费心了。"齐王还没反应过来，韩王便仰头饮尽杯中酒水，起身向众人拱手道："本王有些乏了，先回去歇息了。"说完也不待众人反应，便自顾自地走出了门。

众人面面相觑：韩王往常都是扯着众人喝到最晚的那一个，怎么今天这么早就乏了？不过众人正是酒酣之时，哪里有心思思考这些？于是全没在意，继续饮起酒来。

韩王到门外，深吸了一口微凉的空气，这才稍稍平复了心情。长久以来，他总觉得自己是被压着的。韩国还在的时候，他被父王和众多公卿贵族压着；到了秦国，又被恶鬼般可怖的秦王压着。直到蒙昭上台，他才终于能够掌控自己的命运，却没想到在别人眼中，他依然是被压着的，而压着他的，竟然是自己的下属张伷！他无法忍受这样的轻视，在他看来，复兴六国乃是他的责任，也是他的荣耀，任何人都不能将这责任与荣耀从自己手中夺走！他这样想着，不自觉地攥紧了拳头。

蒙迩一如既往地在天色未明时醒来，这是他多年练武养成的习惯。以往起床后，他会先绕着东宫内自己改造的练武场跑步，用过早膳后，再开始练武。不过今天不一样，一会儿参加完誓师仪式，他便要出征，参加他人生中的第一场战役。

侍者送来一套崭新的铠甲，这是蒙迩早就准备好的。铠甲在秦制将军皮甲的基础上进行了改造：铠甲胸前增加了一块漆黑的金属护心镜；腹部的皮甲片也尽数换成了金属薄片；两侧的披膊上增加了两片薄铁，蒙迩特地请来栎阳城内最好的铁匠将其打制成了猛虎咆哮的形状，看起来慑人至极。整件铠甲以金线编织，穿起来英武不凡。但这样的甲胄大概也只有蒙迩这样强壮的人才能够驾驭：尽管使用的都是较薄的金属片，但重量也是普通皮甲的三倍，一般的兵士穿上了，只怕连行动都困难，更莫说在战场上与人搏命了。

蒙迹在侍者的服侍下换上了这套甲胄。他深情地抚摸着铠甲，指尖轻抚过鱼鳞般的甲片时，甚至能感受到自己的灵魂也在颤抖。他终于要出征了，他要和自己的父辈一样，在战场上取得一切。他渴望战争。就在蒙迹因第一次着甲而迷醉时，侍者来报："殿下，时辰到了。"蒙迹目光一凝，道："知道了，走吧。"

蒙迹乘坐战车来到栎阳城外。早已建好的誓师台上，皇帝蒙昭双臂抱胸站立，双目微阖。秦一统后，元皇帝听从法家大夫建议，废除了以往复杂的礼仪制度，改冕服为上下皆黑的祭服，名为袀玄。"袀"意为颜色纯一，着袀玄正符合法家尚用的思想。不过蒙昭今天没有穿袀玄，而是穿了一套自己穿过许多年的普通甲胄。他腰间依旧悬着那柄表面破旧的剑，剑格上的大鱼原先是暗淡的锈色，现已被打磨出鲜亮的光彩来。高台下，将士们早已整装待发。此时正是清晨，露水在将士们的甲胄上、头发上凝结，微风拂过，便一滴一滴跌碎在地上。沉默着的将士们神色肃穆，就如一个个泥俑般纹丝不动，场上充满了肃杀的气氛。军士两侧，文武百官头戴冠帽，身着大袖宽袍，耳簪白笔，腰佩书刀，手执笏板，垂首侍立。

蒙迹走上高台。蒙昭听到声音，知道是蒙迹来了，于是睁开双目，向奉常何化点了点头。何化早已等待多时，见皇帝示意，连忙指挥一旁的乐师开始击缶。缶是用来盛放美酒食物的食具，秦国士大夫们饮酒时常常击缶作歌，相国李骐便将之改造成了一种乐器。乐师们以木棍敲击着瓦缶，发出雄浑苍劲的闷响。上百个缶被同时敲击，带给人一种来自血脉深处的震撼：缶声就像大地的脉搏，轰隆隆的搏动着，让所有人的心跳与之同步。此时，乐师们唱起了那首传承数百年的古老军歌：

"岂曰无衣？与子同袍！王于兴师，修我戈矛。与子同仇！"

与雄奇瑰丽的楚歌或是以揭露讽刺见长的魏风相比,秦人与戎狄杂居,民俗多受其影响,加之百年以前多受中原诸国欺侮,于是在生活中尚勇武之士,歌谣中自然也多同仇敌忾之辞。在场的军士们大都不是第一次听到这首军歌,但还是不由得为这首歌影响,他们握紧了手中的兵戈,轻轻在心中跟着乐师们唱了起来。

"岂曰无衣?与子同泽!王于兴师,修我矛戟。与子偕作!"

高台之上,蒙昭伸出右拳,随着节拍捶打自己的左胸。台下的军士们激情难抑,手中兵戈顿地,声响同缶声连成一片,与苍凉雄浑的歌声一起直冲云霄。

"岂曰无衣?与子同裳!王于兴师,修我甲兵。与子偕行!"

皇帝也忍不住开口了,洪亮有力的声音冲口而出:这也是他为秦征战数十年来最熟悉的歌谣。见皇帝开口了,将士们也不自觉地大声唱了起来,歌声就像潮水一般传播开,澎湃激昂到最后一句时,场上所有将士都涨红了脸嘶吼起来。两侧的文官们受到了这种情绪的感染,也低声跟着军士们吟唱起这古老的歌谣。

军歌唱完时,场内气氛已然达到顶点。将士们的鼻孔里喷着粗气,眉宇之间煞气显露,那种气势不禁令人心生畏惧。蒙迩看着台下猛虎般的军队,心中不禁感叹自己父亲调动士气的能力——只用了短短的唱一首军歌的时间,便让这支军队从战备状态进入了战时状态,这是蒙昭把控军心能力的铁证。当然,这也与秦军本就是一支铁血军队有关,就算陷入敌众我寡的绝境,秦军也往往能够为夺取胜利,做出壮士断腕的抉择。战斗意志极强的秦军几乎是无可匹敌的。

蒙昭看着台下憋红了脸的将士们,向前两步走至台边。他手扶腰间佩剑,朗声道:"众将士!东胡人犯我大秦边境,抢掠财物,连屠三城!东胡人胆敢辱我大秦,我定要其付出代价!"蒙昭虽然出身贵族,但投身军旅多年,自然知道军队里绝大多数都是不识字的大老粗，对他们讲话时也并不咬文嚼字，而是尽量说得浅显易懂。誓师仪式上，为让后排的将士听清台上的声音，台下每隔一段距离都安排了声音洪亮的战士，将台上说的话层层传达至后方。此时蒙昭的话传至后方，将士们纷纷激动地握紧了手中的武器。他们知道，蒙昭所说，意味着军功，意味着荣华富贵，至于面对蛮族的那些危险，则早被他们抛至脑后了。

"太子，上前来！"蒙昭说完本次战争的正义以及赏格后，转头叫蒙迩上前受命。蒙迩快步上前，在蒙昭身侧单膝跪下，口中大声答应道："陛下！"

蒙昭看着身高已经隐隐超过自己的儿子，在心里叹了口气，大声道："太子受命，北伐东胡。此去辽东，万千将士的身家性命系于你一身，你定要恪守军规，以身作则，凡事多问多学，不可冲动行事。"蒙迩低头道："诺！"他们一立一跪，比任何时候都更像父子。

蒙昭看着面前的蒙迩，轻笑着摇了摇头：面前的儿子真是太像年轻时候的自己了。他从腰间解下那柄伴随了他一生的佩剑，轻声道："起来，试试它顺不顺手。"蒙迩抬头，看见父亲将佩剑递到自己面前，心中惊讶万分。他知道父亲有多宝贝这柄旧剑，甚至连睡觉时都要放在身边，哪怕是自己，也一次都没碰过这柄剑，而现在，父亲竟然要把这柄剑赐给自己？台下的官员中有了解内情的，见此也差点惊呼出声：天子佩剑，见之如天子亲临，此时竟然给了太子，这不得不让人深思其中的意味。

蒙迩双手接过剑来。这是他第一次握住这把剑。他托着剑鞘，仔细观察：剑鞘以牛皮制成，经过多年征战，不少地方已经擦破；剑柄上本身雕满了精美的花纹，但也在日复一日的使用之中被磨平了；而剑柄之上，则是那造型奇特的剑格——一条栩栩如生的大鱼弯曲着身子，仿佛正从水中高高跃起，充满了生机与活力，不禁令人赞叹雕刻它的匠人工艺高超。

蒙迩抑住心中激动，握住剑柄，将宝剑从剑鞘中拔出。尽管剑鞘、剑柄磨损严重，但宝剑出鞘的那一刻，依旧光芒耀眼。剑从反射着初升的太阳的光，那光从剑锷一路滑过剑刃，最后随着蒙迩的动作在剑尖汇成一个点，形成一束最高的光芒。这光芒，照着在场的每一名将士，从他们眼中照进了他们的心里，连天地也仿佛都明亮了起来。

"好剑。"蒙迩看着手中的剑，不禁大声赞叹。蒙昭将双手背在身后，脸上笑容浮现："的确是好剑。"蒙迩这才如梦初醒，转身向蒙昭行了个军礼："臣迩，谢陛下赐剑！"蒙昭没叫他起身，而是走到他身侧轻轻拍了拍他的肩膀，用只有二人能听到的声音说："剑名戾天，握紧它。"说完，便自顾自地走下了高台。在他身后，蒙迩握紧了手中的戾天剑，站起身振臂高呼，引来台下山呼海啸般的回应。

第三十五章

九原城已经进入紧张的战时状态。这本就是一座为战争而生的城市，在同匈奴人开战后，整个城市就在郡守李介的一道道指令下动了起来。

秦军的制式装备已经是一等一的精良了。尽管如此，在与匈奴人的战斗中，秦军装备的折损率还是非常高的。这不仅仅是因为冶炼技术有局限性，更是因为匈奴人也深知论起武器装备，还是中原人的更胜一筹，于是在每一场战斗中，都会不遗余力地搜刮秦人的武器来装备自己。为保证秦军的武器供给，九原城的铁匠们夜以继日地忙碌于打造兵器。在连续不断的叮当声中，光可鉴人的崭新兵器被搬出铁匠坊，紧接着就被民夫们装车运往前线，发到在战场上失去武器的士兵们手中。

嬴重从原阳骑邑一带回到九原郡后，由于西线战事并不吃紧，加上他还需要养伤，便被李介派来负责后勤。嬴重对此没什么经验，本以为还需要焦头烂额一番，没想到九原的后勤体系极为完善，他只需要每天巡查两次即可，压根没什么实质性的工作。

虽然郎中嘱咐他要静养，但嬴重还是闲不下来。谷中那场战斗真正激发了他身为嬴氏族人的荣耀感，那是他取得的第一场胜利，他还要在未来取得无数的胜利。因而在西线战事还未平息的当下，他无比渴望能够去前线与项准他们一同战斗。不过嬴重也不是那种不识好歹的人，既然郎中再三嘱咐，他也不会逞强。更何况自己麾下兵马几乎个个带伤，嬴重也做不出强让他们上前线这种事，于是便静下心来养伤。眼下已经过了半个月时间，嬴重的伤已好得差不多了，只是换药时还有些疼痛。

小院里，嬴重正靠坐在树下拿着师兄送他的书研读。此时天热，他的上半身被细布裹得密不透风，便干脆没再套一层衣服。嬴重腰侧的伤已无大碍，但身上还有不少小伤口，如有大的动作，必疼得他龇牙咧嘴。方受伤时，也许是因为精力集中于战事，嬴重倒还没什么感觉。但结束战事，闲下来时，让人撕心裂肺的疼痛如潮水般袭来，让嬴重很是难受了一段时间。这还是他第一次受这么重的伤，不过好在治疗及时，倒也不会有什么大的影响。

敲门声响起。嬴重知道眼下城内会来找他的无非苏琳等人，于是也懒得起身开门，只朝大门轻喊了声："进来吧。"来人果然是苏琳，他是来为嬴重送药的。

苏琳走至嬴重身边，放下手中的药盘。嬴重很配合地自己拆下缠在身上的细布条，又低头看看腰间的伤口，伤口已然没有了当初的恐怖。嬴重满意地点了点头道："这郎中给的药还真有效。"说着，嬴重又自己从药盘上取来一个小瓶，咬牙将里面的液体倒在了伤口之上。苏琳忍不住打了个寒战，他清楚那瓶里装的是郎中特制的烈酒，专门用来清洗伤口，防止外邪入体的。尽管他没受过这样重的伤，没用过这样烈的药，但看嬴重轻轻颤抖的双手，他就能体会那噬心的痛楚。

嬴重咬着牙清洗完伤口，接着用一块拇指大小的木板抠来一小块深青色的药膏，轻轻敷在伤口之上。药膏敷上去那一瞬的清凉让嬴重的身体放松了一下，但接踵而至的便是不亚于烈酒带来的疼痛，这让嬴重不由得闷哼了一声，全身肌肉也都紧绷起来。缓了一下，嬴重才龇着牙从药盘里取来干净的细布条，一圈一圈的缠在自己身上。

直到把布条缠好，嬴重才终于松了口气。他转向苏琳问道："西线那边怎么样了？"苏琳瘪着嘴摇了摇头："据说没什么动静，匈奴人逡巡不前，我们的人也不好主动出击，怕万一露了破绽，出了差错，担不起责任。现在天下的目光都在辽东一地，这边出了问题，可没人为我们找补。"

嬴重闻言喷了两声，蒙迩带大军出征的消息自然也传到了九原，他以前没想过，也不愿意想自己要在战场上面对蒙迩的情景。还记得小时候，自己作为皇家太子，规矩甚严，偶尔有机会到蒙府上去，蒙迩便支开下人，带着自己在院里抓鸟，而蒙姝则抱着一卷书在院子里静静地看着他们二人嬉笑打闹……可是那样的日子再也回不去了，自己也终有一天要与蒙迩在战场之上相见。

想到这，嬴重甩了甩头，将这些目前还不用面对的问题甩出脑袋，笑道："我就不相信章老将军和那项安则能沉得住气，他们一定有后手。"苏琳大笑出声："果然瞒不过少主！"

嬴重当然知道苏琳什么意思，笑着在他胸口捶了一拳："就知道你小子瞒着我，说吧，什么计划？"苏琳便将自己所探知的消息全盘托出，嬴重听着，脸上露出了满意的笑："不错，按照这个计划，定能让匈奴人大败而归！"

苏琳听他这样评价，脸上也浮现出了激动的笑意，口中试探道："那咱们是不是……"嬴重知道这半个月来苏琳在这九原城内憋得好不难过，早就想前往西线狠狠地打匈奴人了，只是自己还需在城里养伤，故而不能成行。不过现在自己的伤已然好得七七八八了，虽然没办法上阵与人兵刃相接，但指挥还是没问题的，更何况自己也早就想杀到西线去报匈奴人的偷袭之仇了。念及此，他站起身来道："当然！跟我去见太守！"苏琳听了，激动得跳起来，跑进屋为嬴重拿来干净的衣衫换上，二人便向太守府走去。

太守府内，李介在案前正襟危坐，面色凝重。案上，来自九原各地的简牍堆积如山。自从开战以来，李介就仿佛同这九原城一样，变成了一台处理公务的机器，每天都迅速地处理着日常事务。大军在外，后勤事务、各地守备等事务都落在了他头上。尽管如此，他还是保持了自己的水准，将每天繁复的事务条分缕析地一一处理好。不过这样高强度的工作也让本就疲惫的他变得更加憔悴，嬴重二人来访时，侍者通报了两遍他才反应过来。他也没起身迎接，只是坐着，用双指轻掐山根，让侍者请嬴重他们进来。

待嬴重二人走进屋内，李介才屏退侍者，站起身来向嬴重行礼道："未能迎接殿下，万望恕罪。"嬴重快步上前扶住他的胳臂，没让他将这一礼行下去。看着形容憔悴的李介，嬴重眼里没有一丝不悦，反倒充满着担忧："郡守这是什么话，这些日子辛苦你了，孤该替九原的百姓向你行礼才是。"说着便退后一步，要向李介鞠躬行礼。

李介哪里敢让嬴重向他行礼？于是连忙上前一步扶住嬴重道："分内之事，岂敢邀功？公子这是要让我无地自容啊。"嬴重见他不愿受这一礼，倒也不再勉强，请他回到座上，自己也在一旁坐下，询问起西线的近况来。

苏琳告诉嬴重的毕竟只是听来的只言片语，远没有李介介绍的详尽。嬴重听完李介的介绍，面色凝重了许多：原来形势并非在变好，只是没有变得更差。虽然整个九原都动员起来了，但以一郡之力，终有未逮，更何况现在整个国家都在为对东胡的战争做准备，哪里还有余力支援这样一场只守不攻的战争？于是尽管之前西线打得热火朝天，也压根没有吸引九原郡以外人的视线，更别说获得来自其他郡的支援了。经过这么久的拉锯战，九原郡的后勤已经有些跟不上了，按照李介的推算，最多再有不到一个月的时间，就必须撤军了，届时如果还没打退匈奴人，也没办法了。

嬴重深深叹了口气：这样下去，匈奴人将不战而胜。他站起身来，走到李介案前道："我的伤也好得差不多了，便让我随后勤到西线去吧，我们必须借这次机会打退匈奴人。"李介闻言并不应答，只是脸上露出了担忧之色。

嬴重知道李介担心自己的身体，笑道："我的身体已无大碍，狷生不必担忧。'天予不取，反受其咎。'匈奴人内部不稳，这是我们天大的良机，有这样的好事，我若不至，定要抱憾终身。"

看着他坚定的眼神，李介犹豫片刻，这才叹了口气说道："我明白了，便请公子押送粮草至西线吧。"嬴重笑着向李介拱了拱手："定不负狷生所托。"话毕，嬴重便带着苏琳回去收拾行装，准备出发了。

李介看着嬴重兴冲冲走出去的样子，不禁感慨。他抬头看向天边，万里无云的浅蓝色天空中，太阳经过一上午的艰难旅程，即将行至中天，炽烈的光直射大地，刺眼得让人无法直视。

第三十六章

那场大战后,进就仿佛变了一个人。原本活泼好动的他在回到军营后,变得有些孤僻了。以前闲时,他都在与自己的那些好友聊天吹牛,不过这次回来,队伍里少了许多熟悉的人,侥幸活下来的也有不少身负重伤,躺在营里连话都说不利索,进也没有闲聊的意思。

也许是因为伤感,以往一沾枕头就能睡着的进,在夜里竟然辗转反侧难以入眠了。有一两次他都快睡着了,眼前却又闪出了故去战友们的样子,他们被匈奴人、东胡人拿刀砍在头上、肩上、胸上的画面惊得他莫说是入眠,连闭眼也不敢了,就这样睁着眼一直等到天快亮才撑不住地睡去,却也睡不踏实,稍微有些风吹草动便满身是汗地惊醒了。

涣自然知道自己这个妻弟最近状态不对——这从他布满血丝的双眼和哈欠连天的模样就看得出来。涣知道进这是什么问题:按照老兵们的说法,进这是魇住了,也就是被战场上的"亡魂"缠住了。迷信点的老兵会找来公鸡血擦在身上,据说能破除魔障,驱赶亡魂。可涣偏不信这些,战场上死的有敌人有战友,他可不信战友们死了会缠着自己人不放,就算是被敌人的亡魂缠上了,不还有战友们的英灵守护着吗?在他看来,这就是新兵们第一次上战场,见到了死人、见到了血腥，被吓到了而已。于是他特意把进叫到自己帐中，打算好好开导他。

进掀开帐帘走进来，依旧是一副魂不守舍的样子。涣一改往日对他的严厉态度，温和地叫他坐在自己身边。进如木偶般坐下了，涣这才在那夜大战后第一次仔细观察了这个自己带进军队的孩子：他头发虽束着，但显然已经很久没梳过头了，发髻上有不少散乱的碎发；挽起来的袖口里，隐约可见一圈一圈缠好的白色细布条。涣知道，在那场战斗中，进也受了不小的伤。

涣沉吟片刻，斟酌着缓缓开口道："最近我忙着统计伤亡人数，抚恤善后……没顾得上问你，最近怎么样？"进木然地点点头道："还行，姐夫，挺好的。"虽这么说，但他发白的嘴唇告诉涣，他并没有嘴上说的那么平静。

涣叹了口气，伸手搂住进的肩："进啊，你姐夫也是老兵了，你现在走的路，当年我也是一步一步踩着泥坑走过来的。我知道很多事你一时之间没法接受，但你至少可以跟我说说，不然你这样回去，你姐还不扒了我的皮……"

他这样轻声说着，进突然低下头抽泣起来。涣愣了一下，随即将进的头抱住，用宽大而粗糙的手掌轻拍着进的后脑："没事的，没事的。"

哭了一阵，进的声音渐渐小了。又过了一会儿，进终于开始说话了："姐夫，你不知道，每当我闭上眼，狗娃就会出现在我眼前。上战场前他还和我说，他家里给他说了一个媳妇，是咱们村南头孙家的姑娘，但他不满意，他还是觉得小时候跟我们一起玩的阿妙好看。我踢了他一脚，说你小子真是让猪油蒙了心，村南头孙家那是大户，就算是庶出的姑娘也跟天上的仙女一样，再说阿妙是我认的妹妹，是你小子说娶回家就能娶回家的？"

进的声音渐渐沉了下去："那天晚上，敌军已经败了，月光下，我看到他一刀捅进一个胡狗心窝，我远远地为他叫好，他还转过头来对我笑了一下，可就是这一笑的功夫，他就让一个从后面扑上来的匈奴杂种用刀划烂了肚子，肠子稀里哗啦地流了一地。我扑过去结果了那个杂种，再去看狗娃，他正想把肠子塞进肚子里，可是怎么也塞不进去，还弄了一手的血。"

"他徒劳地塞了一会儿，也不塞了，就躺在那儿，静静地看着我。我现在一闭眼就想起他那时的眼神，我认识他这么多年了，我知道他是想活的，谁他妈不想活呢？可是我没办法救他，他肚子烂了，就算是神仙来也救不了。他费劲地张着嘴要说话，可说出来的全是气声，我把耳朵凑近他的嘴边，就听到一句'帮我照顾好阿妙'，他就没气啦！他妈的……"进趴在涣怀里，边哭边喊，"我不该为他叫好的，是我害了他……"

涣轻轻拍着他的背，嘴上轻念着没事，心里却想起了当初和自己一起参军的弟兄们。这么多年过去了，他们有的活着，有的已经死了，坟头的野草也有半人高了。按他们九原传统的说法，坟前、坟头的植物越是茂盛，子孙后代就越是出息、享福。可是他们中很多人明明连媳妇都还没娶，那些福气又让谁享呢？大约给了自己这些还在世的弟兄们吧，这才能让弟兄们少挨几刀，多活几年，替他们把没享的福都享了再下去找他们。这次大战中，涣又少了几个老兄弟，不知道他们什么时候下葬，更不知道他们坟头的野草要春风吹几遍才能长高。

怀里进的哭声渐小，涣低头看去，发现他已沉沉睡去了。涣叹了口气，自己当年不也是这么过来的吗？熬不过去，死，熬过来的，活，帮那些死了的战友们完成遗愿……这是军人的天职，也是军人的宿命。涣轻轻地将进抱起，放在自己的榻上：该让他好好睡一觉了。

涣踱步出门，预解心中烦闷，却见传令兵小跑到了自己帐前。传令兵见到涣，行了一个军礼道："涣五百将，遵姬将军令，今日收拾行装，明日开拔前往西线。"涣一愣，接着大笑出声："好……好！"他叫来亲兵，吩咐道："传令下去，报仇的时候来了！匈奴人想阴咱们的屁股，咱们就要堂堂正正地还回去！"

整座军营的人都振奋起来了，除了身受重伤和落下重度残疾的军士，其余人哪怕伤还没好，都收拾起了自己的行装，磨起了自己的武器。这支新老兵联合部队的所有人恨不得立马冲到西线战场上，狠狠地把兵刃塞进匈奴人的嘴里。

第二天，嬴重及苏琳率原阳残部，带上补充进来的新兵，护卫着民夫运送粮草一路西去。两百余里的路程，若仅是部队不到四天便可抵达，但带着民夫、粮草，尽管有牛车帮助运输，嬴重等人还是走了六天才到。

他们抵达时，正是晌午，章原和项准等一众将领早就在大营外等候多时。远远地看见民夫车队，被太阳晒得微蔫的将领们神色立马振奋起来。队伍到达辕门前，嬴重、苏琳二人骑马从队伍中出来，翻身下马，向诸将领行礼。章原一改往日不苟言笑之态，微笑着扶起二人："姬将军、苏将军不必多礼，西线能勉力维持至今，全赖二位及众将士在原阳死战不退，该是我等向诸位行礼才是。"

说着，章原竟真的后退两步，同一众将领向二人及二人身后的众将士行了一个大礼。嬴重二人尽管愕然，但还是挺直腰杆、身躯微侧受了这一礼。挺直腰杆，是因为他们是代表所有在河谷内殉难的将士受这一礼的，名正言顺；而微微侧身，则表示此功乃是将士们勠力同心得来的，他们不能独占，所以不能正面受这一礼。这些秦老都为他们讲过的，只有老将才懂的军中规矩。

看到二人姿态，章原眼前一亮，心中不由得赞叹，三个来自栎阳的小将在这场战争中给他带来了太多惊喜：姬青和苏琳在战前会议上力排众议，放弃到西线拿战功，前往原阳防守，死战不退，最终击退了三倍于己的敌军；项准则一直跟在自己身边，展现出了极为强大的学习能力。开始的时候，军营内的各项事务还由自己独力承担，到现在，自己只需要偶尔从旁提点一下，大部分的事务都由项准来处理了，且项准做得相当好。

他心中感叹，却没有影响动作令手下人接收粮草物资，自己则带着嬴重二人及其他将领们进了中军大帐。待众人坐下，章原便问道："姬将军，情报里只说你们力战不退，拒敌于外，却不知情况到底如何，今日终于见到你们，可要给老夫好好讲讲！"众将也纷纷附和道："是啊，姬老弟到底用了什么妙计，才把三倍于己的蛮子们打退的？""姬老弟可要给我们好好讲讲，让我自己想，想破脑袋也想不明白！"此时，众将对他的称呼已经从姬将军变成了姬老弟，足见原阳一役后，众人已经认可了嬴重。

嬴重笑道："章将军，诸位老哥，你们谬赞了。其中道理，你们一听便知。"接着，嬴重便从将老兵编入新兵讲起，讲述了从选择战场到决定战术，从布置埋伏到最终取胜的一系列过程，众人听得津津有味，直到嬴重讲完了，还意犹未尽，大家不由得再次赞道："姬老弟真是少年英才……""嘿，匈奴人和东胡人也真是倒霉，碰上姬老弟这样的智将。""我看是勇将才对，若不是姬老弟杀了那匈奴将领，就算埋伏尽出，只怕也没有多少效果。"

嬴重听着他们的争论，有些尴尬地干咳了两声道："诸位老哥，我不过是运气好而已……"话还没说完，便有人叫道："运气？姬老弟你是拜的哪路神仙，赶明儿我也去拜一拜！"此话一出，大帐内众人顿时笑闹起来，久守不出的烦闷也一扫而空。素来严肃的章原没制止大家，一方面，章原知道，这些天来诸将憋得太难受了，需要一个发泄的渠道；另一方面，他也对姬青的计谋与果断颇为赞许，而且以姬青这个年纪，取得这样的胜利也未见骄傲，这让章原对他的评价更上了几个台阶——兵书上有言："顺，不妄喜；逆，不惶馁；安，不奢逸；危，不惊惧；胸有惊雷而面如平湖者，可拜上将军。"姬青恰好有这些特质，章原默默对姬青下了论断：假以时日，此子必成大器。

众将笑闹了好一会儿，章原才出声道："好了好了，玩笑过了，现在该说正事了。"众将闻言，纷纷端正坐姿，脸上嬉笑之色尽去。见众人端正态度，章原轻轻颔首道："这次姬将军、苏将军为我们带来了足够的粮草物资，是我们反击的时候了。"众将闻言，不由精神一振，这么长时间以来的憋闷与烦躁，终于有机会还给匈奴人了！

却听章原接着说道："上次并未与你们细说作战计划，只是说了大略，这次便让项将军为你们详细讲讲。"项准站起来，向众将行了一礼，才说道："诸位知道，我们已经知道了匈奴人哨站的位置。这段时间，我已经派手下前去探查过了，匈奴哨站每半个时辰发射鸣镝，互报安全，一旦发现敌情，便会立刻点燃烽火通报。所以我们要在他们发射鸣镝之后立刻将他们拔除，接着在一个时辰之内突袭匈奴营地，才能打匈奴人一个措手不及。"

众将闻言，纷纷点头表示赞同。他们这些日子只能坚守不出，也正是因为匈奴哨站的警示作用实在太强大。一旦发现什么问题，匈奴人可以立刻做出反应，让九原军无功而返。而此次匈奴内部人递出的这份情报正好可以解决这个问题，九原军可以先废了匈奴的耳目再进行作战，必将事倍功半。

突袭时间定在第二天夜里。苏琳主动请缨，带领从九原城来的混合部队去拔除匈奴岗哨。嬴重因在原阳的胜利得到了章原和诸将的尊重，而项准这些日子的能力也得到了众人的认可，于是他们二人同章原分领三路大军，在苏琳拔除岗哨之后，以三面包夹之势攻击匈奴营地。其中，章原负责冲击营地正面，抵挡匈奴人最大的反击攻势，项准和嬴重则分别从两侧进攻，趁匈奴人不备，切断其后路。等到围三阙一之势完成，苏琳便带着清扫完岗哨的部队埋伏在匈奴人撤退的必经之路上，给予仓皇如丧家之犬的匈奴人最后一击。

这计划从项准嘴里说出，听得在场的众人热血沸腾，只恨不能今日便杀到匈奴营地里去。强按住激动的心情，众人告退回到自己的营地里整备武装，为来日的突袭做准备。章原让项准带嬴重和苏琳二人看看营地情况，吃点东西，好好休息一夜，自己也去做相应的准备了。

第三十七章

　　项准带着嬴重二人来到自己的营地。此时已是吃饭时间，校场旁的茅棚下，伙夫支起锅灶，正为列好队的军士们分发刚煮好的菜羹。此时天气炎热，菜羹也冒着热气，蒸得伙夫们满脸通红，汗珠滴滴滚落。军士们分得热菜羹，一时也吃不进嘴，便将其放在一边，三五成群、或蹲或坐地在校场边闲聊起来。营地内的校场上，忠正带着骑兵队训练。经过这些日子的训练，骑兵队已经有模有样了，只是此时，毒辣的日光晒得场内众军士人困马乏，显得无精打采的。项准见状，皱皱眉头，让跟在身边的户去叫忠过来。

　　忠听到项准叫自己，连忙翻下马背，小跑到项准面前。他脸上严苛之色尽去，换上了一副讨好的笑容，恭谨道："请将军吩咐。"项准神情严肃道："其他人都吃饭去了，你们怎么还在训练？如此炎热的天气，中暑了怎么办？"

　　忠闻言一愣，他可从来没见过这么关心下属的将领，不过他很快反应过来，连忙行礼道："将军体恤，小……下官万分感念。只是，并非下官要他们加练，是他们自己要求的。"项准眉头轻挑："哦？"他看向户，户立即会意，叫来一名正在场上训练的年轻军士。

　　那年轻军士见项准叫他，连忙跳下马背小跑而来，不过由于缺乏休息，脚步虚浮，一个趔趄，差点摔倒在项淮面前。项淮伸出手扶他一把，拍了拍他的肩膀，问道："你叫什么？"

军士受宠若惊，连忙后退两步行了一个军礼："小人名叫大苏，见过项将军。"项淮看了眼身旁双臂抱胸的苏琳，说道："那你和这位苏将军还真有点缘分。你们是自己要加练的？"大苏用袖子抹去已经滑到眉下的汗珠，点头道："是。"

"哦？这倒是少见。何故加练？"大苏脸上露出羞赧的笑意："回禀将军，我们……我们练得不好，怕将军到时不让我们上阵杀匈奴。"听到他的回答，项淮脸上露出一抹笑意，把目光转向了忠。忠感受到项淮的目光，连忙道："将军，下官已经告诉过他们了，训练的事须得细水长流，急不得一时。可他们说，这次正是痛打匈奴狗的良机，错过了不知道要等多久，于是这几日来加倍训练，水平也已经远超从前了，只是还未完全达到下官的要求罢了。"

苏琳闻言不禁啧啧道："安则，碰到这样的手下，运气不错啊。"项淮闻言，脸上笑容更甚："子璋你这是什么话，你的那些手下不过新兵而已，却能打出那样的战绩，比他们强多啦。"他拍了拍苏琳的肩，接着对忠说道："去叫他们休息，等日头不烈了再练。"忠得令而去，项淮又转向侍立在旁边的大苏说道："你也去休息吧。放心，不日便有你们的用武之地。"

大苏连鞠几躬，却驻足未走。项淮见他不动，奇道："还有什么事？"苏大小心翼翼地问道："这二位难道就是守下原阳的姬将军、苏将军？"嬴重闻言，虽不明所以，还是答道："我正是姬青。"说着又一指身旁的苏琳："他是苏琳。"

大苏闻言惊喜万分，激动道："没想到今日能见到二位英雄。"说着便向他们二人行了个大礼："西线将士，无不称颂、感念二位的大恩，若没有二位在原阳死战不退，家中的妻儿老小，只怕都要死在匈奴人的刀下了。"这时，周围的军士，连带返回的忠等人，听到二人名字，也都连忙向嬴重、苏琳行礼称谢。

嬴重没想到自己在原阳一战,竟养出如此人望,倒是一桩意外之喜。他上前扶起苏大和众人,谦道:"原阳一役能胜,全赖将士用命,非我二人之功。更何况我等也是为了自己而战,诸位不必多礼。"

又与众人客套一阵,项准便带嬴重和苏琳进了自己的帐房。亲卫送来热腾腾的菜羹,他们也吃不下去,便放在一旁凉着。项准叫亲卫把好营门,不得让人靠近,三人这才放松下来。

苏琳心中欣喜,嘴角不由得上扬:"少主,没想到你我二人竟在九原有如此声望,想必师父知道了,也要夸我两句。"嬴重没好气地在他头上拍了一掌:"少痴心妄想,秦老是见过大世面的人,闹出这么点动静也想叫他夸奖?"

项准笑道:"殿下未免太严苛了,我等初出茅庐便有这般战果,纵观历史,也算不得差了,子璋兄要两句夸奖,倒也不算过分。"嬴重无奈道:"安则这话说毕,只怕子璋又要得意忘形了。"苏琳捂头叫屈:"天可怜见!这是咱们私底下玩笑,少主怎么还当真了?"

几人玩笑一阵,坐下进餐。菜羹上面已经凉了,但底下还有热度,须得顺着陶碗边缘慢慢扒进嘴才好。几人端着碗缓缓吸溜,总算吃完了这顿饭。嬴重用袖子沾了沾嘴边残渍,问道:"明日便要开战,安则怎么看?"

项准用袖子把嘴一抹,回道:"可胜,但却难以毕其功于一役,将匈奴人按死在此地。"苏琳放下碗道:"那是自然,既然敢放出哨站这等机密消息,泄密之人必定有自信逃出生天。"

嬴重冷笑道:"他们未免太自信了。我们就算不能毕其功于一役,将匈奴人全歼在此,也要把他们打痛,让他们不敢轻犯我大秦边境才是。"苏琳用舌头舔舔嘴角,附和道:"该当如此,狼子野心之徒,不打痛他们,他们就不知道什么叫谦卑!"

项准看着气势汹汹的二人,不由得苦笑道:"你们说得轻巧,可真到了战场上,谁拦得住来去如风的匈奴轻骑?西线能守下来,靠的还是战车和强弩，可这两样东西，在追击战里一样也用不上。"听了苏琳的话，嬴重想了想拍拍项淮的肩，轻道："有地图吗？来听听我的想法。"

匈奴大营。

老单于已经昏迷多日。尽管阏氏极力封锁消息，但这个噩耗还是像风吹过草原一般传遍了匈奴。对普通匈奴人来说，老单于就像整个匈奴的顶梁神柱，是神明在匈奴族内的化身，如今他陷入昏迷，无异于预示着匈奴一族的根基即将动摇，预示着匈奴全族即将陷入动荡，于是有不少人自发组织起来，向神明祈求，让老单于身体安康。不过在匈奴贵族们的眼里，老单于身上没有那么多神秘的色彩，现在的他，只是一个垂危的暴君而已。暴君的生命即将走到尽头，那么他留下来的庞大遗产将由谁继承？贵族们心思活泛，不少人猜测王子莫都会在老单于死后上位，毕竟尽管老单于不喜莫都，但小儿子才几岁，即使天资聪颖，也不可能争得过已经成年，并且智勇俱佳的莫都。

这样的流言和老单于病重的消息一同传遍了匈奴部族，自然也传到了阏氏的耳朵里。这消息对其他人来说也许是下注的召唤，但对阏氏而言无异于催命的号角：她因年轻貌美得到了老单于的宠爱，也使老单于封了自己的儿子阿丹为左贤王。按照匈奴的传统，左贤王就是下一任匈奴单于。但阏氏心里明白，一旦老单于死了，她和阿丹无依无靠，等待他们的只有败亡一途。当下的局面在她看来已经有些失控了，尽管大家表面上还把她当作阏氏看待，给她留足了面子，她说什么都应承下来，莫都更是在被老单于训斥过后就深居简出，好像真的放弃了对单于位的争夺，但她还是隐约有一种预感：莫都绝对不会这么轻易就放弃，她必须抓紧时间为自己和儿子筹谋。好在单于昏迷的这些日子里，她一直陪在老单于身边尽心伺候，一切都还有转机。

阏氏跪坐在老单于榻边，用绸缎轻轻地为老单于擦拭额头上的薄汗。这些日子以来，她每日每夜都在祈祷上天延长老单于的生命，祈祷老单于早日苏醒，早日重掌朝政。

仿佛是上天听到了她的祈祷，老单于缓缓地睁开了双眼。他的眼睛已经变得灰白而浑浊，再无以前那般震慑群雄的气势。他缓缓捉住阏氏的手腕，嗓音沙哑，就像是从遥远的地方传来的："我睡了多久？"

阏氏昼夜服侍老单于，为的正是让他在苏醒的第一时间看到自己的辛劳。此时，见老单于苏醒，她一时控制不住自己的情绪，流下了喜悦的泪水。听到单于问话，她才佯作担忧道："单于已经睡了七日了，奴婢……"说到这，她竟已经泣不成声。

如果老单于还清醒着，那么她这半真半假的流泪自然逃不过老单于的法眼。可老单于现在脑子混乱，哪里还有余力分辨这些？他只觉得眼前这个妻子当真是担忧自己的安危，劳累过度了，有所失态也可以原谅。他伸出手，轻轻为阏氏抹去脸上的泪，叹道："这些日子辛苦你了。"

闻听此言，阏氏哭得更伤心了。老单于心中一软，出言安慰道："好了，我这不是醒来了吗？"阏氏听闻这话，知道自己吹耳旁风的机会来了，哭着说道："我这是高兴，为单于醒来而高兴，也为我结束担惊受怕的日子而高兴。单于不知道，这些日子里各部落都在传些什么话！"

老单于冷哼一声，只是力气明显不如以前那么足了："什么话？我还没死呢，他们还敢翻天了不成？"阏氏拭去眼角泪珠，扑到老单于怀里，故作害怕道："奴婢不敢说……"老单于攥住阏氏的手，威严地命令道："说，让我听听他们都说了什么混账话。"

"他们……他们说，单于一旦归天……" 说着说着，阏氏又哭起来，"单于，阿丹尚且年幼，万一有个差错……我怎么对得起单于啊……"说罢便伏在老单于胸口，哽咽着不再言语。阏氏是个聪明人，明白过犹不及的道理，一旦说多，难免给老单于留下个心机深重的印象，于是如此这般说了一半，留了一半。

老单于勃然大怒:"能有什么差错?他是我定下的继承人,难道我的话也有人敢违背吗?"不过老单于生气归生气,也知道匈奴人的性格。自己还在世,各部族自然会听自己的,可一旦自己去世,各部族必然会拥立更为年长也更像明主的莫都的。念及此,他轻拍阏氏的后脑:"好了,别哭了。去叫莫都来,就说我还在昏迷,你要和他商量我的后事。记住,示弱。"

阏氏点点头,爬起身来,出帐叫了侍卫传令。很快,莫都便来到了帐外,他面色阴郁地拜伏在地上,口称:"莫都拜见单于、阏氏。"很快,里面传出了阏氏的声音:"请莫都王子进帐来吧。"

莫都恭敬地掀开帐门,弓着腰走了几步便伏在地上道:"莫都见过阏氏。"阏氏态度温和,柔声说道:"请王子过来,看看单于吧。"莫都却想都没想就拒绝了:"单于至今昏迷,我非医者,不敢轻近。"

阏氏见他不过来,幽幽叹了口气道:"再怎么说,王子也是单于的儿子。父亲生病了,儿子看一眼,又有什么错?"莫都叩了两个头道:"阏氏在上,我不敢靠近,免得外人说阏氏德性有亏。"

"帐内无人,更何况,又有何人敢这样嚼舌根?王子什么时候变得跟那些虚伪的中原人一样了?我们匈奴人可不讲这些。"她三番两次要莫都去看老单于,莫都心中警觉,但阏氏话已至此,他也不好再推辞,于是又叩了两个头道:"冒犯了。"说完,他挪动膝盖,膝行至单于榻前。

老单于此时双目紧闭,吐气舒缓,全然不像已经醒来了的样子。但莫都不敢有丝毫放松,只要老单于没死,他就不能出一丝一毫的差错,谁知道这女人有什么阴谋?于是在看到老单于的一刹那,他泪水便奔涌而出,口中含糊不清地念叨着:"单于……父亲!"

阏氏心中冷笑:要是你真这么关心老单于,早就来看他了,又何必等到今日?只怕你是盼着他早死呢!不过表面上的功夫还是要做的,阏氏轻声安抚道:"王子不必如此。老单于昏迷前将军政大权交予我,可现在正是我等出征在外，与秦人交战之时，我一介女子，又怎么担得起如此重的责任？还请王子替我照看军政大事，等到……"她突然又哭出声来："万一单于有什么不测，就请王子继承单于之位……"

她的话还没说完，莫都心中便是警铃大作，他深知面前这位阏氏并非看上去的那样毫无心计，毫无心计的女人又怎么能在老谋深算的老单于面前得宠，还能把自己的儿子推上左贤王之位呢？莫都在心里呸了一声，暗骂：只怕你早就盼着老单于死了你儿子好继位！但尽管心里这么想，他还是惶恐地伏在地上不停叩头："请阏氏收回此言！我答应过单于不做此想，就算是单于真有不测，我也会为单于守墓，直至老死，怎敢有此非分之想！"

阏氏哭道："如今外有秦人虎视眈眈，内有诸部族人心浮动，阿丹年幼，又怎么坐得稳这单于之位？我孤儿寡母的，又怎么能在这乱局中生存？"莫都立马道："单于让阿丹做继承人，那我必然全力拥护，谁敢和阿丹作对，那便是我莫都的敌人！阏氏请放心，莫都就算舍出性命，也要护得阏氏和阿丹周全，不负单于之命！"

二人又是好一阵推让。阏氏千方百计想要让莫都露出有非分之想的马脚，可莫都就是不上套，一个劲地表达自己对单于的感恩和忠心。阏氏无计可施，只好道："我和阿丹的性命，就托付给王子了。"莫都立刻拍着胸脯发誓，自己一定能做到。

莫都又向老单于和阏氏磕了好几个头，这才伏在地上倒退着离开了大帐。他离开后，老单于缓缓睁开双眼，说道："再看看吧。"阏氏心中不甘，暗骂老单于是老糊涂了，连这个小狐狸的话也相信，但她也无计可施，只好悻悻作罢。

莫都回到自己的帐房，抹去脸上的泥土和泪痕，这才长舒了一口气。他知道，刚才一旦露出一点破绽，等待自己的说不得便是刀斧加身。他拔出自己的佩刀，在帐中用力地劈砍几下，冷笑道："我莫都要的东西，自会取来，何须你们赏我？"接着，他将手中利刃抛在一旁，躺在毡床上休息了起来。

第三十八章

出于保密需要，第二日，直至午后，秦军军士才知道这晚要突袭匈奴大营的消息。时间很紧张，好在军士们早已做好随时出击的准备：自出征以来，西线便只守不攻，军士们都渴望主动出击，把可恨的匈奴人打回他们的老家去！于是，在得到出击的消息的瞬间，整个营地便都热火朝天地动员起来了。

到了傍晚，士兵们在营地最中央的校场之上列队整齐，等待出兵。章原带着项准、嬴重等一干将领从大帐中出来，只叮嘱了一句："战前噤声，不可暴露。"其余的，章原认为无需多言，他知道，将士们个个心里都燃着一团火焰。

苏琳带队先走。他所率乃是从原阳带来的老兵中精心挑选的五十精锐。他们将一路清理匈奴人地哨站，把匈奴人变成一头瞎狼。他们用厚实的粗布包裹好马蹄，再用皮带绑住马嘴，以防马叫，准备好后，便向情报中标识的第一个哨站的位置进发了。

苏琳一个人很快来到了第一个哨站的位置。此时天色渐暗，太阳只剩一半在地平线上，很快就会落山。苏琳观察了一下地势，带人绕了一个大圈，来到匈奴人哨站背后的山坡，留下一人看管马匹，让剩下的人悄悄摸到山上观察敌情。

哨站建在两个呈直角的小坡中间，如果是从秦军一方过来，很难察觉这里竟然隐藏着匈奴人的哨站。显然是临时修建的，周围的高大杂草都还没有清理，不过这也为哨站提供了天然的伪装。哨站的两个帐篷被涂上草色、泥土色的颜料，与周围环境融为一体，远看很难发现这儿竟然有一个匈奴哨站。只有当大风吹过，帐篷的尖角露出时，才能看出端倪。哨站中心是一个巨大的火盆，应当是用来点报警的狼烟的——一旦发现敌情，哨兵们就会迅速点燃火盆，警示后方。这个小小的哨站有五个哨兵驻守，此时，他们正蹲在帐篷外啃着干粮，十余匹高大健壮的胡马正欢快地进食。哨兵们一边吃饭一边闲聊，说话的声音不大，但这是寂静的原野，苏琳等人距他们又近，因而也能隐约听到只言片语。与苏琳随行的军士有懂匈奴语的，他竖着耳朵捕捉匈奴人的对话，翻译给苏琳听：

"单于……阏氏……""孤涂……""莫都……"匈奴哨兵似乎分成了两派，正争论着什么。不过他们争论半天仿佛也没什么结果，饭吃完也就散了。两个哨兵牵过拴在一旁的马匹，翻身上马，离开了哨站，看方向应是前往下一处哨站放鸣镝去了。其余三个哨兵也不闲着。他们翻身上马，朝苏琳等人来的方向巡查去了。

苏琳知道，为保安全，匈奴人的哨站专门建在秦军一方很难看到的坡背山角，只做汇合点和休息站用，哨兵们不会在此多做停留。他们下一次会面的时间，也就是那两个哨兵放完鸣镝回来的时候。苏琳看向身旁一个个子稍矮的军士，那军士立刻会意，猫着腰翻过山坡，再一路匍匐到了匈奴人的哨站中。哨站中有两个水桶，苏琳他们刚刚看到了稍大那个是给马匹喂水用的，哨兵们则从稍小的那个桶里取水喝。军士摸到水桶旁，从腰间摸出一个小纸包，这是苏琳特制的蒙汗药，人喝下去，至少得有两日不醒。那军士小心翼翼地打开纸包，把里面的药粉倒进水桶之中，然后用手搅了几下，这才缓缓爬回了山那边。

接下来要做的事便是等待。很快,太阳彻底消失在山那边,世界被黑暗笼罩,只天上的点点繁星,以及偶尔才从云中露出脸来的月亮散发出一点点光芒,让苏林等人得以看清哨站的情况。最早回来的是去放鸣镝的两人,他们回来后安顿好马匹,喝了水桶里的水,不一会儿便钻进帐篷里沉沉睡去了。

不一会儿,去巡逻的那三人也回到了哨站。为首那人看到二人的马好好地拴在那里,人却不在,立刻警惕起来。他抽出刀来,缓缓向帐篷摸去,另外两人则持刀在外侧戒备,其中一人还从怀里摸出了火折子,准备随时点燃狼烟。

为首那人用刀尖轻轻挑起帐门,见二人正在里面熟睡,不由得长出了一口气。剩下两人也松了口气,将刀和火折子收了回去。随后,一个哨兵去点燃了火把,另一人则拿着三人的水壶去水桶里灌水。为首那人看着在帐篷里熟睡的两人的样子,本能地觉得有些不对,于是用脚踢了踢他们,但他们全无反应。他又探了探鼻息,呼吸均匀,这不禁让他有一瞬间的疑惑。这时一个哨兵一边喝着水一边走过来将他的水袋递给他。他立刻反应了过来,连忙叫道:"不要喝水!"可是其他两人在外巡逻半天,早已口干舌燥,刚已经喝下去不少。药效来得又快又猛,那二人突然就感到天摇地晃,头脑昏沉,还没反应过来便重重摔倒在地上。为首那人将水袋重重摔在地上,从怀中掏出火折子点上,准备立刻点燃狼烟。

苏琳一直在山坡上持弓搭箭观察着,见事情将暴露,立马瞄准那哨兵手中的火折子。随着一声清脆的弦鸣和一阵尖锐的破空声,箭如游龙一般直冲向那哨兵的手,从那他的手腕穿过,将他整个人都带得坐到了地上。

那哨兵又惊又怒,高声咒骂着试图拔箭起身。但苏琳这一箭势大力沉,将他带坐到地上后余势不减,又把他的手钉在了地上。此时,他痛得胳臂使不上力,压根拔不出已经没羽的箭来。苏琳看他狼狈的样子,冷笑一声,又是一箭射出。这一箭直指哨兵要害而去，眨眼间便刺穿了哨兵的咽喉。那哨兵喉中发出刺耳的哀号，用仅剩的那只能活动的手捂着喉咙，想为自己止血，但鲜血还是从指缝间汩汩流出，不过十几息，他便倒在那里无法动弹了。

苏琳身旁的军士看苏琳连发两箭，都分毫不差地命中了目标，不由得低声叫道："苏将军好箭法！"苏琳笑着拍拍他的肩膀："少来这套，快去底下收拾，我们时间不多。"那军士便领命而去了。苏琳仰头看看天上的月亮，按照约定，他要在月至中天时清理掉所有的匈奴哨站。时间不多了，他得抓紧。

就在苏琳带着他的人清理哨站之时，章原、苏琳及嬴重三人已经带兵形成一个巨大的包围圈，只等月至中天便向匈奴大帐进发。嬴重身上的伤还没完全好，但他还是坚持乘车行在队伍前列。他始终认为：身先士卒才是取胜之道。为嬴重驾车的是身上还缠着细布条的李夯实。原阳一战中，李夯实背上让敌人开了个大口子，尽管救治及时，此时也还没能愈合。但他不愿待在后方休养，坚持来前线，嬴重也不拦他，便让他为自己驾车。常盛、周免二人也来了，此时站在车下，满怀复仇的怒火，等待着大战的来临。

嬴重闭着双目，盘膝坐在车上。他要让自己调整至最佳状态。原阳一役过后，他更懂得身为统帅的使命和职责了：战争不是儿戏，他背负着无数将士的生死，还有无数家庭的悲欢。他不能犯错，他的一点错误都有可能令无数将士死得毫无价值。他攥紧放在膝上的双手，这一仗，他必须赢。

又过了一个时辰，李夯实转身道："将军，时辰到了。"嬴重闻言，睁开了双眼，仰头看向夜空。漆黑的夜空中，弦月已然挂在正中。嬴重站起身来，拔出腰间的明道剑，向前一挥，声音坚定而有力："进军。"

大军立刻向前进发。苏琳已经按照约定，将一路上的匈奴哨站尽数清理干净了，秦军一路畅行无阻。此时，云遮月华，大地上的一切都因陷入黑暗而变得难以捉摸。正好为秦军的行动提供了便利。于是，就在匈奴人毫无知觉的情况下，三路大军摸到了距匈奴大营仅三里之处。

老单于苏醒的消息已经传遍了整个大营。底层的匈奴人欣喜万分，认为是他们诚恳的祈求感动了上天，让英明神武的老单于续了命。而之前老单于的残暴嗜血，早被他们抛到脑后去了。贵族们则噤若寒蝉，在大帐前排起了长队，事无巨细地向老单于汇报着这些日子以来部族内发生的事。就算现在已是深夜，老单于早已睡下，未曾汇报过的贵族们也依旧恭恭敬敬地站在大帐前，等待单于醒来，整片营地祥和宁静。

不过这样的宁静很快就被打破了。随着远远的几声叫喊传来，破空声突然响起，紧接着，箭雨蜂群飞过般射进了营地。贵族们住的营帐用鞣制过的羊皮制成，箭很难射穿。偶尔有一两支射进去，也很难造成什么伤害。但普通战士及平民住的则是普通的粗布和皮毛缝制的帐篷，压根挡不住这等攻击，只眨眼的工夫，不少人就在睡梦中被射成了刺猬。

整个营地顿时乱了起来，巡夜的将领扯着嗓子大喊："敌袭！敌袭！"士兵们从梦中惊醒，手忙脚乱地穿衣服，连滚带爬地找自己的装备；幸存的女人们哭喊着寻找自己的孩子；有些孩子还活着，有些却已经没了呼吸，被母亲哭着抱在怀里，甚至忘了要找个地方躲避箭雨。自古以来，匈奴人出征便要带着整个部落，女人和孩童也一起出动，这样的习俗在这一刻显示出了它的坏处。

第二波箭雨飞来。此时月亮从云雾里探出头来，锋利的箭头反射着月光，在夜空中放出清冷摄人的光辉，又带着寒气落下，许多匈奴士兵刚刚穿好皮甲，连武器都还没拿稳，就被刺穿了身体。

老单于被外面的吵闹声惊醒，看向身旁同样被惊醒的阏氏，问道："什么情况？"阏氏起身走到帐门口，就听见外面哭喊声、叫嚷声不绝，一片混乱。她掀开帐门，一脸焦急的呼图勒刚刚奔至门口，见她从帐中出来，连忙行礼道:"阏氏,秦人来袭,请单于和阏氏回避!"

阏氏听闻这话,也慌乱了起来,谁能想到秦人竟然在这时发动突袭,并且避过所有哨站的侦察,直接来到匈奴大营?还没等她开口说什么,老单于的声音传来:"秦人?你们都是干什么吃的,竟然被秦人打到了家门口!"

老单于说着,便要从床上起身,阏氏连忙跑到老单于身旁扶住他,侍奉他穿好衣服。老单于挂着阏氏为自己准备好的拐杖,佝偻着身子,蹒跚着走向大营门口,面色阴沉:"起来,呼图勒!整备部队,准备迎战!"呼图勒得令而去。

老单于看了一眼阏氏,吩咐道:"去把阿丹带来。"阏氏这才如梦初醒般去找自己的儿子,她刚走出几步,老单于又叫住了她:"把莫都也叫来。"阏氏闻言一愣,随即点点头离开了。阏氏走后,老单于脸色阴沉地咬牙自语:"我倒要看看,是哪个混蛋这么想让我死!"

匈奴士兵很快集结完毕,看着面前惊惶的匈奴士兵,老单于怒道:"今夜的警备是谁负责?"一个满头大汗的肥胖贵族站了出来,怯懦道:"单于,我……"话音未落,老单于便是一挥手:"杀了!"那贵族还想辩解,却被呼图勒快步走来一刀砍下了头颅。见此,其他人脸上惧意更甚,一个个连大气都不敢出。

老单于看着他们的样子,不由得冷笑道:"我知道,今晚的事,你们之中有些人脱不了干系。我可把话说在前面,今晚事了,你们有一个算一个,全都没有好果子吃!"众人听到这话,不由两股战战。就在这时,阏氏抱着一个睡眼惺忪的孩子匆匆赶来,在她身后,是披挂整齐的莫都。

那孩子正是当今的左贤王阿丹,一见到老单于,他便哇的一声哭了出来。老单于心中烦躁,低喝道:"别哭了!"顿时把阿丹眼里还没流完的泪水吼了回去。莫都见状,连忙上前行礼:"请单于下令,莫都甘为前驱!"老单于看着面前这个儿子,心中虽还有些怀疑他的忠诚,但现在不是纠缠的时候,于是和蔼道:"莫都,我的好孩子,我要你带人去迎战秦军,为我们争取突围时间。"

一众贵族闻言脸色大变,老单于的命令无疑是将莫都置身险境,甚至是送他去死!不过就算是暗地里支持莫都的贵族,也不敢在此时站出来反对老单于的命令,就怕自己落得跟那个肥胖贵族一样的下场。莫都倒是脸色平静地接受了单于的命令:"单于刀锋所指,便是我的归处。还请单于保重身体!"说完便头也不回地带着一批人马奔向了秦军来的方向。

老单于心中对莫都的怀疑稍减,不过他也并不放心身边这些贵族,转头向身旁的呼图勒道:"呼图勒,护送我和阏氏、左贤王突围!"呼图勒连忙半跪领命。老单于眯着眼望向东方,那是秦军突袭的方向:"秦人……我记住了!"

第三十九章

匈奴人做好了应战准备,随时准备突围,而秦军早就形成了三面夹击的阵势,正缓步推进,随时可以接战。嬴重所率的秦军战阵中,涣握紧了手中的长刀。长刀磨得极利,刀面上反射着清冷的光线,令人望而生畏。涣知道,这将是短期内九原的最后一战,自己必须在这一战中取得足够多的战功,才有机会朝自己的目标——取得一个氏更进一步。

匈奴大军陆续从营地中出来了,但他们显然已被秦军的几波弩箭射得没了斗志,再不是之前凶悍嚣张的样子。涣知道这样的敌人有多脆弱,不禁欣喜万分,不过他还是习惯性地叮嘱跟在自己身后的进:战场之上,一个不小心便有丧命之虞,所以务必小心。进和黑牛、易羊及李路三人站在一起。进本身算不上矮小,但和他们三人一比却显得格外瘦弱。听完涣的嘱咐,他对黑牛三人道:"听到了没有,一定要小心行事,莫要轻敌。"三人虽比进高大,却十分听进的话,纷纷点头以示明白。

战斗很快打响了。趁着匈奴人还未列队整齐,秦军开始了冲锋。这一次嬴重没有将战车作为进攻主力,只是在阵前安排了几辆,主力还是步军。见秦军开始冲锋,匈奴军中出现了明显的骚乱,这让他们本就混乱的军队更加混乱了。就在此时，一名匈奴将领骑马冲到阵前，大声号令众匈奴将士务必冷静。众将士这才冷静下来，迅速列阵，准备抵御秦军的冲击。这将领正是莫都，他要率领眼前这些人为老单于争取突围时间。

两军前阵如潮水般碰撞在一起，惊起滔天波浪。秦军前阵的几辆战车冲入敌阵，将匈奴前阵士兵冲散，硬生生在匈奴的防线上撞出一个缺口来。步军们随即从缺口涌入，在匈奴阵中冲杀起来。

尽管匈奴人遭逢突袭，又是仓促结阵，但被秦军一阵冲杀，也激起了血性。莫都在阵中砍杀了一名秦军士兵，举起被鲜血染红的长刀，大声喊道："匈奴的勇士们，杀了这些秦人，每人赏十个奴隶！"这赏赐让匈奴将士们疯狂起来，砍杀更加凶狠，一时竟然抵住了秦军如海浪般连绵不绝的攻势。

见前阵受阻，嬴重拔出腰间明道剑，号令后方众军士绕至侧面，夹击敌军。莫都看到不远处战车上发号施令的嬴重，立即从马背上取出弓，电光火石间便是一箭射出，直奔嬴重门面而去。只是为嬴重驾车的李夯实始终注意着他的动作，早就蓄势待发，见他一箭射来，手中板斧一举，快狠准地为嬴重挡下了这一箭。

嬴重向箭来的方向看去。莫都端坐在马上，身着雕饰精美的皮甲，手还在弦上搭着，嬴重心中暗自感叹：好胡将，若不是我尚未痊愈，定要将他斩于阵前！莫都也在观察嬴重，嬴重身穿秦将甲胄，未戴头盔，给人一种稳重威严之感。突然，嬴重将手中明道剑指向莫都，又放在自己脖颈之上横划了一道，那意思便是要取莫都的首级。二人目光隔空碰撞，虽然相距百步之遥，却都感受到了对方的杀意。莫都冷哼一声，将弓放回马背之上，收回目光，继续砍杀起秦军来，一时间竟无人能阻。

嬴重也收回目光，眯眼观察战场内的情况。一旦什么地方出现或者即将出现缺漏，他就立刻号令后方的战士们补上缺口，不给匈奴人一丝翻盘的机会。这是一次堂堂正正的正面对决，所有人都在死命拼杀，因此，血腥程度比原阳那次高得多。

涣将手中长刀狠狠地扎进一个匈奴士兵的肚子，再横着一拉，鲜血便喷涌而出。涣将那士兵蹬开，那士兵倒在地上，却仍紧抓着手中长刀，想要在死前伺机杀死涣，但涣毕竟是久经沙场的老兵，哪里会给他这样的机会？于是一刀斩在那匈奴兵的脖颈之上，结果了他。

不远处，进同黑牛三人向背而立，应对四面悍不畏死的匈奴士兵。见同伴在这四人手下接连死伤，匈奴士兵不由恨意更盛，一个接一个地扑上来。饶是他们几人身强体壮，武艺娴熟，也在这样的乱战之中讨不了好，只剩下能守不能攻的份儿了。

这时，进看到敌军那骑马大将杀将过来，于是低声提醒黑牛等人小心。众人应声后，进却看着那骑马的人偏了马头，往涣的方向去了。那骑马的正是莫都，涣带着自己的亲卫在匈奴兵中左右冲杀，早就引起了莫都的注意。谁不知道斩将刈旗是打击敌军的最好方式？莫都决心以这个秦军将领开刀，振一振己方的士气。

莫都拍马向涣冲去，涣却毫无察觉，他正用脚蹬开一个匈奴兵尸体，又转身将长刀狠狠砍在身后嗷嗷叫着扑来的匈奴兵肩上，这一击沉重无比，差点把这匈奴兵硬生生斩成两截。眼看着莫都离涣越来越近，远处的进焦急不已，差点被一个匈奴兵砍到了胸口，还是李路眼疾手快，替他接下了这一击。进来不及道谢，冲涣的方向大声喊道："姐夫，小心——"

此时，莫都已紧握佩刀奔至涣的身后，眼看就要砍掉涣的头颅。涣多年来在战场上培养出的直觉救了他一命，他听到了进的叫喊和背后破空而来的风声，汗毛直竖，心中暗叫不好，本能地将长刀背到脑后，同时身体直接下坐，堪堪接住了这一击。不过莫都这一刀挟马势而来，哪里是那么好接的？涣手里的长刀被生生劈成了两段，虎口更是被直接震裂，渗出血来。

莫都对面前这个秦军将领能接下自己一击很是意外，他是匈奴人中数一数二的勇士,自忖这一击少有人能接下,要杀一个小小的秦军将领该是轻而易举,不想却失了手。他翻身下马,用刀尖指着浼,说道:"武艺不错,你叫什么?"他的官话说得十分流畅,要不是长着一张明显带有匈奴人特征的脸,浼几乎要以为自己对面站的是一个中原人。不过他来不及细想,也没时间心疼自己的刀,只将断刀插入腰间的刀鞘,从地上拾了一把匈奴人的长刀横在身前,回道:"九原五百主,浼。"

莫都笑道:"原来是个连氏都没有的贱民,我乃是匈奴族未来的单于,莫都!死在我的手下,算是你的荣耀。"匈奴士兵听不懂中原官话,莫都忍不住向面前这个秦军将领宣告他的野心:他是天定的单于,他是天生的王!但浼却没心情管他未来是单于还是神仙,莫都第一句话出口,浼就觉得胸口有怒火燃烧了起来:他平日里冲锋在前,奋勇杀敌,以命相搏,才将没有氏的自卑压下,才让自己和这九原军其他没有氏的人不再受人轻视,今天却连一个匈奴人都看不起他?

浼怒火中烧,大喝一声:"管你什么狗屁单于,纳命来!"说着,他小腿发力,用力向后一蹬,以极快的速度向莫都杀去。莫都见他杀来,向后一闪,躲过了这一击,接着反手持刀,由下至上斜着划出一刀,直奔浼的肋下而去。

浼连忙侧身躲过这致命的一击,又顺势横刀斩出。莫都迅速接招,一刀劈在浼的刀锋之上。两刀相击,发出清脆的声响,浼手中的刀竟然又断成了两截。

浼大惊,连忙后撤,莫都却不肯给他这个机会,欺身向前,一刀斩在浼的胸口之上,浼顿时倒了下去,鲜血迸出,好不恐怖。二人过招,只在电光石火之间,进远远看着姐夫倒了下去,脑内顿时一片空白,他想叫些什么,却根本发不出声音。他想跑过去杀了那个匈奴人,却一时冲不出面前几个匈奴人的包围,顿时着急得失了分寸。黑牛一边砍杀着匈奴人,一边死死拽住进,大喊道:"进哥,冷静!"

嬴重在战车之上眼看着涣被莫都砍在胸口,倒在地上,生死不明,心中十分焦急。他知道,让那家伙这么耀武扬威下去,秦军士气将一落千丈,于是,他一拍前面李夯实的肩膀,吩咐道:"夯实,去,会会他。"李夯实迟疑道:"可是……"嬴重掂了掂手中的剑:"这不还有其他亲卫吗?我能保护好自己,去吧。"

李夯实看着场内众人厮杀,早已心痒难耐,听嬴重这么说,便从善如流地叮嘱身边其他亲卫一声,抄起身后的一双大斧冲进了战团。莫都刚刚冲进秦军阵中准备大开杀戒,却见面前突然冲出来一个体形魁梧、面相凶恶的黑大汉,不由得吃了一惊。再定睛一瞧,不正是刚才挡下自己一箭的护卫?他心头火起,提刀便砍了上去。

李夯实见状大怒:"怎么不问你爷爷叫什么?你这厮好不讲礼!"他一边怒吼着,一边将两扇大斧抡起,重重地与莫都拼了一记。兵器相接,莫都只觉一股巨力袭来,手中长刀差点叫人打飞出去,他心中大骇,连忙后撤两步,心道这黑厮真是有一身怪力,单论力气只怕连匈奴第一勇士呼图勒也有所不及,看来不可与之硬拼。打定主意,莫都再次欺身上去,却以闪躲为主,并不主动与李夯实硬拼。李夯实虽然力量强大,但身形实在算不上灵活,加之身上伤口还未全好,影响了实力,一时间竟无法应对,几次差点被莫都伤到。

就在李夯实险象环生之际,一旁传来两声暴喝:"大哥,我来助你!"莫都目光一瞥,却见又来了两人,同李夯实一起围攻自己,不禁心中暗暗叫苦,口中骂道:"你这黑厮……以多欺少!"李夯实得意扬扬道:"爷爷有兄弟是爷爷的福气,再说跟你这不讲礼的蛮狗讲什么武德!"说罢便同赶来助阵的周免、常盛二人上前围攻莫都。

三人围攻之下,莫都很快便陷入左支右绌的境地,眼看便要支撑不住,心一横,手中长刀直刺向正跳离地面无法借力的常盛。常盛大惊,却无处躲闪,惊惶之际,一斧一剑密实地挡在了他身前,让他放下心来。可谁想这竟是莫都的虚招,他攻敌所必救只是为了脱身战场而已。此时计谋得逞,莫都连忙翻身上马,向后撤去,全然不理会背后李夯实等人反应过来后的叫骂。

看着莫都匆忙逃脱的背影,嬴重不由得叹了口气:可惜自己并不擅弓法,留不住他。若是苏琳在此,补上一箭,就算他不殒命当场,也得受重伤。不过他很快就调整好了情绪,敌人主将已逃,军心涣散,秦军收拾其残兵只是时间问题了。

战场上,进在黑牛等人的掩护下终于抢到了倒地不起的涣身边。他将涣抱起,泪止不住地往下淌,恨自己怎么这么弱小,先是眼睁睁看着自己的至交好友死去,又没能护住自己的姐夫……念及此,进再也忍不住,抱着涣的身体号啕大哭起来。易羊探了探涣的鼻息,发现涣还有气,连忙道:"进哥,先别哭了,姐夫还没死呢!"进这才如梦方醒,小心翼翼地探了探涣的鼻息,发现涣果然还有气,不禁大喜过望,连脸上的鼻涕眼泪也顾不上擦,连忙叫黑牛,用粗布条将涣绑在自己背上,几人在乱军之中杀出一条血路来,将涣送了出去。

嬴重看几人背着涣撤回,心中也不免可惜:涣本是他非常看好的一个人,不仅有勇,而且有智。可惜战场之上刀兵无眼,怎奈他如此年轻就殒命在此?看着进一脸鼻涕眼泪的样子,嬴重正欲开口安慰,却听见进说道:"姬将军,请救救我姐夫,他还有气!"嬴重大喜,连忙叫亲卫喊来随军郎中,看看能不能从鬼门关上把涣拉回来。

但这终究不是嬴重眼下最大的事。安排好涣,他再次看向战场。战场之上,自那敌将退走,李夯实三人再无劲敌阻拦,很快便抵达匈奴阵中心,斩下了匈奴大纛。一时间,匈奴一方人心惶惶,再无再战之心,纷纷溃逃。匈奴军既已成溃败之势,那秦军要做的就是乘胜追击了,嬴重看向西方,暗想:不知道苏琳他们准备好了没有。

匈奴军的抵抗虽然顽强，但今夜是突然遭袭，并无准备，又丧失了最大的骑兵优势，三线几乎在同一时间溃败。嬴重、章原、项准并没有收拾战场退兵的意思，驾着战车率军士们追击起来。

在派出大军抵挡秦军攻势之后，老单于便率自己部落的精锐部队，准备突围。尽管身体差劲，老单于还是咬牙骑上了自己的爱马：若是不骑马，他凭双足又怎能跑过秦军的战车？呼图勒在前开路，众亲卫拱卫着老单于、阏氏、左贤王等贵族，带着细软仓皇向西奔逃。

老单于离开没多久，后方就传来防线溃败的消息，气得老单于狠狠一马鞭打在传令的士兵身上，大骂后方无能，以后一定要拿他们的头颅做酒杯。但气归气，骂归骂，后方追兵很快就到，老单于稳住心神，号令呼图勒在前开路，决定先突围再论别的。

行至一处丘陵，老单于刚松一口气，便听见前方有喊杀声传来，心里陡然一惊。原来秦人早在此地埋伏了一支军队。山头之上，一小将拍马上前，拱手道："老单于，苏某在此等候多时了！"此人正是苏琳。他身后，人影绰绰，竟仿佛有成百上千大军，老单于并不接话，慌忙分出一军，令呼图勒率领着在此抵挡，自己则继续向前奔去。

呼图勒拍马上前，自报家门道："我，呼图勒，你，名字？"苏琳上下打量他一眼，笑道："你就是呼图勒？安则跟我说过你武艺高超，他也只能侥幸取胜，今日就让我来试试你的成色！秦将苏琳，讨教了！"说罢，苏琳便提起手中长枪，与呼图勒战在了一起。大概是得了苏琳吩咐，他身后一众将士竟都没有上前来助阵的意思，匈奴一方自忖敌众我寡，也不敢主动进攻，场上一时竟形成了斗将的局面。

呼图勒以手中长刀与苏琳的长枪相击，接着挽了个刀花，朝苏琳腰间砍去。苏琳以枪弹开呼图勒这一击，笑道："力气果然不小！"他一边说着，一边抖动枪尖，直刺呼图勒心窝。呼图勒连忙将身体倒向一侧，凭借高超的骑术躲过了这一枪，接着双腿一拱，让马儿上前两步，自己顺势坐正身体，一刀斩向苏琳脖颈。苏琳并不意外，收回长枪挡住这一击，继续进攻。

双方你来我往地打了半天，也没个结果，呼图勒心下疑惑：对方明明有兵力优势，却为何在此与自己斗将？此时天已微亮，呼图勒往山上一瞟，不禁大呼上当，原来山上人并不多，看起来只有己方人数的三分之一左右。只是秦军在马尾后拉了不少树枝，昏暗中才显得人数众多。

呼图勒知道，他们将自己拖在此地，一定是因为前方还有埋伏，老单于危矣！于是他紧抿双唇，一抖手中长刀，狠狠劈开苏琳的长枪，拍马便朝老单于退去的方向赶去。他身后一众人此时也意识到事情不对了，赶紧追着呼图勒去了。苏琳见呼图勒退去，笑着叫道："急什么，莫说秦人待客不周！"他挥了挥手，带领己方骑兵拍马追过去，衔尾追杀那些匈奴骑士。

却说老单于分出呼图勒抵挡苏琳，自己带着剩余兵马继续前行。走了一段，却又听见前方杀声阵阵，于是慌忙让贵族再领一军前去抵挡。如此几次，身边竟仅剩千余骑士可用。这时，听得前方又有杀声，老单于不禁面如土色，心中哀叹，难道自己当真要殒命于此？突然，老单于听到身后有人暴喝："单于莫慌，莫都前来救驾！"

老单于回首，就着熹微的晨光定睛一看，原来是莫都带着骑兵赶了上来。老单于大喜过望，也顾不上追究后方溃败时莫都的责任了，连叫道："好孩子，好孩子！为我杀敌！"莫都拍马来到老单于身边，恭敬道："单于莫慌，孩儿助你突围！"说完，他双腿一夹，拍马带着身后众骑士迎上了前方埋伏的秦军。

不一会儿，莫都便击退了秦军，回到了老单于身边，他擦擦脸上糊成一片的汗水、血水，恭敬道："孩儿救驾来迟，请单于降罪！"老单于本就有疾，又在马上颠簸一夜，此时脑子一片混沌，含糊道："你救驾有功，并无罪过。"一旁的阏氏也连忙道："是啊，莫都王子救下我等，有功才是，哪里来的罪过呢？"

此时，太阳露出头来，天地陡然一亮，众人看着已经退去的秦军以及莫都带来的将士，这才有了劫后余生之感。莫都听到阏氏的话，大笑，众人皆以为莫都这是为逃出生天而高兴，也纷纷跟着笑了起来，只有年幼的左贤王阿丹本能地觉察到了一丝危险，往阏氏的怀里缩了一缩。

莫都笑了半晌，笑得快要喘不过气来了才停下。他擦擦眼角笑出的眼泪，脸上浮起一丝诡异的笑意："既然有功，那便要赏了？"阏氏深知此时形势比人强，连忙答应道："该赏，该赏。只是还请王子护送单于到安全地带，再论封赏。"

"不，这赏单于现在就能给我。请单于借我头颅一用吧。"莫都狞笑着说完，抽出刀来，指向老单于。老单于陡然一惊，原本混沌的脑子也清醒了。阏氏闻言骇然，连忙驱马挡在莫都和老单于之间："王子莫要开玩笑了，呼图勒将军一会儿便到，你还是快送我们到安全地带吧。"莫都的话让一众贵族也是惊恐不已，不由得勒马退了几步。

"呼图勒？"莫都像是听到了什么好笑的事情一般，再一次大笑起来，"你不会真以为呼图勒会来救你吧，父亲？"莫都不再称单于，而是叫起了已经很多年不叫的"父亲"。他驱马向前，低声道："你真觉得呼图勒对你忠心耿耿？呼图勒的父亲就死在你的手上，我原本的计划就是让呼图勒亲手杀死你，可惜秦人狡猾，竟用计将呼图勒引走了。也罢，我亲手来也一样。你只知道用鲜血和利刃威胁别人，却压根不明白被恐惧胁迫驱使是什么感受，如果你知道，你就应当懂得，整个匈奴部族，没有一个人对你是忠诚的！"

太阳缓缓升起，日光照耀在莫都的脸上、甲上、刀上，仿佛为他全身镀上了一层黄金，甚至让他狰狞的脸多了几分神圣的气息。莫都步步逼近："你已经老了，匈奴在你的手上壮大，但不能在你的手上走向辉煌。你还要将单于之位传给他！一个还天天赖在自己娘怀里的孩子！你真是老糊涂了！要是再让你统治两年，匈奴一定灭亡！"

他终于将刀剑抵在了老单于颈上,冷笑道:"现在,你该死了。"他陶醉地看着天边初升的太阳,用只有他和老单于能听到的声音轻轻道:"看见这太阳了吗?我就是这太阳,而你,该下山了!"此时,老单于终于知道自己大势已去,难逃一死了。在死亡的威胁之下,他回到了自己惯有的清醒、冷静又残酷的状态。

老单于微笑着摇了摇头,仿佛自己的脖颈上没有搭着一柄锋利的刀:"我知道你谋划了很久,秦人也是你带来的吧?在这一点上,你胜我一筹。"他没等莫都回答,继续说道:"我知道你的雄心壮志,我劝过你了,你不听。"老单于不再摆出单于或者父亲的架子,反而如朋友般轻声细语道:"那就祝你成功。"莫都没有想到面对死亡,老单于会这么平静,于是渐渐平静了下来,脸上癫狂之色尽去:"成功那天,我会让萨满为你带话的。"话毕,他便猛地一刀砍下。

此时,太阳完全升起,将老单于的头颅染成了神圣的金色,而鲜血似乎变成了阴影般的黑色。莫都翻身下马,从老单于的头上摘下象征着匈奴最高权力的鹰顶金冠。环形的金冠之上,通体金黄的雄鹰展翅欲飞,仿佛要离开这顶冠帽,飞往看不见的幽蓝的天空的最深处。在日光的照耀下,这顶纯金打造的精美王冠显得格外璀璨,仿佛将太阳的光芒聚在了一处。莫都双手轻颤,缓缓将这顶王冠戴在了自己的头上。

贵族们看着莫都戴上王冠,终于惊醒。一个人从马上翻下,跪在地上向新王表达自己的忠诚,接着是第二个、第三个。最后,除了阏氏和她怀里的左贤王,在场所有人都伏地赞颂起新王的诞生来。

新单于莫都张开双臂,陶醉了好久才回过神来。他看向一旁的阏氏和趴在她怀里的孩子,有些厌烦地挥了挥手:"送他们下去陪老单于。"于是便有骑士将阏氏从马上拽下。两声惨叫过后,天地重归宁静。

第四十章

　　这一夜，秦军大胜。按照嬴重之前的建议，埋伏阻击匈奴的人手被分为了五拨，隔几里一拨，等候在匈奴人逃亡的必经之路上。天色昏暗，匈奴人看不清秦军兵力，不停地分兵抵挡，秦军却只做拖延，并不直接与匈奴人交战。等到匈奴人意识到不对，去追大部队时，秦军再衔尾追杀。几场追杀持续到了天明，秦军这才挟着斩获的无数战功回返。

　　西线诸将士回返九原城时，李介已经带着郡守府内一众文官及不少百姓在城外等候多时了。大军停下，章原率一众将官从队伍之中策马出来，向李介等人行了一礼，道："郡守，幸不辱命。"秦人尚武，章原作为武将，刚打了胜仗，年纪又远比李介要大，本不用向李介行礼，但章原心中清楚，此战能胜，李介在后方做的工作至关重要。李介就像是用手捏出海绵里的水一般，将九原全部物资都挤了出来，这才让前线将士没有了后勤的压力，得以全心全意同匈奴作战。西线战事的胜利，离不开李介的筹备，因此，章原诚心诚意向李介行此一礼，以表谢意。

　　尽管脸上疲态尽显，但李介此时绝对称得上春风得意。作为刚刚上任的郡守和临时郡尉，在短短数月之内便立下如此战功，就算他是相国的人，蒙昭只怕也压不住他了。李介上前一步还礼道："章将军劳苦功高，不必拜我，请！"说着便伸手让出道来，请众将进城。

进城后，趁着庆功宴尚未开始，嬴重携李夯实、苏琳等人，在进的带领下，来到了涣的家中。涣虽身为五百主，但是家中却异常朴实：三间瓦房绕院而建，院内摆着水缸等生活用品，角落里还靠着锄头等农具，像个普通农夫的家。涣的妻子闻讯而出。妇人衣着简朴，由于天热，她的两袖高高挽起，发丝也被汗水浸湿，贴在了脸上。带众人进屋，看着床上重伤昏迷的丈夫，她不由得簌簌流下泪来，意识到还有外人在旁，又连忙抹去眼泪，强作镇静道："让各位见笑了，其实从他去参军开始，我就想着迟早有这么一天的。"

嬴重叹道："嫂子不必担忧，随军郎中已经为涣老兄看过了，暂无大碍。"他伸手拍了拍身边进的肩膀，又道："全赖进兄弟拼死将涣老兄抢了回来，这才救治及时，让涣老兄捡回一条命来。"进眼眶发红，低头轻道："姐姐……"妇人伸手抱住进，轻抚他的头顶喃喃道："好孩子，好孩子……"过了一会儿，妇人才回过神来，轻轻推开进，请嬴重等人坐下休息。嬴重等人坐下，进这才想起为姐姐介绍来的众人："姐姐，这都是我和姐夫的上官，这位是姬将军，这位是苏将军，那是他们的亲卫……"妇人这才知道来的这些人是涣的上级，连忙起身行礼道歉："怠慢了诸位大人……"

嬴重却赶忙拦下她："嫂子不必多礼，涣老兄在军中对我帮助颇多，我们打了这么多胜仗，涣老兄功不可没。"他看向简陋的院子，疑惑道："涣老兄身为五百主，与进兄弟都有爵位在身，家中怎么如此简朴？"

妇人听嬴重问她，回道："让姬将军见笑了。我家收入倒是不少，可架不住夫君平日里总是接济那些战友亲属，一年下来，也剩不下多少。不过我们都不是喜欢享受的人，比起以往的穷苦日子，这样的日子已经好太多了。"

嬴重轻轻颔首道："涣老兄果然是个重情重义的汉子。我此次来还想问嫂子，涣老兄可有什么心愿？如果有什么我能做到的，请勿顾虑，尽管提来。"妇人想到自己还躺在床上的丈夫，不由得有些感伤，但还是强打精神道："谢过姬将军，我家夫君也没什么心愿，除了……"

见她有些迟疑，嬴重连忙说道："嫂子勿虑，还请尽管说来。"妇人顿了顿道："唉……我家夫君因为无姓无氏，时常遭人白眼。若说他有什么心愿，那便是立下大功，面见皇帝陛下，为自己求一个氏了。可这……"她没有再说下去，嬴重也知道她的意思，这样的大事怎可能是嬴重一个小小的将领能办到的呢？他想了想道："嫂子放心，浼老兄智勇双全，迟早能得偿所愿。"这之后嬴重又问了妇人一些家常事务，便离开浼家去赴宴了。离开前，他从怀里掏了些钱留下，让妇人留作浼的医药费。妇人哪里肯收，一番推让之后，才勉强收下了一半。

离开浼家时，天色已经微暗，嬴重几人马不停蹄地赶往郡守府赴宴。见几人到来，郡守府门口卫兵连忙通报道："姬青、苏琳将军到！"屋内已坐满了人，众人聊得正欢，听见通报，纷纷站起身到门前迎接嬴重等人，就连坐在正中的章原老将军都站起了身来，等待几人入座。

嬴重一边与众人应酬一边入了座。宴会开始，众将在大战这么多天后，第一次放松紧绷的神经，遂举起手中酒樽欢饮起来。觥筹交错之间，欢笑声如一首首美妙的乐曲，在大厅荡漾开来。

章原端着酒樽来到嬴重面前，神态前所未有地温和："复华，老夫敬你一杯。"嬴重连忙端起酒樽起身，苏琳、项准二人见此也赶紧站起身来举杯与章原相碰。章原饮尽杯中酒水，看着几人，感叹道："看到你们，我就感到，我已经老了，未来是你们的了。"一旁已经微醺的李介也凑了过来，笑道："我与章将军有同感，我们这些老家伙就快不中用了！"章原笑道："郡守开什么玩笑，在老夫眼里，你们都还是年轻人呢！"

众人一阵大笑。嬴重提起酒壶，又给章原满上一杯，笑道："若是没有章将军栽培,哪里有我们这些年轻人的出头之日?我现在只希望章将军身体健康,多替我们遮风避雨,如此我就心满意足了!"项准笑道:"正是如此。全赖章将军栽培,否则我们哪能学到那么多?"苏琳面色泛红,又饮了一杯道:"要我说,要是章将军晚生几十年,哪还有我们的出头之日?我等得感谢章将军早生几十年!"

众人又是一阵欢笑。闲聊间,李介将嬴重拉到一旁,轻声道:"殿下,我接到消息,此战中殿下及苏将军战功卓著,引起了那位的注意。栎阳要将你们调到东边去,调令不日便到。"嬴重已经有些醉意,听闻这话不由笑道:"去东边打东胡人?正合我意!"他缓缓看向南方,大声笑道:"你且等着吧!我将同全部秦人一起,如烈火焚原般归来!"嬴重这话,许多人都听到了,但也只有李介、苏琳及项准几人明白他真正的意思,其余人只当他是醉了,说些豪言壮语,于是围将过来,将嬴重拖去喝酒了。

李介看着被拉去喝酒的嬴重,轻笑出声。他抛开手中酒樽,轻拍双手作歌道:"如月之恒,如日之升。如南山之寿,不骞不崩。如松柏之茂,无不尔或承。"

他就这样唱着,章原端着酒杯走来,笑道:"郡守可是醉了?"李介从地上拾起酒樽,脸上笑意更盛:"这才刚开始呢,将军同我再饮!"章原笑道:"郡守好酒量,今日老夫便陪你一醉方休!"二人席地而坐,继续喝了起来。

夜已深了,天上几点星光显现,同月亮一道放射着柔和的光辉。郡守府灯火通明,明亮得仿佛是在九原城中心燃起了一团巨大的火焰。众人的欢笑声、碰杯声传得很远很远……